DOUCE REVANCHE

Nora Roberts

DOUCE REVANCHE

*Traduit de l'anglais (États-Unis)
par Michel Ganstel*

ÉDITIONS FRANCE LOISIRS

Titre original :
SWEET REVENGE
publié par **The Bantam Dell Publishing Group, Inc.,
New York.**

Édition du Club France Loisirs,
avec l'autorisation des Éditions Belfond

Éditions France Loisirs,
123, boulevard de Grenelle, Paris.
www.franceloisirs.com

Le Code de la propriété intellectuelle n'autorisant, aux termes des paragraphes 2 et 3 de l'article L. 122-5, d'une part, que les « copies ou reproductions strictement réservées à l'usage privé du copiste et non destinées à une utilisation collective » et, d'autre part, sous réserve du nom de l'auteur et de la source, que « les analyses et les courtes citations justifiées par le caractère critique, polémique, pédagogique, scientifique ou d'information », toute représentation ou reproduction intégrale ou partielle, faite sans le consentement de l'auteur ou de ses ayants droit ou ayants cause, est illicite (article L. 122-4). Cette représentation ou reproduction, par quelque procédé que ce soit, constituerait donc une contrefaçon sanctionnée par les articles L. 335-2 et suivants du Code de la propriété intellectuelle.

© Nora Roberts 1988. Tous droits réservés.
© Belfond, un département de place des éditeurs, 2006, pour la traduction française.
ISBN 978-2-7441-9928-8

À Carolyn Nichols,
pour son soutien et son amitié

PREMIÈRE PARTIE

L'AMER

« *Les femmes sont votre champ.
Cultivez-les de la manière que vous entendrez.* »

Le Coran
Sourate n° 2, verset 223

« *C'était son homme, mais il lui a fait du tort.* »

Frankie and Johnny
(Chanson populaire)

1

New York, 1989

Stuart Spencer détestait sa chambre d'hôtel. Elle n'avait pour mérite que de se trouver à New York alors que sa femme était restée à Londres et ne pouvait le harceler à propos de son régime. Il avait donc commandé un copieux sandwich club, qu'il dévorait sans scrupule.

Corpulent, le crâne dégarni, il n'avait pas le caractère enjoué que l'on associe d'habitude à un homme de son allure. Une ampoule au pied et un rhume tenace le mettaient même de fort méchante humeur. Après avoir avalé la moitié d'une tasse de thé, il avait en outre décrété, avec le chauvinisme sourcilleux propre aux sujets de Sa Gracieuse Majesté, que les Américains, malgré tous leurs efforts, seraient à jamais incapables d'infuser correctement ce breuvage. Il n'aspirait qu'à un bain chaud, une tasse de bon Earl Grey et une heure de tranquillité, modeste programme que la présence de l'encombrant individu debout devant la fenêtre menaçait d'ajourner, craignait-il. Peut-être même indéfiniment.

— Eh bien, je suis là, bon Dieu ! grommela-t-il en voyant Philip Chamberlain écarter le rideau.

— Quelle charmante vue, dit Philip, qui découvrait le mur de l'immeuble d'en face. De quoi devenir claustrophobe.

— Je me sens obligé de vous rappeler, Philip, que j'ai horreur de traverser l'Atlantique en hiver. Par ailleurs, une montagne de paperasses m'attend à Londres, due pour l'essentiel à vous-même et à vos procédures irrégulières. Donc, si vous avez des informations à me communiquer, veuillez me les transmettre. Sur-le-champ, si ce n'est pas trop vous demander.

Philip continuait à regarder par la fenêtre. L'issue de cette rencontre officieuse, qu'il avait lui-même sollicitée, lui inspirait quelque inquiétude. Rien, toutefois, dans son comportement désinvolte, ne trahissait la tension nerveuse qu'il éprouvait.

— Il faudra vraiment que je vous emmène au spectacle avant votre départ, Stuart. Une comédie musicale, par exemple. Vous devenez grognon sur vos vieux jours.

— Cessez de tourner autour du pot.

Philip laissa retomber le rideau et s'approcha de l'homme auquel il rendait des comptes depuis plusieurs années. Sa profession exigeait de la confiance en soi, des muscles d'athlète, mais aussi de la finesse. À trente-cinq ans, il avait un quart de siècle d'expérience derrière lui. Né à Londres dans un taudis, il avait été capable dans sa jeunesse de s'introduire dans les cercles les plus fermés de la haute société, extraordinaire tour de force à une époque où les barrières rigides entre les classes sociales britanniques n'avaient pas encore cédé aux coups de boutoir des Mods et à la tornade hédoniste du « swinging London ». Il avait connu la disette tout comme il s'était gavé de caviar et, parce qu'il préférait le caviar, avait mené sa vie de manière à n'en jamais manquer. S'il était devenu un as dans sa spécialité, il ne devait sa réussite qu'à de longs et patients efforts.

Philip s'assit enfin et se servit du thé.

— J'ai une proposition théorique à vous faire, Stuart. Mais laissez-moi d'abord vous demander si, au cours de ces dernières années, je vous ai été d'une quelconque utilité.

Stuart mordit dans son sandwich en espérant que ni celui-ci ni Philip ne lui causerait d'indigestion.

— Vous voulez une augmentation ?

Philip avait le don d'afficher, en cas de besoin, le plus irrésistible des sourires. Il estima que le besoin s'en faisait maintenant sentir.

— L'idée m'en vient parfois, mais ce n'est pas précisément ce que j'avais en tête. Ma question est la suivante : est-il vraiment nécessaire pour Interpol de se payer les services d'un voleur de ma classe ?

Stuart prit son mouchoir, dont il usa avec bruit.

— De temps à autre.

Philip nota que, cette fois, Stuart n'avait pas relevé l'omission du qualificatif « ancien » avant le mot « voleur » ni ne l'avait corrigée.

— Vous devenez sordidement avare de compliments, Stuart.

— Je ne suis pas ici pour vous flatter, Philip, mais simplement pour apprendre pourquoi diable vous jugez un sujet assez important pour exiger que je vienne à New York en plein milieu de l'hiver.

— Voudriez-vous en avoir deux ?

— Deux quoi ?

— Deux voleurs, Stuart. Vous devriez essayer avec du pain complet, dit-il en lui tendant un triangle du sandwich club, c'est meilleur.

— Où voulez-vous en venir ?

Beaucoup de choses dépendaient des quelques instants qui allaient suivre, mais Philip avait passé le plus clair de sa vie à mettre en jeu son avenir, et même sa peau, sur une action, ou une réaction, quasi immédiate. Voleur au sommet de son art, il avait entraîné le capitaine Stuart Spencer et bien d'autres sur des fausses pistes ou les avait aiguillés vers des impasses de Londres à Paris, de Paris au Maroc et du Maroc quelque part ailleurs dans le monde, là où le prochain gros lot attendait. Puis il avait retourné sa veste et mis ses talents au service de Spencer et d'Interpol au lieu de travailler contre eux.

Cette décision, il l'avait prise en homme d'affaires qui soupèse le pour et le contre, calcule les pertes et les profits. La proposition qu'il allait soumettre reposait, cette fois, sur des critères personnels.

— Supposons que je connaisse un voleur particulièrement habile qui réussit à mener Interpol en bateau depuis une dizaine d'années et décide de se retirer du service actif en échange d'une amnistie.

— Vous parlez de L'Ombre.

Philip épousseta quelques miettes du bout des doigts. Par goût autant que par nécessité, il observait toujours une propreté rigoureuse.

— Simple hypothèse.

L'Ombre ! Du coup, Spencer en oublia son talon endolori et l'inconfort du décalage horaire. Des millions de dollars de bijoux avaient été volés par le personnage sans visage connu seulement sous le surnom de L'Ombre. Dix ans durant, Spencer l'avait pisté, traqué, manqué. Depuis dix-huit mois, Interpol avait décuplé l'intensité de ses enquêtes en allant jusqu'à lancer sur les traces de L'Ombre un autre voleur, Philip Chamberlain, le seul, Spencer le savait, dont les exploits surpassaient ceux de L'Ombre. L'homme, pensa Spencer avec une bouffée de rage, auquel il avait accordé sa confiance. Il s'appuya des deux mains à la table pour se retenir de lui bondir dessus et de l'étrangler.

— Vous savez très bien qui c'est, bon Dieu ! Vous avez toujours su qui c'était et où nous pourrions le coincer. Dix ans ! Dix ans que nous poursuivons ce personnage, et vous, depuis des mois, vous êtes payé pour le trouver alors que vous connaissez son identité et que vous savez où il est !

Philip étira ses longs doigts d'artiste.

— Peut-être. Ou peut-être pas.

— Je ne sais pas ce qui me retient de vous enfermer dans une cage et d'en jeter la clef dans la Tamise.

— Mais vous ne le ferez pas, parce que je suis le fils que vous n'avez jamais eu.

— Au diable vos insolences ! J'ai une fille, ça me suffit.

— Oui, mais pas comme moi. Je vous propose aujourd'hui le même marché que celui que nous avons conclu il y a cinq ans. Vous étiez assez clairvoyant pour comprendre qu'il valait mieux vous assurer les services du meilleur que vous essouffler à le poursuivre.

— Votre mission consistait à attraper cet homme, pas à négocier en son nom. Si vous connaissez ce nom, je le veux. Si vous avez son signalement, je l'exige. Je veux des faits, Philip, pas des propositions hypothétiques.

— Vous n'avez rien, Stuart. Rien du tout au bout de dix ans. Si je sortais maintenant de cette pièce, vous ne seriez pas plus avancé et vous n'auriez toujours rien.

— Si, vous, déclara-t-il d'un ton qui fit lever un sourcil à Philip. Un homme ayant des goûts tels que les vôtres trouverait la prison fort déplaisante.

Philip éprouva un léger, très léger frisson. Il savait que Stuart bluffait. Lui, pas.

— Des menaces ? demanda-t-il en le regardant droit dans les yeux. Selon nos accords, je suis amnistié. L'auriez-vous oublié ?

— C'est vous qui changez les règles. Livrez-moi ce nom, Philip, et laissez-moi faire mon travail.

— Vous manquez de largeur de vues, Stuart. C'est pourquoi vous n'avez récupéré que quelques petits diamants tandis que moi j'en ai pris beaucoup de gros. Enfermez L'Ombre, vous n'aurez qu'un voleur de plus en prison. Croyez-vous vraiment que vous pourrez remettre la main ne serait-ce que sur une fraction de ce qu'il a volé depuis dix ans ?

— C'est une question de principe. De justice.

— Certes.

Le ton de Philip changea, et, pour la première fois depuis le début de leur conversation, Stuart le vit baisser les yeux. Non par honte, bien sûr. Il connaissait trop bien Philip pour s'imaginer une seule seconde que l'homme regrettait ses agissements.

Trop nerveux pour rester en place, Philip se releva. Provoquer Spencer serait une erreur qu'il ne pouvait se permettre. Au fil des ans, ils avaient développé l'un pour l'autre une sorte d'admiration réticente, mais Philip savait fort bien que, s'il poussait trop loin Spencer, celui-ci se retrancherait derrière la lettre de la loi.

— La question de principe, nous y viendrons. Quand vous m'avez assigné cette mission, je l'ai acceptée parce que ce voleur-là m'intéressait. Il m'intéresse toujours, je dirais même qu'il m'intéresse de plus en plus. Supposons donc, simple hypothèse, que je connaisse l'identité de L'Ombre. Supposons de même que nos conversations m'aient amené à penser que vous pourriez utiliser ses talents en échange d'une petite faveur telle que, disons, une ardoise vierge.

— Une *petite* faveur ? Ce salaud a volé plus que vous !

Philip épousseta d'une chiquenaude sur sa manche une miette imaginaire.

— Inutile de m'insulter, Stuart. Personne au monde n'a volé de bijoux d'une valeur totale aussi considérable que ce que j'ai accompli au cours de ma carrière.

Le visage de Stuart Spencer prit une coloration alarmante.

— Fier de vous, hein ? Je ne me vanterais pas, moi, d'avoir mené la vie d'un voleur !

— Voilà sans doute la différence essentielle entre nous.

— Fracturer des fenêtres, marchander avec des receleurs…

— Arrêtez et comptez jusqu'à dix, Stuart. À aucun prix je ne voudrais être responsable d'une montée périlleuse de votre tension artérielle. Je mettrai donc cette courte pause à profit pour vous dire que, tandis que je crochetais des serrures et escaladais des fenêtres, j'acquérais un réel respect à votre égard. Je végéterais probablement encore dans des petites affaires de seconde zone si vous ne vous étiez pas inexorablement rapproché de moi à chacune de mes… entreprises. Sachez cependant que je ne regrette pas plus d'avoir mené la vie que j'ai menée que d'avoir changé de camp.

Stuart s'était suffisamment calmé pour boire la tasse de thé que Philip lui avait versée tout en parlant. Il s'avouait même, sans rien en laisser paraître, que l'aveu de Philip lui faisait plaisir.

— Vous êtes à côté de la question. Le fait est que vous travaillez désormais pour moi.

— Je ne l'ai pas oublié. Pour revenir à ce que nous disions, enchaîna-t-il en regardant Stuart dans les yeux, j'estime qu'il est de mon devoir de loyal collaborateur de recruter un postulant digne de vos attentes.

— Un voleur !

— Oui, excellent. En outre, poursuivit-il avec son irrésistible sourire, je suis prêt à parier que ni vous ni aucun organisme similaire n'aura le moindre aperçu de l'identité réelle de ce voleur-là. Ni maintenant ni jamais, Stuart, ajouta-t-il avec force. Je vous le garantis.

— Il recommencera.

— Non.

— Comment pouvez-vous l'affirmer ?

— J'y veillerai. Personnellement.
— Qu'est-il pour vous, cet individu ?
— Difficile à expliquer. Écoutez, Stuart, cela fait cinq ans que nous travaillons ensemble. Nombre des missions que j'ai exécutées étaient à la fois sales et dangereuses, et je ne vous ai jamais rien demandé. Maintenant, je vous demande ceci : l'amnistie pour mon hypothétique voleur.
— Je ne suis pas en mesure de garantir…
— Votre parole me suffira. En échange, je vous offre de récupérer le Rubens. Et par la même occasion je vous apporterai un bonus d'une certaine valeur politique susceptible de rafraîchir une situation particulièrement brûlante.

Spencer n'eut pas de mal à additionner deux et deux.

— Au Moyen-Orient ?

Quelle que soit l'issue de sa négociation, Philip était décidé à mener Spencer jusqu'à Abdul et au Rubens. Mais il n'était pas question d'abattre son jeu avant la fin de la partie.

— Simple hypothèse. Disons que les informations que je serais en mesure de vous fournir pourraient permettre à l'Angleterre d'exercer des pressions là où elles seraient le plus utiles.

Spencer le dévisagea un moment en silence. Ils avaient sauté de manière inattendue bien au-delà des pierres précieuses et des questions de principe.

— Vous risquez de perdre pied, Philip.
— Votre sollicitude me touche, Stuart, mais je sais nager, rassurez-vous. Je sais très bien ce que je fais.
— Vous jouez un jeu dangereux.

Le plus dangereux. Le plus important aussi, pensa Philip.

— Un jeu que nous pouvons tous les deux gagner, Stuart.

Stuart se leva, ouvrit une bouteille de scotch posée sur la commode, s'en versa un grand verre et, après une brève hésitation, en versa un autre, qu'il tendit à Philip.

— Dites-moi ce que vous savez, Philip. Je ferai ce que je pourrai.

Philip réfléchit un instant, soupesa ses mots.

— Je place entre vos mains la seule chose qui compte pour moi, Stuart. J'ai vu le Rubens, poursuivit-il en buvant une gorgée de scotch, dans la salle du trésor du roi Abdul du Jaquir.

Spencer ne put s'empêcher d'écarquiller les yeux.

— Que diable faisiez-vous dans la salle du trésor du roi ?

Philip choqua son verre contre celui de Stuart, s'assit, prit ses aises, but une autre grande gorgée.

— C'est une longue histoire. Mieux vaut commencer par le commencement. Avec Phoebe Spring.

2

Jaquir, 1968

Couchée en chien de fusil, trop excitée pour dormir, Adrianne regardait l'aiguille du réveil s'avancer vers minuit. Le début du jour de son anniversaire. Elle allait avoir cinq ans. Autour d'elle, le palais dormait encore, mais le soleil se lèverait dans quelques heures, et le muezzin appellerait les fidèles à la prière. Alors commencerait vraiment la plus merveilleuse journée de sa vie.

Il y aurait des cadeaux, de la musique, des montagnes de chocolats. Les femmes porteraient leurs plus belles toilettes et elles danseraient. Tout le monde viendrait : grand-mère pour lui raconter ses histoires préférées ; tante Latifa, qui souriait toujours et ne grondait jamais personne, amènerait Duja ; Favel au rire communicatif viendrait avec sa smala. Le quartier des femmes résonnerait de rires et de chants, et tout le monde lui dirait combien elle était jolie.

Maman lui avait promis une journée très spéciale. Avec la permission de son père, elles iraient même à la plage dans l'après-midi. Elle mettrait une belle robe toute neuve, en soie avec des rayures de toutes les couleurs de l'arc-en-ciel. Au comble de la joie, Adrianne se tourna de l'autre côté pour regarder sa mère.

Le visage poli comme du marbre sous le clair de lune et, pour une fois, apaisé, Phoebe dormait. Adrianne adorait que sa mère lui permette de grimper à côté d'elle sur le grand lit moelleux. Blottie entre ses bras, elle l'écoutait raconter des histoires qui avaient lieu dans des endroits magiques, New York ou Paris, et qui la faisaient rire.

Tout doucement, afin de ne pas la réveiller, Adrianne tendit une main pour caresser les cheveux de sa mère, qui la fascinaient. Ils étaient comme du feu contre le blanc de l'oreiller. À cinq ans, Adrianne était déjà assez féminine pour lui envier sa somptueuse chevelure. Elle-même avait de longs cheveux noirs, comme toutes les femmes du Jaquir. Seule Phoebe avait les cheveux roux et la peau blanche. Seule Phoebe était américaine. Adrianne ne l'était qu'à moitié, et sa mère ne le lui rappelait que quand elles étaient seules. Parce que cela mettait son père en colère.

Malgré son jeune âge, Adrianne avait compris qu'il valait mieux éviter d'aborder devant son père les sujets qui le fâchaient, même si elle ne saisissait pas bien pourquoi le fait de dire devant lui que Phoebe était américaine lui donnait un regard dur et lui faisait serrer les lèvres. Phoebe avait été une star de cinéma, terme qui laissait Adrianne perplexe mais dont la sonorité lui plaisait. Star de cinéma ! Elle imaginait des étoiles scintillantes dans un ciel de velours sombre.

Après avoir été star, sa mère était devenue reine, la première épouse d'Abdul ibn Faisal Rahman al-Jaquir, souverain du Jaquir et cheikh des cheikhs. Avec ses grands yeux bleus et sa bouche admirable, sa mère était la plus belle des femmes. Elle dominait par sa majesté naturelle les autres femmes du harem, qui, à côté d'elle, avaient l'allure de corbeaux mesquins et querelleurs. Adrianne aurait surtout voulu que sa mère soit heureuse. Maintenant qu'elle avait cinq ans, elle voulait comprendre pourquoi Phoebe avait si souvent l'air triste et pleurait quand elle se croyait seule.

Les femmes étaient protégées, au Jaquir. Celles de la famille royale n'étaient pas censées travailler ni avoir le moindre souci. Elles avaient tout ce qu'elles désiraient, les plus belles chambres, les meilleurs parfums. Sa mère avait les plus belles toilettes et les plus beaux bijoux. Elle avait surtout Le Soleil et La Lune.

Adrianne ferma les yeux pour mieux se rappeler la vision éblouissante du collier au cou de sa mère. Mieux revoir comment étincelait le diamant, Le Soleil ; comment brillait La Lune, une perle unique par sa taille et son éclat. Un jour, lui avait promis Phoebe, Adrianne porterait à son tour le fabuleux collier. Quand elle serait grande.

Quand elle serait grande !... Rassurée par le souffle paisible de sa mère endormie, Adrianne laissa libre cours à son imagination. Quand elle serait grande, quand elle serait une femme et non plus une petite fille, elle se voilerait enfin le visage. Un jour, le mari qu'on lui aurait choisi viendrait l'épouser. Le jour de ses noces, elle porterait Le Soleil et La Lune et elle deviendrait une bonne épouse, mère d'une nombreuse descendance. Elle donnerait des fêtes en l'honneur des autres femmes, les serviteurs passeraient de délicieuses pâtisseries, des chocolats. Son mari serait beau et puissant, comme son père. Peut-être serait-il roi, lui aussi. Et elle serait la plus précieuse de ses possessions.

Pendant que le sommeil la gagnait peu à peu, elle se dit que son mari l'aimerait autant qu'elle rêvait d'être aimée par son père. Elle lui donnerait des fils, beaucoup de fils, de sorte que les autres femmes la considéreraient avec envie et respect. Pas avec pitié ou dédain, comme la pitié et le dédain qu'elles manifestaient à sa mère.

Une lumière la tira brutalement de son assoupissement. Un rai de lumière qui s'élargissait à mesure que la porte s'ouvrait. Alors, à travers la moustiquaire qui entourait le lit comme un cocon, elle vit une ombre s'allonger sur le sol. Elle ressentit d'abord un élan d'amour frustré qu'elle était trop jeune pour comprendre. La peur l'étreignit ensuite, la peur qu'elle éprouvait chaque fois qu'elle voyait son père.

Il serait furieux de la trouver ici, dans le lit de sa mère. Elle savait, pour avoir entendu les conversations du harem, qu'il lui rendait rarement visite depuis que les médecins avaient dit que Phoebe ne pouvait plus porter d'enfants. Adrianne pensait parfois que, quand il venait ainsi la nuit, il voulait simplement admirer Phoebe parce qu'elle était belle. Mais, quand il s'approcha du lit cette nuit-là, la peur lui noua la gorge plus qu'à l'accoutumée. Sans bruit, Adrianne se glissa prestement au bas du lit et s'accroupit dans l'ombre.

Avec la lueur de la lune qui luisait doucement sur son visage et ses cheveux fauves, Phoebe avait l'allure d'une déesse, telle qu'il l'avait vue pour la première fois. Projetant sur les écrans sa beauté et sa sensualité, Phoebe Spring était la femme que tous les hommes désiraient et craignaient à la fois. Abdul avait toujours eu ce qu'il y avait de plus beau, de plus grand, de plus cher. Il l'avait désirée comme il n'avait jamais encore désiré aucune femme. Il l'avait approchée, courtisée de la manière dont une Occidentale aimait être courtisée et avait fait d'elle sa reine.

Elle l'avait ensorcelé. Pour elle, à cause d'elle, il avait trahi son héritage, défié ses traditions. Il avait pris pour femme une Occidentale, une actrice, une chrétienne, et Dieu l'en avait puni. En elle, sa semence n'avait engendré qu'un seul enfant : une fille. Pourtant, il la désirait toujours. Son sein était stérile, mais sa beauté le tentait autant, sinon plus que jamais. Même après que sa première fascination se fut muée en dégoût, son désir pour elle demeurait entier. Phoebe l'avait couvert de honte et avait souillé son honneur par son ignorance de l'islam, mais le corps d'Abdul ne pouvait cesser de la désirer.

Quand il plongeait sa virilité dans une autre femme, c'était avec Phoebe qu'il faisait l'amour. C'était la peau de Phoebe qu'il sentait, ses cris qu'il entendait. Sa honte, il en gardait le secret. Rien que cela aurait justifié qu'il la haïsse, mais c'était l'humiliation publique qu'elle lui avait infligée en ne lui donnant qu'une fille qui l'avait amené à la mépriser. Il voulait qu'elle souffre, qu'elle paie – de la même façon qu'il avait souffert de sa disgrâce et en avait payé le prix.

Il écarta la moustiquaire, arracha le drap. Phoebe s'éveilla en sursaut, le cœur battant. Elle crut d'abord qu'elle était encore dans un rêve où il revenait l'aimer comme il l'aimait naguère. En voyant son regard, elle comprit qu'il ne s'agissait pas d'un rêve. Ni d'amour.

Sa première pensée fut pour l'enfant couchée près d'elle. Dieu merci, le lit était vide.

— Il est tard, Abdul. Non, je t'en prie, suppliat-elle quand il lui arracha sa chemise. Ne fais pas cela.

Ses protestations étaient inutiles, elle en était consciente. Les larmes lui montèrent aux yeux.

Cachée à l'ombre du grand lit, Adrianne tremblait. Sa mère pleurait. Ses parents criaient, se jetaient à la tête des mots qu'elle ne comprenait pas. Son père se dressait nu dans le clair de lune qui faisait luire son corps enveloppé d'une pellicule de sueur. Elle n'avait jamais vu d'homme nu, mais elle n'avait pas peur. Elle savait que la virilité de son père, qui paraissait menaçante, servait à faire des enfants. Elle savait que l'acte était source de plaisir et que les femmes en étaient friandes. Les conversations du harem l'avaient amplement instruite sur ce sujet.

Sa mère ne pouvait plus avoir d'enfant. Mais, s'il y avait du plaisir dans cet acte, pourquoi pleuraitelle ? Pourquoi le suppliait-elle de la laisser seule ? Une femme, avait-elle toujours entendu dire, doit accueillir son mari avec joie dans le lit conjugal. Elle devait lui offrir tout ce qu'il désirait, se réjouir d'être l'objet de son désir.

Le ton montait, sa mère se débattait. Adrianne entendit un mot qu'elle ne comprit pas, mais qui ressemblait à une insulte.

— Comment oses-tu me traiter de putain ? cria Phoebe. Jamais, tu entends, jamais je n'ai connu d'autre homme que toi ! C'est toi qui as pris une autre femme après la naissance de notre fille !

— Tu ne m'as rien donné. Une fille ! Moins que rien. Je n'ai qu'à la regarder pour éprouver l'amertume de mon humiliation !

Hors d'elle, Phoebe le gifla de toutes ses forces. Mais elle ne pouvait pas fuir. Il lui rendit deux gifles, finit de lui arracher sa chemise et se jeta sur elle de tout son poids.

Oui, elle avait un corps de déesse, un corps à rendre fou le plus sensé des hommes. Le désir qu'elle lui inspirait le faisait souffrir comme une maladie incurable – pire, une malédiction. Dans leur lutte, ils renversèrent une lampe qui se brisa sur le sol.

Horrifiée, Adrianne vit son père agripper les admirables seins de Phoebe, y plonger les doigts comme s'il voulait les lacérer. Bien sûr, une femme n'avait pas le droit de se refuser à son mari. Pourtant...

Les yeux pleins de larmes, les mains sur les oreilles pour étouffer les cris et les plaintes, elle se glissa sous le lit après avoir vu son père plonger sa virilité dans le corps de sa mère avec une sauvagerie dont elle ne perdrait jamais le souvenir. Elle ignorait tout du mot viol mais, après l'horreur de cette nuit-là, elle n'aurait pas besoin qu'on lui en donne la définition.

— Tu es bien tranquille, Addy. Tes cadeaux ne te plaisent pas ?

Phoebe brossait avec douceur les longs cheveux de sa fille. Abdul exécrait ce diminutif. Il ne tolérait que le prénom Adrianne, puisque sa fille était de sang mêlé. Malgré tout, par fierté, il avait insisté pour lui donner un prénom plus conforme aux traditions, de sorte qu'Adrianne ne figurait sur les documents officiels que sous le nom Ad Riyahd suivi de tous les patronymes de son père.

— Si, maman, beaucoup.

Sa robe neuve ne lui faisait même plus plaisir. Elle voyait, dans le miroir, le visage de sa mère. Phoebe avait soigneusement dissimulé ses meurtrissures sous le maquillage, mais Adrianne en distinguait quand même les traces.

— Ma petite princesse, murmura Phoebe tendrement. Je t'aime tant, Addy. Plus que tout au monde.

Adrianne se serra contre la poitrine de sa mère, embrassa les seins qu'elle avait vu son père maltraiter si cruellement la veille.

— Tu ne partiras pas ? Tu ne me laisseras pas toute seule ?

— Où es-tu allée chercher une idée pareille ? répondit Phoebe en riant. Mais... tu pleures, ma chérie ! Qu'est-ce qu'il y a ?

— J'ai... j'ai rêvé qu'il te renvoyait. Que tu partais et que je ne te revoyais plus jamais.

— Ce n'est qu'un mauvais rêve, ma chérie. Jamais je ne te quitterai. Jamais.

Un peu rassurée, Adrianne se blottit sur les genoux de sa mère.

— Si j'étais un garçon, il nous aimerait.

La bouffée de colère qu'éprouva Phoebe se mua immédiatement en une amertume désespérée. Mais son talent d'actrice, désormais inutile, lui servirait au moins à consoler et protéger ce qu'elle avait de plus cher au monde.

— Tu ne devrais pas dire des bêtises le jour de ton anniversaire, ma chérie. Et puis les garçons ne portent pas de jolies robes.

— Si j'habillais Fahid en robe, dit Adrianne en pouffant de rire, il ressemblerait à une poupée.

Phoebe essaya d'ignorer ce nouveau coup de poignard. Fahid était le fils d'Abdul et de sa deuxième femme, celle qu'il avait prise après l'échec... Quel échec ? se corrigea-t-elle aussitôt, se surprenant à penser en musulmane. Comment pouvait-elle avoir *échoué* en lui donnant une fille aussi belle ?

Tu ne m'as rien donné. Une fille ! Moins que rien.

— Maman ? interrogea Adrianne, étonnée du silence de sa mère.

— Je pensais... Tu sais quoi, ma chérie ? Il te faut un petit cadeau de plus. Un cadeau secret.

— Un secret ?

— Oui. Reste assise et ferme les yeux.

Phoebe alla chercher dans une commode une petite boule de verre dissimulée entre des piles de vêtements. Elle avait également eu du mal à trouver une cachette pour ses pilules roses, qui l'aidaient à supporter une journée de plus quand rien d'autre ne soulageait son désespoir. Si Abdul les avait découvertes, il l'aurait exposée à une peine infamante. Sans elles, elle n'aurait peut-être pas survécu. Seule Adrianne lui permettait de s'évader de ce cercle vicieux.

— Voilà. Regarde.

C'était un objet, ridicule dans sa simplicité, qu'on pouvait acheter pour quelques sous partout en Occident au moment des fêtes de fin d'année. Adrianne écarquilla les yeux, émerveillée comme si elle tenait un talisman magique.

— Oh, maman ! Qu'est-ce que c'est ?

— Tu vois, dit Phoebe en retournant la boule, c'est de la neige. En Amérique, il neige en hiver, et nous décorons les arbres avec des lumières et des choses telles que celle-ci. Quand j'étais petite, mon grand-père m'emmenait dans un traîneau comme celui que tu vois là. Un jour, ma chérie, nous irons là-bas ensemble.

Fascinée, Adrianne retourna la boule à son tour, regarda la neige retomber sur le traîneau et le petit cheval.

— Elle est si jolie, maman ! Plus joli que ma robe neuve. Je vais la montrer à ma cousine Duja.

— Non, ma chérie. Cela doit rester un secret entre nous. Nous la regarderons quand nous serons toutes les deux seules. Et maintenant il est temps de te préparer, dit-elle en allant remettre la boule dans sa cachette.

Phoebe savait trop bien de quelle manière Abdul réagirait. Depuis la naissance de leur fille, il était devenu fanatique au point de ne tolérer aucun symbole, même aussi insignifiant, évoquant une fête chrétienne.

En spectatrice, Phoebe assista aux festivités. Toutes ces femmes qui riaient et babillaient remettraient leurs voiles à peine sorties. Ces fillettes avaient déjà l'air blasées, pensa-t-elle en priant le Ciel pour qu'Adrianne ne devienne jamais comme elles. Pourtant, elle était dans son élément. Le monde dont sa mère lui parlait parfois était pour elle aussi irréel que la neige de la petite boule de verre. En la voyant prendre dans ses bras son demi-frère Fahid et le couvrir de baisers, Phoebe n'y tint plus. Le fils de celle qui avait pris sa place parce qu'elle avait un fils, un héritier ! Que lui importait que les lois de ce pays autorisent un homme à avoir quatre femmes ! Ces lois n'étaient pas les siennes et ne le seraient jamais. Elle ne supportait pas les parfums trop entêtants, la chaleur. La chaleur, surtout, que la nuit ne parvenait pas à adoucir et qui pesait comme un couvercle, comme un fardeau étouffant.

Comment avait-elle pu trouver le pays si beau quand elle y était arrivée, jeune mariée ? Elle avait vu le désert, la mer, les murs blancs du palais, et elle avait cru que ce lieu était le plus mystérieux, le plus exotique, le plus romantique au monde. Bien sûr, elle était amoureuse à l'époque. Et, Dieu lui pardonne, elle l'était encore. Un peu.

Les premiers temps, Abdul lui avait fait voir la beauté de son pays et la richesse de sa culture. Elle avait renié ses origines et ses coutumes pour se conformer à ce qu'il attendait d'elle. Ce qu'il voulait, elle allait s'en rendre compte, était ce qu'il avait vu à l'écran, le symbole à la fois de sensualité et d'innocence qu'elle avait appris à représenter.

Mais la vraie Phoebe n'était qu'humaine. Trop humaine.

Abdul avait voulu un fils, elle ne lui avait donné qu'une fille. Il avait voulu qu'Adrianne devienne une fille d'Allah, mais Phoebe, elle, resterait toujours le produit de son milieu et de son éducation.

Elle préférait ne plus y penser, ne plus penser à Abdul, encore moins à sa propre existence. Elle avait un besoin désespéré de s'évader, ne serait-ce qu'un moment. De prendre du recul.

Aujourd'hui, elle se promit de n'avaler qu'une petite pilule rose. Une seule. Juste pour l'aider à atteindre le soir.

3

Dès sa quatorzième année, Philip Chamberlain était un voleur aguerri. À dix ans, il avait déjà passé le stade de vider les poches bien garnies d'hommes d'affaires se rendant à leur banque ou de touristes distraits bousculés, au prix d'excuses circonstanciées, au sortir de boutiques élégantes. Il présentait au monde l'image d'un jeune homme bien mis, mince, courtois et d'un abord sympathique.

La nature l'avait doté de mains habiles, d'un regard perçant et d'un don inné pour repérer et jauger ses cibles. Grâce à la ruse et à une bonne connaissance de la boxe, il avait toujours évité de se faire absorber par l'un ou l'autre des gangs qui écumaient les rues de Londres. Il n'avait que mépris pour les brutes qui arrachaient le sac à main des vieilles dames. Quant aux jeunes qui grattaient des guitares en rêvant d'un monde où régnerait la paix universelle, nourris de drogues et d'idéaux fumeux, ils méritaient tout au plus un sourire amusé.

À l'écart de tous les courants à la mode, Philip avait des projets. De grands projets.

Sa mère en occupait le centre. Résolu à tourner le dos une fois pour toutes à la misère, il rêvait d'une vaste maison à la campagne, d'une voiture de luxe, d'une garde-robe signée de tailleurs chic et de somptueuses réceptions. Depuis un an, il commençait à inclure dans ses projets des femmes dignes de tout cela, mais, pour le moment du moins, Mary Chamberlain, qui lui avait donné le jour et l'avait élevé seule, n'avait pas de rivale. Celle de ses ambitions qui primait toutes les autres était de donner à sa mère ce que la vie offrait de meilleur, de remplacer ses bijoux de fantaisie par des vrais et de la sortir de son minuscule appartement à la limite de Chelsea, même si le quartier prenait de la valeur.

Il faisait froid à Londres ce jour-là. Le vent jetait au visage de Philip des paquets de neige tandis qu'il trottait vers le cinéma Faraday, où travaillait Mary. Élégant comme à l'accoutumée, le jeune garçon au col impeccable n'attirait pas le regard des *bobbies*. De toute façon, Philip avait horreur des tenues négligées. Tourné vers l'avenir, il avait toujours trouvé le moyen d'obtenir ce qu'il désirait.

Né pauvre et sans père, il n'était pas assez mûr à son âge pour considérer ce handicap comme un atout au service de son ambition et de sa combativité. Il y avait seulement gagné une horreur de la misère et, surtout, une haine qu'il n'avait jamais pu exprimer envers l'homme qui avait fait un tour de valse dans la vie de sa mère et l'avait mise enceinte par inadvertance. Mary méritait mieux et lui aussi. Dès son plus jeune âge, il avait donc mis ses talents à profit pour s'assurer qu'ils bénéficieraient l'un et l'autre de ce qui leur était dû.

Il avait dans la poche un bracelet de diamants et de perles, et les boucles d'oreilles assorties. Il avait été déçu en les examinant à la loupe : les diamants n'étaient pas de la première eau et le plus gros ne dépassait pas un demi-carat, mais les perles avaient un bel éclat et son fourgue habituel lui en donnerait un prix honnête. Philip était aussi doué pour négocier que pour le reste, et il savait à la livre près ce qu'il tirerait des babioles qu'il possédait – de quoi acheter à sa mère pour Noël un manteau avec un col de fourrure et alimenter son fonds de roulement.

Une file d'attente de gamins excités et de mères surmenées se formait dans le hall du cinéma, qui affichait pour les fêtes le *Cendrillon* de Walt Disney. Philip sourit en franchissant la porte. Il aurait parié que sa mère avait vu le film une dizaine de fois. Sans un happy end, sa journée n'en aurait pas vraiment été une.

Il entra dans la caisse vitrée où il faisait à peine moins froid que dehors, embrassa sa mère en pensant au manteau rouge qu'il avait vu dans une vitrine de Harrod's. Elle serait superbe en rouge.

— Phil !

Comme toujours quand elle voyait son fils, le regard de Mary exprima la joie et la fierté. Qu'il était beau, avec sa mine sérieuse et ses cheveux blonds ! Contrairement à beaucoup de femmes, Mary ne ressentait rien en retrouvant dans ses traits ceux de l'homme qu'elle avait passionnément mais brièvement aimé. Philip était à elle, tout à elle, rien qu'à elle. Même bébé, il ne lui avait jamais causé le moindre souci. Seule, sans mari, sans famille, elle n'avait pas songé un instant à ne pas garder l'enfant. Elle regrettait simplement la haine de Philip envers ce père inconnu, qu'il cherchait d'instinct à retrouver chez tous les hommes qu'il croisait.

— Tu as les mains glacées, dit-il avec sollicitude. Tu devrais mettre des gants.

— Je ne peux pas rendre la monnaie avec des gants, mon chéri.

Elle travaille trop, pensait Phil. Trop pour gagner trop peu. Bien que Mary n'aimât pas avouer son âge, Phil savait qu'elle avait tout juste trente ans. Il était fier de son teint frais et de son allure de jeune fille. Faute d'avoir les moyens de s'offrir de coûteux produits de beauté et des tenues à la mode, elle avait un goût très sûr et s'habillait en copiant avec talent les photos des magazines. Même si elle devait par nécessité repriser ses bas, Mary Chamberlain n'avait rien d'une souillon ou d'une miséreuse.

Phil espérait toujours voir un autre homme entrer dans sa vie et lui offrir enfin une existence digne d'elle. Mais, puisque aucun ne s'était encore manifesté, c'était à lui que cette tâche incombait.

— Tu devrais dire à Faraday de mettre quelque chose de mieux dans ton cagibi que ce vieux radiateur électrique, observa-t-il.

— Laisse donc, mon chéri.

Étouffant un éclat de rire, elle rendit la monnaie à deux adolescentes qui essayaient en vain d'attirer l'attention de son trop séduisant fils. Comment leur en vouloir ? Elle avait même surpris la nièce de ses voisins, qui avait au moins vingt-cinq ans, en train de flirter sans vergogne avec Phil. Sa tolérance avait cependant des limites. Elle savait bien que

Phil la quitterait un jour pour une autre femme, mais ce ne serait certainement pas pour une horrible mégère de douze ans son aînée.

— Ça ne va pas, maman ? s'inquiéta-t-il en la voyant soudain froncer les sourcils.

Mary se reprit aussitôt, rougissant presque.

— Comment ? Non, rien. Tout va bien. Veux-tu entrer voir le film ? M. Faraday n'y verra aucun inconvénient.

Peut-être, pensa Phil en souriant. Tant qu'il ne me repère pas dans la salle... Heureusement, il avait depuis longtemps éliminé Faraday de la liste de ses beaux-pères potentiels.

— Non merci, maman. J'étais juste venu te dire que j'avais des courses à faire. Veux-tu que je prenne quelque chose au marché pendant que j'y suis ?

— Si tu trouvais un beau poulet, ce ne serait pas de refus.

Mary souffla dans ses mains engourdies avant de fouiller dans son sac. Glaciale l'hiver, sa caisse vitrée se transformait en sauna avec les premières chaleurs. Mais au moins c'était un gagne-pain. Une femme sans diplômes et qui devait élever un fils ne pouvait pas se montrer trop difficile. Et il ne lui était jamais venu à l'idée de chiper de temps à autre un billet de une livre dans la caisse.

— Laisse, maman, intervint Phil en la voyant sortir son porte-monnaie. J'ai encore un peu d'argent sur moi.

Elle rendit en hâte sa monnaie à la mère de deux garçons insupportables et d'une fillette grincheuse. Le film commencerait cinq minutes plus tard, mais elle devrait rester à la caisse une demi-heure de plus pour accueillir les éventuels retardataires.

— D'accord, mais prends de l'argent dans la boîte en fer quand tu rentreras à la maison, lui recommanda-t-elle en sachant d'avance qu'il n'y toucherait pas. Au fait, ajouta-t-elle, tu ne devrais pas être à l'école à cette heure-ci ?

— Voyons, maman, on est samedi aujourd'hui.

— C'est vrai, j'avais oublié. Tu sais, M. Faraday compte faire une rétrospective Cary Grant le mois prochain. Il m'a même demandé de l'aider à choisir les films.

Phil brûlait d'impatience de partir. Le petit sachet de cuir dans sa poche le démangeait.

— Nous passerons en premier mon préféré, reprit Mary. *La Main au collet*. Il te plaira sûrement.

— Peut-être.

Phil scruta le regard innocent de sa mère sans rien y déceler. Se doutait-elle de ses activités ? Elle ne lui avait jamais posé de questions sur les petits cadeaux qu'il lui rapportait de temps en temps. Elle était loin d'être bête, bien sûr. Simplement... elle était optimiste.

— Je t'inviterai à dîner en ville ton soir de congé, dit-il en posant un baiser sur sa joue.

Elle se retint de lui caresser les cheveux. Un tel geste en public aurait gêné Phil.

— À tout à l'heure, mon chéri. Un des plus beaux rôles de Grace Kelly, poursuivit-elle. Dire qu'elle est devenue une vraie princesse ! J'y pensais encore ce matin en lisant dans un magazine un article sur Phoebe Spring.

— Qui ça ?

— Voyons, Phil ! Phoebe Spring, la plus belle femme du monde !

— C'est ma mère, la plus belle femme du monde, déclara Phil, qui la vit rougir et pouffer de rire, comme il l'escomptait.

— Tu sais t'y prendre avec les femmes, mon garçon ! Regarde, dit-elle en lui montrant la page du magazine. C'était une merveilleuse actrice, elle aussi, et elle a épousé un roi. Maintenant, elle vit avec l'homme de ses rêves dans un fabuleux palais en Orient. Une histoire digne d'un film. La petite à côté d'elle est leur fille, la princesse. À cinq ans, elle est déjà belle comme un cœur, tu ne trouves pas ?

Phil jeta sur la photo un regard distrait.

— Ce n'est qu'un bébé.

— Je me le demande. La pauvre petite a l'air bien triste.

— Tu t'imagines encore des histoires.

Il laisserait sa mère rêver de ses contes de fées made in Hollywood et des princesses de pacotille dans des limousines blanches, mais il ferait en sorte qu'elle mène une vie de princesse et qu'elle en ait une, de limousine, bien à elle.

— Il faut que je m'en aille, maman.

— Amuse-toi bien, mon chéri.

Et Mary se replongea dans la lecture de son magazine. Quelle jolie petite fille, pensa-t-elle en éprouvant un élan maternel face à la photo de la jeune princesse aux yeux tristes.

4

Adrianne adorait aller dans les souks. À l'âge de huit ans, elle savait distinguer au premier coup d'œil un vrai diamant d'un cristal taillé ou un rare rubis birman d'une pierre quelconque. Elle errait pendant des heures dans les souks avec Jiddah, sa grand-mère, admirant les plus belles gemmes que lapidaires et joailliers offraient à la convoitise des clientes. Les pierres constituent la seule véritable sécurité des femmes, lui disait sa grand-mère. À quoi bon amasser dans un coffre de banque des lingots d'or ou des liasses de billets quand une femme peut arborer sur elle diamants, émeraudes, saphirs, symboles de sa valeur ?

Si elle n'était pas encore astreinte à porter le voile, Adrianne n'était plus tout à fait une enfant. Elle pressentait des changements dont elle ne pouvait pas encore définir clairement la nature. Dans le royaume aussi, car le pays luttait contre la pauvreté et la famille royale était riche. Fille aînée du roi, Adrianne avait droit aux attributs de son rang, mais elle savait qu'Abdul ne lui avait jamais ouvert son cœur.

Sa deuxième épouse, Leïla, avait donné au roi deux filles après Fahid. On murmurait au harem qu'Abdul avait eu une telle crise de rage à la naissance de la première fillette qu'il avait voulu la répudier. Heureusement, le prince héritier était beau et vigoureux, et Leïla devrait bientôt être de nouveau enceinte. Toutefois, soucieux d'assurer sa descendance, Abdul avait pris entre-temps une troisième épouse, qu'il s'était hâté de féconder.

Phoebe avalait désormais une pilule rose tous les matins et fuyait la réalité dans des rêveries sans fin. La dernière livraison lui avait coûté une bague d'émeraude, mais elle avait reçu en prime une bouteille de vodka russe, qu'elle consommait avec parcimonie, ne s'accordant qu'un petit verre après chaque visite d'Abdul dans sa chambre. Elle ne se donnait même plus la peine de lutter et subissait la brutalité de sa possession en concentrant ses pensées sur la consolation que lui procurerait l'alcool à la fin de l'épreuve.

Elle pourrait partir, bien sûr. Si elle en avait le courage, elle s'enfuirait avec Adrianne pour regagner le monde réel où les femmes n'étaient pas contraintes de dissimuler leur corps comme s'il était honteux et de se soumettre aux cruels caprices des hommes. Elle pourrait rentrer en Amérique, où elle était aimée, où les gens se pressaient dans les cinémas pour l'admirer. Elle reprendrait sa carrière, elle savait encore jouer la comédie – ne le faisait-elle pas tous les jours ? En Amérique, elle pourrait surtout donner à Adrianne une vie heureuse et digne d'elle.

Non, partir était impossible... Pour sortir du royaume, une femme devait d'abord obtenir la permission écrite de son mari ou d'un homme de sa famille, ce qu'Abdul ne lui accorderait jamais. Il la désirait plus encore qu'il ne la haïssait. Elle le lui avait déjà demandé et il avait refusé. Une évasion coûterait une fortune et l'exposerait à des risques qu'elle était maintenant prête à assumer – mais pour elle seule. Jamais elle ne pourrait quitter le pays avec sa fille. Aucune somme d'argent, si énorme soit-elle, ne déciderait le plus hardi des contrebandiers à assurer la fuite clandestine de la fille aînée du roi.

Phoebe avait surtout peur du sort qu'Abdul réserverait à Adrianne si elle la laissait seule. Il serait capable de la cacher n'importe où, voire dans quelque prison au milieu du désert sans que celle-ci puisse rien faire pour l'en empêcher. Adrianne n'aurait d'autre recours que la police ou les tribunaux du royaume, tous aux ordres d'Abdul. Phoebe ne pouvait pas se permettre de faire courir un tel risque à sa fille.

Plus d'une fois, elle avait songé au suicide – l'ultime évasion. Elle y pensait comme elle avait longtemps pensé à l'amour, un acte digne d'être désiré et chéri. Parfois, pendant d'interminables après-midi accablés de chaleur, elle contemplait son flacon de pilules en se demandant ce qu'elle ressentirait en les avalant toutes pour se laisser glisser dans le monde à la fois doux et brumeux des rêves. Ce devait être une belle et bonne fin… Elle était même allée jusqu'à vider le flacon dans le creux de sa main, puis elle avait caressé en les comptant les petites boules roses qui lui ouvriraient les portes de l'oubli.

Mais elle aurait abandonné Adrianne. Et, cela, il n'en était pas question. Elle ne pouvait donc rien faire d'autre que rester, continuer à se droguer jusqu'à ce que la réalité devienne à peu près supportable.

Cet après-midi-là, l'atmosphère confinée du harem lui parut soudain plus oppressante qu'à l'accoutumée.

— J'ai besoin de prendre l'air, dit-elle à Adrianne, pelotonnée sur ses genoux. Allons dans le jardin.

Docilement, Adrianne suivit sa mère.

Comme toujours quand elle sortait au milieu de la journée, une chaleur de four agressa Phoebe, réveillant ses regrets à l'égard de la brise fraîche du Pacifique. Dans la villa qu'elle possédait naguère à Malibu, elle aimait parfois passer des heures près de la grande baie vitrée ouverte sur l'océan à respirer l'air salin et vivifiant tandis que les rouleaux déferlaient inlassablement sur la plage.

Ici, les fleurs emplissaient l'air de leurs parfums entêtants, et en guise d'horizon des murs se dressaient pour interdire aux femmes d'éveiller la tentation des passants. Car, selon les principes de l'islam, les femmes n'étaient que des objets sexuels destinés au plaisir de l'homme par la volonté d'Allah, des créatures trop faibles ou trop stupides pour protéger elles-mêmes leur vertu. Heureusement, les hommes y veillaient à leur place.

La première fois qu'elle était entrée dans ce jardin, avec ses fleurs odorantes aux couleurs éclatantes et ses chants d'oiseaux, Phoebe avait cru pénétrer dans un décor de conte de fées. Tout autour, le désert étendait à perte de vue ses dunes de sable aride alors qu'à l'abri des murs blancs prospéraient orangers et citronniers, hibiscus, jasmins et lauriers-roses. Au centre, une fontaine bruissait. Quand il avait amené ici Phoebe pour qu'elle devienne sa reine, Abdul l'avait fait bâtir à son intention en symbole du flot constant de son amour. Si l'amour s'était tari depuis longtemps, la fontaine, elle, continuait de couler, et Phoebe restait son épouse, la première des quatre auxquelles il avait droit. Mais le mariage était devenu pour elle une prison.

Oublieuse de la mine songeuse de sa mère, Adrianne lançait des petits cailloux dans la fontaine en faisant des grimaces qui finirent par faire sourire Phoebe.

— Ma belle petite actrice ! dit-elle en l'embrassant. En Amérique, les gens se bousculeraient pour t'applaudir.

— Comme pour toi ?

— Oui, ma chérie. J'ai toujours voulu faire plaisir aux gens et les rendre heureux. C'est pour cela que le public m'aimait.

— La journaliste qui était venue disait que tout le monde te regrettait.

La journaliste ? Cela datait de deux ou trois ans, sinon plus. Tout se mêlait, s'estompait dans la tête de Phoebe. Elle ne s'attendait pas que sa fille en ait gardé le souvenir. Adrianne n'avait pas plus de quatre ou cinq ans, à l'époque.

— C'est vrai, je m'en souviens maintenant. Qu'avais-tu pensé d'elle ?

— Elle parlait trop vite et elle avait les cheveux courts, comme un garçon. Elle n'était pas contente qu'on lui ait interdit de prendre des photos et elle t'avait demandé pourquoi tu portais le voile.

— Tu as vraiment bonne mémoire, ma chérie.

Phoebe avait dû mentir en expliquant que le voile la protégeait de la chaleur et de la poussière. Adrianne n'avait pas oublié que sa mère avait pleuré après le départ de la journaliste.

— Elle disait plein de choses gentilles sur toi. Elle reviendra ?

— Un jour, peut-être.

Phoebe ne se faisait cependant pas d'illusions : elle était déjà oubliée. En lisant les rares lettres qu'Abdul lui permettait de recevoir, elle savait que de jeunes actrices, Jane Fonda, Faye Dunaway, d'autres encore, occupaient au firmament de Hollywood la place qui avait été la sienne.

— Tu étais une star, déclara Adrianne. La plus belle de toutes.

— Peut-être, soupira Phoebe, il y a bien longtemps. Je travaillais beaucoup, mais je me plaisais en Californie. J'avais une maison au bord de la mer et beaucoup d'amis. Et puis mon métier m'a fait connaître des endroits que je n'imaginais même pas, Paris, New York, Londres. C'est à Londres que j'ai fait la connaissance de ton père.

— Où c'est, Londres ?

— En Europe, voyons ! As-tu déjà oublié tes leçons ?

— Je n'aime pas les leçons, je préfère les histoires. Mais je me souviens qu'il y a là-bas une reine dont le mari n'est qu'un prince. C'est idiot, non ? En plus il y fait froid et il y pleut souvent.

— Oui, mais Londres est quand même une très belle ville. J'y ai tourné les scènes d'un film dans les rues, les gens se pressaient derrière les barrières et m'appelaient par mon prénom. C'est à cette époque-là que j'ai rencontré ton père. Il était si beau, si élégant...

Phoebe ferma un instant les yeux. Ce souvenir amena sur ses lèvres un sourire rêveur.

— J'étais très impressionnée parce que c'était un roi, reprit-elle. Il fallait respecter le protocole, nous étions entourés de photographes, mais quand nous nous sommes parlé cela n'avait plus d'importance. Ce soir-là, il m'a invitée à dîner et nous sommes allés danser.

Adrianne écarquilla les yeux.

— Tu as dansé pour lui ?

— Non ma chérie, avec lui, répondit Phoebe en riant. En Europe et en Amérique, les hommes et les femmes dansent ensemble.

— C'est permis ? demanda la fillette, incrédule.

— Bien sûr. Une femme a le droit de danser avec un homme, de se promener avec lui, d'aller au théâtre ou au cinéma. Là-bas, les femmes ont le droit de faire beaucoup de choses.

— Alors tu as dansé avec lui parce que vous étiez mariés ?

— Non, ma chérie, nous avons dansé, nous sommes tombés amoureux l'un de l'autre et nous nous sommes mariés ensuite. Je ne sais pas comment te l'expliquer, tout est si différent... Le reste du monde n'est pas du tout comme le Jaquir, tu sais.

L'air mélancolique de sa mère n'échappa pas à Adrianne.

— Tu veux y retourner, n'est-ce pas ?

— C'est si loin… Trop loin, sans doute. En épousant Abdul, j'ai tout laissé derrière moi. Je l'aimais, il me désirait. Le jour de notre mariage a été le plus heureux de ma vie. Et puis il m'a donné Le Soleil et La Lune. Quand il a mis le collier à mon cou, je me suis sentie une vraie reine et j'ai cru que tous mes rêves d'enfant se réalisaient.

— C'est le trésor le plus précieux du royaume. Cela prouve qu'il t'aimait plus que tout.

— Oui, à l'époque. Maintenant il ne m'aime plus.

Adrianne le savait, pourtant elle avait du mal à l'admettre.

— Tu es sa femme. La reine.

— Une parmi les trois, soupira Phoebe.

— Non ! Il a pris les autres parce qu'il veut des fils. Un homme doit avoir des fils.

Phoebe saisit tendrement le visage de sa fille entre ses mains. Elle voyait les larmes qui perlaient à ses yeux, la peine qui les assombrissait. Elle en avait peut-être trop dit, mais ne pouvait plus reprendre les paroles qui lui avaient échappé.

— Je sais qu'il te néglige et que tu en souffres, ma chérie. Mais tu n'y es pour rien. C'est à cause de moi.

— Il me déteste.

C'était vrai, hélas ! La haine froide que lisait Phoebe dans le regard d'Abdul quand il posait les yeux sur sa fille lui faisait peur et la blessait jusqu'au fond du cœur.

— Mais non. Ce n'est pas toi qu'il déteste, je t'assure. Il m'en veut d'être ce que je suis et de ne pas être celle qu'il voudrait que je sois. C'est moi qu'il voit quand il te regarde. Il ne voit pas ce qu'il y a de lui en toi, le meilleur de lui-même.

— Moi, je le hais !

Effrayée, Phoebe regarda autour d'elle. Elles étaient seules au jardin, mais les voix portaient dans le silence, et trop souvent des oreilles indiscrètes traînaient pour entendre ce qu'il ne fallait pas.

— Il ne faut pas dire cela, ma chérie. Il ne faut même pas le penser. Tu ne peux pas comprendre ce qu'il y a entre Abdul et moi.

— Il te bat, et c'est pour cela que je le hais. Il me regarde sans me voir, et c'est aussi pour cela que je le hais.

— Chut ! Ne dis pas cela, ma chérie.

Ne sachant que faire, Phoebe prit sa fille dans ses bras et la berça en lui fredonnant à l'oreille une chanson. Adrianne garda le silence. Elle n'avait pas voulu faire de peine à sa mère et ne s'était même pas doutée que les paroles sorties de sa bouche étaient en elle. Maintenant qu'elles étaient prononcées, elle en acceptait la réalité. Elle prenait conscience que la haine qu'elle éprouvait pour son père existait avant même qu'elle ait été témoin de sa violence envers sa mère, une haine nourrie de son indifférence et de ses traitements méprisants qui la mettaient à l'écart, sinon au ban des autres enfants de la famille. Pourtant, cette haine l'emplissait de honte. Un enfant devait révérer et honorer ses parents. Elle prit alors la résolution de ne jamais plus en parler à personne.

Au cours des semaines suivantes, Adrianne passa de plus en plus de temps avec sa mère. Elle l'accompagnait au jardin et, sans se lasser, l'écoutait parler de cet autre monde mystérieux et irréel qu'elle avait tant de mal à imaginer. Elle y prenait autant de plaisir qu'à écouter les légendes que racontait sa grand-mère.

Un jour qu'Adrianne écoutait celle-ci lui narrer une histoire de belles princesses et de méchants dragons, Jiddah s'interrompit.

— Pourquoi mon Adrianne a-t-elle l'air aussi triste ? demanda Jiddah. Ce conte ne te plaît pas ?

— Si, grand-mère. Mais... Crois-tu que le roi répudiera ma mère ?

Jiddah avait remarqué que, depuis plusieurs mois, sa petite-fille ne disait plus que « le roi » en parlant de son père. Elle s'en inquiétait autant qu'elle s'en affligeait.

— Je ne sais pas, ma chérie. Il ne l'a pas fait depuis neuf ans, en tout cas.

— S'il la répudiait, nous devrions partir et je ne te verrais plus. Cela me ferait beaucoup de peine, tu sais.

— À moi aussi, ma chérie. Mais tu ne devrais pas te faire de souci à ce sujet. De toute façon, tu es déjà grande, tu te marieras un jour, tu me quitteras et tu me donneras des arrière-petits-enfants.

— Tu leur raconteras des belles histoires, comme à moi ?

— Bien sûr, ma chérie, répondit Jiddah en l'embrassant tendrement. Je les aimerai autant que toi.

La grand-mère allait reprendre le cours de son histoire quand Fahid arriva en trombe et tira Adrianne par la main.

— Viens ! Viens ! lui ordonna-t-il avec une autorité digne d'un prince héritier.

Adrianne se laissa glisser des genoux de sa grand-mère. Elle aimait son demi-frère et cédait volontiers à tous ses caprices.

— Où veux-tu m'emmener ?
— Dans ta chambre. Je veux jouer avec ta toupie.

Ils partirent en courant sous le regard indulgent de leur grand-mère. Notablement plus petite que celles de ses frères et sœurs, subtile brimade que son père lui infligeait parmi d'autres, la chambre d'Adrianne était toutefois joliment décorée en rose et blanc, dans des motifs qu'elle avait elle-même choisis. Sur une étagère étaient rangés ses jouets, dont la plupart venaient d'Amérique, envoyés par une amie de sa mère.

Elle avait reçu la toupie des années plus tôt. C'était un jouet tout à fait ordinaire, mais ses couleurs brillantes et la musique qu'elle faisait en tournant fascinaient Fahid.

— La toupie ! Donne-moi la toupie !
— Ferme d'abord les yeux.

Une fois, Fahid avait grimpé sur une chaise pour la prendre et s'était fait une grosse bosse en tombant. Lorsqu'il avait appris la cause de la blessure de son précieux héritier, Abdul avait puni Adrianne en la consignant dans sa chambre pendant une semaine. Depuis, Adrianne avait dû cacher la toupie afin d'éviter de nouveaux problèmes.

S'étant assurée que les yeux de Fahid étaient bien fermés, elle se glissa sous son lit, où elle dissimulait ses biens les plus précieux. Elle posait la main sur la toupie quand le petit garçon rampa derrière elle.

— Fahid ! protesta-t-elle. Tu n'es pas gentil, tu n'auras rien !

Comme à son habitude, Fahid se fit pardonner par de gros baisers, et Adrianne se laissa attendrir. Ils sortaient tous deux de sous le lit avec la toupie quand le regard de Fahid tomba sur la boule de verre au paysage de neige.

— C'est joli ! s'exclama-t-il en s'en emparant. Pour moi.

Adrianne l'agrippa par les chevilles pour le tirer vers elle.

— Non ! Ce n'est pas pour toi.

Une fois debout, il contempla avec stupeur la neige qui retombait à l'intérieur de la boule, qu'il ne voulut plus lâcher.

— C'est magique ! Je vais la montrer à maman.
— Non, Fahid !

Mais il partait déjà en courant, riant aux éclats. Adrianne se lança à sa poursuite. Ravi de ce nouveau jeu, le petit garçon accéléra de plus belle et s'engouffra dans le corridor reliant le quartier des femmes aux appartements du roi.

Pour la première fois, Adrianne éprouva une réelle inquiétude, qui la fit hésiter à continuer. Aucune femme de la maison, sauf ordre exprès du roi, n'avait le droit de franchir cette limite. Elle s'avança donc avec prudence, appelant Fahid et lui promettant une surprise inédite quand elle entendit le bruit d'une chute. Les éclats de rire s'interrompirent brusquement. Adrianne avança de quelques pas et découvrit Fahid étalé de tout son long aux pieds de son père.

Malgré la pénombre du corridor, Adrianne n'eut pas de mal à voir la colère briller dans le regard du roi.

— Pourquoi n'es-tu pas avec ta mère ? demanda-t-il.

Adrianne s'avança, la tête baissée en signe de soumission.

— Je jouais avec mon frère, dit-elle avec autant d'humilité qu'elle le pouvait.

— Tu es incapable de t'occuper de lui, laissa tomber Abdul d'un ton méprisant qui lui fut plus douloureux qu'une gifle. Et toi, lança-t-il à l'adresse de Fahid, ne pleure pas. Les hommes ne doivent pas pleurer, encore moins les princes.

Adrianne garda la tête baissée pour dissimuler la fureur qui étincelait dans ses yeux. Abdul se penchait pour relever son fils quand il aperçut la boule de verre que le petit garçon n'avait pas lâchée. Sa colère, qui s'était un peu apaisée, éclata de nouveau.

— Qu'est-ce que c'est ? gronda-t-il en lui arrachant l'objet avec une brutalité qui fit redoubler les pleurs de Fahid. Où as-tu trouvé cette chose ? Je t'interdis de jouer avec, tu entends ? C'est interdit.

Adrianne s'interposa pour prévenir la gifle qui ne manquerait pas de s'abattre avec force sur le petit garçon en larmes.

— Cet objet est à moi, dit-elle. Je le lui ai prêté.

Elle s'apprêta à recevoir le coup, mais celui-ci ne vint pas. Au lieu de l'explosion de rage qu'elle attendait, elle n'avait en face d'elle qu'un mépris glacé, et elle lutta contre les larmes qui lui montaient aux yeux. Elle savait que la dignité et la froideur étaient ses seules défenses.

— Tu t'amuses donc à corrompre mon fils en lui donnant des objets chrétiens ? Je n'en attendais pas moins de ta part, dit-il en jetant la boule contre un mur, où elle se brisa. Retourne dans les appartements des femmes et n'en sors plus. À partir de maintenant, je t'interdis de t'approcher de mon fils.

Terrifié, Fahid s'accrochait en sanglotant à la jambe d'Adrianne. Le roi l'empoigna sans douceur et s'éloigna dans le couloir pendant que le petit garçon se débattait et appelait en vain sa sœur à l'aide.

5

Sa disgrâce endurcit Adrianne.

Au fil des mois, Phoebe s'inquiéta de l'évolution de sa fille. Elle se résignait depuis des années à son propre malheur faute d'entrevoir d'autre solution. Pour elle, son existence d'Américaine avait pris fin le jour où elle était entrée dans le monde de son mari. Le carcan des lois et des traditions du pays avait étouffé sa personnalité. En tant que femme, elle était forcée de s'y conformer en dépit de ses convictions et de ses aspirations.

Elle avait toutefois une consolation : n'ayant rien connu d'autre, Adrianne était parfaitement adaptée aux mœurs de son pays natal. Malgré la défaveur de son père, elle y jouissait d'une position sociale dont nul, pas même le roi, ne pouvait la déposséder. Elle avait une famille, des compagnons de jeu, un avenir assuré. En un mot, la sécurité.

Attirés par le pétrole, les Occidentaux venaient de plus en plus nombreux au Jaquir, comme dans tout le Moyen-Orient. Abdul entendait profiter de l'argent et des technologies qu'ils apportaient, même s'il les haïssait d'autant plus qu'il dépendait d'eux. Du fait de ces nouvelles circonstances, Phoebe recevait, comme par le passé, des journalistes auprès desquels elle jouait son rôle légendaire de reine du désert. Elle pensait que leur présence finirait par provoquer quelques changements dans cette société rétrograde, peut-être même par faire souffler un vent de liberté. Elle se raccrochait à cet espoir, moins pour elle-même, qui n'espérait plus rien, que pour Adrianne. Pourtant, à mesure que les mois s'écoulaient, elle se demandait si cette hypothétique libération ne surviendrait pas trop tard pour que sa fille puisse en bénéficier.

Docile en apparence, Adrianne était de plus en plus taciturne et repliée sur elle-même. Si elle jouait encore avec ses cousines et écoutait les contes de sa grand-mère, l'insouciance de la jeunesse semblait l'avoir désertée. Plus que jamais, Phoebe aspirait à retrouver son pays et à y emmener sa fille pour lui faire connaître un monde où ne régnaient pas les contraintes et les lois moyenâgeuses du Jaquir. Mais, plus elle en rêvait, plus le rêve lui paraissait lointain. Elle cherchait donc refuge dans les tranquillisants et l'alcool, les seules échappatoires à sa portée.

Phoebe avait gardé un caractère simple. Même au sommet de sa carrière dans le monde sophistiqué du spectacle, elle était restée la petite campagnarde ingénue de son Nebraska natal. Certes, elle avait côtoyé dans son milieu l'alcool et la drogue mais, par réflexe, avait préféré fermer les yeux sur leurs effets malsains et destructeurs. Or, depuis son arrivée au Jaquir, elle était devenue toxicomane sans même en avoir pris conscience. La drogue n'était pour elle qu'un moyen de rendre ses journées supportables avant qu'elle sombre dans l'inconscience de la nuit.

Elle perdait ainsi la notion du temps et avait le sentiment d'être devenue aussi irréelle que les personnages factices qu'elle incarnait à l'écran.

Abdul et Phoebe ne se parlaient plus en privé. En public, quand il le jugeait utile, ils jouaient ensemble leur rôle de couple romantique devant les photographes. Le roi autorisait leur présence malgré la répugnance qu'ils lui inspiraient. Tiraillé entre son image de monarque gardien des traditions et mandataire du progrès qu'il voulait afficher, il ne cédait qu'à contrecœur aux attraits des devises fortes dont le flot enrichissait son pays au rythme des pompes qui y puisaient le pétrole.

Ayant fait ses études en Occident, il pouvait fréquenter chefs d'État et ministres et leur donner l'impression qu'il était un homme à l'esprit ouvert et à l'intelligence brillante. Dans sa jeunesse, il avait cru que les traditions de l'Islam et de l'Ouest pourraient un jour coexister. Il en était maintenant arrivé à considérer ces contrées-là non seulement comme une menace mais comme une abomination maudite par Allah. Ces convictions cristallisaient désormais autour de la personne de Phoebe, qui, à ses yeux, symbolisait la corruption et le déshonneur.

Dans une longue robe noire qui la couvrait du cou aux chevilles, la tête sous un foulard dissimulant sa chevelure rousse dont pas une mèche ne dépassait, elle attendait debout le bon plaisir de son seigneur et maître qui la toisait d'un regard dédaigneux. Son visage blafard n'avait plus rien du teint laiteux dont elle avait été si fière, et son regard terne et flou était dénué de toute expression.

Une droguée, pensa Abdul avec dégoût. Voilà ce qu'elle est devenue.

Sachant que chaque minute d'attente aggravait la crainte et le malaise de Phoebe, Abdul pianota un instant sur son bureau d'acajou.

— Vous êtes invitée à Paris à un bal de charité, dit-il enfin.

— À Paris ?

— Certains ont eu, paraît-il, l'idée d'organiser une rétrospective de vos films. Ils doivent trouver amusant de voir l'épouse du roi du Jaquir s'exhiber en public.

Il affichait un sourire narquois. Sans doute espérait-il de la part de sa première femme un mouvement de révolte ou une parole de défi afin de pouvoir l'humilier en retour. Elle ne voulut pas lui accorder cette satisfaction.

— Il fut un temps, répondit-elle calmement, où le roi du Jaquir éprouvait un certain plaisir à regarder Phoebe Spring.

À ce rappel de la fascination coupable avec laquelle il l'avait admirée et désirée, le sourire d'Abdul s'effaça.

— Votre présence à cette soirée intéresse apparemment du monde, se borna-t-il à dire.

— Vous m'autorisez à aller à Paris ?

— Je dois y traiter certaines affaires. Il est donc souhaitable que mon épouse américaine m'accompagne pour montrer les liens qui existent entre le Jaquir et l'Occident. Vous saurez, je pense, comment vous comporter.

— Bien sûr. Un bal à Paris ? ajouta-t-elle sans pouvoir retenir un léger sourire.

— Une robe sera exécutée à vos mesures. Vous porterez Le Soleil et La Lune et agirez avec la dignité qui convient à une reine. Si votre conduite devait me causer le moindre embarras, nous prétexterions une soudaine indisposition et vous partiriez dans l'heure.

La seule idée d'aller à Paris redonnait des forces à Phoebe.

— Je comprends. Et Adrianne…

— Des mesures sont déjà décidées en ce qui la concerne, l'interrompit Abdul.

La peur saisit à nouveau Phoebe. Elle aurait pourtant dû savoir qu'Abdul reprenait toujours d'une main ce qu'il donnait de l'autre.

— Quelles mesures ?

— Elles ne vous regardent pas.

Elle devait à tout prix maîtriser ses nerfs et faire preuve de la plus extrême prudence.

— Je vous en prie, Abdul. Je ne veux que la préparer à tenir son rang. Je suis une mère comme les autres, elle est ma fille unique.

Abdul s'assit à son bureau sans inviter Phoebe à prendre elle aussi un siège.

— Elle doit aller en Allemagne dans un pensionnat qui forme les jeunes filles de la haute société avant leur mariage, déclara-t-il.

Oubliant prudence et retenue, Phoebe se jeta à ses pieds.

— Non ! Grand Dieu, Abdul, vous ne pouvez pas l'envoyer à l'école aussi loin ! Je n'ai qu'elle au monde ! Que vous importe qu'elle reste auprès de moi ?

— Elle est aussi et avant tout membre de la famille royale, répliqua-t-il sèchement. Le fait que votre sang coule dans ses veines est une raison de plus pour la séparer de vous et l'éduquer convenablement avant des fiançailles officielles.

— Fiançailles ? s'exclama Phoebe, affolée. Elle n'est encore qu'une enfant. Même au Jaquir on ne marie pas les enfants de force !

— Elle épousera le prince Karim al-Misha le jour de son quinzième anniversaire. Les pourparlers sont sur le point de se conclure. Elle se rendra au moins utile en épousant un ami et un allié politique. Remerciez-moi plutôt. Je ne la donne pas à un ennemi.

Prostrée aux pieds d'Abdul, elle résista à la tentation de se jeter sur lui et de lui labourer la peau du visage afin de voir ruisseler son sang. Elle l'aurait fait sans hésiter si cela avait suffi à sauver Adrianne. Mais, avec lui, elle savait que la force était aussi inutile que la raison. Le choc lui avait rendu assez de lucidité pour puiser dans ses réserves de ruse féminine.

— Pardonnez-moi, dit-elle en laissant ses larmes couler. Je suis faible et égoïste. Je n'ai pensé qu'à perdre mon enfant au lieu de me réjouir de votre générosité. Je ne suis qu'une femme sans cervelle, Abdul, poursuivit-elle en s'essuyant les yeux, mais pas au point d'ignorer la gratitude. Vous avez raison. Dans ce pensionnat, je suis sûre qu'elle apprendra à devenir une bonne épouse et une femme accomplie qui vous fera honneur.

D'un air impatient, il lui fit signe de se relever.

— J'ai toujours cherché à faire mon devoir, envers elle comme envers mes autres enfants.

— Je sais, Abdul. Puisque nous allons à Paris, vous pourriez envisager de l'emmener avec nous. Beaucoup d'hommes, surtout haut placés, aimeraient avoir une épouse ayant l'expérience du monde, pouvant les accompagner dans leurs voyages d'affaires ou leurs vacances, les seconder plutôt qu'être un poids mort. Sa naissance doit mettre Adrianne à la hauteur de toutes les circonstances. L'éducation que vous avez vous-même reçue en Europe et votre propre expérience vous permettent sûrement de mieux comprendre le monde et la place que doit y occuper le Jaquir.

Excédé, Abdul était près d'éconduire Phoebe, mais ses dernières phrases firent mouche. Il était le premier convaincu que ses séjours dans les capitales de l'Occident avaient fait de lui un meilleur roi – et un meilleur fils d'Allah.

— J'y penserai, se borna-t-il à répondre.
— Merci, dit-elle avec une feinte humilité.

De retour dans sa chambre, Phoebe refusa l'oubli facile de l'alcool et des pilules. Étendue sur son lit, elle se força à réfléchir.

Par faiblesse, par peur, elle avait vécu dix ans en esclavage dans ce pays. Mais elle ne laisserait pas Adrianne se faire enlever de force et marier à un inconnu pour mener ensuite la même existence bornée que la sienne.

Paris était le premier pas vers la liberté. Elle allait y emmener sa fille et n'en jamais revenir.

Le grand jour arriva enfin. Au comble de l'excitation, Adrianne embrassa ses cousines, promit de rapporter des cadeaux. Le harem bruissait comme une volière des pépiements des femmes à la perspective de ce grand voyage que deux d'entre elles allaient accomplir. Pour une fois, Phoebe bénissait le voile qui dissimulait ses traits tendus par l'angoisse. S'il y a un Dieu, pensait-elle, je ne reverrai jamais plus ces femmes et cet endroit. Elle s'étonnait cependant d'éprouver des regrets en embrassant pour la dernière fois ses belles-sœurs, sa belle-mère, ses cousines par alliance auprès desquelles s'étaient écoulés près de dix ans de sa vie.

Sur un dernier baiser de sa grand-mère – heureuse que son fils semblât enfin s'intéresser à Adrianne, qui avait toujours été la préférée de ses petits-enfants –, la fillette traversa le jardin avec sa mère jusqu'au portail, où une voiture attendait. Adrianne, trop excitée pour remarquer le silence de Phoebe, ne cessait de bavarder. Elle parlait du voyage en avion, de Paris, des emplettes qu'elle allait y faire, elle posait une question et sautait à une autre sans même attendre la réponse. En arrivant à l'aéroport, Adrianne était malade d'excitation, Phoebe, de terreur.

Depuis l'afflux des Occidentaux, la confusion régnait dans l'aéroport trop exigu. Les rugissements des réacteurs se mêlaient à la cacophonie des voix s'exprimant dans différentes langues. Dominant ses appréhensions, Phoebe entraîna Adrianne à travers le hall d'embarquement vers le tarmac et l'avion flambant neuf d'Abdul, acquis grâce aux royalties du pétrole.

En le voyant, Adrianne ouvrit de grands yeux.

— Il est tout petit ! Il ira jusqu'à Paris ?

— Bien sûr, ma chérie, la rassura Phoebe. Ne crains rien.

Le luxe de la cabine démentait ses dimensions. Les sièges étaient recouverts de velours et les petites lampes, au-dessus de chaque place, pourvues d'abat-jour en cristal. La climatisation diffusait des effluves de bois de santal, le parfum préféré d'Abdul, et des serviteurs se tenaient prêts à satisfaire aux désirs des passagers.

Abdul était déjà à bord. Penché sur des dossiers avec son secrétaire particulier, il ne tourna pas même la tête lorsque Phoebe et Adrianne gagnèrent leurs places et se borna à adresser un geste désinvolte à l'un de ses hommes. Quelques secondes plus tard, les moteurs vrombissaient et l'appareil prenait de la vitesse. Adrianne sentit son estomac protester quand le nez de l'avion commença à pointer vers le ciel.

— Maman...

— N'aie pas peur, ma chérie, nous nous envolons comme les oiseaux. Regarde, le Jaquir est tout petit. Bientôt, nous ne le verrons plus.

Les dents serrées, Adrianne lutta courageusement pour ne pas être malade en présence de son père et regarda par le hublot. Au bout d'un moment, son malaise dissipé, elle finit par s'endormir sur l'épaule de sa mère. Celle-ci, quand elle vit enfin au-dessous d'elle les flots bleus de la Méditerranée, fit une fervente prière.

L'arrivée à Paris plongea Adrianne dans une incrédulité mêlée d'émerveillement. Les récits de sa mère sur ces mondes inconnus qui la faisaient tant rêver allaient devenir réalité.

Ses parents eux-mêmes étaient différents. De même qu'elle avait vu dans l'avion son père vêtu d'un complet occidental, sa mère portait un tailleur de la même nuance que ses yeux, et sa chevelure d'un roux flamboyant cascadait librement sur ses épaules. En passant la douane, Phoebe s'était même adressée à un homme, un inconnu. Adrianne avait lancé un regard apeuré à son père, qui n'avait rien dit.

Ici, les femmes marchaient librement, seules ou au bras d'un homme. Elles portaient des jupes ou des pantalons ajustés dévoilant la forme de leurs jambes, et personne ne les regardait. La vue de deux personnes qui s'embrassaient au milieu de la foule causa à Adrianne une stupeur scandalisée. Aucun gardien de la foi n'était là pour les arrêter ou les menacer d'un fouet.

Le soleil se couchait quand elles sortirent de l'aérogare. Adrianne s'attendait à entendre le muezzin appelant à la prière du soir, mais il n'en fut rien. La confusion qui régnait ne ressemblait pas au chaos désorganisé qu'elle avait vu à l'aéroport du Jaquir. Les voyageurs montaient dans des taxis, hommes et femmes ensemble, sans honte ni dissimulation. Elle voulait tout voir, tournait la tête de tous les côtés, et Phoebe dut la tirer par la main pour la faire avancer.

Sa première vision de Paris au crépuscule allait rester gravée dans la mémoire d'Adrianne. Après un bref trajet sur une autoroute où les voitures roulaient à des vitesses affolantes, elle découvrit des rues et des avenues bordées de hauts immeubles aux façades dorées par les derniers rayons du soleil. Mais c'était moins la vitesse de la grosse limousine dans laquelle elle se trouvait que la magie du spectacle qui la fascinait et lui coupait littéralement le souffle.

Le long de la Seine, des couples marchaient main dans la main, des gens attablés à des terrasses de café parlaient et riaient, buvant dans des verres pleins de liquides ambrés ou rouges comme le soleil couchant. Si on lui avait dit que l'avion l'avait transportée dans un autre temps ou sur une autre planète, elle l'aurait cru.

Quand la voiture s'arrêta devant l'hôtel, Adrianne attendit que son père ait mis pied à terre pour risquer une question.

— Est-ce que nous en verrons plus, tout à l'heure ?

— Demain, ma chérie. Demain.

Phoebe essaya de ne pas frissonner. Elle ne pouvait s'empêcher de trouver que le bâtiment ressemblait à un palais. Une petite armée de serviteurs, de gardes du corps et de secrétaires attendait dans le hall. À la vive déception d'Adrianne, sa mère et elle furent immédiatement escortées vers une suite où on les laissa seules.

— On va dîner dans un restaurant ?

— Pas ce soir, ma chérie. Nous dînerons dans notre chambre, tu pourras commander tout ce que tu voudras.

Avant que la porte se referme, Phoebe avait eu le temps de voir un garde posté dans le couloir. Même à Paris, elles seraient donc cloîtrées comme au harem. Aux yeux d'Adrianne, qui en faisait le tour, le luxueux salon n'était pas loin de l'évoquer. Mais, contrairement aux quartiers des femmes dans le palais paternel, celui-ci avait des fenêtres ouvertes sur la ville. Les lumières qui s'allumaient au sommet des réverbères ouvragés donnaient un air de fête à l'immense place décorée de colonnes, de fontaines et, au centre, d'un obélisque. Un vaste parc s'ouvrait à gauche derrière des grilles, des arbres formaient une masse verdoyante sur la droite et un autre palais se dressait en face de l'hôtel. Sous les fenêtres, des voitures allaient et venaient, des passants flânaient ou se hâtaient vers quelque destination connue d'eux seuls. La fillette était à Paris, mais n'avait pas le droit de participer à la vie de la cité, comme si on lui avait mis sous les yeux un somptueux bijou auquel elle ne pouvait que jeter un regard avant qu'il soit de nouveau enfermé dans un coffre inaccessible.

Phoebe, elle aussi, était attirée par les fenêtres, par le spectacle de la vie dont elle avait une nostalgie d'autant plus profonde qu'elle l'avait jadis connue et partagée.

— Sois patiente, ma chérie, dit-elle en attirant sa fille vers elle pour l'embrasser. Demain sera le jour le plus excitant de ta vie, je te le promets. Tu me fais confiance, n'est-ce pas ?

— Oui, maman.

— Je te le promets, répéta-t-elle. Profite bien de la vue, je reviens dans une minute.

— Où vas-tu ?

— Juste dans la chambre à côté. Regarde Paris, la ville est belle à cette heure de la journée.

Phoebe referma derrière elle la porte d'une main tremblante. Il était dangereux de se servir du téléphone. Des jours durant, elle avait essayé d'imaginer une méthode plus sûre, en vain. Malgré son besoin de réconfort, elle n'avait touché ni à l'alcool ni aux tranquillisants depuis qu'elle avait pris la décision de profiter de son passage à Paris pour prendre la fuite. Elle avait l'esprit plus clair qu'il ne l'avait été depuis des années. Elle prenait donc ce risque en espérant qu'Abdul ne soupçonnerait rien.

Un rire nerveux lui vint aux lèvres lorsqu'elle décrocha le combiné. Elle, une adulte vivant au XXe siècle, n'avait pas touché un téléphone depuis dix ans ! Elle eut du mal à composer le bref numéro du standard de l'hôtel.

— Parlez-vous anglais ? demanda-t-elle.
— Bien sûr, madame. Que désirez-vous ?

Dieu merci, se dit-elle en s'asseyant au bord du lit.

— Je voudrais envoyer un télégramme aux États-Unis.

Pendant ce temps, Adrianne était à la fenêtre, les mains collées à la vitre comme si, par quelque miracle de la volonté, elle pouvait la dissoudre et se mêler au monde extérieur qui vivait sous ses yeux. La conduite de sa mère l'inquiétait. Si Phoebe tombait malade, elles seraient immédiatement renvoyées toutes les deux au Jaquir. Dans ce cas, elle ne reverrait jamais plus cette ville magique ni aucune autre. Elle ne reverrait jamais plus les femmes au visage fardé et aux jambes nues, jamais plus les hautes maisons et les milliers de lumières.

Son père serait enchanté qu'Adrianne ait vu cette ville sans pouvoir la toucher, qu'elle en ait respiré le parfum sans y goûter. Ce serait une nouvelle manière de la punir d'être une femme, de sang mêlé de surcroît, donc doublement inférieure.

Comme si les pensées de la fille avaient attiré le père, celui-ci entra à ce moment-là. Adrianne se retourna lorsqu'elle entendit le bruit de la porte. La jeune fille était menue pour son âge, mais d'une beauté déjà prometteuse. Abdul ne voyait qu'une fillette maigrichonne aux yeux trop grands et à la moue entêtée.

— Où est ta mère ?
— Dans la chambre.

Voyant qu'il s'y dirigeait, elle fit un pas en avant.

— Pourrons-nous sortir ce soir ? lui demanda-t-elle.

— Non, répondit-il sans même lui accorder un regard.

D'autres auraient battu en retraite. Adrianne insista.

— Il n'est pas tard, le soleil est à peine couché. Grand-mère m'a dit qu'il y avait beaucoup de choses à voir le soir à Paris.

Cette fois, il s'arrêta et se tourna vers elle. Il était rare qu'elle ose lui adresser la parole, plus rare encore qu'il daigne l'écouter.

— Tu ne sortiras pas. Tu n'es ici que parce que je te l'ai permis.

— Pourquoi l'avez-vous fait, alors ?

Face à une telle audace, les yeux d'Abdul lancèrent des éclairs.

— Mes raisons ne te concernent pas. Sache que si ta présence m'importune je me débarrasserai de toi.

Le regard d'Adrianne brilla à son tour de fureur.

— Je suis de votre sang. Pourquoi me haïssez-vous tant ?

— Tu n'es pas de mon sang, mais du sien, cracha-t-il.

Il allait ouvrir la porte quand Phoebe apparut. Elle avait les joues en feu et le regard d'un animal traqué. Son trouble évident fit plaisir à Abdul. Même en dehors des murs du harem, elle ne se sentait pas en sûreté.

— Une interview aura lieu demain matin, déclara le roi. Nous prendrons notre petit déjeuner à neuf heures avec une journaliste. Vous vous habillerez en conséquence et veillerez à ce qu'elle se conduise bien.

— Bien entendu, acquiesça Phoebe. Après l'interview, j'aimerais sortir faire quelques achats et emmener Adrianne visiter un musée.

— Faites ce que vous voudrez entre dix heures du matin et quatre heures de l'après-midi. Je n'aurai besoin de vous qu'à ces heures-là.

— Merci. Je vous sais gré de nous permettre de visiter Paris.

— Faites en sorte que votre fille tienne sa langue, sinon elle ne verra Paris qu'à travers cette fenêtre.

Abdul parti, Phoebe se laissa tomber dans un fauteuil. Ses jambes ne la portaient plus.

— Je t'en prie, ne le mets pas en colère.

— Je n'ai qu'à exister pour le mettre en colère !

Voyant les yeux de sa fille s'emplir de larmes, Phoebe lui tendit les bras.

— Tu es jeune, ma chérie. Trop jeune pour tout cela. Je te le revaudrai au centuple, je te le promets. Je te le promets, répéta-t-elle.

Pour la première fois de sa vie, Adrianne prenait un repas avec son père. Tout à la joie de visiter Paris et de porter une belle robe neuve, elle oublia leur dialogue de la veille et s'abstint de la moindre parole pouvant lui valoir une nouvelle réprimande et compromettre sa découverte de la ville.

Après avoir pris place parmi eux, la journaliste remercia chaleureusement le roi d'avoir bien voulu lui accorder un entretien et se tourna vers Phoebe.

— Vos fans se réjouissent de vous revoir enfin, Votre Majesté. Ils ont l'impression que vous les avez sacrifiés à l'amour.

Le café prit un goût amer dans la bouche de Phoebe.

— Tous les amoureux savent que c'est loin d'être un sacrifice, répondit-elle en souriant.

— Puis-je vous demander si vous n'avez aucun regret d'avoir délaissé votre brillante carrière cinématographique ?

Le regard de Phoebe s'adoucit en se posant sur Adrianne.

— Comment avoir des regrets quand on a tant de bonheur ?

— Votre histoire est un vrai conte de fées. Une des femmes les plus admirées au monde enlevée par amour dans une terre mystérieuse et lointaine. Une terre, poursuivit la journaliste en se tournant cette fois vers Abdul, qui s'enrichit chaque jour davantage grâce au pétrole. Que pense Votre Majesté de l'afflux des Occidentaux dans son royaume ?

— Le Jaquir est un petit pays qui accueille avec reconnaissance les progrès que lui apporte le pétrole. Il est cependant de ma responsabilité de roi d'ouvrir la porte à ces progrès tout en veillant à la préservation de notre culture.

— Votre amitié pour l'Occident est connue de tous. Votre mariage avec une Américaine en est la preuve la plus éloquente. Mais est-il vrai que Votre Majesté ait une autre épouse ?

Avec un sourire amusé, Abdul porta à ses lèvres un verre de jus d'orange. Seule Phoebe remarqua que sa main se crispait sur le verre. Abdul avait horreur d'être interviewé par des femmes.

— Ma religion permet à un homme d'avoir quatre épouses, à condition bien entendu de les traiter sur un pied d'égalité.

— Étant donné l'essor des mouvements féministes aux États-Unis et en Europe, ne pensez-vous pas que des conflits culturels de cette nature pourraient poser problème aux pays qui viennent investir au Moyen-Orient ?

— Nous sommes différents, mademoiselle, autant par notre foi que par notre manière de nous vêtir. Le peuple du Jaquir serait choqué, par exemple, qu'un homme et une femme aient des rapports intimes avant le mariage. Mais ces différences ne suffiront pas, j'en suis convaincu, à compromettre des intérêts économiques dont bénéficient ces parties en présence.

— Bien entendu, approuva la journaliste.

Elle n'était pas venue parler politique, encore moins religion ou économie. Ses lecteurs voulaient seulement savoir si Phoebe Spring était toujours aussi belle et son mariage toujours aussi romantique. Elle mordit dans son toast et se tourna vers Adrianne. La fillette, dont les traits tenaient à la fois de son père et de sa mère, était ravissante.

— Dites-moi, princesse Adrianne, quel effet cela vous fait-il de savoir que votre mère a longtemps été considérée comme la plus belle femme à apparaître sur les écrans ?

Adrianne hésita, mais le bref regard dur que son père lui lança lui fit reprendre contenance.

— Je suis très fière d'elle. Ma mère est la plus belle femme du monde.

— Je ne connais personne qui serait prêt à vous contredire, admit la journaliste en riant. Peut-être marcherez-vous un jour sur ses traces à Hollywood ? Pouvons-nous espérer que vous referez un film, Votre Majesté ?

Phoebe avala une gorgée de café en espérant que cela calmerait les protestations de son estomac, et prit la main d'Adrianne sous la table.

— Ma famille est ma seule priorité. Je suis enchantée, bien sûr, d'avoir été invitée ici et de revoir quelques vieux amis. Mais le choix que j'ai fait a été dicté par l'amour, comme vous le disiez vous-même. Et, dans ce cas, dit-elle en soutenant le regard d'Abdul, une femme ne recule devant rien.

— Tant pis pour Hollywood et tant mieux pour le Jaquir, commenta la journaliste. Beaucoup de gens se demandent si vous porterez ce soir le collier du

Soleil et de La Lune, considéré comme un des plus beaux bijoux du monde, auquel tant de légendes sont attachées.

— Ce collier est un cadeau de mariage de mon mari. Après ma fille Adrianne, c'est le don le plus précieux qu'il m'ait fait. Je serai très fière de le porter.

— Je ne peux imaginer une femme au monde qui n'enviera pas Votre Majesté ce soir.

Serrant toujours la main d'Adrianne sous la table, Phoebe salua d'un sourire le compliment.

— Tout ce que je puis vous dire, c'est que j'attends cette soirée avec une impatience que je n'ai pas éprouvée depuis longtemps. Elle sera sûrement mémorable. *Inch Allah*, dit-elle en regardant Abdul dans les yeux.

Comme Phoebe s'y attendait, deux gardes et un chauffeur les guettaient à la sortie de l'hôtel. La première victoire qu'elle venait de remporter lui redonnait confiance en la réussite de son projet. Elle avait demandé à la réception son passeport, sur lequel, fort heureusement, Adrianne figurait. Pensant sans doute qu'elle s'enquérait d'un service de l'hôtel, les gardes bavardaient près de la porte sans prêter attention à son bref arrêt au comptoir ni remarquer que l'employé s'était absenté un instant avant de revenir lui glisser le document dans la main. Elle en aurait pleuré de joie. Ignorant encore la manière dont elle procéderait pour échapper à ses cerbères, elle était animée d'une détermination nouvelle et se fiait à l'inspiration du moment.

— Nous allons faire quelques achats, dit-elle à Adrianne, qui sautait de joie sur la banquette de la limousine. Dior, Chanel. Tu verras les plus ravissantes toilettes du monde. Ne t'éloigne pas de moi, surtout. Je ne veux pas te perdre. Promis ?

— Promis.

Fidèle à sa promesse, Adrianne ne lui lâcha pas la main tandis qu'elle la suivait dans les plus belles et les plus luxueuses boutiques d'Europe.

Un autre monde de rêve s'ouvrit devant elle. Elle était accueillie dans des salons, vivement éclairés et meublés de chaises dorées, avec des égards dont elle n'avait jamais bénéficié dans son pays. Des dames fort bien habillées lui offrirent du thé, des gâteaux, des jus de fruits pendant que des jeunes filles, qu'elle trouvait trop maigres, paradaient devant sa mère dans d'élégantes tenues.

Phoebe acheta sans compter tout ce qui lui passa par la tête, robes de cocktail et tailleurs de soie ou de lin. Si son plan réussissait, elle ne les porterait jamais, mais c'était pour elle une sorte de revanche sur les privations subies depuis dix ans. De boutique en maison de couture, elle chargeait ses gardes de paquets qu'elle espérait ne pas devoir ouvrir.

— Nous visiterons le Louvre avant le déjeuner, annonça-t-elle à Adrianne lorsque le coffre et les banquettes de la limousine ne purent plus rien contenir.

— On peut aller dans ce restaurant dont grand-mère m'a parlé ? Maxim's, ou quelque chose comme cela ?

— Je ne sais pas encore, ma chérie, répondit Phoebe en consultant sa montre. Nous verrons tout à l'heure.

— Il y a tant de choses à voir ! Quand tu me parlais des pays où tu avais été, je croyais que tu inventais des histoires. Mais c'est mieux, mille fois mieux encore !

La voiture longeait la Seine. Phoebe ouvrit la vitre, inspira profondément.

— Respire, ma chérie. La sens-tu ?

— Quoi ? L'eau du fleuve ?

— Non, murmura Phoebe. La liberté. N'oublie jamais cet instant.

Lorsque la voiture s'arrêta devant le musée, Phoebe en descendit avec une majesté royale, sans un regard pour les gardes, et entra au Louvre en tenant sa fille par la main. La foule bigarrée des visiteurs parut aussi fascinante à Adrianne que les œuvres d'art que sa mère lui montrait. Elles arpentaient des galeries, des salons, s'arrêtaient de temps à autre devant un tableau. Les gardes les suivaient à quelques pas, l'air de s'ennuyer prodigieusement. Phoebe se pencha vers sa fille comme pour commenter un tableau.

— Maintenant, murmura-t-elle, tu vas faire exactement ce que je te dis. Ne pose pas de questions et ne me lâche pas la main.

Sans se retourner, elle se fondit avec Adrianne dans un groupe de touristes, se fraya un chemin à coups d'épaule pour s'en dégager, puis, la voie enfin libre, s'enfonça dans un couloir en courant à toutes jambes. Elle entendit crier derrière elle et poursuivit sans ralentir sa course folle. Les visiteurs et les gardiens voyaient avec effarement passer une femme hors d'haleine, aux cheveux roux épars, avec une fillette dans les bras. Elle dévala un escalier, s'engouffra dans un autre couloir sans savoir si elle s'approchait de la sortie ou pénétrait davantage au cœur du bâtiment. Avant tout, elle voulait distancer les gardes. Après des dizaines de tours et de détours, elle vit enfin la porte. Portant toujours Adrianne, Phoebe jaillit à l'extérieur et s'écroula presque sur le trottoir, mais reprit aussitôt sa course.

Arrivée sur le quai de la Seine, elle s'arrêta le temps de reprendre son souffle, de respirer l'air de la liberté qui montait du fleuve. Par miracle, il lui suffit de lever la main pour arrêter un taxi, où elle s'engouffra en hâte avec Adrianne.

— Orly, parvint-elle à articuler. Vite, je vous en prie. Vite.

— Oui madame, répondit le chauffeur en accélérant.

Elle regarda derrière elle, affolée. Ses poursuivants n'étaient nulle part en vue. Alors, seulement, elle se permit de se détendre un peu.

— Que se passe-t-il, maman ? Pourquoi avoir couru aussi vite ? Où allons-nous ?

Phoebe se couvrit le visage de ses mains. Elle avait franchi le point de non-retour.

— Je ne peux pas encore te l'expliquer. Fais-moi confiance, ma chérie. Ce que je fais, c'est pour toi, pour ton bien.

Serrées l'une contre l'autre, elles sortirent de Paris sans mot dire.

Lorsqu'elle entendit le grondement des réacteurs à l'approche de l'aéroport, Adrianne eut un mouvement de frayeur.

— Nous retournons au Jaquir ?

Phoebe fouilla dans son sac, donna au chauffeur plus du double de la course et sauta sur le trottoir. Tenaillée par la peur, elle redoutait de voir à son tour Abdul jaillir d'une voiture et la rattraper. Il la tuerait, elle en était sûre. Il la tuerait avant de parachever sa vengeance sur Adrianne.

— Non, ma chérie. Nous ne retournerons jamais au Jaquir. Nous allons en Amérique, à New York. Crois-moi, je le fais parce que je t'aime. Viens vite, dépêchons-nous.

La bousculade et le vacarme du hall faillirent faire reculer Phoebe. Elle n'avait pas voyagé seule depuis des années. Même au sommet de sa gloire, elle ne se déplaçait jamais sans une petite armée de secrétaires, d'habilleuses, de photographes. Elle ne réussit à surmonter sa panique qu'en sentant la main d'Adrianne se crisper dans la sienne.

Elle parcourut rapidement les panneaux des compagnies aériennes au-dessus des comptoirs jusqu'à ce qu'elle repère celui de la Pan American. Elle avait demandé à son amie Celeste que les billets soient prêts au comptoir de la Pan Am. Priant pour que Celeste ait fait le nécessaire, elle s'approcha du guichet et sortit son passeport de son sac en arborant son plus beau sourire de star.

— Bonjour. J'ai deux billets pour New York, dit-elle à l'employé.

Ébloui par le sourire, l'employé cligna des yeux.

— Oui, madame. J'ai vu vos films, ajouta-t-il. Vous êtes inoubliable.

Phoebe sentit son courage revenir. Ainsi, ses fans ne l'avaient pas complètement oubliée...

— Merci. Les billets sont en ordre ?

— Oui, bien sûr, bafouilla l'employé, bouche bée, sans cesser de la dévisager. Voici votre carte d'embarquement, le numéro de la porte. Vous avez quarante-cinq minutes devant vous.

Les mains moites, Phoebe prit la carte et les billets.

— Parfait, merci.

Elle tournait le talons quand l'employé la héla :

— Madame ! Une minute, s'il vous plaît !

Phoebe se figea, le cœur battant.

— Pourriez-vous... pourriez-vous me signer un autographe ?

Un éclat de rire lui échappa.

— Bien sûr, avec plaisir. Comment vous appelez-vous ?

— Henri, madame, dit-il en lui tendant une feuille de papier. Je ne vous oublierai jamais. Et je verrai tous les films que vous referez.

Phoebe signa avec entrain, lui rendit la feuille.

— Eh bien, Henri, croyez-moi, je ne vous oublierai jamais non plus ! répondit-elle avec un sourire qui sembla le paralyser. Viens, Adrianne. Nous ne devons pas manquer notre avion. Et que Dieu bénisse Celeste. C'est ma meilleure amie, elle nous attendra à New York.

Le spectacle de l'aérogare n'intéressait plus Adrianne. Sa mère était très pâle et sa main tremblait dans celle de sa fille.

— Il va être très en colère ? demanda-t-elle.

— Oui, mais il ne te fera jamais de mal. Je te le promets, je ferai tout ce qu'il faudra, mais il ne te fera jamais de mal.

Sur quoi, la tension de ces dernières heures eut raison de Phoebe, qui porta une main à son estomac et se précipita dans les toilettes les plus proches, prise de nausées.

— Maman, je t'en prie, remets-toi, dit Adrianne, terrifiée. Il faut rentrer avant qu'il s'en aperçoive. Je dirai que c'est ma faute, que je m'étais éloignée, que tu m'as couru après.

Phoebe se redressa, s'essuya les lèvres.

— Impossible, ma chérie. Il n'est pas question de retourner auprès de lui. Il voulait t'envoyer au loin. En Allemagne. Je ne lui permettrai jamais de t'enfermer dans un pensionnat, de te marier de force à un homme comme lui. Je ne veux pas que tu mènes une vie comme celle que j'ai menée. Cela me tuerait.

La peur s'effaça peu à peu du regard d'Adrianne. Dans l'espace exigu des toilettes, elle venait de franchir un nouveau seuil.

— Tu te sens mieux, maman ? Viens, appuie-toi sur moi.

Phoebe était à peine moins pâle quand elles embarquèrent dans l'avion, s'assirent à leurs places et bouclèrent leurs ceintures tandis que les réacteurs commençaient à gronder. Son cœur avait retrouvé son rythme normal. Il ne lui restait dans la tête qu'un sourd martèlement lui rappelant le confinement du harem, sa chaleur oppressante et, dans la bouche, un goût amer de bile et de peur. Épuisée, elle ferma les yeux et ne vit pas le steward se pencher vers elle.

— Madame ? Puis-je vous servir à boire à vous et à la demoiselle après le décollage ?

— Oui. Pour ma fille, quelque chose de frais.

— Et pour vous ?

— Un scotch. Double.

6

Celeste Michaels consacrait sa vie au théâtre. Dès sa plus tendre enfance, elle avait décidé d'être actrice – et pas une simple actrice, une star ! Ses parents dûment circonvenus avaient accepté de lui offrir des cours d'art dramatique, persuadés que cette lubie lui passerait. L'aveuglement parental se poursuivit alors même que Celeste passait des auditions et se produisait dans des troupes locales. Comptable de profession, Andrew Michaels considérait la vie comme une suite de pertes et profits et ne voyait encore aucun de ceux-ci grever l'avenir de sa fille. Quant à Nancy Michaels, aimable femme au foyer, elle trouvait son plaisir dans la confection de pâtisseries variées pour les festivités de sa paroisse. Sans s'apercevoir que le théâtre imposait déjà sa loi dans le déroulement de leur paisible existence, l'un et l'autre étaient persuadés que leur petite Celeste finirait par se lasser des artifices de la scène.

À quinze ans, ayant décrété qu'elle était née pour être blonde, Celeste donna à sa chevelure châtain clair une teinte dorée qui allait rester sa marque distinctive. Sa mère avait poussé des cris d'horreur, son père l'avait sermonnée, mais les cheveux de

Celeste étaient demeurés résolument blonds. C'est peu après cet événement que sa mère s'était plainte à son père qu'ils auraient sans doute obtenu de meilleurs résultats éducatifs si leur fille s'était intéressée aux garçons et à l'alcool plutôt qu'à Shakespeare et à Tennessee Williams.

Le lendemain de l'obtention de son diplôme de fin d'études, Celeste avait quitté son douillet cocon familial du New Jersey pour partir à la conquête de Manhattan. Ses parents l'avaient accompagnée au train avec un ahurissement mêlé de soulagement.

Celeste entreprit un marathon d'auditions tout en accumulant les petits boulots pour payer le loyer de son minuscule studio au cinquième sans ascenseur. À vingt ans, elle s'était mariée à un séduisant copain dont elle s'était séparée avec fracas un an après. À ce stade de sa vie, elle avait cessé depuis belle lurette de regarder en arrière.

Moins de dix ans plus tard elle était une reine de Broadway ayant à son actif une kyrielle de triomphes et trois Tony Awards, sans oublier un somptueux duplex à Central Park West. Elle avait offert à ses parents une luxueuse limousine pour leur dernier anniversaire de mariage, ce qui ne les empêchait pas de persister à attendre son retour au bercail. Après la dissipation de ses fantasmes théâtraux, croyaient-ils, elle ne manquerait pas de s'assagir enfin et de se marier avec un brave garçon, méthodiste de préférence.

Tandis qu'elle arpentait le hall de l'aérogare, Celeste se félicitait du relatif anonymat des actrices de théâtre. Les gens ne voyaient en elle qu'une belle blonde de taille moyenne, aux formes dignes d'intérêt. Ils reconnaissaient rarement l'amoureuse enflammée ou l'ambitieuse lady Macbeth qu'elle incarnait sur les planches – à moins qu'elle ne le décide. Pour le moment, elle préférait se fondre dans la foule et consultait sa montre en se demandant si Phoebe avait pu attraper son avion.

En pêchant une cigarette dans son sac, elle se dit qu'il y avait déjà dix ans qu'elle n'avait pas vu son amie et elle soupira. Lorsque Phoebe était venue à New York pour le tournage en extérieur de son premier film, leur amitié avait été instantanée. Celeste venait de divorcer et n'avait pas le moral au beau fixe. Douce, attentive, distrayante, Phoebe avait été une bouffée d'air frais dans sa vie, et elles étaient devenues l'une pour l'autre la sœur qu'elles n'avaient jamais eue. Elles traversaient les États-Unis chaque fois qu'elles le pouvaient pour passer quelques jours ensemble et, le reste du temps, payaient des notes de téléphone monstrueuses pour avoir le plaisir de se parler. Inutile de préciser que Celeste avait sauté de joie quand Phoebe avait eu sa nomination aux Oscars et que Phoebe avait manifesté un enthousiasme délirant lorsque Celeste avait reçu son premier Tony.

Tout aurait pourtant dû les opposer. Autant Celeste était volontaire et ambitieuse, autant Phoebe était influençable et confiante, parfois jusqu'à la naïveté. Sans l'avoir cherché, elles s'étaient donc équilibrées l'une l'autre en s'offrant une complicité à laquelle elles attachaient toutes deux le plus grand prix.

Puis Phoebe s'était mariée et envolée vers son royaume du désert. Au bout d'un an, leur correspondance s'était raréfiée jusqu'à cesser tout à fait. Sans l'avouer à personne, Celeste avait cruellement souffert de se sentir ainsi délaissée par Phoebe. Même si sa vie professionnelle était toujours aussi riche et progressait selon les axes qu'elle avait elle-même tracés, Celeste vivait l'abandon de son amie comme une plaie qui ne se refermait pas. Au fil des ans, elle continuait cependant d'envoyer des cadeaux à Adrianne, qu'elle considérait comme sa filleule et dont les mots de remerciement l'amusaient par leur formalisme malhabile. Elle l'aimait déjà et ne demandait qu'à l'aimer davantage. En partie parce que Celeste avait épousé le théâtre et qu'elle savait cette union condamnée à rester stérile, en partie parce qu'Adrianne était la fille de Phoebe.

Celeste éteignit sa cigarette et sortit de son sac une poupée rousse, habillée d'une robe de velours bleu rehaussée de blanc. Elle l'avait choisie en pensant que cela ferait plaisir à la fillette d'avoir une poupée dont les cheveux étaient de la même couleur que ceux de sa mère. Mais elle ne savait toujours pas, après une aussi longue séparation, ce qu'elle allait dire à Phoebe, et encore moins à sa fille.

Le vol fut enfin annoncé. Celeste arpenta nerveusement le hall de l'aérogare en attendant que les voyageurs franchissent les contrôles de la douane et des passeports. Elle ne voyait pas de raison logique à la sourde angoisse qu'elle éprouvait tout à coup – si ce n'est le texte sibyllin du télégramme, qu'elle se rappelait mot à mot.

CELESTE, ENVOIE DEUX BILLETS POUR NEW YORK AU COMPTOIR PAN AM D'ORLY, VOL DE DEMAIN 14 HEURES. VIENS M'ATTENDRE SI TU PEUX. JE NE PEUX COMPTER QUE SUR TOI. PHOEBE.

Elle les vit dès qu'elles franchirent la porte, la grande rousse au port majestueux et la fillette délicate comme une poupée de porcelaine. Serrées l'une contre l'autre, Celeste se demanda laquelle rassurait et réconfortait l'autre. Quand Phoebe leva les yeux, son visage exprima une gamme de sentiments où dominait le soulagement – mais, avant le soulagement, Celeste y avait reconnu la terreur. Elle se hâta à la rencontre de son amie pour la serrer dans ses bras.

— Phoebe ! Je suis tellement heureuse de te revoir enfin.

— Dieu merci, Celeste, tu es là. Dieu merci !

Le tremblement désespéré de la voix de son amie poussa Celeste à garder un sourire rassurant quand elle se pencha vers Adrianne, dont elle remarqua aussitôt les yeux cernés par l'épuisement.

— Voici enfin ton Addy, dit-elle en caressant les cheveux de la fillette. Tu as fait un long voyage, mais il est bientôt terminé. Une voiture nous attend dehors.

— Je ne pourrai jamais assez te remercier…, commença Phoebe.

— Ne dis pas de bêtises, l'interrompit Celeste. Tiens, dit-elle à Adrianne en lui tendant la poupée. Je t'ai apporté un petit cadeau pour célébrer ton arrivée en Amérique.

Adrianne caressa d'un doigt le velours de la robe, qui lui rappela celle de sa cousine Duja, mais elle était trop fatiguée pour pleurer.

— Elle est très jolie. Merci beaucoup.

— Allons chercher vos bagages et rentrons à la maison, vous avez toutes les deux besoin de vous reposer.

— Nous n'avons pas de valises, dit Phoebe, qui dut s'appuyer sur Celeste pour ne pas vaciller. Nous n'avons rien.

— Parfait. Allons-y.

Celeste décida que les questions pouvaient attendre et prit Phoebe par la taille. Un regard à la fillette lui permit de comprendre que celle-ci était en état de marcher sans aide.

Contrairement au moment où elle était arrivée à Paris, Adrianne ne s'intéressa pas aux endroits qu'elle traversait avec Phoebe et Celeste pendant le trajet de l'aéroport à Manhattan. Incapable de se détendre dans la limousine, elle observait sa mère comme elle n'avait pas cessé de le faire pendant le long vol transatlantique. Sa poupée sous le bras, elle serrait fermement la main de Phoebe.

— Que de temps passé, soupira Phoebe, qui regardait par la vitre comme si elle sortait d'une transe. Que de changements aussi, et pourtant rien n'a vraiment changé.

— New York sera toujours New York. Demain, Addy pourra aller se promener dans le parc ou courir les magasins. As-tu déjà fait des tours de manège, Adrianne ?

— Qu'est-ce que c'est ?

Que dire à un enfant qui n'avait jamais vu de manège ?

— Des chevaux de bois qui tournent en rond au son de la musique. Il y a un manège dans le parc en face de chez moi. Et tu as de la chance, les magasins ont déjà tous leurs décorations de Noël.

Phoebe sursautait chaque fois que la voiture s'arrêtait, mais Celeste avait l'impression qu'Adrianne était forte. Pourtant, celle-ci, au souvenir de la boule de verre et du chagrin de son petit frère Fahid quand leur père l'avait brisée, aurait voulu s'enfouir le visage dans la poitrine de Phoebe et fondre en larmes. Elle aurait voulu aussi rentrer au palais, humer les parfums du harem, embrasser sa grand-mère. Mais ce voyage était sans retour, elle le savait.

— Est-ce qu'il va neiger ?

Celeste s'étonna d'éprouver le besoin de prendre la petite fille dans ses bras et de la consoler. Elle n'avait jamais eu d'instinct maternel, mais Adrianne avait l'air si triste en s'accrochant à la main de sa mère qu'elle en était profondément émue.

— Un de ces jours, sans doute. Nous avons une mini-vague de chaleur en ce moment, mais elle ne durera pas longtemps. Ah ! Nous voilà arrivées. J'ai acheté cet appartement il y a cinq ans, Phoebe. Je m'y trouve si bien qu'il faudra me faire sauter à la dynamite si on veut m'en chasser !

Elle leur fit traverser l'élégant hall d'entrée, les fit pénétrer dans l'ascenseur. Au bord de l'épuisement, Adrianne marchait comme une automate entre les deux femmes. Pendant tout le vol elle avait lutté contre le sommeil pour s'assurer que personne ne viendrait la séparer de sa mère.

— Je vous ferai faire le tour du propriétaire quand vous aurez récupéré un peu, décréta Celeste en jetant son manteau sur le dos d'un fauteuil. Vous devez mourir de faim, toutes les deux. Je vous prépare quelque chose ?

— Merci, répondit Phoebe en s'asseyant avec précaution sur un canapé, je ne pourrai rien avaler. Et toi, Addy ?

— Moi non plus.

— La pauvre petite tombe de fatigue, remarqua Celeste en la prenant maternellement par les épaules. Veux-tu faire la sieste ?

— Va avec Celeste, lui intima Phoebe avant qu'Adrianne ait pu protester. Elle s'occupera bien de toi.

— Tu ne t'en iras pas ?

— Non, ma chérie, je ne bougerai pas d'ici. Je te le promets, ajouta-t-elle en l'embrassant. Va te reposer.

Celeste entraîna Adrianne dans l'escalier qui menait aux chambres, la dévêtit, lui enleva ses chaussures, la mit au lit et la borda.

— Dors, maintenant. Tu as eu une longue journée.

— Si mon père vient, vous me réveillerez pour que je puisse défendre maman ?

La main de Celeste se posa sur les cheveux d'Adrianne. La fillette avait de larges cernes noirs autour des yeux, mais son regard restait alerte.

— Bien sûr, ne t'inquiète pas. Je l'aime, moi aussi, tu sais. Nous prendrons bien soin d'elle.

Rassurée, Adrianne ferma les yeux. Celeste tira les rideaux, laissa la porte entrebâillée. Elle n'avait pas quitté la pièce qu'Adrianne dormait déjà – comme Phoebe, quand elle la rejoignit au salon.

Adrianne fut réveillée par un cauchemar, le même qu'elle faisait inlassablement depuis l'anniversaire de ses cinq ans : elle revoyait son père entrer la nuit dans la chambre de sa mère, elle entendait les cris, les pleurs, le fracas du verre brisé. Elle se revoyait blottie sous le lit, tremblante de peur et les mains sur les oreilles pour ne pas entendre.

Le visage ruisselant de larmes, elle étouffa ses cris, de peur de déranger les autres femmes du harem. Mais elle n'était pas dans le harem. Elle avait perdu tous ses repères et se sentait désorientée au point qu'elle dut s'asseoir plusieurs minutes sans bouger avant de remettre un peu d'ordre dans son esprit. Elle se rappela d'abord Paris, la ville magique, les lumières, les luxueuses boutiques, la belle robe que sa mère lui avait achetée mais qu'elle ne porterait jamais, leur visite du musée, leur course éperdue. Sa mère terrifiée, qui avait été malade. Maintenant elles étaient à New York, chez la dame blonde qui avait une belle voix. Elle n'avait pas envie d'être à New York. Elle voulait être au Jaquir avec sa tante Latifa et ses cousines.

Adrianne sécha ses larmes, se leva, prit la poupée rousse et sortit de la chambre à la recherche de sa mère.

En arrivant en haut de l'escalier elle entendit des voix. Elle descendit jusqu'à ce qu'elle puisse voir Phoebe et Celeste installées sur un grand canapé.

Sa poupée dans les bras, elle s'assit sur une marche et écouta.

— Je ne pourrai jamais te remercier..., dit Phoebe.

— Ne dis pas de bêtises, l'interrompit Celeste avec un geste théâtral. À quoi servent les amies ?

Trop énervée pour rester immobile, Phoebe se mit à faire les cent pas dans la pièce, son verre à la main. Celeste la suivait des yeux, inquiète de voir sa surexcitation.

— Tu n'imagines pas à quel point j'aurais eu besoin d'une amie, ces années passées.

— Non, j'attends que tu me le dises.

— Je ne sais pas par où commencer...

— Par le commencement. La dernière fois que je t'ai vue, tu étais radieuse, drapée dans des kilomètres de soie blanche et de tulle, et tu portais un collier sorti tout droit des *Mille et Une Nuits*.

Phoebe avala une longue gorgée de whisky sec.

— Oui, Le Soleil et La Lune... Le plus beau bijou que j'aie jamais vu. J'avais cru que c'était un cadeau, le plus merveilleux symbole d'amour dont une femme puisse rêver. Je n'avais pas encore compris qu'il ne s'en était servi que pour m'acheter.

— Que veux-tu dire ?

— Comment te faire comprendre ma vie au Jaquir...

Ses yeux bleus étaient injectés de sang. Depuis son bref assoupissement elle buvait verre sur verre mais l'alcool ne la détendait pas.

— Essaie quand même.

— Au début, tout se passait bien – du moins, je le croyais. Abdul était tendre, attentionné. Et puis, pour une petite provinciale du Nebraska, devenir reine était extraordinaire. Comme Abdul semblait y tenir, j'ai fait l'effort d'adopter les coutumes du pays. La première fois que j'ai mis un voile, je me suis sentie sexy et exotique. Le voile ne me gênait pas, ce n'était qu'un détail, et Abdul ne me demandait de le mettre qu'au Jaquir. La première année, d'ailleurs, nous avons beaucoup voyagé, j'avais l'impression de vivre une aventure. Pendant ma grossesse, Abdul me traitait comme le plus précieux des joyaux de la couronne. Personne n'aurait pu se montrer plus amoureux ni plus soucieux de ma santé quand j'ai eu des complications. Et puis, Adrianne est née... Je voudrais boire encore quelque chose.

— Sers-toi.

Phoebe alla au bar et remplit son verre à ras bord.

— Je n'ai pas compris la colère d'Abdul. Adrianne était un beau bébé en parfaite santé et, pour moi, une sorte de miracle après deux menaces de fausse couche. Abdul tenait à avoir un fils, je le savais, mais je ne m'attendais absolument pas à ce que la naissance d'une fille le mette dans cet état. Nous avons eu une terrible querelle à l'hôpital, et la situation n'a fait qu'empirer quand les médecins ont dit que je ne pourrais plus avoir d'enfants.

Phoebe avala une nouvelle gorgée d'alcool, qui la fit frissonner.

— Il n'était plus le même homme, Celeste. Il me reprochait non seulement de ne lui avoir donné qu'une fille, mais, en plus, de l'avoir séduit pour le détourner de ses devoirs et de ses traditions.

— De l'avoir séduit ? Elle est bien bonne, celle-là ! Entre les gerbes de roses rouges et les grands restaurants, il ne t'a jamais laissé une chance de refuser. Il voulait t'avoir, il t'a eue.

— Rien de tout cela ne comptait vraiment. Pour lui, j'étais une sorte de test, et il m'en a voulu d'avoir échoué. Il voyait Adrianne comme un châtiment d'Allah pour avoir épousé une Occidentale, une chrétienne, une actrice. Depuis sa naissance, il l'ignore et fait en sorte de m'éviter. Il m'a confinée au harem, et je suis censée lui être reconnaissante de ne pas avoir été répudiée.

— Au harem ? s'exclama Celeste. Comme dans les films ?

Phoebe se rassit en serrant à deux mains son verre encore plein aux deux tiers.

— Le harem n'a rien de romanesque, crois-moi. Les femmes y passent leurs journées à se prélasser en parlant de sexe, d'accouchements et de chiffons. Leur standing dépend du nombre de fils qu'elles ont eus. Celles qui ne peuvent pas enfanter sont tenues à l'écart et sont soumises à la pitié ou aux moqueries des autres.

— Elles n'ont jamais lu les livres féministes ?

— Elles ne lisent jamais rien. Elles n'ont pas le droit de travailler ni de conduire. Elles n'ont rien à faire si ce n'est rester assises toute la journée, à boire du thé et à manger des sucreries en attendant la mort. Ou alors elles vont en groupe dans les magasins, couvertes de noir de la tête aux pieds pour ne pas tenter les hommes.

— Tu exagères, Phoebe ! Je ne te crois pas.

— C'est pourtant la stricte vérité. La police religieuse est partout. Tu peux être fouettée pour avoir dit, fait ou porté quelque chose d'interdit. Tu n'as même pas le droit d'adresser la parole à un homme qui n'est pas de ta famille. Pas un mot.

— Allons, Phoebe ! Nous sommes en 1971.

— Pas au Jaquir. Là-bas, c'est le Moyen Âge – non, l'âge de pierre. Le temps s'est arrêté, au Jaquir, crois-moi, Celeste. J'y ai perdu dix ans de ma vie. Parfois, j'ai l'impression que ces dix ans ont duré des siècles, parfois quelques mois. Et puis, quand il a su que je ne pouvais plus avoir d'enfants, Abdul a pris une autre femme.

Celeste saisit une cigarette dans un coffret sur la table basse et essaya d'assimiler ce que Phoebe venait de lui décrire.

— J'ai lu quelques-uns des articles qui ont été publiés sur Abdul et toi. Tu n'as jamais rien dit de tout cela.

— Je n'en avais pas le droit. Il ne me permettait de parler à la presse que parce qu'il voulait de la publicité pour son pétrole.

— C'est vrai, le pétrole ! admit Celeste avec un ricanement amer.

— Il faut y avoir vécu pour le comprendre. Les journalistes eux-mêmes n'ont pas le droit de tout dire. S'ils écrivent un article qui déplaît, le contact est rompu. Il y a des milliards de dollars en jeu. Abdul est ambitieux et intelligent. Tant que je lui servais à quelque chose, il me gardait.

Celeste alluma sa cigarette, souffla un jet de fumée. Elle se demandait si ce que lui disait son amie était le produit de son imagination. Mais, si c'était vrai, ne serait-ce qu'en partie, cela ne lui semblait pas moins incompréhensible.

— Pourquoi es-tu restée, alors ? Si tu étais aussi maltraitée, aussi malheureuse, pourquoi diable n'as-tu pas fait tes valises et tout plaqué ?

— Je l'ai menacé de partir. Juste après la naissance d'Adrianne, je croyais encore pouvoir sauver quelque chose en faisant preuve de fermeté. Il m'a battue.

— Grand Dieu, Phoebe ! s'exclama Celeste, horrifiée. C'est vrai ?

— Hélas, oui. C'était pire que dans mes pires cauchemars. Je criais, j'appelais au secours, mais personne ne venait à mon aide parce que personne n'osait. Après, il m'a violée.

— C'est de la démence ! s'indigna Celeste en prenant Phoebe dans ses bras. Tu ne pouvais rien faire pour te défendre ? Prévenir la police ?

— La police ? reprit Phoebe avec un rire amer. Au Jaquir, un homme a le droit de battre sa femme. Les autres femmes m'ont soignée. Elles ont été très gentilles.

— Mais, enfin, Phoebe, pourquoi ne m'as-tu pas écrit pour me mettre au courant de ce qui se passait ? Je t'aurais aidée.

— Même si j'avais réussi à faire sortir une lettre en secret, tu n'aurais rien pu faire. Légalement, politiquement, religieusement, Abdul exerce un pouvoir absolu. Je sais que tu as du mal à me croire, c'est difficile à comprendre si on ne l'a pas vécu. Pour que je parte, il aurait fallu qu'Abdul m'y autorise. J'ai rêvé de prendre la fuite, mais il y avait Adrianne. Je n'y serais pas arrivée avec elle et je n'aurais pas pu partir sans elle. Elle est ce que j'ai de plus précieux au monde, Celeste. Je me serais suicidée des dizaines de fois si je ne l'avais pas eue.

— Est-elle au courant de tout cela ?

— Je ne sais pas jusqu'à quel point. Le moins possible, j'espère. Elle souffre de l'indifférence et de l'hostilité de son père, mais je me suis efforcée de lui expliquer que les sentiments d'Abdul pour elle ne font que refléter ceux qu'il me porte. Les autres femmes de la famille l'adoraient et je crois qu'elle était heureuse. D'ailleurs, elle n'a rien connu d'autre. Elle ne sait pas non plus qu'il voulait s'en débarrasser.

— S'en débarrasser ? Où ? Comment ?

— Il allait l'envoyer en Allemagne, dans un pensionnat. C'est ce qui m'a décidée à agir. Il avait déjà tout organisé pour la marier à quinze ans.

— Seigneur ! La pauvre petite.

— Je n'ai pas pu supporter qu'elle soit condamnée à subir ce que j'avais subi. Le voyage à Paris a été un signe du destin. C'était partir à ce moment-là ou jamais. Sans toi, ç'aurait été jamais.

— Je regrette seulement de ne pas pouvoir en faire plus. Si je tenais ce salaud, j'aimerais le castrer avec un couteau bien affûté.

— Je n'y retournerai jamais, Celeste.

— C'est évident ! fit-elle avec étonnement. Pourquoi dis-tu cela ?

Phoebe alla encore remplir son verre d'une main si mal assurée qu'elle en renversa la moitié.

— Quand je dis jamais, c'est jamais. S'il vient me chercher, je me tuerai.

— Ne dis pas des choses pareilles ! Tu es à New York, en sûreté.

— Peut-être, mais Addy...

— Elle est en sûreté, elle aussi. S'il veut s'en approcher, il aura d'abord affaire à moi. Pour commencer, nous allons alerter la presse, peut-être aussi le Département d'État.

— Non, non, pas de publicité ! Pour Addy, je ne veux pas prendre le moindre risque. Elle en sait déjà plus qu'elle ne devrait.

Celeste ouvrit la bouche et ravala sa protestation.

— Tu n'as pas tort, admit-elle.

— J'ai besoin de dépasser tout cela, pour Adrianne, surtout. Je veux recommencer à vivre, me remettre au travail.

— Reprends d'abord des forces. Quand tu seras capable de tenir debout, tu pourras envisager de travailler.

— Il va falloir que je trouve un appartement, une école pour Addy, de quoi nous habiller toutes les deux.

— Tu as le temps. Pour le moment, reste ici. Pense d'abord à respirer, à vous acclimater, la petite et toi.

Les larmes aux yeux, Phoebe acquiesça d'un signe de tête.

— Tu veux savoir le pire, Celeste ? Je l'aime encore.

Adrianne se leva et remonta l'escalier sans bruit.

7

Le soleil qui filtrait entre les rideaux réveilla Adrianne. Elle avait les yeux gonflés d'avoir pleuré, la tête lui tournait mais, comme elle avait huit ans, sa première pensée fut qu'elle mourait de faim. Elle enfila la robe qu'elle portait à Paris et descendit l'escalier.

L'appartement lui parut beaucoup plus grand que la veille au soir. Plusieurs portes donnaient sur le hall d'entrée, mais elle était trop affamée pour se lancer dans une exploration. Elle s'aventura donc dans un couloir, espérant trouver du pain ou des fruits.

Des voix et des rires lui firent dresser l'oreille : un homme et une femme semblaient se disputer et, plus ils parlaient, plus les rires redoublaient autour d'eux. Intriguée, elle entra sur la pointe des pieds dans une vaste cuisine. Il n'y avait personne dans la pièce, mais les voix et les rires continuaient. Adrianne vit alors qu'ils provenaient d'une petite boîte où des personnages remuaient. Ravie de sa découverte, elle s'approcha et toucha la boîte sans que les personnages s'aperçoivent de sa présence. Elle comprit alors en souriant qu'ils n'étaient pas réels. Ils n'existaient que sur un film, ce qui voulait dire qu'ils étaient des stars, comme sa mère. Sa fringale oubliée, Adrianne s'assit devant la boîte, les coudes sur le comptoir.

— Posez tout ça là... Ah ! Tu es déjà debout, Adrianne ?

Celeste entrait, accompagnée d'un jeune livreur d'épicerie. Adrianne se releva en hâte, s'attendant à être grondée.

— Parfait, merci, reprit Celeste en tendant de l'argent au livreur. Vous voyez, j'aurai une meilleure compagnie que la télé.

Le livreur la remercia et fit un clin d'œil complice à Adrianne avant de se retirer.

— Ta mère dort encore, mais je me suis dit que ton estomac allait peut-être te réveiller. Comme je n'avais pas idée de ce qui plaît aux petites filles de huit ans, je me suis fiée à l'épicier. Tiens, dit-elle en sortant d'un sac une boîte de Rice Krispies, essaie donc ça pour commencer.

Une publicité à la télévision laissa soudain Adrianne bouche bée et l'empêcha de répondre : jaillissant d'une tornade blanche, Mr Propre sauvait en un tournemain le carrelage encrassé d'une ménagère de moins de cinquante ans éperdue de reconnaissance.

— Étonnant, hein ? commenta Celeste, une main sur l'épaule de la fillette. Vous n'avez pas la télévision, au Jaquir ?

Trop impressionnée pour parler, Adrianne se borna à secouer la tête.

— Eh bien, tu pourras la regarder tant que tu voudras. Il y a un poste plus grand dans l'autre pièce. Celui-ci, c'est pour distraire ma femme de ménage. Alors, tu as faim ? Tu veux déjeuner ?

— Je veux bien, merci.

— Et si tu essayais les Rice Krispies ?

— J'aime bien le riz, hasarda-t-elle.

— Celui-ci est un peu différent. Je vais te montrer.

Adrianne s'assit à table, choisissant un endroit d'où elle pouvait à la fois voir la télévision et Celeste, qui remplissait un bol de céréales, y versait du lait et du sucre.

— Écoute... Non, approche ton oreille. Tu entends ?

— Oui. Ça craque.

— C'est amusant, non ? Goûtes-y.

Trop bien élevée pour s'étonner qu'on puisse manger des nourritures sonores, Adrianne plongea une cuiller dans le bol, puis une autre, une troisième. Pour la première fois, Celeste vit un vrai sourire apparaître sur les lèvres de la fillette.

— C'est très bon. Merci. J'aime le riz américain.

— Tant mieux. Je crois bien que je vais te tenir compagnie.

De tous les souvenirs qu'Adrianne allait garder de son premier jour en Amérique, son préféré resterait l'heure passée avec Celeste. Elle y retrouvait un peu le harem – elles étaient entre femmes et parlaient de sujets féminins, les magasins, les achats qu'elle aidait Celeste à ranger dans les placards. Et puis, avec ses cheveux courts, sa belle voix mélodieuse et ses gestes gracieux, Celeste ne ressemblait à aucune femme que la fillette ait jamais connue.

Lorsque Phoebe descendit à son tour, Adrianne était installée sur le canapé du living et regardait un épisode de feuilleton sentimental.

— Je me demande comment j'ai fait pour dormir si longtemps ! Bonjour, ma chérie.

— Maman !

Adrianne se leva et courut se jeter dans les bras de sa mère.

— Voilà la meilleure manière de commencer une journée, dit Phoebe en souriant malgré son mal de crâne. Et toi, qu'as-tu fait jusqu'à présent ?

— J'ai mangé des Rice Krispies et j'ai regardé la télévision.

Celeste entra, suivie de son habituel nuage de fumée.

— Adrianne s'américanise, tu vois. Comment va la tête ?

— J'ai connu pire.

— Si quelqu'un a droit à une bonne gueule de bois, c'est bien toi. Puisque tu es debout, je te suggère un café serré et un solide petit déjeuner avant de sortir.

Phoebe dut tourner le dos à la fenêtre, la lumière lui faisait trop mal aux yeux.

— Il faut vraiment sortir ?

— Écoute, tu sais que je partagerais avec toi tout ce que je possède, mais même avec la meilleure volonté du monde je n'ai rien dans ma garde-robe qui puisse t'aller, et encore moins à Adrianne. Tu vas avoir beaucoup de problèmes à régler, alors autant s'attaquer au plus urgent.

Phoebe lutta avec peine contre l'envie de courir se recoucher.

— Tu as raison. Addy, monte faire un brin de toilette et te brosser les cheveux. Quand tu seras prête, nous irons découvrir New York.

— Cette petite est en adoration devant toi, dit Celeste quand Adrianne se fut retirée.

— Je sais. Je pense quelquefois qu'elle est ma récompense pour tout ce que j'ai enduré.

— Tu sais, si tu n'as pas envie de sortir…

— Non, l'interrompit Phoebe. Comme tu le dis, réglons d'abord les problèmes les plus urgents. Je ne veux pas non plus laisser Addy enfermée, elle l'a été suffisamment comme ça. Ce qui m'ennuie, c'est l'argent. Je suis partie sans un sou.

— S'il n'y a que ça…

— Celeste, je te suis déjà tellement reconnaissante. Il ne me reste plus beaucoup de fierté, alors laisse-moi garder le peu que j'ai encore.

— D'accord, je te ferai un prêt.

— Nous étions à peu près au même niveau quand je suis partie, soupira Phoebe en regardant autour d'elle. Depuis, tu as fait ton chemin et je ne suis allée nulle part.

— Tu as fait le mauvais choix, ma chérie. Cela arrive à tout le monde. Ce n'est pas irrémédiable.

— Peut-être… J'ai encore des bijoux. La plupart sont restés là-bas, mais j'ai pu en prendre quelques-uns. Je vais les vendre et, quand j'aurai obtenu le divorce, la pension d'Abdul nous permettra de vivre décemment. J'ai la ferme intention de me remettre à travailler, l'argent ne devrait donc pas me poser de problèmes trop longtemps. Je veux qu'Adrianne ait ce qu'il y a de meilleur.

— Nous nous en occuperons plus tard. Dans l'immédiat, Addy a besoin de jeans et de baskets. Allons-y.

Les trois semaines qu'Adrianne passa à New York furent à la fois les plus heureuses et les plus éprouvantes de sa vie. Il y avait tant de choses à voir, à découvrir ! La fillette, élevée dans le respect des lois rigoureuses de l'islam, désapprouvait la licence qu'elle voyait régner dans le comportement des gens, mais, peu à peu, elle s'ouvrait à ce monde inconnu et s'émerveillait de tout. À ses yeux, New York était l'Amérique et le resterait toujours, dans ce qu'elle avait de meilleur et de pire.

Sa vie quotidienne était transformée. Ici, sa chambre était plus grande et plus claire que celle qu'elle possédait au palais de son père. Elle n'était plus une princesse, mais une fillette aimée et choyée. Il lui arrivait encore de se glisser la nuit dans le lit maternel, pour consoler sa mère si elle pleurait, ou pour s'allonger près d'elle si elle dormait. Adrianne sentait dans l'âme de Phoebe la présence de démons qu'elle ne comprenait pas et qui lui faisaient peur. Certains jours, sa mère débordait d'optimisme et de vitalité : elle faisait des projets, riait, parlait de ses gloires passées et de ses gloires futures. Et puis, deux jours plus tard, Phoebe était de nouveau déprimée, se plaignait de migraines et s'enfermait dans sa chambre. Ces jours-là, Celeste emmenait Adrianne au parc ou au théâtre.

Même le régime alimentaire de la fillette avait changé. Elle avait le droit de manger ce qu'elle voulait quand elle le voulait. Elle prit vite goût aux bulles du Coca-Cola, qu'elle buvait glacé, et elle avait savouré son premier hot dog sans même se douter qu'il contenait de la viande de porc, interdite par l'islam.

La télévision devint pour elle autant une source d'enseignement qu'une distraction. Elle voyait avec une gêne mêlée de fascination les hommes et les femmes s'embrasser. En général, les histoires se terminaient bien, les amoureux finissaient par se marier, et c'étaient les femmes qui décidaient seules quel homme elles voulaient épouser ou ne pas épouser. Effarée et muette, elle vit des films avec de grandes vedettes, y compris sa propre mère, et voua dès lors une profonde admiration aux femmes capables d'affirmer leur volonté dans un monde resté essentiellement masculin. Durant ces trois semaines, elle en apprit peut-être davantage qu'en trois ans à l'école. Son esprit avide de connaissance absorbait tout comme une éponge. Mais ce même esprit, intimement accordé à celui de Phoebe, en subissait aussi les à-coups.

Adrianne avait pris l'habitude de se poster en haut de l'escalier pour écouter en silence ce que Celeste et Phoebe se disaient quand elles la croyaient dans sa chambre. Elle savait donc que sa mère avait engagé une procédure de divorce et la fillette s'en félicitait. Ainsi, Abdul ne pourrait plus battre ou violer Phoebe.

Quand arriva la lettre du Jaquir, Phoebe monta dans sa chambre et n'en redescendit pas de la journée, refusant de manger et demandant qu'on la laisse seule chaque fois que Celeste venait frapper à sa porte. Il était près de minuit lorsque les éclats de rire de Phoebe réveillèrent Adrianne en sursaut. Addy se leva prestement et courut coller son oreille à la porte.

— Je me faisais un sang d'encre ! entendit-elle Celeste protester.

Adrianne coula un regard par la porte restée entrebâillée. Phoebe était affalée sur un fauteuil, un verre vide à la main et les cheveux en désordre.

— Excuse-moi, ma chérie. Je suis désolée, sincèrement, mais la lettre d'Abdul m'a fait un choc. Je m'y attendais, mais je ne pensais pas que cela arriverait aussi vite. Félicite-moi, Celeste, je suis une femme libre.

— Vas-tu m'expliquer, à la fin ? De quoi parles-tu ?

Phoebe se mit debout et, d'un pas mal assuré, alla remplir son verre. Avec un large sourire, elle le vida d'un trait.

— Abdul m'a répudiée.
— En trois semaines ?
— Il aurait pu le faire en trois minutes, ce qui est d'ailleurs le cas. Bien sûr, je poursuis ici les formalités par acquit de conscience, mais cela n'y changera rien. C'est définitif.

— Tu ne veux pas boire un café ? demanda Celeste, qui voyait avec inquiétude le niveau du whisky descendre dans la bouteille.

Phoebe pressa le verre contre son front et se mit à pleurer.

— Non, je célèbre l'événement. Ce salaud ne m'a même pas laissé une chance de mettre un terme à notre relation comme je l'entendais. D'ailleurs, pendant toutes ces années, il ne m'a jamais laissé aucun choix. Jamais.

— Assieds-toi. Calme-toi.

— Non, j'ai besoin de me saouler, dit Phoebe en remplissant de nouveau son verre. La solution des lâches.

Celeste parvint à lui prendre sa boisson et l'entraîna vers le lit, où elle la fit asseoir.

— Après tout ce que tu as enduré, personne ne peut te traiter de lâche, Phoebe. C'est un coup dur, je sais. Divorcer te redonnait l'initiative et tu t'aperçois que tu débouches sur du vide. Mais tu te retrouveras bientôt sur de solides bases, crois-moi.

— Je n'ai personne.

— Ne dis pas de bêtises ! Tu es jeune, tu es belle. Le divorce est le début d'une nouvelle vie, pour toi. Tu devrais te réjouir.

— Il m'a volé quelque chose, Celeste. Quelque chose que je n'arrive pas à récupérer. Mais c'est sans importance, après tout. Tout ce qui compte maintenant, pour moi, c'est Addy.

— Addy s'en sort très bien.

— Elle a besoin de tas de choses, elle les mérite. Je veux être sûre qu'elle ne manquera de rien. Parce que, poursuivit Phoebe en prenant maladroitement un mouchoir en papier, elle n'aura pas de pension.

— Que veux-tu dire ?

— Il refuse de verser de l'argent à sa fille. Rien. Pas un sou. Tout ce qu'elle a, c'est un titre honorifique sans valeur dont il ne peut pas la déposséder. Il garde tout le reste, tout ce qui était à moi quand nous nous sommes mariés, tout ce dont il m'a fait cadeau ensuite. Tout. Y compris Le Soleil et La Lune, le collier qu'il m'a fait miroiter pour m'acheter.

— Il n'a pas le droit, Phoebe ! Tu as un bon avocat, cela prendra du temps, mais Abdul a des responsabilités envers toi et Adrianne.

— Non, il a exposé clairement ses conditions. Si j'essaie de lutter, il reprendra Adrianne. Et il le fera, Celeste, crois-moi. Il ne veut pas de cette enfant et Dieu sait ce qu'il lui ferait subir s'il la reprenait, mais il en serait capable rien que pour l'arracher à moi. Rien ne vaut la peine d'en arriver là, pas même Le Soleil et La Lune. Rien.

Phoebe parlait d'une voix de plus en plus pâteuse. Pour la deuxième fois, Celeste lui prit son verre.

— D'accord, le bonheur d'Addy passe avant tout. Alors, qu'est-ce que tu comptes faire ?

— Je l'ai déjà fait. Je me suis saoulée, j'ai vomi et ensuite j'ai appelé Larry Curtis.

— Ton ancien agent ?

L'ivresse semblait quitter Phoebe. Encore pâle, le visage de la jeune femme s'animait et sa beauté revenait. Mais comme une flamme intérieure qui brûle trop fort.

— Lui-même. Il arrive par le premier avion.

— Es-tu prête, ma chérie ? En es-tu sûre ?

— Il faut bien que je sois prête.

— D'accord. Mais Larry Curtis ? J'ai entendu sur son compte des propos assez peu flatteurs.

— À Hollywood, on dit toujours du mal des gens.

— Je sais, mais… Je me rappelle que tu envisageais déjà de le laisser tomber avant ton départ.

— Le passé est le passé. Larry m'a aidée à mes débuts, il m'aidera encore. Je veux retrouver mon nom. Redevenir célèbre. Il le faut, je n'ai pas le choix.

Adrianne ne comprit pas pourquoi son premier contact avec Larry Curtis la mettait mal à l'aise ni pourquoi il lui faisait penser à son père. Ils ne se ressemblaient pourtant pas. Trapu, un peu moins grand que Phoebe, il avait des cheveux blonds bouclés qui encadraient un visage carré et bronzé et un sourire permanent qui dévoilait une double rangée de dents blanches. Adrianne apprécia cependant sa tenue vestimentaire à la dernière mode, chemise lavande aux amples manches et au col ouvert sur une grosse chaîne d'or, et pantalon à pattes d'éléphant en tissu pied-de-poule retenu par une large ceinture de cuir noir.

Phoebe lui tendit les bras. Gênée, Adrianne préféra détourner les yeux quand il donna à sa mère une tape désinvolte sur le postérieur.

— Enfin de retour, ma beauté !
— Oh, Larry ! Je suis si heureuse de te voir !

Sous la bonne humeur affectée, Larry discerna le désespoir et le soulagement de Phoebe – et se prépara à en jouer.

— Content de te revoir aussi, mon chou. Laisse-moi t'admirer. Pas mal, dit-il après l'avoir toisée de haut en bas et de bas en haut d'un regard qui fit rougir Adrianne. Tu as perdu un peu de poids, mais la minceur est à la mode en ce moment.

Les ridules autour des yeux et de la bouche ne lui avaient pas échappé, mais un petit lifting, un bon maquillage et une mise au point de la caméra régleraient le problème sans trop de mal. Quand elle avait quitté Hollywood, Phoebe était pour lui une mine d'or. Avec quelques efforts et un peu de jugeote, elle le redeviendrait.

Sans lâcher l'ancienne star de cinéma, qu'il tenait par les épaules, il se tourna enfin vers la comédienne.

— Salut, Celeste. Ça roule, pour toi ? Chouette appart.

La femme de théâtre se domina, se rappelant que Phoebe avait besoin de lui, que la réputation professionnelle de Curtis était flatteuse, et que les rumeurs sur sa vie privée n'étaient peut-être que des racontars.

— Merci. Tu as fait bon voyage ?

— Un rêve, répondit-il en caressant du bout des doigts le bras de Phoebe. Mais l'avion donne soif. Tu as quelque chose à boire ?

— Tout de suite, s'écria Phoebe avec un tel empressement que Celeste, peinée, ne put réprimer une grimace. Toujours du bourbon, Larry ?

— Toujours, mon chou, confirma-t-il en s'installant comme chez lui sur le grand canapé blanc. Et qui est cette jolie petite chose ? enchaîna-t-il en adressant un sourire radieux à Adrianne, assise avec raideur sur une chaise près de la fenêtre.

Phoebe lui servit son verre et prit place à côté de lui.

— Ma fille, répondit-elle. Adrianne, viens dire bonjour. M. Curtis est un vieil ami que j'aime beaucoup.

De mauvaise grâce, mais avec son élégance naturelle, Adrianne s'approcha.

— Enchantée de faire votre connaissance, monsieur Curtis.

Larry lui prit la main avant qu'elle ait pu l'éviter.

— Pas de M. Curtis entre nous, voyons ! dit-il en riant. Je suis pratiquement de la famille. Appelle-moi oncle Larry.

Adrianne se raidit. La poignée de main de Larry, trop pressante et trop chaude, lui déplaisait.

— Vous êtes le frère de ma mère ?

Il éclata de rire, comme si elle venait d'exécuter un sketch du plus haut comique.

— Un sacré numéro, ta fille !

— Elle l'a pris au pied de la lettre, expliqua Phoebe avec un sourire gêné à l'adresse de la fillette.

— On s'entendra très bien, je le sens déjà !

En buvant une gorgée de bourbon, Larry Curtis étudia l'enfant. La petite a du potentiel, estima-t-il. Avec quelques années de plus et quelques rondeurs bien placées, elle deviendra intéressante.

— Adrianne et moi sortons terminer nos achats de Noël, intervint Celeste en tendant une main que la petite fille saisit avec hâte. Nous vous laissons discuter de vos affaires.

— Merci, Celeste, dit Phoebe. Amuse-toi bien, ma chérie.

— Et couvre-toi, recommanda Larry, il fait froid dehors.

Il attendit leur départ pour reprendre la parole.

— Comme je te l'ai dit, je suis content de te revoir. Mais New York n'est pas le meilleur endroit pour toi.

— J'avais besoin de récupérer. Celeste a été fantastique pour nous, je ne sais pas ce que j'aurais fait sans elle.

— On a les amis qu'on mérite. Et maintenant, mon chou, dis-moi, combien de temps comptes-tu rester ?

Il souligna sa question d'une caresse sur la cuisse, constatant avec satisfaction qu'elle n'émettait aucune objection au contact prolongé de sa main. Phoebe n'était pas précisément son type de femme, mais rien ne valait le sexe pour donner à l'homme la maîtrise d'une situation.

— Je suis revenue pour de bon.

Voyant qu'il avait fini son verre, Phoebe alla le lui remplir et, du même coup, se versa un bon verre de scotch. Larry haussa un sourcil, étonné. La Phoebe qu'il connaissait n'avait jamais rien bu de plus alcoolisé qu'un verre de vin.

— Et ton cheikh ?

— J'ai demandé le divorce. Je ne pouvais plus vivre avec lui. Il a changé, tu ne peux pas savoir à quel point. S'il vient me chercher...

— Tu es en Amérique, mon chou, tu ne risques plus rien. Je ne me suis pas bien occupé de toi, moi ?

Phoebe en aurait pleuré de soulagement.

D'un bras, il l'attira contre lui en la jaugeant du regard. Il calcula qu'elle avait dépassé la trentaine. Moins jeune que celles qu'il choisissait habituellement. Mais elle était fragilisée, vulnérable. C'est ainsi qu'il préférait ses femmes – et ses clientes.

— Si, Larry. Il me faut un rôle, n'importe quoi pour redémarrer. Je dois penser à Adrianne.

Phoebe songeait qu'elle commençait à se faner, mais que cela n'avait pas d'importance puisque Larry allait s'occuper d'elle ; d'ailleurs il lui caressait le dos.

— Laisse-moi faire, je me charge de tout, affirma-t-il en lui tâtant un sein avant de prendre son verre. Tu donneras une interview avant de partir pour la côte Ouest. « La reine est de retour », quelque chose de ce genre. Tu te feras photographier avec ta petite princesse, les gosses font toujours vendre. Après, je prendrai les contacts qu'il faut, fais-moi confiance. Ils viendront manger dans le creux de notre main dans moins de six semaines.

— Je l'espère, répondit Phoebe dans un soupir. J'ai été absente si longtemps, tout a tellement changé…

— Fais tes valises et arrive à la fin de la semaine. J'attaquerai quand tu seras sur place.

Son nom seul suffira à ouvrir les portes, pensait-il. Si elle faisait un bide, lui ramasserait quand même un paquet de fric. Et puis, il y avait la gamine. Il avait l'impression qu'elle serait vite un atout.

— Je n'ai pas beaucoup d'argent, admit-elle en ravalant sa fierté. J'ai vendu quelques bijoux, cela me suffira pour un moment, mais je veux en garder le plus possible afin de mettre Adrianne dans une bonne école, et la vie coûte cher à Los Angeles.

Oui, se dit Larry, la petite est un atout. Pour elle, sa mère ferait n'importe quoi. Il fit alors glisser la fermeture de la robe de Phoebe.

— Je ne t'ai pas déjà dit que je m'occuperais de toi ?

— Voyons, Larry...

— Allons, mon chou, montre-moi que tu me fais confiance. Je te trouverai un rôle, une maison et une bonne école pour ta fille. La meilleure. C'est bien ce que tu veux, n'est-ce pas ?

— Oui. Ce serait merveilleux pour elle.

— Pour toi aussi. Je te remettrai sous les spotlights. Je te demande simplement d'être coopérative.

Pourquoi pas, après tout ? se dit-elle pendant qu'il finissait de la déshabiller. Abdul avait possédé son corps selon son bon plaisir sans rien lui donner en retour, ni à elle ni à Adrianne. Avec Larry, elle avait au moins l'espoir d'une protection et, peut-être, d'un peu d'affection.

— Tu as toujours de sacrés nichons, mon chou.

Phoebe ferma les yeux et le laissa faire.

8

Derrière ses lunettes miroir, Philip Chamberlain regardait les balles rebondir sur les courts en sirotant un gin tonic. Sa tenue blanche lui était d'autant plus seyante qu'il avait acquis un joli bronzage pendant son séjour de trois semaines en Californie.

Se lier avec Eddie Treewalter III avait été aussi facile que déplaisant mais lui avait rapporté ce qu'il cherchait, entre autres avantages des invitations au country club si fermé dont Eddie était membre. Philip était venu à Beverly Hills pour ses affaires, ce qui ne l'empêchait pas d'apprécier le soleil et une partie de tennis de temps à autre. Il avait laissé Eddie l'écraser dans les deux derniers sets, de sorte que le jeune Américain était d'excellente humeur.

— Vous êtes sûr de ne pas rester déjeuner, mon vieux ?

Grâce à sa parfaite maîtrise de soi, Philip ne cilla pas au « mon vieux », qualificatif qu'Eddie considérait sans doute comme le summum de la camaraderie pour les sujets de Sa Gracieuse Majesté.

— Je ne demanderais pas mieux, mais je dois partir dans cinq minutes si je ne veux pas être en retard à mon rendez-vous.

— C'est un crime de travailler par une aussi belle journée.

Fils unique d'un des chirurgiens esthétiques les plus prospères de Californie, Eddie n'avait jamais eu besoin de travailler. Pendant que le père, Treewalter II, tirait la peau des stars, le fils poursuivait ses études avec ennui, trafiquait un peu de drogue pour se distraire et draguait les filles entre deux sets de tennis.

— Vous viendrez ce soir à la party Stoneway ?
— Je ne la manquerais pour rien au monde.

Eddie liquida sa vodka on the rocks et leva la main pour en commander une autre.

— Ses films sont minables mais il sait recevoir. Il y aura assez de neige et d'herbe pour une armée. J'oubliais, ajouta-t-il avec un large sourire, ce genre de petits plaisirs ne vous intéressent pas, n'est-ce pas ?

— Disons que j'en ai d'autres.

— Vous pourriez aussi vous offrir ce genre de petit plaisir, dit-il en regardant passer une blonde en short de tennis moulant. Pour une pincée de poudre blanche, la petite Marci coucherait avec le premier venu.

Philip avala une gorgée de gin pour laver le goût écœurant que lui faisaient venir à la bouche la stupidité et l'arrogance d'Eddie. Sa compagnie ne valait peut-être pas toute la peine qu'il s'était donnée, après tout.

— Un peu jeune, se borna-t-il à commenter.
— Il n'y a pas de filles trop jeunes dans ce bled. Et, puisqu'on parle de bons coups, en voilà un autre, dit-il en montrant une rousse aux formes

voluptueuses. Cette chère vieille Phoebe Spring ! Je crois bien que mon père lui-même a dû la sauter une ou deux fois. Plus de première jeunesse, mais de sacrés nichons.

Philip consulta sa montre.

— Il est grand temps que j'y aille, dit-il en se levant.

— À bientôt... Tiens, elle traîne sa fille avec elle. Cette gamine sera bientôt un morceau de choix, croyez-moi, mon vieux. Sa maman la garde en cage, elle ne veut même pas la laisser aller ce soir chez Stoneway, mais elle ne pourra pas l'enfermer éternellement.

Dominant son exaspération, Philip jeta un coup d'œil dans la direction indiquée par Eddie et reçut comme un coup de poing dans l'estomac. Il n'eut qu'un bref aperçu d'un jeune visage encadré de superbes cheveux noirs, et vit des jambes à se pâmer. Malgré lui, il les regarda fixement avant de se ressaisir, honteux de sa réaction. La petite ne devait même pas avoir quinze ans !

— Vraiment trop jeune à mon goût... mon vieux, déclara-t-il sans se retourner.

Quel salaud ! pensa-t-il en louvoyant entre les tables. Dans moins de quarante-huit heures, heureusement, il n'aurait plus besoin de subir Eddie et pourrait rentrer chez lui, à Londres. Là-bas, il y aurait de la verdure et il ferait assez frais pour se décrasser de la pollution de Los Angeles. Il rapporterait quelques souvenirs pour sa mère. Mary serait ravie d'avoir un plan des résidences des stars.

Qu'elle continue de fantasmer sur Hollywood. Inutile de lui dire que les paillettes recouvraient une répugnante couche d'ordure – drogue, sexe, mensonges et trahisons. Tout n'était pas pourri, bien sûr, mais assez pour qu'il se félicite que sa mère n'ait jamais poursuivi son rêve de devenir actrice. Il l'amènerait pourtant ici un de ces jours, lui ferait arpenter Hollywood Boulevard, poser les pieds dans l'empreinte de ceux de Marilyn Monroe. Le plaisir qu'elle y prendrait le réconcilierait un peu avec la ville.

Une balle de tennis roula à ses pieds. Machinalement, Philip se baissa pour la ramasser. La fille aux jambes sublimes, les yeux dissimulés par des lunettes noires, lui fit un sourire qui lui redonna un coup à l'estomac.

— Merci.
— De rien.

Les poings serrés dans ses poches, Philip se força à reléguer au fin fond de sa mémoire la trop jeune et trop belle fille de Phoebe Spring. Il avait un travail à faire.

Vingt minutes plus tard, une fourgonnette blanche marquée « *RÉNOV' TAPIS, enlèvement à domicile, nettoyage soigné* » franchit les grilles de Bel Air. La mère d'Eddie ne serait sûrement pas contente lorsqu'elle découvrirait que ses bijoux avaient fait eux aussi l'objet d'un nettoyage particulièrement soigné.

Arrivé à destination, Philip mit pied à terre. Il avait abandonné sa tenue blanche pour une combinaison d'honnête travailleur, un peu rembourrée afin de lui donner de la corpulence. Une perruque brune et une fine moustache complétaient le déguisement. Il lui avait fallu une quinzaine de jours pour se familiariser avec la résidence des Treewalter et la routine de ses occupants, maîtres et serviteurs. Il disposait de vingt-cinq minutes avant le retour de la cameriste, sortie faire sa tournée hebdomadaire au supermarché.

C'était presque trop facile. Huit jours auparavant, il avait pris l'empreinte des clefs d'Eddie un soir où celui-ci était trop saoul pour ouvrir sa porte. Philip entra donc sans difficulté, éteignit l'alarme et cassa une vitre donnant sur le jardin pour simuler une effraction avant de monter rapidement dans la chambre des parents.

Il constata avec plaisir que le coffre était du même modèle que celui de la belle et amoureuse signora Mezzeni à Venise. Il ne lui avait fallu que douze minutes pour en venir à bout et faire main basse sur l'une des plus belles parures d'émeraudes de toute l'Europe. Mais ce coup d'éclat datait déjà de six mois, et Philip n'était pas homme à se reposer sur ses lauriers.

Dans un métier comme le sien, la concentration était essentielle. Bien qu'il ait à peine vingt et un ans, Philip savait se concentrer sur une serrure, une alarme, une femme. Chacune lui présentait un défi particulier qu'il relevait avec une fascination toujours renouvelée.

Stéthoscope aux oreilles, il perçut le premier déclic.

Il était là aussi à son aise que dans un cocktail mondain ou avec sa dernière conquête. Pour un autodidacte, il avait de quoi être fier de lui. Ses talents, aussi variés qu'accomplis, lui avaient ouvert toutes les portes : celles de la haute société comme celles des chambres fortes. Il avait installé sa mère dans un vaste appartement. Elle passait désormais ses après-midi à courir les boutiques ou à jouer au bridge au lieu de grelotter ou transpirer dans la cage vitrée du cinéma Faraday, et Philip entendait veiller à ce qu'il en soit toujours ainsi. S'il y avait d'autres femmes dans sa vie, Mary serait à jamais son premier amour.

Il ne se privait pas pour autant et comptait aller encore plus haut. Son élégante bâtisse de Mayfair devenait trop petite à son goût. Bientôt, il explorerait les environs à la recherche de la grande maison de campagne qui demeurait son objectif. Avec un jardin, surtout. Il avait un faible pour les belles choses délicates qu'il fallait soigner.

Le coffre s'ouvrit avec une facilité qui était désormais familière à Philip.

Sachant d'expérience que tout ce qui brille n'est pas de l'or ou des diamants, le voleur s'accorda le temps d'examiner à la loupe le contenu du gros sachet de velours. Il ne fut pas déçu. Les pierres, les bracelets, les bagues, tout était de première qualité. Il tiqua en voyant le mauvais goût ostentatoire d'une paire de boucles d'oreilles en rubis, mais il l'estima à plus de trente-cinq mille dollars et la prit avec le reste. Artiste ou pas, il était homme d'affaires avant tout.

Satisfait, il déposa son butin au milieu d'un tapis d'Aubusson qu'il roula et chargea sur son épaule. Moins de vingt minutes après son arrivée, Philip remontait en sifflotant vers le volant de sa fourgonnette. Il tournait le coin de la rue quand il reconnut la femme de chambre des Treewalter qui revenait du supermarché.

Eddie n'a pas tort, se dit-il en souriant. C'est un crime de travailler par une aussi belle journée.

À Hollywood, il ne faut pas se fier aux apparences. La première impression d'Adrianne avait été l'émerveillement. Cette Amérique-là n'avait presque rien à voir avec celle de New York. Les gens ne couraient pas tout le temps et paraissaient tous se connaître, comme dans un village. Ils n'étaient pourtant pas aussi amicaux les uns envers les autres qu'ils le prétendaient.

À quatorze ans, elle avait déjà compris que les attitudes n'étaient le plus souvent que des façades factices, à l'image des décors de cinéma. Elle savait aussi que le grand retour de Phoebe se soldait par un échec. Sa mère et elle avaient une maison, Adrianne avait une école, mais la carrière de Phoebe n'avait pas cessé de régresser. Sa beauté n'était pas seule à s'être fanée au Jaquir. Son talent s'était érodé à la même vitesse que son amour-propre.

— Pas encore prête ? demanda Phoebe en entrant dans la chambre de sa fille.

À ses yeux trop brillants et à son excitation, Adrianne comprit que Phoebe avait renouvelé son stock d'amphétamines mais parvint à dissimuler son découragement sous un sourire. Ce soir, elle n'aurait pas supporté une nouvelle querelle avec sa mère, encore moins ses larmes et ses promesses sans lendemain.

— Presque. Nous avons largement le temps.

Elle aurait voulu pouvoir dire à Phoebe qu'elle était belle, pourtant son fourreau trop serré et trop décolleté lui faisait grincer les dents. Encore du Larry, soupira Adrianne. Larry Curtis restait l'agent de Phoebe, son amant à l'occasion et son manipulateur en permanence.

— Je sais. Mais les premières sont si excitantes ! La foule, les caméras. Tout le monde y sera. Ce sera comme au bon vieux temps.

Incapable de tenir en place, Phoebe tournait en rond. Elle s'arrêta devant le miroir, y vit son image telle qu'elle était naguère, sans les stigmates de l'âge, de la drogue, de ses désillusions. Elle était toujours sous les spotlights, entourée de sa cour d'admirateurs qui voulaient lui parler, l'écouter, l'approcher, la toucher.

Inquiète du silence de sa mère, Adrianne lui posa une main sur l'épaule pour l'arracher à ses fantasmes et la ramener à la réalité.

— Maman...
— Quoi ?...

Phoebe sursauta, cligna des yeux.

— Ma petite princesse... Comme tu es grande, maintenant.

— Je t'aime, maman.

Adrianne étreignit Phoebe et lutta contre l'envie de pleurer. Depuis un an, les sautes d'humeur de sa mère étaient devenues plus vertigineuses que le grand 8 sur lequel elle avait fait un tour mémorable à Disneyworld. Les sommets succédaient de manière imprévisible à des abîmes sans fond. Adrianne ne savait jamais d'avance si Phoebe lui réserverait éclats de rire en cascades et promesses mirifiques ou déluges de larmes et regrets désespérés.

Phoebe caressa les cheveux de sa fille ; leur couleur et leur texture lui rappelaient douloureusement Abdul.

— Moi aussi, ma chérie, dit-elle en se remettant à arpenter la pièce. Nous nous en sortons plutôt bien, tu ne trouves pas ? Dans quelques mois, nous irons à ma première. Oh ! je sais, ce n'est pas un grand film comme celui que nous verrons ce soir, mais les films à petit budget sont de plus en plus populaires. Et avec la publicité que Larry prépare…

Elle pensa à la photo d'elle nue prise la semaine d'avant, mais le moment n'était pas encore venu d'en parler à Adrianne. Plus tard, peut-être. Il ne s'agissait que de son travail, après tout. Rien d'autre.

— Ton film sera excellent, j'en suis sûre.

Les autres ne l'étaient pourtant pas, Adrianne le savait. Les critiques avaient carrément été injurieuses. La jeune fille ne supportait plus de voir sa mère s'humilier à l'écran et utiliser son corps plutôt que son talent. Au bout de cinq ans passés en Californie, Adrianne était consciente que Phoebe ne s'était libérée d'un esclavage que pour tomber dans un autre.

— Quand ce film aura un vrai succès, nous achèterons la maison sur la plage que je t'ai promise.

— Cette maison-ci nous convient très bien.

— Pff ! Cette masure…

Phoebe lança un coup d'œil ulcéré au minuscule jardinet qui séparait leur habitation de la rue, et qui n'avait ni la grille en fer forgé ni les pelouses dont elle rêvait. Toutes deux vivaient à la lisière de Beverly Hills, à la lisière du succès. Le nom de Phoebe ne figurait plus sur les listes des hôtesses qui comptaient, les grands producteurs ne lui envoyaient plus de scénarios. Elle pensa amèrement au luxe du palais d'où elle avait arraché Adrianne. Avec le temps et l'oubli, les contraintes du Jaquir s'estompaient au profit de l'opulence dans laquelle elle vivait.

— La vie que nous menons n'est pas celle que je voulais pour toi ni celle que tu mérites. Mais rebâtir une carrière demande du temps.

Combien de fois déjà avaient-elles eu la même conversation ?

— Je sais, maman. Mes cours seront finis dans une quinzaine de jours et je pensais que nous pourrions aller voir Celeste à New York, pour prendre un peu de vacances.

— Il faudra voir. Larry est en train de me négocier un rôle.

Adrianne sentit une fois de plus le découragement la saisir. Elle savait d'expérience que le rôle serait médiocre, sinon pire, et que sa mère passerait des heures loin d'elle avec des hommes qui l'exploiteraient. Plus Phoebe s'évertuait à prouver qu'elle pouvait remonter la pente, plus bas elle retombait. Elle rêvait toujours de sa maison au bord de l'océan et de son nom en haut de l'affiche. Adrianne aurait pu lui en vouloir de son ambition ou même la combattre si sa mère n'avait agi que par égoïsme. Mais c'était l'amour pour sa fille qui guidait Phoebe. Adrianne avait perdu l'espoir de lui faire comprendre qu'elle bâtissait ainsi une cage aussi solide que celle qu'elles avaient fuie.

— Voyons, maman, tu n'as pratiquement pas pris un jour de repos depuis des mois. Nous pourrions aller voir la nouvelle pièce de Celeste, visiter des musées. Cela te ferait du bien.

— Cela me fera beaucoup plus de bien de voir tout le monde en admiration ce soir devant la princesse Adrianne. Tu es ravissante, ma chérie, tu briseras le cœur des garçons. Dommage que Larry ne soit pas là pour nous accompagner.

Adrianne haussa les épaules. Elle se moquait éperdument des garçons et de leurs sentiments.

— Nous n'avons besoin de personne.

L'adolescente s'était habituée à la foule, aux flashes et aux caméras. Si Phoebe s'inquiétait parfois de trouver sa fille trop sérieuse, elle n'avait pas de souci à se faire au sujet de son comportement. Pour une personne aussi jeune, elle affrontait la presse avec une dignité admirable, souriait quand il le fallait, dosait à la perfection ses réponses aux questions qu'on lui posait et s'éclipsait discrètement quand elle avait atteint les limites de sa patience. Subjugués, les médias adoraient tellement Adrianne que nul n'ignorait que si les critiques de Phoebe se faisaient moins acerbes cette bienveillance était due à sa fille. Consciente de son influence, celle-ci en usait avec l'habileté d'une professionnelle de la communication.

Ce soir-là, elle se montra à la hauteur de sa réputation.

— Si quelque chose ne va pas, ma chérie, dis-le-moi. Tu ne me parles plus depuis quelque temps.

— Tout va bien, maman. J'avais beaucoup de devoirs à faire, c'est tout.

Ses études lui fournissaient un bon moyen de rester seule et de réfléchir à tout ce qu'elle avait entendu dire depuis le gala de la première. Un rôle sur lequel Phoebe comptait et qui, selon Larry, ne demandait que quelques « négociations de détail » avait été attribué à une autre actrice, particulièrement antipathique mais de dix ans plus jeune. Adrianne avait surtout dû digérer les photos que sa mère avait faites pour un magazine masculin et sur lesquelles elle posait nue. En échange de sa pudeur et de ce qu'il lui restait d'amour-propre, sa mère avait reçu un cachet de deux cent mille dollars. Comme une starlette.

Adrianne avait de plus en plus de mal à justifier la honte dont sa mère les couvrait par l'amour maternel. Elle avait passé des années à s'adapter à un nouveau style de vie. Elle avait souscrit avec enthousiasme aux croisades du féminisme, à l'égalité de la femme, à sa liberté de décider, au droit d'être elle-même plutôt qu'un symbole de fragilité ou un simple objet de désir. Elle avait voulu y croire, parce qu'elle avait besoin d'y croire. Et maintenant, elle voyait sa mère se dénuder comme une vulgaire strip-teaseuse afin d'aiguillonner la lubricité des lecteurs d'un magazine pour lesquels en un sens elle se prostituait.

La scolarité d'Adrianne devenait trop coûteuse. Afin de pouvoir laisser sa fille dans cette école privée haut de gamme, Phoebe bradait sa dignité. Il y avait aussi les vêtements hors de prix que sa mère insistait pour lui faire porter, et le chauffeur garde du corps que Phoebe jugeait indispensable à la protection de sa fille contre le terrorisme – et contre Abdul. Le Moyen-Orient était le théâtre d'une violence croissante. Qu'Abdul la rejette ou non, Adrianne était la fille du roi du Jaquir et, à ce titre, une cible potentielle.

— Tu sais, maman, je crois que je voudrais aller dans une école publique à la rentrée.

Phoebe, qui fouillait fébrilement dans son sac à la recherche de sa carte de crédit – en l'absence de Larry, elle était à court d'argent liquide –, sursauta.

— Une école publique ? Ne dis pas de sottises, Addy ! Je veux que tu aies la meilleure éducation qui soit. Tu n'es pas heureuse dans cette école ? Tes professeurs n'arrêtent pourtant pas de me faire des compliments. Mais si tu as des problèmes avec les autres filles, nous chercherons un autre établissement.

— Non, je n'ai pas de problème avec les autres. Je trouve simplement que tu gaspilles ton argent alors que je pourrais en apprendre autant ailleurs.

— Ce n'est que ça, ma chérie ? dit Phoebe en riant. L'argent est bien la dernière chose dont tu doives te soucier. L'année prochaine, quand tu regarderas par la fenêtre, tu verras l'océan et non plus ce triste petit jardin.

— J'ai déjà tout ce qu'il me faut, maman : toi.

— Moi aussi puisque je t'ai, ma chérie. Tu es sûre de ne pas vouloir venir avec moi te faire faire une manucure ?

— Non, j'ai un examen d'espagnol lundi, il faut que je travaille.

— Tu travailles trop, Addy.

— Ma mère aussi, répondit Adrianne en souriant.
— Eh bien, nous méritons toutes les deux une récompense. Ce soir, nous irons dans ce restaurant italien que tu aimes et nous nous offrirons une orgie de spaghettis. Après, nous irons au cinéma voir cette *Guerre des étoiles* dont tout le monde parle. À tout à l'heure, ma chérie. Je reviendrai vers cinq heures.
— Je serai prête.

Tout va bien entre nous tant que Larry n'est pas là, se dit Adrianne en allumant la radio sur une station de rock. Elle aimait la musique américaine, les voitures américaines, les vêtements américains. Mais même si Phoebe lui avait obtenu sans mal la nationalité américaine, elle se savait différente des autres filles de son âge qu'elle côtoyait.

Elle se méfiait des garçons, tandis que ses petites camarades leur couraient après sans vergogne et ne pensaient qu'à flirter, embrasser, se faire peloter. Aucune, il est vrai, n'avait eu l'occasion d'assister au viol de sa mère. Elles croyaient s'affirmer en affichant leur rébellion envers leurs parents. Comment Adrianne aurait-elle pu se rebeller contre sa mère, qui avait risqué sa vie pour la protéger ? Beaucoup introduisaient de la drogue en cachette à l'école, alors que ces substances maléfiques inspiraient à Adrianne autant de dégoût que de crainte.

Son titre de princesse la séparait aussi de ses condisciples. Il était plus qu'un simple mot ; elle l'avait dans le sang, car il la reliait à un monde dans lequel elle avait vécu les huit premières années de sa vie. Un monde qu'aucune de ces jeunes Américaines privilégiées ne pouvait comprendre.

Adrianne assimilait leur culture, la partageait, l'appréciait à une valeur que les autres semblaient parfois dédaigner. Pourtant, à certains moments, elle avait la nostalgie du harem et de l'affection que lui portaient les femmes de sa famille.

Repoussant résolument le passé, Adrianne s'installa à sa table près de la fenêtre et ouvrit ses livres.

Elle aimait passionnément apprendre, ce qui la différenciait aussi des autres, pour qui l'éducation était au mieux un droit, au pire une ennuyeuse corvée – non un privilège. Neuf ans de la vie d'Adrianne s'étaient écoulés avant qu'elle sache lire. Depuis, elle avait largement rattrapé le temps perdu, pour la plus grande joie et la fierté de sa mère. La jeune fille préparait déjà son avenir. À quatorze ans, elle voulait entreprendre des études d'ingénieur. Les maths étaient pour elle une langue vivante dont elle déclinait les subtilités avec fascination. L'électronique et les ordinateurs l'intriguaient de plus en plus.

Elle était en train de résoudre une équation ardue quand elle entendit la porte s'ouvrir.

— Tu reviens de bonne heure ! lança-t-elle.

Son sourire de bienvenue s'effaça lorsqu'elle découvrit Larry Curtis.

— Contente de me revoir ? Viens faire la bise à oncle Larry !

Il avait sniffé de la cocaïne dans les toilettes de l'avion juste avant l'atterrissage et se sentait au mieux de sa forme.

Adrianne se redressa sur sa chaise. Le regard de Larry lui fit soudain prendre conscience qu'elle avait les cuisses nues sous son minishort et que ses seins pointaient sous son T-shirt. Face à Curtis, elle regrettait la protection de la longue *abaya* noire et du voile.

— Ma mère est sortie, lui dit-elle sèchement.

— Elle te laisse toute seule ?

Larry n'avait pratiquement jamais eu l'occasion de se trouver seul avec Adrianne. Prenant ses aises comme chez lui, il ouvrit le placard servant de bar et se versa une rasade de bourbon sous le regard réprobateur d'Adrianne.

— Elle ne vous attendait pas aujourd'hui.

Larry caressa du regard les fines jambes croisées sous la table. Depuis des mois, il rêvait de glisser sa main entre ces cuisses...

— J'ai tout réglé plus vite que prévu. Félicite-moi, ma beauté. J'ai fait une affaire qui me permettra de me maintenir au sommet pour au moins cinq ans.

— Félicitations, dit poliment Adrianne.

Elle avait hâte de se réfugier dans sa chambre, derrière la porte bouclée à double tour. Elle refermait ses livres quand Larry s'approcha et posa une main sur la sienne.

— Tu n'as rien de mieux à faire un samedi après-midi ?

Adrianne se figea. Elle savait trop bien ce que voulaient les hommes, la satisfaction de leurs désirs avait fait partie de son éducation. L'estomac noué, elle leva les yeux vers l'agent de sa mère.

Larry n'avait pas beaucoup changé depuis qu'elle l'avait rencontré. Il avait les cheveux moins longs, pour suivre la mode, ses chemises pastel et ses chaînes en or avaient fait place à des tenues sportives relativement sobres. Sous ces modifications superficielles, il était cependant resté le même personnage. Visqueux, pensa la jeune fille.

— Je dois ranger mes livres.

Malgré elle, sa voix tremblait. Larry s'en rendit compte et fit un large sourire. Elle est excitée, se dit-il en sentant battre le pouls d'Adrianne sous ses doigts. Elle a peur mais ça l'excite, exactement comme il faut.

— Tu es mignonne avec tous tes bouquins, tu sais. Et tu as drôlement grandi depuis qu'on se connaît. Une vraie petite femme. Nous ferions une bonne équipe, toi et moi. Je t'apprendrais des choses bien plus intéressantes que tes livres.

— Vous me dégoûtez ! Coucher avec ma mère, ça ne vous suffit pas ? Attendez que je lui dise...

— Tu ne lui diras rien du tout. C'est moi qui lui fais gagner sa croûte, tu ferais bien de ne pas l'oublier.

La drogue donnait à Larry Curtis l'impression d'être grand et fort ; l'alcool, celle d'être irrésistible.

— C'est vous qui travaillez pour elle, et non pas elle qui travaille pour vous.

— Redescends sur terre, ma jolie. Sans moi, Phoebe Spring ne dégotterait même pas un boulot de femme de ménage. Elle est finie, tu le sais aussi bien que moi. Je lui ai trouvé un toit, je lui déniche des petits rôles quand je peux et je cache à la presse qu'elle carbure aux pilules et à l'alcool. Tu devrais me manifester un peu de reconnaissance...

Il bondit vers Adrianne si violemment que le cri qu'elle poussa s'étrangla dans sa gorge. Les livres qu'elle portait devant elle comme un bouclier volèrent dans tous les sens quand il la fit tomber sous lui.

— Pour ce que je vais te faire, tu vas me remercier, dit-il avant de plaquer ses lèvres sur les siennes.

Elle eut beau fermer la bouche, tenter de le mordre, lutter à coups de genou, plus elle se débattait, plus il se déchaînait. C'était l'ombre de son père qu'elle revoyait avec terreur, les mains de son père qu'elle sentait arracher sa chemise, se glisser entre ses cuisses, la palper avec brutalité. Bientôt, ayant presque perdu connaissance, Adrianne ne sentit plus rien. Elle entendit pleurer sans savoir que c'était elle-même. Des pensées confuses venues de son enfance lui traversèrent la tête. La femme est plus faible que l'homme, de qui elle doit satisfaire tous les désirs...

Et puis, tout à coup, elle ne sentit plus le poids de Larry l'écraser. Elle entendit des cris, des chocs qui lui paraissaient trop lointains pour la concerner. Roulée en boule sur le flanc, les yeux clos, Adrianne demeura prostrée, à demi inconsciente.

— Espèce d'immonde salaud !

Phoebe serrait la gorge de son agent, le regard étincelant de rage. Pris par surprise, Larry parvint à se libérer le cou au moment où la mère de sa victime lui lacérait le visage avec ses ongles manucurés.

— Tu es cinglée ou quoi ? Elle en voulait, la petite ! C'est elle qui me provoquait !

Phoebe lui avait déjà bondi dessus comme une tigresse enragée et le bourrait de coups de poing, de coups de pied, lui plantait les dents dans l'épaule, les ongles dans la peau. Ils avaient à peu près la même taille, le même poids, mais elle était animée par une telle fureur qu'elle aurait pu facilement le réduire à néant.

— Je te tuerai pour avoir osé porter la main sur mon enfant ! Je te tuerai, tu entends ?

Dans ses efforts désordonnés pour échapper à cette furie, Larry assena par hasard à Phoebe un coup de poing sur la mâchoire, assez fort pour l'étourdir et lui faire lâcher prise. Le visage et l'épaule en sang, il se releva en pleurant, parce qu'il avait mal mais aussi parce qu'il se sentait mortellement blessé dans son orgueil d'avoir été vaincu par une femme.

— Pauvre conne ! Tu es jalouse que j'aie voulu goûter à ta mijaurée de gamine ! Jalouse, hein, c'est ça ?

Il épongea tant bien que mal avec son mouchoir le sang qui coulait abondamment de son nez. Il poussa alors un rugissement de douleur.

— Tu m'as cassé le nez, sale garce !

Haletante, Phoebe se relevait à son tour quand elle vit la bouteille de bourbon sur la table. D'instinct, elle l'empoigna par le goulot, la brisa et s'avança, menaçante, son arme à la main.

— Fous le camp ! Sors d'ici avant que je te découpe en morceaux !

Larry se dirigea en boitillant vers la porte, son mouchoir ensanglanté pressé contre le nez.

— Je ne resterai pas une minute de plus avec une folle. C'est fini entre nous, pauvre imbécile ! Et si tu veux te chercher un autre agent tu auras une belle surprise. Personne ne veut plus de toi. Tu es finie, ma vieille. Lessivée. Tout le monde le sait en ville.

Il ouvrit la porte, se retourna comme s'il allait revenir. Phoebe fit un pas vers lui et brandit la bouteille cassée, prête à frapper.

— Ne m'appelle pas quand tu auras besoin de fric et de pilules, glapit-il avant de claquer la porte derrière lui.

En un dernier geste de rage, Phoebe lança la bouteille, qui se brisa en mille morceaux. Elle aurait voulu hurler encore, et sangloter, mais avant tout elle devait s'occuper d'Adrianne.

Elle s'accroupit à côté de sa fille, la prit dans ses bras.

— N'aie pas peur, ma chérie, c'est fini. Je suis là, ta maman est là. Il est parti et il ne reviendra plus jamais. Personne ne te fera plus de mal.

Phoebe lui rajusta tant bien que mal la chemise en lambeaux, serra son enfant contre sa poitrine, la berça tout en murmurant des paroles apaisantes. Au moins, Adrianne n'avait pas de sang sur les cuisses, il ne l'avait pas violée. Je suis revenue juste à temps, se répétait Phoebe pour tenter de se consoler. Juste à temps. Qui sait quelles horreurs il lui aurait fait subir si j'étais rentrée plus tard ? Mais, Dieu merci, Adrianne a échappé au viol.

Quand la jeune fille reprit conscience et fondit en larmes, sa mère continua à la bercer. Pleurer la soulagerait, Phoebe en savait quelque chose.

— Tout ira bien, maintenant, ma chérie. Ne crains rien. Je ferai tout pour toi, je te le promets. Tout.

9

Adrianne attendait dans le bureau aux couleurs pastel apaisantes de la clinique du Dr Horace Schroeder, un psychiatre réputé. C'était le jour du dix-huitième anniversaire de la jeune fille ; elle n'en tirait pourtant pas le moindre plaisir.

Par la fenêtre, elle voyait une vaste pelouse quadrillée de chemins pavés où des patients déambulaient ou se faisaient pousser sur des fauteuils roulants par des infirmiers. Un cerisier en fleur, une haie d'azalées offraient des touches de couleur. Par-delà la pelouse et les arbres, la chaîne des Catskills se détachait sur le ciel bleu. Le paysage procurait un tel sentiment d'ouverture et de liberté qu'Adrianne se demanda si l'on avait la même impression en le voyant de derrière des barreaux. Le front appuyé contre la vitre, elle ferma les yeux.

— Oh, maman ! murmura-t-elle, accablée, comment en sommes-nous arrivées là ?

Elle se redressa lorsqu'elle entendit la porte s'ouvrir. Quand il entra, le Dr Schroeder vit une jeune fille calme et maîtresse d'elle-même, un peu trop mince peut-être, les cheveux relevés pour se donner une allure plus adulte et se grandir de quelques centimètres.

— Princesse Adrianne, dit-il en prenant la main qu'elle lui tendait, veuillez me pardonner de vous avoir fait attendre.

— Ça n'a pas été long. Vous souhaitiez me voir avant que je remmène ma mère, n'est-ce pas ?

— En effet. Asseyez-vous, je vous en prie. Puis-je vous offrir du thé, du café ?

Le bureau ressemblait davantage à un confortable salon qu'à un cabinet médical. Adrianne prit place sur une bergère, près d'un guéridon sur lequel était posée une boîte de mouchoirs en papier – qui lui avait été fort utile lors de sa première visite, deux ans auparavant.

Les mains croisées sur les genoux, la jeune fille sourit au médecin, qui trouva un air bien triste à ce long visage et à ces sourcils en accent circonflexe.

— Non merci, docteur. Je tiens d'abord à vous remercier de tout ce que vous avez fait pour ma mère et moi. Non, ne protestez pas. Avec vous, elle se sent en confiance, et c'est une chose à laquelle j'attache la plus grande importance. Merci aussi de l'attention que vous avez portée à ne pas ébruiter sa maladie dans la presse.

— Mes patients ont droit au respect de leur vie privée. Je sais ce que votre mère représente pour vous et combien vous vous souciez de son bien-être. C'est pourquoi, ma chère demoiselle, j'aimerais que vous reconsidériez votre décision de la remmener aujourd'hui.

— Voulez-vous dire qu'elle a fait une rechute ?

— Non, pas du tout. L'état de Mme Spring progresse de manière très satisfaisante. Les traitements que nous faisons suivre à votre mère lui ont permis de trouver un équilibre. Je ne vous infligerai pas une nouvelle avalanche de termes techniques, vous les avez déjà entendus. Je ne voudrais toutefois pas minimiser sa maladie et l'évolution qu'elle suivra.

Les nerfs à vif, Adrianne domina son envie de se lever et de faire les cent pas.

— Je le comprends, docteur. Je sais de quoi souffre ma mère, j'en connais la cause et je sais ce qui doit être fait.

— Les psychoses maniaco-dépressives sont des affections très douloureuses, pour les malades comme pour leurs proches. Les périodes d'exaltation et de dépression peuvent connaître des rechutes et des rémissions aussi soudaines les unes que les autres. Ces deux derniers mois, les réactions de Phoebe ont été encourageantes, mais cela ne fait que deux mois qu'elles le sont.

— Depuis deux ans, ma mère a passé dans votre clinique au moins autant de temps que chez nous. Je n'y pouvais rien jusqu'à ma majorité, mais aujourd'hui même j'ai dix-huit ans. Puisque je suis adulte aux yeux de la loi, je peux devenir responsable de ma mère, et c'est ce que j'ai l'intention de faire.

— Nous savons fort bien, vous et moi, que vous assumez cette responsabilité depuis longtemps. Je vous admire, d'ailleurs, plus que je ne saurais le dire.

Cette fois, Adrianne se leva. Elle avait besoin de voir le soleil, les montagnes, l'espace. La liberté.

— Ma conduite n'a rien d'admirable. Phoebe est ma mère. Rien ni personne au monde ne compte davantage pour moi. Vous connaissez d'ailleurs sa vie et la mienne dans les moindres détails. Alors, docteur, en feriez-vous moins à ma place ?

Le médecin la dévisagea un instant avant de répondre. Il observa le regard profond, résolu de la jeune fille. Le regard d'une personne adulte.

— J'espère que non, répondit-il enfin. Mais vous êtes encore jeune, princesse Adrianne. Et votre mère aura besoin de soins constants et intensifs jusqu'à la fin de ses jours.

— Elle les recevra. J'ai engagé l'une des infirmières de la liste que vous m'avez communiquée. J'ai bâti mon emploi du temps de manière à ce que ma mère ne se trouve jamais seule. Notre appartement est situé à New York dans un quartier tranquille, proche de celui de la plus vieille et plus fidèle amie de Phoebe.

— L'amour et l'affection de son entourage joueront à coup sûr un rôle important dans son rétablissement.

— Ce seront les choses les plus faciles à donner, dit Adrianne en souriant.

— Au stade où elle en est, il faudra cependant qu'elle revienne ici une fois par semaine pour sa thérapie.

— Je m'en occuperai.

— Je ne peux pas exiger que Phoebe reste un mois de plus, mais je vous recommande fortement d'y réfléchir. Pour elle autant que pour vous-même.

— Je ne peux pas accepter, docteur, ce serait manquer à ma parole. Quand je l'ai ramenée ici la dernière fois, je lui avais promis qu'elle serait à la maison au début du printemps.

— Permettez-moi de vous rappeler, ma chère enfant, qu'elle était comateuse au moment de son arrivée. Elle aura très probablement oublié cette promesse.

— Moi pas. Merci pour tout ce que vous avez fait et ce que vous continuerez à faire, docteur, dit-elle en revenant vers lui et en lui tendant la main, mais j'ai dit à ma mère que je viendrais la chercher aujourd'hui et je compte repartir avec elle.

Comprenant qu'il était inutile d'insister, le Dr Schroeder prit la main d'Adrianne et la garda un instant entre les siennes.

— Soit. N'hésitez pas à m'appeler, ne serait-ce que pour parler.

Adrianne eut peur de fondre en larmes comme elle l'avait fait lors de sa première visite, mais elle parvint à se dominer.

— Je n'hésiterai pas, docteur. Et, soyez sans crainte, je prendrai bien soin d'elle.

— Je n'en doute pas.

Mais vous, pensa-t-il en la raccompagnant dans le couloir, qui prendra soin de vous ?

Adrianne marcha en silence à côté du Dr Schroeder. Elle se rappelait trop bien les précédentes visites, les longs et clairs couloirs où le silence ne régnait pas toujours. Parfois, on y entendait pleurer, parfois c'étaient des rires pires que les larmes. Quand elle avait été hospitalisée pour la première fois, Phoebe était comme une poupée cassée, le regard fixe, les membres inertes. Adrianne avait alors seize ans. Elle avait réussi sans justifier son âge à prendre une chambre dans un motel à proximité de la clinique afin de rendre visite à sa mère tous les jours. Il lui avait fallu attendre trois semaines avant que Phoebe n'articule enfin un mot.

Le souvenir de la panique qu'elle avait éprouvée revint douloureusement dans la mémoire de la jeune princesse, qui était alors certaine que Phoebe mourrait entourée d'inconnus dans l'étroit lit blanc des soins intensifs. La jeune fille était sur le point de perdre tout espoir quand Phoebe avait prononcé ce seul mot : Adrianne.

À partir de ce moment-là, leur vie avait pris un tournant décisif. La fille avait tout fait pour s'assurer que sa mère recevrait les meilleurs soins. Elle avait même écrit à Abdul pour le supplier d'offrir son aide. Devant son refus, elle avait dû trouver un autre moyen. Et ce n'est qu'un début, se dit-elle en obliquant vers un autre couloir.

La clinique logeait les patients non violents dans des chambres individuelles aussi spacieuses et confortables que celles d'un hôtel quatre étoiles. La sécurité y était discrète, contrairement à l'autre aile du bâtiment, aux fenêtres pourvues de barreaux, aux vitres en verre armé et aux triples verrous, où Phoebe avait passé deux semaines épouvantables l'année précédente.

Adrianne trouva sa mère assise près de la fenêtre, les cheveux fraîchement lavés et coiffés, portant une robe bleue ornée d'une broche en or en forme de papillon.

— Maman, je suis là.

Phoebe tourna la tête, et son visage s'éclaira d'un sourire. Faisant appel à ce qu'il lui restait de ses talents d'actrice, elle parvint à dissimuler son accablement et se leva, les bras tendus.

— Ma chérie !

Adrianne se serra contre elle et respira son parfum. Elle aurait voulu s'abandonner à cette étreinte maternelle, se sentir de nouveau une enfant, mais elle se força à s'en écarter au bout d'un instant, masquant par un sourire l'examen qu'elle faisait du visage de sa mère.

— Tu as très bonne mine. Une mine reposée, surtout.

— Je me sens très bien, encore mieux depuis que tu es là. Ma valise est prête. Nous rentrons à la maison, n'est-ce pas ? demanda Phoebe avec une nervosité qu'elle ne parvenait pas à maîtriser.

— Bien sûr. Veux-tu voir quelqu'un avant de partir ?

Elle aurait plutôt voulu fuir sur-le-champ, mais elle préféra se donner une contenance.

— Non, j'ai déjà dit au revoir à tout le monde. Docteur, poursuivit-elle en tendant la main au Dr Schroeder, je tiens une dernière fois à vous remercier de tout ce que vous avez fait.

— Soignez-vous bien, ce sera le meilleur des remerciements. Vous êtes une femme exceptionnelle, Phoebe, et votre fille ne l'est pas moins que vous. J'aurai le plaisir de vous revoir la semaine prochaine.

Phoebe sentit la panique la saisir.

— La semaine prochaine ?

Adrianne s'empressa de la rassurer :

— Oui, tu dois revenir toutes les semaines pour de simples visites de contrôle.

— Mais je ne resterai pas ? Je vivrai à la maison avec toi ?

— Oui. Je te conduirai moi-même, la route est très belle. Ce sera pour toi l'occasion de parler avec le Dr Schroeder.

Phoebe se détendit assez pour sourire.

— Bon. Sommes-nous prêtes à partir ?

Adrianne souleva la petite valise et, parce qu'elle sentait que Phoebe en avait besoin, prit de sa main libre la main de sa mère.

— Tu vois, il fait un temps splendide. C'est merveilleux, le long de la route, de voir les arbres en fleurs, la verdure. Chaque fois que je viens ici, je me dis que ce serait agréable d'avoir une maison à la campagne. Mais quand je reviens à New York je ne comprends pas qu'on puisse vivre ailleurs.

— Parce que tu t'y sens heureuse.

Le chauffeur mit la valise dans le coffre, ouvrit la portière. Elles s'installèrent côte à côte à l'arrière. Quand la voiture démarra, Phoebe déglutit avec peine. Encore une évasion...

— J'ai aimé cette ville dès que j'y suis arrivée, reprit Adrianne. Tu te souviens de notre premier après-midi, quand Celeste et toi m'avez emmenée dans les magasins ? Tout me semblait fabuleux.

— Celeste sera là ?

Chère Celeste... Elle avait pris leurs billets d'avion et les avait attendues à l'aéroport.

— Oui, elle m'a dit qu'elle viendrait un peu plus tard. Elle est en pleine répétition de sa nouvelle pièce.

Phoebe contempla le visage de sa fille, son bébé qui avait tant grandi. Cette fois, elles rentraient chez elles au lieu de fuir Abdul. Elle se jura que personne au monde ne ferait plus de mal à Adrianne.

— Je suis si heureuse que Celeste ait été avec toi pendant que j'étais… souffrante. Mais je vais très bien, maintenant, affirma-t-elle en riant. En fait, je ne me suis jamais sentie mieux. Je vais pouvoir me remettre au travail.

Phoebe sentait l'adrénaline lui monter à la tête comme des bulles de champagne.

— Écoute, maman…

— Non, ne me dis pas que je dois me reposer. J'ai eu assez de repos comme cela ! Tout ce qu'il me faut, c'est un bon scénario. Il est grand temps que je recommence à m'occuper de ma fille chérie. Dès qu'on saura que je suis de nouveau prête à travailler, les offres afflueront, sois tranquille.

Suivit une avalanche de propos délirants d'optimisme sur les rôles qui l'attendaient, les producteurs avec lesquels elle devrait déjeuner, les voyages qu'elle ferait avec Adrianne. Celle-ci écoutait en silence. Cette exaltation faisait partie de la maladie de sa mère au même titre que ses dépressions, et, après les épreuves que Phoebe avait endurées, la jeune fille n'avait pas le cœur à lui briser ses illusions.

— Ma pauvre chérie, je m'en veux de t'avoir laissée toute seule, s'exclama Phoebe quand elles arrivèrent à l'appartement.

— Je n'ai pas été souvent seule, répondit Adrianne en ôtant son manteau. Celeste a passé plus de temps ici que chez elle. Elle a pris très au sérieux le fait que tu l'aies chargée de veiller sur moi.

— Je savais qu'elle le ferait. Je comptais sur elle.

— Eh bien, tu avais raison, Celeste est vraiment notre meilleure amie. Oh ! maman, ajouta Adrianne en prenant sa mère dans ses bras. Je suis si heureuse que tu sois revenue.

Phoebe prit le visage de sa fille dans ses mains, la regarda droit dans les yeux.

— Mon bébé... Mais tu n'es plus un bébé, ma chérie. Tu as dix-huit ans aujourd'hui. Je ne l'ai pas oublié, tu sais, c'est juste que je n'ai pas encore eu le temps de t'acheter...

— Chut ! l'interrompit Adrianne. J'ai déjà reçu mon cadeau et je l'adore. Tu veux le voir ?

— Bien sûr. Il est de bon goût, j'espère.

— Du meilleur. Viens.

Elle entraîna sa mère dans le living, où celle-ci découvrit un tableau accroché au-dessus de la cheminée.

Il avait été exécuté à partir d'une photo de l'époque, et il représentait Phoebe à l'âge de vingt-deux ans. Au zénith de sa beauté, l'actrice suscitait l'adoration de ses admirateurs. Une déesse ornée des joyaux d'une reine : le collier Le Soleil et La Lune étincelait à son cou.

Phoebe resta un instant sans voix.

— Oh ! Addy... Merci ma chérie.

— C'est *mon* cadeau, lui rappela Adrianne en riant. Le peintre était tellement satisfait de son travail qu'il ne voulait plus s'en séparer. Mais moi je le voulais, même si j'avais le modèle près de moi.

Phoebe se toucha le cou, la poitrine.

— Ce collier... Je me rappelle encore mes sensations quand je le portais. Son poids. Il était... magique, tu sais.

Adrianne aussi se souvenait de toute cette époque.

— Il t'appartient toujours. Un jour, tu l'auras de nouveau.

— Un jour, peut-être... Je me conduirai mieux, cette fois. Plus de pilules, plus d'alcool. Plus de regrets stériles à propos de mes erreurs passées.

— Voilà ce que j'aime t'entendre dire.

Adrianne s'interrompit pour aller répondre à l'Interphone.

— Oui. Dites-lui de monter, merci. C'est l'infirmière recommandée par le Dr Schroeder, expliqua-t-elle à Phoebe. Je t'ai dit qu'il préférait qu'elle reste avec toi, pour un moment du moins.

— Oui, je sais.

Phoebe se détourna du portrait et s'assit lourdement sur un canapé.

— Maman, je t'en prie, ne le prends pas comme cela.

— Comment veux-tu que je le prenne ? Je tiens au moins à ce qu'elle ne porte pas une horrible blouse blanche.

— D'accord, je le lui dirai.

— Et à ce qu'elle ne me regarde pas fixement quand je dors.

— Personne n'a envie de te regarder fixement, maman. Sauf pour te trouver belle.

— Sinon, autant que je retourne tout de suite à la clinique.

Adrianne lui prit la main, mais Phoebe la retira avec brusquerie.

— Il n'est pas question que tu y retournes, voyons ! Tu viens de faire un grand pas en avant, et non en arrière. Elle est très gentille, cette infirmière, tu verras, et je suis sûre que tu t'entendras très bien avec elle. Ne te... ne te renferme pas, je t'en prie.

— Je vais essayer.

Phoebe tint parole. Au cours des deux ans et demi qui suivirent, elle lutta de son mieux contre la maladie qui la rattrapait sans répit. Elle voulait sincèrement guérir mais ne pouvait s'empêcher de fermer les yeux sur la réalité et de retomber dans les fantasmes d'un passé révolu, qu'elle réinventait selon son bon plaisir.

Par moments, elle s'imaginait entre deux contrats, son film était en cours de montage et elle sélectionnait le scénario du suivant. Elle baignait dans l'euphorie d'une illusion qu'elle créait de toutes pièces. Adrianne était alors une jeune fille lancée dans le monde, délivrée de tous les soucis par la fortune et le prestige au sein desquels elle était née.

Et puis, sans raison apparente, Phoebe se trouvait aspirée par un gouffre de dépression si sombre et si profond qu'elle en perdait toute notion du temps. Elle se revoyait enfermée dans le harem, dont elle retrouvait jusqu'aux odeurs, elle revivait les jours interminables d'une chaleur plus accablante encore que ses frustrations. Elle entendait Adrianne qui l'implorait de se ressaisir, pourtant Phoebe ne parvenait pas à puiser en elle-même la force de répondre à sa fille. Chaque fois qu'elle parvenait à reprendre pied, la lutte était plus rude, plus douloureuse.

— Joyeux Noël !

Un manteau de zibeline négligemment jeté sur les épaules, Celeste entra, les bras chargés de paquets. Adrianne l'aida à se débarrasser de ses cadeaux tout en lançant un regard admiratif à la somptueuse fourrure.

— Le Père Noël est déjà passé chez toi ?

— Non, répondit Celeste. Juste un petit cadeau que je me suis fait pour fêter la trois centième de ma pièce. Phoebe, tu as une mine superbe ! mentit-elle pour faire plaisir à son amie.

Cela dit, Phoebe lui paraissait en meilleur état que la dernière fois qu'elles s'étaient vues. Elle avait les traits moins tirés, les joues moins pâles, et ses cheveux roux étaient presque aussi luxuriants que naguère, grâce au talent d'un coiffeur qu'Adrianne avait fait venir l'après-midi même.

— Tu es gentille d'être venue alors que tu dois avoir des dizaines d'invitations.

Celeste se laissa tomber sur le canapé et étendit ses jambes encore fort bien galbées.

— Toutes plus barbantes les unes que les autres, soupira-t-elle. Tu sais bien qu'à part Addy et toi je ne connais personne avec qui je préférerais passer le réveillon de Noël.

— Pas même Kenneth ? demanda Phoebe en souriant.

— C'est de l'histoire ancienne, mon chou. Kenneth était beaucoup trop sérieux pour moi. Addy, poursuivit-elle, tu t'es surpassée cette année pour l'arbre de Noël.

Adrianne prit sa main. À ce simple contact, Celeste sentit toute la tension que la jeune femme avait accumulée.

— J'espère que la décoration est réussie.

Chaque branche portait un ornement peint à la main. Des elfes dansaient, des rennes volaient, des angelots scintillaient.

— Tu y es arrivée à merveille. Ce sont les objets que tu avais fait fabriquer par les gens de l'association pour les enfants maltraités dont tu t'occupes ?

— Oui. Ils s'en sont plutôt bien sortis.

— J'ai l'impression que tu leur as acheté tout leur stock !

— Quand même pas ! Leur vente a si bien marché cette année que j'envisage de recommencer tous les ans. Qui veut un lait de poule ?

— Tu lis dans mes pensées, répondit Celeste. Reste-t-il quelques-uns des délicieux biscuits que fait votre charmante fée du logis ?

— Elle en a préparé ce matin, ils sont tout frais.

— Eh bien, apporte-les. J'y ai droit, je viens de renouveler mon abonnement à la gym !

— Je vais les chercher.

Posant un regard soucieux sur sa mère, Adrianne se retira.

— Elle attend avec impatience qu'il neige, dit Phoebe. Te souviens-tu de notre premier Noël, juste avant notre départ pour la Californie ? Je n'oublierai jamais l'expression de ma petite princesse quand nous avons allumé les guirlandes de l'arbre.

— Moi non plus.

Phoebe se frotta les yeux. Elle avait de plus en plus souvent la migraine, ces derniers temps.

— J'aurais voulu qu'elle sorte, ce soir, qu'elle se change les idées avec des jeunes de son âge.

— Noël est une fête qu'on passe en famille, fit remarquer Celeste.

— C'est vrai... Addy est tellement occupée par les œuvres dont elle s'occupe et les heures qu'elle passe devant son ordinateur. Je ne sais pas ce qu'elle fait, mais cela semble la rendre heureuse.

Adrianne revint avec un plateau et versa le lait de poule aromatisé à la cannelle.

— Joyeux Noël ! dit-elle en levant sa tasse. Et au prochain, que je passerai avec mes deux personnes préférées.

— Et aux dizaines d'autres qui lui succéderont ! renchérit Celeste.

Des dizaines d'autres ? Phoebe s'efforça de sourire tandis qu'elle portait la tasse à ses lèvres. Comment aurait-elle pu se réjouir d'avoir devant elle tant d'années alors qu'elle souffrait chaque jour le martyre ? Sa main tremblait quand elle reposa sa tasse. Elle surprit du coin de l'œil le regard inquiet que posait sur elle Adrianne, et elle voulut échapper à ces yeux, à ces espoirs qu'elle était hors d'état de combler.

— Je suis fatiguée, mes chéries, parvint-elle à dire. Je crois que je vais monter me coucher.

— Je t'accompagne, lui offrit aussitôt Adrianne.

— Ne dis pas de bêtises ! répliqua Phoebe avec un agacement qui se dissipa lorsqu'elle vit l'expression de sa fille. Reste ici avec Celeste et amusez-vous sans le rabat-joie que je suis. À demain, ma chérie, poursuivit-elle en serrant Adrianne dans ses bras. Nous nous lèverons de bonne heure pour ouvrir les cadeaux, comme nous le faisions quand tu étais petite.

— D'accord. Je t'aime, maman.

— Je t'aime de tout mon cœur, Addy. Joyeux Noël. Et joyeux Noël à toi, Celeste.

D'un geste spontané, celle-ci prit son amie dans ses bras.

— Joyeux Noël, ma belle. Dors bien.

Phoebe fit une pause au pied de l'escalier, se retourna. Adrianne se tenait sous le portrait de sa mère, qui admira toute la beauté de sa propre jeunesse, illuminée par l'éclat du collier légendaire du Soleil et de La Lune. Dans un dernier sourire, Phoebe Spring entreprit de gravir les marches.

— Encore un peu de lait de poule ? demanda Adrianne.

— Assieds-toi, ma chérie. Tu n'as pas besoin de faire semblant avec moi.

Bouleversée, Celeste vit Adrianne perdre peu à peu le contrôle qu'elle avait réussi à exercer sur elle-même. Ses lèvres tremblaient, ses yeux s'embuaient, mais elle lutta jusqu'à ce qu'elle se laisse tomber sur le canapé et fonde en larmes. Sans mot dire, Celeste attendit que la jeune fille se ressaisisse. Elle ne pleure pas assez, pensa-t-elle. Une crise de larmes vaut parfois mieux que toutes les bonnes paroles et les embrassades.

— Je ne sais pas pourquoi je m'écroule comme cela, dit enfin Adrianne en s'essuyant les yeux.

— Cela te fait du bien. Veux-tu du thé ?

Il n'y avait pas une goutte d'alcool dans la maison, pas même une fiole de sirop contre la toux.

— Non, ça va. C'est vrai, insista Addy, excuse-moi, je ne suis pas très drôle.

— Veux-tu parler ? Me confier tout ce que tu as sur le cœur ?

— Qu'est-ce que nous ferions sans toi ?

— Je n'ai pourtant pas été très utile. La pièce me prenait tout mon temps et toutes mes forces. Mais je suis là, maintenant.

— C'est si pénible à voir, tu sais… Je connais les symptômes, maman rechute. C'est encore pire quand on sait à quel point elle fait des efforts. Depuis des semaines, elle se bat pour repousser la dépression mais elle perd la bataille.

— Voit-elle toujours le Dr Schroeder ?

Adrianne se leva. Elle s'était assez apitoyée sur elle-même.

— Oui. Il veut de nouveau l'hospitaliser. Nous sommes convenus de laisser passer le premier de l'an.

— Ma pauvre chérie.

— Et puis elle recommence à parler de lui, enchaîna Adrianne d'un ton qui fit comprendre à Celeste qu'il s'agissait d'Abdul. Je l'ai trouvée deux fois la semaine dernière en train de pleurer à cause de lui. L'infirmière m'a dit que maman demandait quand il allait venir la chercher.

Celeste ravala de justesse un juron.

— Elle est… comment dire ? Déstabilisée.

— On le serait à moins ! lâcha Adrianne avec un rire amer. Des années durant on lui a fait avaler des drogues pour éviter que ses émotions tombent trop bas ou montent trop haut. Elle a été attachée sur son lit, nourrie par des tuyaux. Elle a traversé des périodes où elle était incapable de s'habiller seule, d'autres où elle était prête à danser au plafond. Pourquoi crois-tu qu'elle est *déstabilisée*, Celeste ? À cause de lui. Tout est sa faute à lui. Un jour, je le jure, il paiera pour tout ce qu'il lui a fait subir.

La haine qui étincelait dans le regard d'Adrianne poussa Celeste à se lever à son tour et à lui saisir les épaules.

— Je comprends ce que tu ressens. Si, je t'assure, insista-t-elle alors qu'Adrianne lui adressait un signe de dénégation. J'aime ta mère moi aussi et je souffre de savoir ce qu'elle a enduré. Mais être obsédée par le désir de te venger d'Abdul ne te fera aucun bien. Et à elle non plus.

— Si la fin est suffisamment importante, elle justifie tous les moyens.

— Tu m'inquiètes quand tu dis des choses pareilles, ma chérie. Sans vouloir prendre la défense de ton père, il a quand même fait quelque chose pour ta Phoebe en lui donnant depuis des années de quoi vivre et couvrir les frais de son traitement.

Sans mot dire, Adrianne se détourna vers le portrait. Le moment d'avouer à Celeste qu'elle lui avait menti était prématuré. Abdul n'avait jamais envoyé un sou. Tôt ou tard, elle le dirait à Celeste, mais son amie n'était sans doute pas prête à accepter la vérité sur la manière dont la jeune fille se procurait de l'argent. Elle dut se croiser les bras pour combattre un soudain tremblement.

— Un seul mode de paiement pourrra me satisfaire, déclara-t-elle. J'ai promis à ma mère qu'elle récupérerait le collier. Quand j'aurai remis la main sur Le Soleil et La Lune et quand Abdul saura à quel point je le hais, alors j'envisagerai peut-être d'effacer l'ardoise.

DEUXIÈME PARTIE

L'OMBRE

> « *Ombre chassant d'autres ombres.* »
>
> Homère

> « *Il faut toujours charger un voleur d'attraper un voleur.* »
>
> Thomas Fuller

10

New York, octobre 1988

Les gants noirs serraient la corde à nœuds, une corde fine et légère, mais plus résistante qu'un câble d'acier. Il le fallait : les rues de Manhattan luisantes de pluie étaient cinquante étages plus bas.

Un bon spécialiste sait déterminer le moment propice à l'action. Celui-ci savait que le système d'alarme était efficace, mais pas inviolable – rien n'est jamais inviolable. Le travail préparatoire avait été accompli en quelques heures sur ordinateur, grâce à un logiciel très spécial pouvant calculer toutes les données, même les plus aléatoires. Précaution élémentaire, l'alarme avait été désactivée. C'était la présence des caméras balayant les couloirs qui avait déterminé le mode opératoire. L'accès par l'intérieur aurait été trop incommode, mais il y avait d'autres méthodes. En tout, pour tout, il y a toujours une alternative.

La pluie n'était plus qu'une fine bruine, fraîche mais pas froide, et le vent était tombé. S'il avait continué à souffler, la mince silhouette accrochée à la corde aurait sans doute été violemment plaquée contre la façade de l'immeuble. Plus bas, beaucoup plus bas, les réverbères créaient des arcs-en-ciel dans les flaques d'eau grasse et, plus haut, les nuages masquaient les étoiles. Mais la forme vêtue de noir ne regardait ni en haut ni en bas. La mince pellicule de sueur qui luisait sur son front cerclé par une cagoule noire n'était pas causée par la peur mais par la concentration. Les pieds prenant appui sur la façade, la silhouette poursuivait sa descente avec prudence. Les jambes, les chevilles, le corps entier devaient être entraînés, entretenus, soignés comme ceux d'une danseuse étoile ou d'un athlète olympique. Le physique et le mental d'un voleur de haut niveau sont aussi importants, sinon plus, que les outils dont il se sert pour forcer une serrure ou neutraliser une alarme.

En dehors du passage occasionnel d'un taxi en maraude ou d'un noctambule solitaire, les rues étaient calmes et silencieuses. À quatre heures du matin, même New York s'accorde un peu de répit. S'il y avait eu un défilé de carnaval accompagné d'une fanfare tonitruante, la silhouette en noir n'y aurait pas davantage prêté attention. Seule comptait la réalité immédiate que représentait la corde. Une glissade, une prise manquée, une seconde d'inattention auraient été sanctionnées par une mort atroce. L'échec lui était interdit.

Centimètre après centimètre, la terrasse encombrée de plantes en pot et d'arbustes se rapprochait. Il était tentant de brûler la dernière étape et de sauter, mais la silhouette en noir ne céda pas à cette facilité. Le risque ne méritait pas d'être pris. Et, lorsque les semelles de ses souples chaussures se posèrent sans bruit sur les dalles, personne n'entendit le rire de triomphe, trop bref et quasiment imperceptible, de l'énigmatique personnage.

La silhouette en noir prit le temps de savourer son exploit en contemplant New York étalé sous ses yeux. Central Park déployait la mosaïque de ses arbres aux glorieuses couleurs d'or, de bronze et d'écarlate dont il serait dépouillé par l'arrivée de l'hiver et du vent froid descendu du Canada. La ville encore assoupie finissait de se reposer avant de reprendre son rythme frénétique, à peine quelques heures plus loin, pourtant sa dynamique faisait toujours vibrer l'atmosphère. Ici, on pouvait connaître les plus grandes victoires comme essuyer les échecs les plus cuisants et vivre tous les stades intermédiaires. Certains, notamment la silhouette vêtue de noir, en avaient fait l'expérience.

La forme se détourna de la rambarde, traversa la terrasse, s'agenouilla près de la baie vitrée et prit ses outils dans le sac pendu à sa ceinture. Convaincre la serrure de se laisser faire avec discrétion était une simple formalité. Quant aux alarmes, elles ne représentaient qu'une sécurité illusoire.

Il fallut moins de deux minutes pour vaincre la serrure. D'autres modèles auraient peut-être cédé plus vite, mais il en existait peu. Son travail accompli, le voleur rangea ses outils avec soin. L'organisation et la prudence sont essentielles pour qui veut éviter de finir en prison – et ce voleur-ci n'avait aucune intention d'y aller. Il avait encore trop de projets à réaliser.

Cette nuit, cependant, l'avenir devrait attendre. Cette nuit, l'éclat glacé des diamants et le feu des rubis constituaient un appât auquel il n'était pas question de résister. Les pierres et les bijoux étaient d'ailleurs les seuls objets méritant d'être volés. Ils avaient une vie propre, une magie, une histoire et, surtout, peut-être, une sorte d'honneur. Même dans l'obscurité, ils pouvaient séduire comme une maîtresse. Un tableau, si beau soit-il, devait être admiré à une certaine distance. L'argent était commode mais froid, inerte, impersonnel. Les bijoux, eux, avaient une personnalité. Pour ce voleur-ci, chaque opération, chaque butin était une affaire personnelle.

La porte coulissa sans bruit, les fines et souples chaussures se posèrent en silence sur le parquet ciré. Le voleur n'eut pas besoin de se servir de la lampe torche faisant partie de son attirail, il avait effectué une reconnaissance approfondie des lieux. Trois pas à gauche, tourner à droite, sept pas puis de nouveau à gauche. Dépasser l'escalier menant à l'étage du duplex. Dédaigner l'inestimable sculpture précolombienne sur son socle de marbre et aller directement à la bibliothèque.

Le coffre était dissimulé derrière les œuvres complètes de Shakespeare. Le voleur fit basculer le volume d'*Othello*. Il le posait délicatement sur le tapis quand la pièce fut inondée de lumière.

— La main dans le sac ! fit une voix aux harmonieuses modulations.

Une femme se tenait sur le pas de la porte, drapée dans un négligé rose, le visage enduit de crème et les cheveux blonds tirés en arrière. Un observateur peu attentif lui aurait donné une quarantaine d'années à peine et la femme en avouait quarante-cinq alors que cinq de plus auraient correspondu à la réalité. La seule arme qu'elle portait n'était autre qu'une banane.

— Pan ! Pan ! fit-elle en la braquant sur le visiteur nocturne.

Avec un soupir écœuré, le voleur se laissa tomber dans un profond fauteuil de cuir.

— Bon sang, Celeste, que fais-tu debout à cette heure-ci ?

— Je mange, répondit la femme blonde en mordant dans sa banane. Et toi, que fabriques-tu dans ma bibliothèque ?

— Je m'entraîne. J'étais à deux doigts de te dévaliser.

Le voleur commença à enlever ses gants. Sa voix était incontestablement féminine.

— Merci mon Dieu pour cette petite fringale ! Ce n'est pas pour te critiquer, ma chère Adrianne, mais je ne vois pas pourquoi tu t'es crue obligée d'entrer par effraction quand tu avais la clef de la maison.

Adrianne ôta sa cagoule et laissa retomber sur ses épaules ses longs cheveux presque aussi noirs que sa tenue.

— Je ne m'en suis pas servie. Je suis arrivée par le toit.

Celeste s'assit calmement en face d'elle.

— Par le toit ? Tu es folle ?

Adrianne avait déjà entendu cent fois ce genre de propos, auquel elle préférait négliger de répondre.

— Si tu contrôlais un peu mieux tes impulsions, j'aurais réussi.

— Ah bon ? C'est ma faute, alors ?

Adrianne se pencha, prit les deux mains de Celeste : un diamant étincelait à son annulaire droit, un saphir à celui de gauche. Les mains d'Adrianne, elles, étaient nues. Ses derniers bijoux avaient été vendus longtemps avant qu'elle ne se lance dans sa nouvelle carrière.

— De toute façon, Celeste, c'est sans importance. Si tu savais ce qu'on ressent quand on se balance au-dessus de la ville comme je viens de le faire ! C'est… apaisant. Exaltant aussi.

— Et complètement idiot.

— Tu sais très bien que je suis assez grande pour veiller sur moi-même. Tu ne te demandes pas pourquoi ton alarme n'a pas fonctionné ? enchaîna Adrianne.

— Je préfère ne pas le savoir.

— Allons, Celeste ! Un petit effort.

— Bon, soupira celle-ci. Alors, pourquoi ?

— Je l'ai débranchée quand nous avons déjeuné ensemble.

— Comme c'est gentil à toi de m'avoir laissée à la merci des malfaiteurs !

Débordant encore d'une énergie inemployée, Adrianne se leva et commença à faire les cent pas. Petite, menue, elle avait une démarche de danseuse. Ses longs cheveux volaient quand son corps tournait.

— Je savais que je reviendrais. C'était facile, tu sais ! Je l'ai trafiquée de manière à court-circuiter les portes coulissantes de la terrasse quand tu la rallumerais. Il y a deux heures, je suis arrivée ouvertement dans l'immeuble et j'ai bavardé avec l'agent de sécurité. Sa femme a de l'arthrose, elle a un mal de chien, au fait, ça recommence.

— J'en suis désolée pour elle.

— Je lui ai dit que tu étais légèrement souffrante et que je t'avais apporté des fleurs qu'il pourrait te remettre demain matin. Un locataire a appelé à ce moment-là, et j'en ai profité pour filer vers l'escalier. J'ai pris l'ascenseur au cinquième jusqu'au toit.

— L'immeuble fait cinquante étages, observa Celeste, sans illusions sur l'efficacité de sa mise en garde. Enfin, bon sang, comment aurais-tu voulu que j'explique que la princesse Adrianne effectuait juste une « séance d'entraînement » quand elle est tombée du toit de mon immeuble pour s'écraser sur un trottoir de Central Park West ? s'exclama-t-elle avec une bouffée de colère pour mieux étouffer sa peur.

— Je ne suis pas tombée. Et si tu ne t'étais pas levée en pleine nuit pour piller ton réfrigérateur, j'aurais vidé ton coffre, je serais remontée sur le toit et je serais partie sans que personne s'en rende compte.

— Tu as raison, j'ai tous les torts.

— Peu importe, Celeste. C'est seulement que je ne verrai pas la tête que tu aurais faite une fois que je t'aurais négligemment posé ton collier de rubis sur les genoux, et je le regrette. Il faudra donc que je me contente de ça pour cette nuit.

Adrianne prit dans son sac un sachet en peau de chamois, l'ouvrit et versa une rivière de diamants sur la table près de Celeste.

— Grand Dieu !

Étincelant sous la lumière, un simple rang de brillants soutenait un gros solitaire conçu pour se nicher au creux d'un décolleté.

— Joli, n'est-ce pas ? dit Adrianne en faisant glisser le collier entre ses doigts. Une soixantaine de carats, une touche de rose dans le solitaire et un très beau sertissage. Peut-être qu'il réussissait à rendre... regardable le cou de la vieille toupie.

Celeste eut beau songer qu'après tout ce temps elle aurait dû s'habituer aux frasques d'Adrianne, elle ne put résister au besoin de boire quelque chose de fort.

— Quelle vieille toupie ? demanda-t-elle en allant prendre un carafon de cognac dans le placard.

— Dorothy Barnsworth. Les boucles d'oreilles ne sont pas laides non plus, regarde.

— Dorothy ? Je me disais en effet que j'avais déjà vu ces cailloux. Sa maison de Long Island est une vraie forteresse.

— Son système de sécurité souffre de graves lacunes.

— Cognac ? offrit Celeste, qui en avait versé dans deux verres.

Adrianne accepta. Après le froid qui l'avait enveloppée lors de sa descente du cinquantième étage, l'alcool lui fit l'effet d'une chaude et tendre caresse.

— Veux-tu voir aussi le bracelet ?

— Je l'ai déjà vu la semaine dernière au grand bal d'automne, se borna à répondre Celeste.

— Quelle bonne soirée ! Ces babioles devraient me rapporter dans les deux cent mille, dit Adrianne en replaçant les bijoux dans le sachet.

— Je ne comprends pas, elle a cinq chiens de garde... Des dobermans. Il paraît qu'il n'y a pas plus féroce.

— Pas cinq, trois. Ils ne vont sûrement pas tarder à se réveiller, les bons toutous. Celeste, je meurs de faim. Aurais-tu une autre banane ?

— Il faut que nous parlions, Addy.

— Tu parleras pendant que je mangerai. C'est sans doute le grand air, poursuivit Adrianne en se dirigeant vers la cuisine. Il faisait un froid de canard à Long Island. Au fait, avant que je ne parte, rappelle-moi que j'ai laissé mon vison sur ton toit.

Atterrée, Celeste se laissa tomber sur une chaise devant la table de la cuisine et s'enfouit le visage dans les mains pendant qu'Adrianne explorait le réfrigérateur.

— Combien de temps cela va encore durer, Addy ?

— Ah ! De la terrine forestière, ça devrait faire l'affaire.

Le profond soupir qu'Adrianne entendit derrière elle la fit se retourner.

— Je t'adore, Celeste, dit-elle avec un large sourire. Tu le sais bien.

— Moi aussi, je t'adore. Mais je ne rajeunis pas. Pense à mon cœur.

Adrianne revint vers la table avec une assiette garnie d'une épaisse tranche de terrine, de crackers et d'une grappe de raisin.

— Tu as le plus grand et le meilleur cœur de tous les gens que j'aie jamais connus, Celeste, affirma-t-elle en embrassant son amie. Ne te fais pas de souci pour moi. Je sais ce que je fais et je le fais très bien.

— Je sais.

Celeste dévisagea la jeune femme. À vingt-cinq ans, la princesse Adrianne, fille du puissant roi du Jaquir et de Phoebe Spring, ancienne star de cinéma, était membre à part entière de la haute société internationale, bienfaitrice de dizaines d'œuvres caritatives, l'enfant chérie des médias... et une cambrioleuse intrépide. Qui pourrait s'en douter ? Depuis des années, Celeste tentait de se réconforter par cette dernière pensée. La ravissante fillette était devenue une femme belle à couper le souffle. Elle tenait de son père une peau bistre et des cheveux noirs, de sa mère une constitution solide mais raffinée. Celeste avait toujours un coup au cœur en reconnaissant dans la bouche de la jeune femme celle de Phoebe, sensuelle, généreuse. Et, bien qu'Adrianne eût souhaité ne rien avoir de son père, ses yeux en amande, noirs et pénétrants, étaient incontestablement ceux d'Abdul.

Sa mère lui avait également légué son bon cœur, sa chaleur et sa générosité. De son père, elle tenait sa soif de pouvoir et son insatiable appétit de vengeance. Quelle étrange mixture !

— Tu n'as plus besoin de continuer comme cela, Adrianne.

— Au contraire, déclara-t-elle en enfournant une grosse bouchée de terrine. Plus que jamais.

— Ta mère n'est plus là, ma chérie. Nous ne pouvons pas la faire revenir.

Un bref instant, le visage d'Adrianne exprima un chagrin presque enfantin, bouleversant. Mais son regard se durcit aussitôt.

— Je sais. Je le sais mieux que quiconque.

— Écoute, ma chérie, dit Celeste en posant une main sur celle de la jeune femme. Phoebe était ma meilleure, ma plus chère amie, comme tu l'es désormais. Je n'ignore pas combien tu as souffert pour elle, avec elle, combien tu t'es efforcée de lui venir en aide. Mais maintenant c'est différent. Pourquoi prendre de tels risques ? Et avant aussi, d'ailleurs, tu pouvais compter sur moi.

— Bien sûr. Si je t'avais laissée faire, tu te serais chargée de tout : les factures, les médecins, les cliniques. Je n'oublierai jamais ce que tu as fait pour maman et pour moi. Sans toi, elle n'aurait pas tenu aussi longtemps.

— C'est pour toi qu'elle a lutté.

— C'est vrai. C'est pourquoi ce que j'ai fait, ce que je fais et ce que je prévois de faire, c'était, c'est et ce sera pour elle.

Cette froide détermination fit frissonner Celeste.

— Addy, ma chérie, vous avez quitté le Jaquir depuis plus de seize ans et Phoebe est morte depuis plus de cinq.

— Et chaque jour qui passe *sa* dette s'accroît. Ne fais pas cette tête-là ! Que pourrais-je bien faire d'utile en dehors de mon... passe-temps ? Je deviendrais comme la presse me dépeint, une riche écervelée de la jet-set qui tue le temps comme elle le peut en s'occupant des bonnes œuvres et en courant de bal en soirée mondaine. Non, merci ! Qu'on le croie ici et au Jaquir, qu'il le croie, *lui*, tant mieux. Cela facilite mon travail : délester les vraies écervelées inutiles de leurs jolies babioles.

— Tu n'as plus besoin de cet argent, maintenant, Addy !

— Non, je l'admets. J'ai réalisé de bons investissements et je pourrais en vivre très confortablement. Mais ce n'est pas l'argent qui est en jeu, Celeste. Peut-être que ça ne l'a jamais été réellement. Quand je suis arrivée en Amérique, j'avais huit ans et je savais déjà que je retournerais là-bas un jour pour reprendre ce qui appartenait à ma mère. Et qui m'appartenait aussi.

— Il le regrette peut-être à présent.

— S'est-il déplacé pour son enterrement ? s'exclama Adrianne en se levant pour recommencer à arpenter la pièce. A-t-il seulement fait savoir qu'il était au courant de sa mort ? Tout au long de ces années, de ces épouvantables années, il n'a jamais émis le moindre commentaire. Et puis, ajouta-t-elle d'un ton plus calme, il l'a tuée. Il l'a tuée quand j'étais encore trop jeune pour l'en empêcher. Bientôt, très bientôt, il paiera pour son crime.

Celeste sentit un frisson glacé descendre le long de son dos. Elle se souvenait parfaitement d'Adrianne à huit ans. Elle avait déjà ces yeux sombres, hantés, avec une expression beaucoup trop mûre pour son âge.

— Crois-tu que Phoebe le souhaiterait ?

— Je ne sais pas, mais je crois qu'elle apprécierait au moins l'ironie de la situation. Je reprendrai Le Soleil et La Lune comme je l'ai promis, Celeste. Comme je me le suis promis à moi-même. Et il devra payer cher, très cher s'il veut le récupérer. En attendant, je ne peux pas me permettre de me rouiller. Sais-tu que lady Fume organise un gala à Londres le mois prochain ?

— Addy !...

— Lord Fume, ce vieux bouc, a déboursé un quart de million pour acheter des émeraudes à sa femme. Lady Fume ne devrait pourtant pas porter d'émeraudes, le vert ne convient pas du tout à son teint.

Elle se pencha en riant vers Celeste, l'embrassa sur les joues.

— Va finir ta nuit, reprit-elle. Je sais comment sortir.

— Par la porte ?

— Bien entendu. N'oublie pas notre brunch au Palm Court dimanche prochain. C'est moi qui t'invite.

Sous le regard effaré de Celeste, Adrianne se retira – sans oublier de faire un détour par le toit pour récupérer son vison.

C'est sur les genoux de sa mère qu'Adrianne avait été initiée à l'art du maquillage. Le fait que quelques touches de couleur et quelques traits de crayon puissent accroître la beauté ou l'âge – ou le contraire – avait toujours fasciné Phoebe. Appartenant au monde de la scène, Celeste en avait appris davantage à Addy. Au bout d'un quart de siècle sur les planches, la comédienne ne laissait à personne le soin de la maquiller et connaissait tous les trucs du métier. Enrichie par l'expérience combinée de ses deux mentors, Adrianne procédait donc avec aisance à sa propre transformation en Rose Sparrow, la bonne amie et l'intermédiaire de L'Ombre.

Le processus lui demandait trois quarts d'heure, mais le résultat justifiait ses efforts. Des lentilles de contact lui donnèrent des yeux ternes et grisâtres et firent ressortir des cernes bleus. Son nez élargi, ses joues rembourrées, un épais fond de teint blafard masquant sa peau dorée la rendirent méconnaissable. Une perruque rousse frisée et des boucles d'oreilles en verroterie parachevèrent la métamorphose, qu'elle étudia dans le miroir d'un regard critique. Il ne lui restait qu'à s'épaissir les hanches et à se chausser de talons aiguilles qui la grandiraient de quelques bons centimètres pour finir de modifier sa silhouette et sa démarche.

Un mauvais goût parfait, se dit-elle avec satisfaction. Elle jeta sur ses épaules un manteau en fausse fourrure, mit des lunettes noires à la monture constellée de strass et quitta l'immeuble par l'ascenseur de service. Précaution sans doute superflue, car personne n'aurait pu la reconnaître, comme personne n'aurait pu reconnaître L'Ombre. Mieux valait cependant qu'on ne surprenne pas Rose sortant du luxueux duplex de la princesse Adrianne.

Dans la rue, elle dédaigna le taxi qu'elle aurait préféré prendre et se dirigea vers la bouche de métro la plus proche. Ses incursions dans ce monde souterrain sous l'aspect de Rose lui procuraient d'ailleurs un réel plaisir. Aucune de ses relations ne s'y aventurait et, là, en bas, elle n'était qu'un personnage anonyme parmi les autres – anonyme comme elle ne l'avait jamais été depuis sa naissance. Lorsqu'elle faisait claquer ses talons sur le ciment de l'escalier, elle se rappelait toujours sa première descente sous terre. Elle avait seize ans, elle était désespérée, terrifiée et hypertendue. Elle était alors presque certaine qu'une main allait s'abattre lourdement sur son épaule et que la voix sévère d'un policier exigerait qu'elle ouvre son sac, où l'agent trouverait un rang de perles. Les cinq mille dollars qu'elle avait gagnés ce jour-là avaient couvert un mois de séjour à la clinique.

Elle franchit le portillon avec l'aisance d'une habituée. Personne ne lui prêtait attention, aucun homme ne se retournait sur son passage. Elle savait depuis longtemps que, dans le métro, les gens ne se regardent pour ainsi dire jamais. À New York, chacun s'occupe de ses propres affaires, espérant que les autres en fassent autant. Peut-être est-ce moins de l'espoir qu'un moyen de se défendre.

La station était baignée de relents familiers d'humidité et d'alcool ranci. Quand la rame s'immobilisa, les voyageurs y montèrent en bousculant ceux qui en sortaient. Arrivée à son arrêt, Adrianne serra un peu plus fort contre elle le sac à main en similicuir contenant son précieux chargement et prit l'escalator.

Un vent cinglant l'accueillit sur le trottoir, mais elle ne s'en soucia guère. Dans le quartier des diamantaires, une telle chaleur semblait irradier des pierres précieuses exposées dans les vitrines que cela réchauffait les plus transis ou les plus frileux. La princesse Adrianne aurait pu y déambuler, mais Rose, elle, y était venue pour des raisons professionnelles.

Beaucoup d'affaires se traitaient de la 48ᵉ à la 46ᵉ Rue entre la 5ᵉ et la 6ᵉ Avenue. Certains, faussement désinvoltes, venaient s'y délester de leur butin nocturne. Des diamantaires, reconnaissables à leurs chapeaux et à leurs longs manteaux noirs de juifs orthodoxes, entraient et sortaient des boutiques une mallette à la main. Des fortunes allaient et venaient sur les étroits trottoirs, portées par des hommes attentifs à ne jamais croiser d'autres piétons de trop près. Adrianne prenait les mêmes précautions et ne traitait jamais d'affaire à l'air libre.

Elle tourna le coin de la 48ᵉ Rue et pénétra dans une boutique qui ne payait pas de mine. Un observateur non averti aurait même pu croire le commerce au bord de la faillite. En réalité, Jack Cohen, son propriétaire, avait toujours estimé que soigner les apparences était du gaspillage. Si un peu de poussière ou une moquette élimée rebutait les clients, ils n'avaient qu'à aller chez Tiffany – sauf que Tiffany n'acceptait pas d'acompte de vingt dollars sur une bague et encore moins d'encaisser le solde en vingt-quatre mois.

Quand Adrianne arriva devant la boutique, un vendeur leva rapidement les yeux sans interrompre le boniment qu'il faisait à un client.

— Elle sera ravie d'avoir une bague comme celle-ci, et puis vous ne vous endettez pas pour dix ans. Elle est sobre mais elle fait assez d'effet pour que votre femme soit fière de la montrer à ses amies…

Tout en parlant, il désigna la porte du fond d'un bref regard, auquel Adrianne répondit par un battement de paupières. Un léger bourdonnement avait déjà indiqué à la jeune femme que le vendeur avait débloqué la serrure.

La pièce où elle pénétra, pompeusement qualifiée de bureau, tenait plutôt de l'entrepôt. Une table de travail métallique provenant des surplus militaires disparaissait sous les dossiers, et des piles de caisses et de boîtes en carton tapissaient les murs. Petit homme râblé dont une moustache compensait le début de calvitie, Jack Cohen était entré dans la profession par la grande porte en prenant la succession de son père. Celui-ci lui avait aussi enseigné l'art des négociations discrètes, pour ne pas dire secrètes, et Jack s'enorgueillissait de savoir reconnaître un policier se faisant passer pour un client aussi facilement que distinguer un zircon d'un diamant. Il se tenait au courant des affaires qui battaient de l'aile, connaissait les intermédiaires pressés, donc pas trop regardants, et savait comment refroidir des pierres assez brûlantes pour trouer les poches.

Lorsque Adrianne entra, Jack vidait devant lui un sachet de papier contenant des diamants polis, qu'il triait à l'aide d'une pince à épiler.

— Des pierres russes, commenta-t-il en les examinant à la loupe. Bonne qualité, de D à F. Ah ! Voilà un beau caillou. Blanc-bleu. On en tirera quelque chose. Eh bien, Rose, qu'est-ce que je peux faire pour vous aujourd'hui ? enchaîna-t-il en remettant les pierres dans le sachet, puis celui-ci dans sa poche.

En guise de réponse, Adrianne prit dans son sac le sachet de peau de chamois et renversa son contenu sur le bureau. Les yeux bleus de Jack Cohen lancèrent plus d'éclairs que des saphirs.

— Ah, Rose ! Ma journée est toujours plus belle quand je vous vois ! s'exclama-t-il.

Avec un sourire, Adrianne enleva ses lunettes noires et s'assit sur un coin du bureau.

— Pas vilain, hein ? fit-elle avec un accent venu tout droit du Bronx. J'ai failli m'évanouir en les voyant. Je lui ai dit : « Chéri, je n'ai jamais rien vu de plus chouette. » Si seulement il m'avait laissée en garder un peu, conclut-elle avec une moue de regret.

— Je crois qu'ils vous brûleraient la peau, ma petite Rose, dit Jack en examinant un à un les brillants de la rivière. Depuis quand il les a ?

— Vous savez bien qu'il me raconte pas ce genre de choses, monsieur Cohen. Mais ça fait pas longtemps. Elles sont vraies, au moins ? Ces pierres sont si grosses qu'elles ont l'air fausses.

Cohen aurait pu tricher avec elle, mais pas avec l'homme qui lui fournissait régulièrement une marchandise de cette qualité.

— Elles sont vraies, Rose. Et remarquablement montées. Bien sûr, ce sont les pierres qui nous intéressent, pas les montures.

— J'aime bien les belles choses, commenta Adrianne en touchant le collier d'un faux ongle laqué rose vif.

— Comme nous tous. Après tout, c'est notre gagne-pain. Les boucles d'oreilles sont aussi belles que le collier, ajouta Jack en poursuivant son examen à la loupe.

Il prit une calculette dans un tiroir, pianota un instant.

— Cent vingt-cinq mille, Rose, annonça-t-il.

— Il m'a dit qu'il en voulait deux cent cinquante, répondit Adrianne en se redressant.

Avec ses yeux bleus et son sourire, on aurait pu prendre Jack pour un oncle indulgent et sympathique – s'il n'avait pas eu en permanence un automatique sous sa veste.

— Voyons, Rose ! Je vais être obligé de les garder au frais un bon moment avant de pouvoir les remettre en circulation...

— Il m'a dit deux cent cinquante... Si je rentre à la maison avec la moitié, il sera pas content du tout.

Cohen pianota de nouveau sur sa calculette. À deux cent mille, il gagnait largement sa vie, mais il aimait marchander avec Rose. Si l'homme qu'elle représentait n'avait pas eu une telle réputation, il se serait même volontiers intéressé à elle sur un plan très personnel.

— Je perds de l'argent à chaque fois que vous venez me voir, Rose. Je ne sais pas pourquoi, mais je vous aime bien.

Elle lui fit immédiatement un sourire ravageur. Ils étaient tous deux experts à ce petit jeu.

— Je vous aime bien aussi, monsieur Cohen.

— Allez, disons cent soixante-quinze, et quelques-unes des jolies petites babioles que je regardais quand vous êtes entrée, d'accord ?

Adrianne parut tentée, mais se ravisa aussitôt.

— Il le saura, dit-elle avec regret. Il s'arrange pour toujours tout savoir et il aime pas, mais alors pas du tout que d'autres hommes me fassent des cadeaux.

— Bon, d'accord, Rose. C'est me couper la gorge, mais je veux bien aller jusqu'à deux cents. Vous lui direz qu'un lot comme celui-ci coûte cher à blanchir et qu'il doit en tenir compte. Le cash sera prêt d'ici à deux heures. Ça vous va ?

— Ça me va. S'il se fâche, je finirai bien par le calmer, il reste jamais fâché bien longtemps avec moi. Je peux vous laisser la marchandise en attendant, monsieur Cohen ? J'aime pas trop me balader avec ça dans les rues, vous savez ce que c'est.

Elle pouvait se fier à lui, il n'aurait pas le mauvais goût de voler son meilleur fournisseur. Cohen rédigeait déjà un reçu de sa plus belle écriture.

— Naturellement. Amusez-vous, allez faire du lèche-vitrines, ma petite Rose. Soyez tranquille, je m'occupe de tout.

Trois heures plus tard, Adrianne jetait son sac, son manteau et sa perruque sur l'immense lit de sa chambre. Elle enleva ensuite ses lentilles de contact, qu'elle lava et rangea dans leur étui avant de faire sauter ses faux ongles. Puis, passant une main dans ses cheveux enfin libérés, elle décrocha le téléphone.

— Kendal & Kendal, annonça une standardiste.

— Princesse Adrianne à l'appareil. Passez-moi George Jr, s'il vous plaît.

— Tout de suite, Votre Altesse.

Avec un soupir de soulagement, Adrianne se débarrassa des talons aiguilles de Rose et s'assit sur le lit.

— Addy, ravi de vous entendre.

— Bonjour, George. Je ne vous dérangerai pas longtemps. Je sais que vous autres avocats êtes toujours débordés de travail.

— Jamais pour vous, ma chère Addy.

— Vous êtes gentil.

— Mais sincère. En fait, j'espérais pouvoir vous inviter à déjeuner cette semaine. Amicalement, pour changer.

— Avec plaisir. Je verrai quand je pourrai me libérer.

Comme George Kendal lui était sympathique et qu'il était à moitié amoureux d'elle, la réponse d'Adrianne était sincère.

— Le bruit court, reprit-elle, que vous vous fiancez à une baronne allemande. Von Weisburg, je crois.

— C'est vrai ? En fait, nous nous sommes parlé pendant cinq minutes le mois dernier à une sorte de raout politique. Je ne me rappelle pas qu'il ait été question de mariage.

— Pauvre George ! Les gens inventent n'importe quoi.

Tout en bavardant, Adrianne avait sorti de son sac une épaisse liasse de billets de cent dollars. Ils n'étaient pas neufs et leurs numéros de série ne se suivaient pas.

— George, poursuivit-elle, je voudrais faire une petite contribution à l'association Femmes en péril.

— Pour le refuge ?

— Exactement. Bien entendu, cette contribution devra rester anonyme et passera par votre intermédiaire. Je vais faire tout à l'heure un dépôt de cent soixante-quinze mille dollars sur mon compte spécial. Vous pourrez vous en occuper ?

— Bien entendu, Addy. J'admire votre générosité.

Adrianne passa un doigt sur la tranche de la liasse. Elle se souvenait trop bien d'autres femmes en péril qui avaient eu besoin d'aide et n'en avaient pas reçu.

— N'admirez pas, George. C'est le moins que je puisse faire.

11

Un lion rugit, d'ennui plus que de férocité, mais Philip ne se retourna pas et poursuivit son chemin en mâchant une cacahuète. L'animal lui inspirait une réelle compassion, comme n'importe quel félin et n'importe quel être en captivité. Philip prenait toutefois plaisir à se promener dans le zoo de Londres, peut-être parce qu'il était rassurant pour lui de voir des cages et des barreaux alors que tout au long de sa carrière il avait évité de s'y trouver lui-même.

Voler ne lui manquait pas, du moins pas trop. Le métier avait été gratifiant tant qu'il avait duré et lui avait surtout procuré de quoi vivre largement, ce qui avait toujours été son objectif prioritaire. Si le confort valait mieux que l'inconfort, c'est le luxe qui apportait à l'homme la vraie sérénité.

Philip envisageait de temps à autre d'écrire un roman policier à partir de l'un ou l'autre de ses exploits les plus admirables, la réalité étant souvent plus incroyable que la fiction et, à coup sûr, plus palpitante. Son actuel employeur ne verrait malheureusement pas cela d'un bon œil. Mieux valait donc remettre le projet à plus tard, quand l'ancien voleur aurait pris sa retraite dans un manoir de l'Oxfordshire où il consacrerait ses loisirs à élever des chiens de race et à chasser le faisan. Il se voyait déjà en gentleman farmer, en bottes boueuses et veste de tweed, entouré de fidèles serviteurs – mais pas avant une vingtaine d'années.

Tout en puisant dans son sachet de cacahuètes, il continua sa promenade en songeant qu'à l'approche de son trente-cinquième anniversaire un homme devait commencer à se soucier de sa santé. La cigarette était une déplorable habitude dont il avait bien fait de se débarrasser. Très fier de sa force de caractère, il regrettait cependant sincèrement d'aimer toujours autant le tabac.

Il s'assit sur un banc, regarda les passants. Grâce au temps exceptionnellement doux pour un mois d'octobre, les nourrices et les poussettes encombraient les allées. Une jolie brunette tenant un petit garçon par la main fit à Philip un sourire aguichant qu'il lui rendit, et elle parut déçue qu'il ne la suive pas. Il se dit qu'il l'aurait peut-être fait s'il n'avait pas eu un autre rendez-vous. Il s'était toujours intéressé aux femmes, pas seulement parce qu'elles portaient ou possédaient les objets dont il faisait commerce, mais parce qu'elles étaient... des femmes, un des luxes auxquels il prenait le plus de plaisir.

La trotteuse de sa montre atteignait le chiffre douze pour marquer très précisément treize heures quand il vit sans surprise un homme corpulent et au crâne dégarni s'asseoir à côté de lui sur le banc.

— Je me demande pourquoi nous ne nous retrouvons pas à notre pub habituel, grommela le nouvel arrivant.

— Trop fermé, répondit Philip en lui tendant le sachet de cacahuètes. Le grand air vous fera du bien, mon cher. Je vous trouve un peu pâlot, ces derniers temps.

Maugréant de plus belle, le capitaine Stuart Spencer prit une poignée de cacahuètes. Le régime que lui imposait sa femme le tuait. Au fond de lui, il n'était pas mécontent de s'éloigner de son bureau, de la paperasse, du téléphone. Il lui arrivait de regretter le travail de terrain qui, heureusement, ne lui incombait que rarement. Il était vrai aussi, ce que le capitaine n'aurait admis sous aucun prétexte, qu'il éprouvait de l'affection pour l'élégant jeune homme assis à son côté – même si, ou plutôt parce que Spencer avait passé dix ans de sa vie à s'efforcer de le mettre à l'ombre. Il y avait quelque chose d'exaspérant et, par conséquent, de satisfaisant à travailler avec un homme ayant réussi aussi longtemps et aussi habilement à échapper à la justice.

Lorsque Philip avait décidé de se ranger du côté de la loi plutôt que de la violer, Spencer ne s'était pas bercé d'illusions et n'avait pas cru que le criminel s'était repenti. Pour Chamberlain, il ne s'agissait que d'une affaire. Comment Stuart aurait-il pu ne pas ressentir alors une certaine admiration pour un homme capable de prendre une décision aussi radicale à un moment aussi opportun tout en ne considérant que son avantage personnel ?

En dépit de la douceur de la température, Spencer était emmitouflé dans un gros pardessus. Il souffrait d'une ampoule au talon gauche, d'un début de rhume, et il approchait de son cinquante-sixième anniversaire. Il ne pouvait donc se retenir d'envier la jeunesse, la santé et le charme de Philip Chamberlain.

— Quelle idée de se rencontrer dans un endroit aussi ridicule ! marmonna Spencer pour le plaisir de se plaindre.

— Prenez donc une autre cacahuète, capitaine. Pensez plutôt à tous les criminels endurcis que vous avez mis hors d'état de nuire.

— Nous avons autre chose à faire que manger des cacahuètes en regardant les singes, rétorqua Stuart en plongeant la main dans le sachet. Il y a eu un nouveau cambriolage la semaine dernière.

Ce qu'il n'avouait pas non plus, c'est que l'odeur des fauves et le goût des cacahuètes lui rappelaient ses visites au zoo dans son enfance.

Philip était trop habitué à la mauvaise humeur du capitaine pour s'en formaliser. Il se carra plus confortablement sur le banc et résista avec nostalgie à la tentation d'allumer une cigarette.

— Notre vieille connaissance ? demanda-t-il pour le principe.

— Ça en a tout l'air. Une villa à Long Island, aux États-Unis. Les Barnsworth, grosse fortune, haute société. Propriétaires de grands magasins ou quelque chose de ce genre.

— Si vous parlez de Frederick et Dorothy Barnsworth, ils possèdent une chaîne aux États-Unis. Ils sont à la tête d'une fortune énorme. Qu'est-ce qu'on leur a pris ?

— Des diamants. Colliers, bracelets, que sais-je encore. Le tout assuré pour un demi-million de dollars.

— Beau travail, apprécia Philip en connaisseur.

— Rageant, oui. Si je n'avais pas su avec certitude où vous étiez la semaine dernière, j'aurais eu des questions à vous poser.

— Vous me flattez, Stuart.

Spencer sortit sa pipe, plus pour énerver Philip parce qu'il savait que ce dernier avait arrêté de fumer que par véritable envie. Il prit son temps pour la bourrer et l'alluma en crachant d'épais nuages d'une fumée odorante.

— L'individu est diablement habile. Entré et sorti sans laisser la moindre trace après avoir drogué les chiens. Des dobermans, des bêtes pourtant vicieuses. Mon frère en a eu un ; il le détestait. Un système d'alarme haut de gamme. Le voleur est passé à travers comme si le dispositif n'avait pas existé. Il n'a pris que les diamants et a laissé les actions, le liquide et les rubis, une broche et un collier fort laids, paraît-il.

Philip savait combien il est difficile de résister à la tentation de faire main basse sur tout et à quel point c'est une erreur d'y céder. Depuis six mois, il éprouvait de plus en plus d'estime pour ce mystérieux cambrioleur. Il avait de la classe, du style, un cerveau. Ils avaient décidément beaucoup de points communs.

— Notre homme n'est pas un glouton, dit-il en souriant. Il ne m'intéresserait pas autant s'il en était un. Depuis combien de temps, vous autres, à Interpol, essayez-vous de le coincer ?

— Une dizaine d'années, admit Spencer à regret. Cet individu est totalement imprévisible. Il pourra commettre cinq vols coup sur coup et se tenir tranquille six mois ou plus. Mais nous l'aurons. Une erreur, il fera un jour une seule petite erreur et nous le tiendrons.

— Vous disiez la même chose à mon sujet ?

Spencer souffla délibérément une grosse bouffée de fumée sous le nez de Philip.

— Vous auriez fini par en faire une. Vous le savez aussi bien que moi.

Philip le savait, en effet. C'est pourquoi il avait jeté l'éponge avant que cela ne se produise.

— Possible. Vous pensez donc qu'il est aux États-Unis ? demanda-t-il, songeant qu'il aimerait bien aller y faire un tour.

— Non, je ne crois pas. Il voudra sans doute prendre un peu de recul. De toute façon, nous avons déjà un homme à New York.

— Alors, qu'attendez-vous de moi ?

— Le voleur semble s'en prendre de préférence aux très grosses fortunes et ne pas avoir peur de voler des pièces mondialement connues et répertoriées. De fait, c'est le seul élément à peu près certain que nous avons sur lui. Les perles Stratford, les saphirs de lady Caroline. Entre autres.

— Vous me rendriez presque jaloux, dit Philip en souriant.

— Nous gardons donc un œil sur les soirées et les galas les plus huppés d'Europe. Qu'un de nos agents soit déjà introduit dans les milieux les plus fermés nous est utile, je ne vous le cache pas.

Philip se contenta de sourire avec modestie.

— J'ai appris que lady Fume préparait un gala, reprit Spencer.

— Je sais, j'ai reçu une invitation.

— Vous avez accepté ?

— Pas encore. Je ne savais pas si je serais dans les parages à ce moment-là.

— Vous irez, décréta Spencer. L'endroit regorgera de bijoux. Nous souhaitons donc que vous y soyez pour tout voir de l'intérieur. Sans toucher à rien, cela va sans dire.

— Vous savez bien que vous pouvez avoir toute confiance en moi, capitaine, répondit Philip avec un sourire auquel peu de femmes résistaient. Au fait, comment va votre charmante fille ?

— Vous n'y toucherez pas non plus !

— C'était une question purement platonique, je vous l'assure.

— Vous n'avez jamais, de votre vie, eu la moindre pensée platonique quand il s'agissait des femmes.

— Coupable, Votre Honneur. J'aimerais lire le rapport sur le dernier... incident. Celui dont vous venez de me parler.

Spencer fourra le tuyau de sa pipe dans sa bouche afin de dissimuler un sourire.

— Vous en aurez une photocopie demain.

— Parfait. Vous savez, poursuivit Philip, je commence à comprendre ce que vous avez dû éprouver pendant des années. Je me surprends à penser à ce voleur aux moments les plus inattendus, à essayer de deviner son prochain coup d'éclat, à imaginer l'endroit où il vit, ce qu'il mange, quand et comment il fait l'amour. Je suis passé par où il est passé et pourtant... Bon, dit-il en se levant. J'ai hâte de le rencontrer.

— Vous pourriez le regretter, Philip, dit Spencer en se levant à son tour. Cet homme est sans doute dangereux.

— Nous pourrions tous le devenir, dans certaines circonstances. Bon après-midi, capitaine.

Quelques jours avant le gala de lady Fume, Adrianne s'installa au Ritz. De tous les hôtels de Londres, le Ritz était son préféré, à cause de son ostentation et du séjour heureux qu'elle y avait fait avec sa mère. Le Connaught était plus distingué, le Savoy plus imposant, mais le Ritz avait quelque chose de merveilleusement extravagant avec sa profusion d'angelots dorés grimpant aux murs.

Le personnel la connaissait bien et, tant grâce à ses généreux pourboires qu'à son comportement amical et dépourvu de morgue, la servait avec un empressement sincère. Dans sa suite donnant sur Green Park, elle bavarda quelques instants avec le bagagiste, mentionnant qu'elle comptait passer quelques jours à se détendre en courant les boutiques.

Dès qu'elle fut seule, elle ne se précipita pas vers la baignoire de marbre pour prendre un bain aux sels parfumés ni ne se changea pour descendre voir et être vue au salon de thé. Elle se borna à retirer de sa valise une robe Valentino en lamé argent et au décolleté plongeant. Du papier de soie qui l'enveloppait, elle sortit un jeu de plans et les spécifications d'un système d'alarme qui lui avaient coûté sensiblement plus cher que la robe. Elle passa ensuite au salon, déploya ces documents sur la table et s'apprêta à vérifier si son argent avait été aussi judicieusement dépensé qu'elle l'espérait.

Les Fume habitaient dans Grosvenor Square un élégant hôtel particulier de style édouardien. Adrianne regrettait qu'ils n'aient pas plutôt donné leur grande soirée dans leur château du Kent, mais elle n'avait pas le choix. Elle avait passé en leur compagnie un long et ennuyeux week-end dans le château, dont elle aurait pu dessiner les plans de mémoire. Comme elle ne connaissait pratiquement pas la maison de Londres, Addy était dépendante des renseignements dont elle avait fait l'acquisition et de ses propres observations pendant la soirée.

La jeune femme pensa avec satisfaction que les émeraudes de lady Fume rapporteraient une coquette somme. Aussi snob que radins, les Fume participeraient ainsi sans le savoir aux fonds de secours des veuves et orphelins. De toute façon, les émeraudes n'étaient pas mises en valeur par le teint blafard de lady Fume. Le plus beau de l'histoire, se dit Adrianne en étudiant les schémas, c'est que les Fume ont poussé l'avarice jusqu'à économiser sur le système d'alarme, qui ne comporte qu'un réseau rudimentaire couvrant les portes et les fenêtres. Un cambrioleur moyen en viendrait à bout sans trop de mal. Elle, en toute modestie, était très au-dessus de la moyenne.

Il ne lui restait qu'à reconnaître le quartier, noter la proximité des autres maisons et les habitudes des résidents. Elle replaça ses documents en lieu sûr, se drapa dans une grande cape noire et sortit explorer son futur terrain de chasse.

Adrianne connaissait bien Londres. Si elle avait choisi de se rendre dans une des nombreuses boîtes branchées de la capitale, elle y aurait été aussitôt reconnue et reçue à bras ouverts. Mais cette fois elle était venue pour travailler, pas pour se distraire. Elle devrait pourtant faire quelques apparitions dans la ville avant son départ, voire provoquer un éclat qui fasse parler d'elle, comme tout le monde s'y attendait de sa part. Dans l'immédiat, il n'en était pas question.

Au volant de sa voiture de location, elle fit d'abord le tour du quartier, nota la densité de la circulation, le nombre de passants, la position de l'hôtel particulier des Fume par rapport à la rue et aux maisons voisines, ainsi que les fenêtres éclairées. Constatant que la lumière provenait seulement de l'entrée, elle déduisit que les propriétaires devaient être sortis, peut-être au théâtre ou à un dîner en ville. Cette reconnaissance préliminaire suffit à Adrianne pour qu'elle décide de s'introduire par la façade donnant sur la pelouse du square. Puis, après avoir garé la voiture dans Bond Street, elle poursuivit son exploration à pied.

La douceur inhabituelle dont Londres avait bénéficié touchait à sa fin. La soirée était fraîche et humide, le temps qu'Adrianne préférait. La plupart des Londoniens étant calfeutrés chez eux ou entassés dans des clubs, elle était presque seule dans les rues, où l'on n'entendait que le bruit du vent chassant les feuilles mortes sur les trottoirs ou bruissant dans les branches des arbres dénudés. De minces écharpes de brume se traînaient à ses pieds. Elle pensa qu'avec un peu de chance le brouillard serait assez dense à son prochain passage pour lui assurer une certaine protection. Dans l'immédiat, la brume lui permettait de voir clairement les grilles et les jardins des maisons environnantes ainsi que les entablements des fenêtres qu'elle devrait escalader pour pénétrer chez les Fume. Pour franchir cette distance elle avait mis trois minutes et demie en marchant normalement. À une allure plus rapide, il ne lui en faudrait pas plus de deux. Elle se rapprochait pour prendre note des complications éventuelles, tels que des gros chiens ou des voisins trop curieux, quand elle entrevit un homme qui semblait l'observer.

Philip était sorti ce soir-là poussé par une impulsion autant que par l'instinct. Rien ne lui permettait de prédire que la maison des Fume serait visée par son mystérieux confrère mais, à sa place, il aurait voulu procéder à une reconnaissance préliminaire et se familiariser avec le voisinage avant de passer à l'action. De toute façon, il était énervé et ne voulait pas davantage de la compagnie des autres que de la sienne propre. Dans ces moments-là, la tension nerveuse de la préparation d'un travail lui manquait, car la concentration que cela exigeait éliminait toute nervosité intempestive. L'exaltation ne venait qu'après la réussite, et il enviait celui qui avait encore les moyens de se l'offrir. Il la regrettait presque, malgré sa décision mûrement réfléchie d'abandonner.

C'est alors qu'il la vit. Menue, enveloppée dans une cape noire qui la recouvrait entièrement, elle avait une démarche pleine de jeunesse et de confiance en soi. Sa silhouette noire semblant flotter dans la brume formait un étrange tableau. Philip allait se contenter d'apprécier l'apparition quand il sentit tous ses sens se mettre aux aguets : l'inconnue tournait la tête vers l'hôtel particulier qu'il était lui-même venu examiner.

Quand elle s'aperçut de sa présence, son hésitation fut si brève qu'il ne l'aurait pas remarquée s'il ne l'avait pas prévue. Il resta debout sur le trottoir, les mains nonchalamment accrochées par les pouces aux poches de son blouson de cuir, curieux de voir comment elle réagirait.

Elle continua de marcher vers lui sans accélérer ni ralentir. Et, tandis qu'elle arrivait à sa hauteur, elle se tourna vers lui. Les traits un peu exotiques avaient quelque chose de vaguement familier. Sans doute pas une Anglaise, pensa Philip.

— Bonsoir, lui dit-il en espérant qu'elle lui réponde afin qu'il puisse entendre sa voix.

Leurs regards se croisèrent. Il vit des yeux en amande aussi noirs que la cape, des cils épais, soyeux. Des yeux rares, extraordinaires.

Adrianne le dépassa sans se retourner, mais l'envie de le faire l'inquiéta. Cet inconnu aurait pu se trouver là pour des dizaines d'excellentes raisons, mais elle ne put négliger la soudaine tension qu'elle ressentit à la base du cou et qui lui affirma le contraire. Il avait des yeux gris, mystérieux comme la brume. Et, s'il paraissait nonchalant, elle le sentit trop alerte pour l'être réellement.

Tu te fais des idées, pensa-t-elle en resserrant le col de sa cape. C'est juste un promeneur ou un homme qui attend une femme. Anglais d'après l'accent, blond, séduisant. Elle n'avait aucune raison d'être désarçonnée par cette brève rencontre. Pourtant, elle l'était.

Elle en rejeta la faute sur le décalage horaire et décida de se coucher de bonne heure.

Elle avait eu tort de se mettre au lit sans rien de plus qu'un verre de vin dans l'estomac. Elle aurait mieux fait d'aller dans un des clubs où elle avait ses habitudes, de rencontrer des gens, de manger, de se fatiguer avant de dormir. Elle aurait nourri sa mémoire d'autres souvenirs grâce à de nouvelles rencontres ou d'anciennes relations. Elle aurait dû bavarder, flirter ou rire, tout simplement. Elle aurait alors pu éviter ce cauchemar. Mais il avait commencé, et il était trop tard pour en arrêter le cours.

Les odeurs sont parfois les sensations les plus tenaces, elles peuvent éveiller des souvenirs depuis longtemps enfouis au plus profond de soi et que l'on croit oubliés. D'où lui était venu ce très léger arôme de café épicé à la cardamome ? Peut-être Adrianne l'avait-elle seulement rêvé, mais ce souvenir impalpable l'avait brutalement ramenée à la veille de son cinquième anniversaire, quand elle avait assisté, impuissante et terrorisée, au viol de sa mère par son père.

Le bruit de ses propres sanglots la réveilla. Assise dans son lit, les paumes pressées contre les yeux, elle s'efforça de chasser le cauchemar, mais quand il s'imposait avec autant de force il lui fallait longtemps pour s'estomper. Désorientée, elle dut faire un effort pour reprendre pied dans la réalité. Elle n'était plus une enfant recroquevillée sous le lit de sa mère et priant Dieu d'intervenir pour qu'Abdul laisse enfin Phoebe en paix. Une vie, la sienne propre, s'était écoulée depuis cette nuit-là.

Pantelante, elle se leva, tâtonna pour allumer la lumière, car elle ne supportait pas l'obscurité après ces cauchemars. Dans la salle de bains, elle se bassina le visage à l'eau froide. Son tremblement convulsif allait cesser, elle le savait. Cette fois, Dieu merci, il n'était pas accompagné de nausée.

Elle s'était balancée à une corde cinquante étages au-dessus de Manhattan, elle avait couru dans des ruelles de Paris, pataugé dans des marais de Louisiane. Mais rien au monde ne la terrifiait autant que les souvenirs qui revenaient la hanter dans ses cauchemars.

Appuyée contre le lavabo, elle attendit que ses mains ne tremblent plus et se pencha vers le miroir pour se regarder. Elle était encore pâle, mais la peur avait disparu de son regard. Une peur qu'elle devait dominer en priorité, maîtriser. Chasser d'elle-même.

Londres, la nuit, était tranquille, les rues silencieuses. Dans le salon de sa suite, Adrianne appuya son front contre la vitre, dont la fraîcheur finit de l'apaiser. Le moment approche, pensa-t-elle avec une impatience mêlée d'effroi. Elle en avait déjà déterminé la date, sans même en parler à Celeste. Ce jour-là, elle se rendrait au Jaquir afin de se venger de l'homme qui avait violé, maltraité et humilié sa mère. Et elle lui reprendrait ce qui appartenait de plein droit à cette mère.

Le Soleil et La Lune.

12

— Chère Helen, dit Adrianne en effleurant du bout des lèvres la joue d'Helen Fume. Désolée d'être en retard.

Lady Fume portait une robe de soie verte censée mettre en valeur ses émeraudes, et ajustée de manière à souligner sa silhouette allégée de quelques kilos grâce à un long mois de traitement en Suisse.

— Vous n'êtes pas du tout en retard, voyons. Mais j'ai quand même un reproche à vous faire.
— Lequel ?
— J'ai appris que vous étiez à Londres depuis plusieurs jours, et vous ne m'avez pas même passé un coup de fil.
— Je me cachais, répondit Adrianne en souriant.
— Mon Dieu ! Une dispute avec Roger ?

Adrianne prit le bras de son hôtesse pour traverser l'imposant hall d'entrée. Comme beaucoup d'autres, lady Fume était persuadée que l'humeur d'une femme dépendait d'un homme.

— Roger ? Vous retardez, ma chère Helen. C'est fini entre nous depuis des semaines. Maintenant, je suis libre comme l'air.

— Nous devrions pouvoir y remédier. Tony Fitzwalter s'est séparé de sa femme.

— Surtout pas, Helen ! Rien de pire qu'un homme récemment libéré de ses chaînes conjugales.

La salle de bal était déjà pleine de monde et de musique. Le champagne pétillait dans les flûtes, les parfums alourdissaient l'atmosphère, les bijoux scintillaient sous les lustres. Des millions de livres sterling de pierres et de métaux précieux, estima Adrianne. Elle n'allait en distraire qu'un infime pourcentage.

La plupart des invités lui étaient familiers. C'était bien le problème de ce genre de soirées, toujours les mêmes têtes, les mêmes conversations. Le même ennui. Adrianne repéra un comte qu'elle avait soulagé d'un diamant et d'un rubis six mois auparavant. Il bavardait avec Madeleine Moreau, ex-femme d'une vedette de l'écran chez qui la princesse comptait se rendre discrètement au printemps prochain. Addy leur adressa un sourire et prit une flûte de champagne sur le plateau que lui tendait un serveur.

— Tout est merveilleux, comme d'habitude, ma chère Helen.

— Vous n'avez pas idée du travail que cela représente pour si peu de temps, dit en soupirant lady Fume, qui n'avait sans doute rien accompli de plus épuisant qu'essayer sa robe. Mais j'aime tant recevoir !

— On prend toujours plaisir à ce qu'on fait bien. Vous êtes très en beauté, Helen. Qu'avez-vous fait ?

— Un petit séjour en Suisse, répondit lady Fume en se passant une main sur la hanche. Ils ont là-bas de merveilleux établissements spécialisés, si jamais un jour vous en éprouviez le besoin... On vous y fait mourir de faim avant de vous exténuer. Après cela, vous avez droit à quelques feuilles de salade sur lesquelles vous vous jetez avec reconnaissance. Et puis, quand vous êtes prête à tout envoyer promener, on vous cajole et on vous bichonne à grand renfort de massages et de bains de rêve. C'est une expérience que je n'oublierai jamais. Mais plutôt mourir que d'y retourner !

Adrianne ne put s'empêcher de rire. La conversation de lady Fume était souvent distrayante. Dommage, pensa la jeune femme, qu'Helen et son mari idolâtrent à ce point la livre sterling.

— Merci, je ferai de mon mieux pour me tenir à distance.

— Pendant que vous êtes ici, il faut que vous jetiez un coup d'œil sur le bracelet de la comtesse Tegari. Il vient de la collection de la duchesse de Windsor. Elle a surenchéri sur moi à la vente.

L'éclair de cupidité qui alluma le regard de lady Fume délivra Adrianne du bref scrupule qui l'avait traversée.

— Vraiment ?

— Elle est beaucoup trop vieille pour porter un tel bijou. Mais ce qui est fait est fait. Vous connaissez tout le monde, ma chérie. Alors, allez animer un peu la soirée pendant que je tiendrai mon rôle d'hôtesse.

— Avec plaisir.

Il ne faudrait qu'une dizaine de minutes à Adrianne pour aller inspecter le coffre dans la chambre des propriétaires. En attendant, elle échangerait volontiers quelques mots avec Madeleine Moreau pour découvrir si elle avait des projets de voyage au printemps.

Philip repéra la jeune femme dès qu'elle franchit la porte. Un homme comme lui ne pouvait pas ne pas remarquer une telle femme. En premier lieu, elle semblait parfaitement dans son élément parmi cette foule snob et opulente, mais un rien trop détachée et distante si l'on y regardait de plus près.

Elle portait une tunique noire ajustée jusqu'aux hanches qui s'évasait sur une jupe presque transparente et pailletée d'or qui ne dissimulait rien de ses jambes. Il fallait avoir des jambes exceptionnelles pour se permettre une telle tenue, et ces jambes-là l'étaient, songea Philip en sirotant son champagne. Des épingles de diamant retenaient ses cheveux, des étoiles de diamant étincelaient à ses oreilles. Philip en approuva la sobriété et reconnut la jeune femme en s'approchant d'elle.

Pourquoi, se demanda-t-il, cette beauté marche-t-elle seule la nuit dans les rues de Londres, loin des clubs et des endroits à la mode ? Et où donc ai-je déjà vu ce visage ? Ce mystère était facile à élucider.

Devant le buffet, Philip tapa sur l'épaule de son voisin et désigna Adrianne d'un discret mouvement du menton.

— Qui est donc cette femme mince aux jambes époustouflantes ?

L'homme, dont l'unique titre de gloire consistait à être un cousin au quatrième degré de la princesse de Galles, ne se fit pas prier.

— Adrianne, princesse du Jaquir. Superbe de la tête aux pieds et briseuse de cœurs patentée. Elle n'accorde pas le moindre regard à un homme qui n'a pas rampé des années à ses pieds.

La princesse Adrianne, bien sûr, se dit Philip. Les magazines que ma mère collectionne religieusement regorgent d'histoires croustillantes sur cette fille d'un potentat arabe et d'une star américaine qui a eu son heure de gloire. Sa mère s'est-elle suicidée ? Philip n'en était pas certain, mais il flottait un parfum de scandale à ce sujet. Maintenant qu'il savait qui était cette femme, il jugeait leur rencontre nocturne devant la maison de leur hôtesse commune encore plus étrange.

— Voulez-vous que je vous présente ? proposa sans enthousiasme le vague cousin de lady Di en enfournant trois canapés d'un coup.

Lui-même avait tenté sa chance auprès de la princesse Adrianne, qui l'avait balayé d'un revers de main comme un moustique.

— Pas la peine. Merci quand même.

Philip étudia quelques instants la jeune femme. Il pressentait qu'elle n'appartenait pas réellement à ce milieu ; elle s'y trouvait, comme lui, à titre d'observateur. De plus en plus intrigué, il se fraya un passage dans la foule pour la rejoindre.

— Rebonsoir, dit-il.

Adrianne se retourna. Elle le reconnut aussitôt à ses yeux gris et, en une fraction de seconde, décida de sourire. Mieux valait admettre leur rencontre, lui souffla son instinct, que feindre l'étonnement.

— Bonsoir, répondit-elle.

Sur quoi, elle vida sa flûte de champagne et la lui tendit avec juste assez de hauteur pour prendre ses distances.

— Vous promenez-vous souvent la nuit ? reprit-elle.

Philip fit signe à un serveur, déposa la flûte vide sur le plateau, en prit deux pleines et lui en tendit une.

— Pas assez souvent, sinon j'aurais déjà eu le plaisir de vous voir. Vous étiez venue rendre visite aux Fume ?

Inutile de mentir, pensa-t-elle. S'il veut s'en donner la peine, il saura bien la vérité.

— Non, je voulais juste prendre l'air et je n'avais envie de voir personne ce soir-là.

— Votre silhouette drapée de noir qui paraissait marcher sur la brume m'a frappé. Terriblement mystérieuse et romantique.

Elle aurait pu s'amuser de la réponse de Philip si elle ne s'était pas, à nouveau, sentie désarçonnée. À la manière dont il la dévisageait, cet homme lui semblait capable de percer à jour tous ses secrets.

— Le décalage horaire n'a rien de romantique. J'ai souvent du mal à me remettre des longs voyages en avion.

— D'où veniez-vous ?

— De New York.

— Et comptez-vous rester longtemps à Londres ?

Ce n'était rien de plus qu'un bavardage mondain. Adrianne se demanda pourquoi il la mettait mal à l'aise.

— Quelques jours, sans doute.

— Tant mieux. Nous pouvons donc commencer ce soir par danser, et nous aurons le temps de sortir dîner par la suite.

Elle ne protesta pas quand il lui prit son verre encore à moitié plein et lui adressa un sourire impersonnel.

— Dansons.

Il lui prit la main pour l'entraîner à travers la foule jusque devant l'orchestre. Le contact de cette main surprit Adrianne. Chez un homme portant avec un tel naturel la tenue de soirée, une paume aussi dure et calleuse était à tout le moins inattendue. Des mains d'ouvrier, un physique aristocratique et des manières raffinées formaient, chez un homme, une combinaison inquiétante au point qu'Adrianne s'efforça de ne pas se raidir quand Philip la prit dans ses bras. Elle avait senti un déclic lorsque leurs corps s'étaient effleurés, un déclic qu'elle se refusait à éprouver, plus encore à admettre. La beauté sensuelle n'était qu'une image superficielle. Aucun homme ne l'avait encore possédée, et elle s'était juré depuis longtemps qu'aucun ne la posséderait jamais.

La fermeté de la main qu'il posa sur son dos, celle des muscles qu'elle sentit sur l'épaule où elle appuya la sienne aggrava son trouble. Elle avait déjà touché ou effleuré des muscles d'hommes, sans jamais en être troublée – du moins jusqu'à ce soir-là.

L'orchestre jouait un slow langoureux. Malgré le champagne, Adrianne avait la bouche sèche. Malgré ou plutôt à cause de ce sentiment de malaise, elle regarda son partenaire dans les yeux.

— Vous êtes un bon ami des Fume ? demanda-t-elle.

Il huma son parfum, discret mais entêtant, qui évoquait des chambres ombreuses et des secrets de femmes.

— Disons que ce sont des relations. C'est une amie commune qui nous a présentés, Carlotta Bundy.

Il dansait à la perfection. À un autre moment, en d'autres circonstances, c'est un détail qu'elle aurait apprécié. Mais, comme tout ce qu'elle découvrait de lui, cette perfection même contribuait au malaise d'Adrianne.

— Ah oui, Carlotta. Je ne crois pas l'avoir vue, ce soir.

Philip la serra d'un peu plus près, d'une pression presque imperceptible, et la soudaine méfiance qui passa dans le regard de la jeune femme ne lui échappa pas.

— Elle est dans les Caraïbes, je crois, pour le dernier en date de ses voyages de noces. Êtes-vous libre demain soir ?

— Je me rends libre quand je veux.

— Alors, dînons ensemble.

— Pourquoi ?

La question était directe, sans coquetterie. Il la serra davantage, pour le seul plaisir de respirer son parfum.

— Parce que je préfère dîner avec une belle femme, surtout si elle aime se promener seule la nuit.

Il lui caressait doucement la pointe des cheveux. Elle aurait pu d'un regard mettre fin à ce début de flirt, mais elle ne le fit pas.

— Seriez-vous romantique ?

— J'en ai bien peur. Et vous ?

— Non. Et je ne dîne pas avec des inconnus.

— Philip Chamberlain. Voulez-vous que je demande à Helen de faire des présentations officielles ?

Le nom n'était pas tout à fait étranger à Adrianne. Il réveillait un vague souvenir qui lui échappait, et elle se promit de chercher plus tard. Pour le moment, il lui parut plus intéressant de continuer à jouer le jeu.

— Que m'apprendrait-elle sur votre compte ?

— Que je suis célibataire, discret dans mes affaires personnelles et autres. Que je voyage beaucoup et que j'ai un passé mystérieux. Que je vis la plupart du temps à Londres et que je possède un charmant manoir dans l'Oxfordshire. Que je suis joueur et que j'aime mieux gagner que perdre. Et que, quand je suis attiré par une femme, j'aime le lui faire immédiatement savoir, dit-il en portant leurs mains jointes à ses lèvres et en lui effleurant les phalanges.

Elle ne put ignorer l'onde de chaleur qui lui parcourut le bras.

— Par franchise ou parce que vous êtes pressé ?

Elle se retint de justesse de lui rendre le sourire qu'il lui décocha.

— Disons que cela dépend de la femme.

Il lui lançait un défi, et Adrianne avait toujours eu du mal à ne pas relever les défis lancés par les hommes. Elle prit alors une décision qu'elle savait devoir regretter.

— Je suis descendue au Ritz, dit-elle en s'écartant. Je serai prête à huit heures.

En la regardant s'éloigner, Philip se surprit à chercher dans sa poche un étui à cigarettes inexistant et fit signe à un serveur qui passait de lui donner une autre flûte de champagne. Si cette femme le troublait à ce point au bout d'une seule danse, il serait intéressant de voir ce qu'il en serait à l'issue de toute une soirée.

Il fallut à Adrianne plus d'une heure pour réussir à s'esquiver. Elle n'était venue qu'une fois dans l'hôtel particulier des Fume, mais elle avait une excellente mémoire, rafraîchie par les plans qu'elle avait achetés. Son seul réel problème consistait à éviter l'œil d'hôtesse toujours aux aguets de lady Fume et l'omniprésence de son personnel. Finalement, sachant d'expérience que l'audace était souvent plus payante que la dissimulation, Addy monta l'escalier sans se cacher, comme si elle avait parfaitement le droit d'aller à l'étage.

Dans le couloir, la musique était assourdie et l'air sentait l'encaustique au lieu du parfum des roses qui ornaient les tables des salons. Toutes les portes étaient fermées. Adrianne alla vers la quatrième à droite et frappa par précaution. S'il y avait quelqu'un, elle prétendrait souffrir d'une affreuse migraine et être à la recherche d'une aspirine. Personne n'ayant répondu, elle vérifia d'un coup d'œil rapide qu'elle était seule et ouvrit la porte. Puis, une fois entrée, elle prit dans son sac une mini-lampe électrique et examina les lieux.

Elle voulait repérer avec précision l'emplacement de chaque meuble. Si elle devait s'introduire dans la pièce pendant le sommeil de ses occupants, hypothèse qu'elle ne pouvait écarter, il serait fort gênant de buter contre un guéridon Louis XV ou un fauteuil Queen Anne. Elle releva donc soigneusement la disposition de l'ensemble, se disant que lady Fume aurait pu s'offrir les services d'un décorateur plus créatif. La sécurité souffrait, elle aussi, d'un cruel manque d'imagination. Le coffre, encastré dans le mur situé en face du lit et caché derrière un paysage sans génie, était d'un modèle courant, déjà ancien. Il ne faudrait pas plus d'une dizaine de minutes pour en venir à bout.

Se déplaçant à pas de loup, Adrianne alla vérifier les fenêtres. Elles étaient identiques à celles du rez-de-chaussée et faciles à forcer en cas de besoin. La présence de poussière sur les appuis lui tira un léger claquement de langue réprobateur. Lady Fume n'était pas aussi bien servie qu'elle le croyait.

Satisfaite, Addy s'éloignait de la fenêtre quand elle entendit tourner la poignée de la porte derrière son dos. Étouffant un juron, elle se précipita dans la penderie la plus proche et se trouva coincée au cœur de la garde-robe de lord Fume.

À travers les claires-voies du placard, ses yeux habitués à l'obscurité épièrent la porte, qui s'ouvrit lentement, laissant passer un peu de la lumière du couloir. Assez pour permettre à la princesse de reconnaître Philip.

Les dents serrées, Adrianne l'envoya à tous les diables tout en se demandant ce qu'il pouvait bien faire là. Depuis le pas de la porte, il balayait la pièce du regard. Aux aguets, prêt à bondir comme une panthère, aussi dangereux qu'une panthère. Il a beau avoir des manières raffinées et s'exprimer avec distinction, fulmina-t-elle, il serait à sa place dans un gang de voyous des rues.

Elle lâcha en silence une bordée de jurons lorsqu'elle vit qu'il posait un regard insistant sur la porte de la penderie. Qu'il n'ait pas plus qu'elle-même de raison d'être là ne rendrait pas moins incongru le fait qu'il la découvre dans la penderie de lord Fume. Leur rencontre dans la rue, coïncidence qui avait une chance sur un million de se produire, gâchait un travail qu'elle préparait depuis des semaines.

Adrianne vit alors sourire Philip, et ce sourire accrut sa propre inquiétude. Elle avait l'impression qu'il lui souriait à elle, personnellement, à travers le mince panneau de bois qui les séparait. Elle s'attendait même qu'il lui parle, et cherchait déjà une réponse plausible à lui fournir quand il tourna les talons et referma fermement la porte derrière lui.

Adrianne attendit deux longues minutes avant de sortir du placard. Toujours prudente, elle rajusta sa jupe et se lissa les cheveux, mis à mal par le contact avec les costumes du noble Lord. Elle décida qu'elle avait eu raison d'accepter l'invitation de Philip à dîner le lendemain. Mieux valait poser sur lui un regard vigilant que l'éviter.

Elle jeta un dernier coup d'œil circulaire à la chambre obscure. Philip Chamberlain la forçait à modifier ses projets : lady Fume garderait ses émeraudes, un peu plus longtemps que prévu du moins.

Mais Adrianne refusait d'accepter que son temps et son voyage soient gaspillés en pure perte.

Le lendemain soir, elle verrait Philip Chamberlain pendant quelques heures, puis regagnerait sa suite au Ritz et se changerait pour endosser ses vêtements de travail. Madeleine Moreau, elle, perdrait ses saphirs un peu plus tôt que prévu.

13

Son nouveau projet concernant Madeleine Moreau força Adrianne à se coucher tard pour se lever de grand matin. L'inclusion dans ses calculs du paramètre Philip Chamberlain retardait peut-être l'opération Fume, sans pour autant l'annuler, mais il n'était pas question pour L'Ombre de quitter Londres les mains vides. Le fonds de secours des veuves et des orphelins ne pouvait pas attendre.

À huit heures quarante-cinq du matin, Lucille, la femme de chambre de Madeleine, entendit sonner à la porte. Elle ouvrit à un beau jeune homme blond et barbu portant une salopette grise ornée du logo d'une entreprise de dératisation, et à l'épaule une grosse bonbonne métallique au bout d'une sangle ainsi qu'une trousse à outils.

— Salut, dit le beau jeune homme en faisant un clin d'œil à la jolie soubrette. J'ai six appartements à faire ce matin, celui-ci est le premier sur ma liste.

— De quoi s'agit-il ? s'étonna Lucille.

— Dératisation. Il y a des souris dans l'immeuble.

Un éclair de terreur brilla dans les yeux de la femme de chambre.

— Des souris ? Madame ne m'a rien dit.

— Elle n'en savait peut-être rien. C'est le syndic qui m'envoie. Des locataires se sont plaints.

— Ma patronne dort encore, bredouilla Lucille. Je n'ai pas le droit de faire entrer quelqu'un sans le lui dire.

— Moi, ça me fait ni chaud ni froid, déclara Jimmy. Si vous voulez pas que Jimmy tue les petites bêtes, vous signez ici. Mais après, allez pas vous plaindre au syndic si des gentilles petites souris vous grimpent sur les jambes.

Visiblement troublée, Lucille se mordilla les ongles. À l'évidence, l'évocation de rongeurs à fourrure grise grimpant le long de ses jambes la terrifiait.

— Bon... Attendez ici, je vais réveiller la patronne.

— Prenez votre temps, ma jolie. Je suis payé à l'heure.

Lucille s'éclipsa. Adrianne en profitait pour observer le hall d'entrée et le salon quand lui parvinrent du bout du couloir les éclats de voix de Madeleine, furieuse d'être réveillée à une heure aussi indue. Lorsque Lucille revint, le faux Jimmy était adossé à la porte et sifflotait avec désinvolture.

— Madame a dit que vous commenciez par la cuisine et l'office. Elle veut être sortie avant que vous fassiez les chambres.

— À votre service, ma jolie. Vous voulez me tenir compagnie ?

Lucille hésita. Jimmy n'avait rien d'un athlète, mais il avait du charme et un visage avenant.

— Peut-être bien... Mais après le départ de Madame.

— Je serai là quand vous voudrez.

Adrianne découvrit sans peine au fond de l'office le placard des compteurs qui abritait aussi le boîtier d'une alarme tellement rudimentaire que la jeune femme en poussa un soupir de dépit. En quelques minutes, elle l'avait branché sur l'ordinateur portable sorti de sa trousse à outils et en avait modifié le code. Elle revissait le carter quand elle entendit marcher et eut tout juste le temps de revenir dans la cuisine pour voir Lucille passer la tête dans l'encadrement de la porte.

— Madame voudrait…, commença-t-elle.

— Deux minutes, ma jolie, dit Jimmy en vaporisant un nuage de liquide rose. Je ne voudrais pas faire pleurer vos jolis yeux.

Lucille agita la main devant elle pour chasser les gouttelettes en suspension.

— Madame voudrait savoir quand vous aurez fini, acheva-t-elle entre deux quintes de toux.

— Il faut laisser au produit le temps de se déposer partout. Disons une petite demi-heure.

Un nouveau jet de vapeur précipita le départ de Lucille. Aussitôt seule, Adrianne retourna au placard des compteurs, finit de revisser le boîtier et régla l'alarme de manière à ce qu'elle soit désactivée pendant la nuit. La jeune femme pourrait donc s'introduire sans problème dans l'appartement. Il ne lui restait qu'à repérer l'emplacement du coffre.

Le pulvérisateur dans une main et la trousse à outils dans l'autre, elle rejoignit Lucille, qui attendait dans l'entrée.

— C'est fini. Où allons-nous maintenant ?

— Dans la chambre d'amis.

Dix minutes plus tard, Addy entendit claquer la porte d'entrée et passa dans la chambre à coucher de la maîtresse de maison. En trois minutes, elle découvrit le coffre derrière un panneau de la coiffeuse encastrée. La belle Madeleine n'avait pas été plus prévoyante qu'avec son système d'alarme. C'était un vieux coffre à combinaison qu'un apprenti cambrioleur pouvait ouvrir en cinq minutes.

Lorsqu'elle sortit de la chambre copieusement vaporisée de raticide fictif, Adrianne retrouva Lucille dans l'entrée. En quelques minutes la soubrette lui apprit qu'elle rentrait chez elle tous les soirs à vingt-deux heures et ne reprenait son service que le lendemain matin. Adrianne n'avait donc plus à se soucier que de la présence de Madeleine.

Une heure plus tard, chez un fleuriste réputé, la princesse paya comptant une gerbe de deux douzaines de roses rouges à livrer au domicile de Madeleine accompagnée du billet enflammé d'un admirateur l'invitant à se rendre à minuit dans une élégante auberge de campagne située à une heure de Londres. La réservation d'un souper fin en cabinet particulier et d'une Rolls-Royce avec chauffeur devant passer chercher l'heureuse élue à vingt-trois heures précises fut l'affaire de deux coups de téléphone et de l'envoi par coursier de l'argent liquide couvrant les frais du restaurateur et du loueur de limousines.

Adrianne connaissait assez la réputation de Madeleine Moreau pour savoir qu'il s'agissait d'une femme à la fois naïve et sentimentale comme une midinette, impatiente de retrouver un protecteur, richissime de préférence. La mise en scène devait donc être couronnée de succès. Certes, Madeleine éprouverait une cruelle déception en découvrant que son admirateur anonyme n'était qu'un leurre mais, en l'attendant, sa curiosité et le dom pérignon la feraient patienter un bon moment. Sa déception serait bien plus cruelle encore quand elle constaterait, le lendemain matin, la disparition de ses saphirs.

Quand elle regagna sa suite du Ritz, Adrianne était d'excellente humeur. L'intrusion de Philip Chamberlain dans la chambre des Fume n'avait peut-être été qu'une fâcheuse coïncidence mais, ce soir, il lui offrait à son insu la meilleure des couvertures. Des dizaines de témoins la verraient dîner avec lui et rentrer chez elle au milieu de la nuit. Veiller à ce qu'on ne la voie pas sortir de l'hôtel par la porte de service quelques minutes plus tard serait une précaution élémentaire.

Sa bonne humeur était toujours là quand elle se prépara en vue de son dîner. Elle choisit un fourreau noir, dont des colliers multicolores rehaussaient la sévérité, des boucles d'oreilles de verre bleu aux montures d'or pouvant passer pour des saphirs, sauf auprès d'un expert. Si elle ne volait que les plus beaux bijoux, Adrianne ne s'en achetait pour ainsi dire jamais. Elle n'aspirait qu'à la possession d'un seul collier, Le Soleil et La Lune.

Philip Chamberlain est peut-être un homme dangereux, se dit-elle en étudiant avec satisfaction sa propre image dans la glace. Mais il se rendra vite à l'évidence : je ne suis pas une proie facile.

Quand la réception lui téléphona, Addy était prête. En descendant rejoindre Philip, elle s'attendait même à passer une agréable soirée.

— Vous êtes ponctuel, approuva-t-elle.

— Et vous, éblouissante, répondit-il en lui tendant une rose rouge.

Si elle connaissait trop bien les hommes pour se laisser séduire par une fleur, elle permit à son sourire de s'adoucir.

Il portait un complet gris à peine plus clair que ses yeux et à la coupe visiblement italienne avec un polo de soie noire à col cheminée, le tout mettant fort bien en valeur ses cheveux blonds – trop bien, même, songea Adrianne, et son sourire perdit un peu de chaleur.

Il prit le manteau de zibeline qu'elle avait sur le bras et le lui posa sur les épaules, caressant au passage ses longs cheveux noirs, qu'il trouva aussi doux que la fourrure. Ignorant délibérément l'onde de chaleur qu'elle ressentit, Adrianne tourna la tête et esquissa un sourire en regardant Philip dans les yeux. Elle sait troubler un homme d'un regard, d'un geste, pensa-t-il. Il se demanda comment, avec des yeux pareils, elle pouvait avoir la réputation d'être inaccessible.

— Je connais une auberge à une quarantaine de kilomètres de Londres. L'ambiance est bonne et la cuisine délicieuse.

Elle s'attendait plutôt à un restaurant branché en plein centre. S'agissait-il de l'endroit même où Madeleine allait vainement attendre à minuit son mystérieux amoureux ? Philip remarqua l'éclair amusé qui traversa le regard de la jeune femme et se demanda quelle en était la raison.

— Vous êtes romantique, fit-elle en se dégageant sans brusquerie de ces mains qui s'attardaient sur ses épaules. L'idée de passer une soirée à la campagne me plaît. En chemin, vous pourrez tout me dire sur Philip Chamberlain.

— Il nous faudrait beaucoup plus de quarante kilomètres, estima-t-il en souriant.

Il lui prit le bras pour l'escorter jusqu'à la Rolls, dont le chauffeur ouvrit la portière. À peine la voiture eut-elle démarré que Philip sortit d'un seau à glace une bouteille de dom pérignon. C'est trop drôle, songea-t-elle sans pouvoir retenir un nouveau sourire. Roses rouges, champagne, limousine, auberge de charme... Pauvre Madeleine !

— Votre séjour à Londres se passe bien ?

Le bouchon sauta avec un léger claquement. Dans le silence de la Rolls, Adrianne entendit pétiller les bulles.

— Je viens toujours à Londres avec plaisir.

— Et qu'y faites-vous ? demanda-t-il en lui tendant une flûte.

— Je fais des courses, je vois des amis, je me promène. Et vous ?

— Ce que je fais ?

Elle se carra dans le coin de la banquette, croisa les jambes. Elle aimait parfois projeter cette image d'elle-même : coûteuses fourrures, jambes gainées de soie, bijoux un rien trop clinquants.

— Oui. Travail, loisirs, occupations diverses ?

— Je fais ce qui me plaît le plus à un moment donné.

Elle s'étonna qu'il reste dans le vague. La plupart des hommes n'avaient besoin que d'une question pour se lancer dans un exposé sur leurs affaires, leurs passe-temps, leurs proches.

— Ne m'avez-vous pas dit, Philip, que vous aimiez le jeu ?

Il n'avait cessé de l'observer avec une insistance gênante.

— Je vous l'ai dit ?
— Oui. Quels jeux préférez-vous ?
— Les jeux de hasard. Caviar ?
— Oui, merci.

Ils étaient en train de jouer, elle le savait. Un jeu dont elle ignorait les règles et l'enjeu, mais un jeu à coup sûr.

— Le hasard vous réussit, commenta-t-elle en caressant le cuir de l'accoudoir qui les séparait.

— D'habitude, oui. Que faites-vous quand vous ne vous promenez pas dans les rues de Londres ?

— Je me promène ailleurs, je vais dans d'autres boutiques. Quand je me lasse d'une ville, je vais dans une autre.

Il aurait pu la croire s'il n'avait surpris les éclairs passionnés qui brillaient parfois dans son regard. Elle n'était pas une de ces riches oisives à la tête vide qui s'ennuient sans savoir comment passer le temps et dépenser leur argent.

— Rentrerez-vous à New York quand vous quitterez Londres ?

— Je ne le sais pas encore. J'irai peut-être chercher le soleil et la chaleur pour la fin de l'année.

Je mourrais d'ennui si je vivais comme je le prétends, pensa-t-elle.

— Il fait chaud au Jaquir.

Un éclair s'alluma et s'éteignit aussitôt dans les yeux de la jeune femme.

— C'est vrai, répondit-elle d'un ton blasé. Mais je préfère les tropiques au désert.

Philip allait tenter d'en savoir plus quand le téléphone de la voiture sonna.

— Excusez-moi, dit-il en décrochant. Chamberlain, s'annonça-t-il avant de laisser échapper un bref soupir. Oui, bonsoir maman.

Adrianne leva un sourcil. Sans le ton légèrement penaud qu'il avait employé pour prononcer le mot « maman », elle n'aurait pas cru qu'il avait une mère, encore moins que celle-ci l'appellerait sur le téléphone de sa voiture. Amusée, elle remplit leurs deux flûtes et lui en tendit une.

— Non, je n'ai pas oublié… Toujours d'accord pour demain. Tout ce que tu voudras, tu es toujours très chic… Mais non, je ne suis pas agacé. Nous allons dîner… Je ne crois pas que ce soit… Oui, maman. Bien sûr. Ma mère voudrait vous dire bonsoir, ajouta-t-il en couvrant le combiné d'une main.

— Ah ? fit Adrianne, déconcertée.

— Rassurez-vous, elle n'est pas méchante, dit-il en souriant.

Adrianne prit le combiné.

— Allô ?

— Bonsoir, ma chère petite. Il a une belle voiture, n'est-ce pas ?

La voix n'avait rien de l'élocution distinguée de Philip et tirait plutôt sur l'accent cockney.

— Oui, très, répondit Adrianne en souriant.

— Je me sens comme une reine quand il me fait monter dedans. Comment vous appelez-vous ?

— Adrianne. Adrianne Spring.

Elle avait négligé son titre et s'était servi du nom de sa mère, comme elle le faisait quand elle se sentait en confiance. Elle ne l'avait pas même remarqué, mais Philip en prit note.

— Joli nom. Passez une bonne soirée, ma chère petite. Mon Phil est un brave garçon, vous savez. Et beau, n'est-ce pas ?

Pour la première fois, Philip eut droit à un sourire chaleureux.

— Oui, très, dit-elle sincèrement.

— Mais ne vous laissez pas charmer trop vite. Entre nous, il est un peu coureur.

— Vraiment ? Merci de m'en avertir. Je suis très heureuse de vous avoir parlé, madame Chamberlain.

— Appelez-moi Mary, comme tout le monde. Et dites bien à Philip de vous amener chez moi quand vous voudrez. Nous prendrons le thé et nous bavarderons entre femmes.

— Merci, avec plaisir. Bonne nuit, Mary, dit Adrianne avant de rendre le combiné à Philip.

— Oui, maman, à demain... Non, elle n'est pas belle du tout. Elle louche, elle a un bec-de-lièvre et des verrues sur la figure. Regarde la télévision, il y a de bons programmes ce soir... Je t'aime aussi.

Il raccrocha, but une longue gorgée de champagne.

— Excusez-moi.

— De rien. Votre mère a l'air adorable.

Ce coup de téléphone inattendu avait changé les sentiments d'Addy pour Philip. Elle aurait désormais du mal à être froide envers un homme qui aimait sa mère et la traitait avec affection.

— Elle l'est. Elle est l'amour de ma vie.

— Vous semblez sincère, dit-elle après une légère pause.

— Je le suis.

— Et votre père ? Adorable, lui aussi ?

— Je n'en sais rien.

Adrianne comprit qu'il valait mieux ne pas insister.

— Pourquoi lui avoir dit que je louche ?

Avec un éclat de rire, il lui prit la main, la porta à ses lèvres en la regardant dans les yeux.

— Pour votre bien, ma chère Adrianne. Ma mère meurt d'envie d'avoir une belle-fille.

— Je vois.

— Et des petits-enfants, précisa-t-il.

— Je vois, répéta-t-elle en retirant sa main.

L'auberge était à la hauteur des promesses de Philip. L'atmosphère en était douillette et romantique. Des bûches flambaient dans une cheminée assez vaste pour rôtir un bœuf, seules des bougies dans des candélabres d'étain éclairaient la pièce, et les fenêtres à petits carreaux repoussaient avec fermeté les assauts du vent d'automne provenant de la mer toute proche.

Adrianne ne s'attendait pas à se sentir aussi détendue avec Philip. Pas au point, en tout cas, de céder sans arrière-pensée au plaisir du bavardage, de l'écouter parler et de s'attarder à table devant un vieux cognac. Il connaissait tous les vieux films qui la passionnaient et évitait avec tact de trop parler de Phoebe Spring. Il pouvait réciter par cœur des dialogues entiers et imiter les acteurs avec un naturel qui la désarmait. Pour sa part, Addy tenait sa connaissance de l'anglais et son propre talent pour imiter les accents du grand comme du petit écran. La fille de l'actrice américaine ne pouvait donc que se sentir des atomes crochus avec Philip. Elle découvrit aussi qu'il aimait le jardinage, qu'il pratiquait à sa maison de campagne et dans la serre de son petit jardin de Londres.

— Je vous imagine mal en train de tailler des fusains et d'arracher des mauvaises herbes, mais cela explique vos mains calleuses. Elles ne correspondent pas à votre image.

Elle regretta aussitôt ses propos. Ce qui n'aurait été qu'une remarque insignifiante en d'autres circonstances prenait une tournure trop personnelle, voire intime, dans un cadre comme celui-ci.

— Mieux que vous ne croyez, répondit-il avec un sourire ironique. Nous avons tous notre façade, nous cherchons tous à faire illusion.

Il l'entraînait sur un terrain trop dangereux. Elle s'empressa de dévier la conversation sur leurs voyages.

Ils avaient été souvent dans les mêmes endroits, parfois au même moment. Ainsi, ils avaient séjourné la même semaine à Rome à l'Excelsior cinq ans plus tôt. Il ne fut pas mentionné qu'elle y était venue pour soulager une *contessa* d'une parure de diamants et de rubis tandis qu'il y réalisait l'un de ses derniers exploits en subtilisant un sachet de pierres brutes à un producteur de cinéma. Ils sourirent ensemble de leurs souvenirs respectifs.

— J'ai passé un moment particulièrement agréable à Rome cet été-là, commenta Adrianne pendant qu'ils regagnaient la voiture.

Ce moment agréable lui avait rapporté trois cent cinquante millions de lires.

— Moi aussi, dit Philip, qui en avait gagné presque le double en négociant ses pierres à Zurich. Dommage que nous ne nous soyons pas rencontrés.

— Dommage, approuva Adrianne.

Elle aurait certainement aimé marcher avec lui dans les rues de Rome et dîner dans des trattorias bondées et pittoresques, mais elle se félicitait que leur rencontre n'ait pas eu lieu. Il l'aurait trop distraite, comme un instant auparavant, quand leurs jambes s'étaient frôlées tandis qu'ils s'installaient sur la banquette. Sa visite à Madelcine Moreau serait heureusement un simple exercice.

— Nous nous y retrouverons peut-être un jour.

— Peut-être.

Elle s'écarta un peu, de façon infime mais suffisante pour qu'il sente la jeune femme s'éloigner à dessein. Quelle personne étrange, pensa-t-il. Sa beauté exotique, sa bouche sensuelle, les éclairs passionnés dans son regard, tout en elle est à la fois réel et trompeur. Elle n'est pas le genre de femme à se laisser aller dans les bras d'un homme, elle est capable de le glacer d'un regard ou d'un mot. Pour sa part, Philip avait toujours préféré les femmes ouvertement sensuelles et, sinon faciles, prenant plaisir à la sensualité. Pourtant, malgré ses contrastes, Adrianne l'attirait avec une force inexplicable.

En tout cas, il savait aussi bien qu'elle choisir le moment propice. Il attendit donc d'être dans Londres pour poser la question qui devait la prendre à contre-pied :

— Au fait, que faisiez-vous hier soir dans la chambre des Fume ?

Elle contint de justesse un sursaut assorti d'un juron. Tout, dans cette soirée, l'atmosphère, la chaleur de la compagnie de Philip comme celle du cognac l'avaient assez détendue pour lui faire baisser la garde. Elle ne dut qu'à ses années d'efforts et de maîtrise de soi de ne lui lancer qu'un regard à peine teinté de curiosité.

— Pardon ? Je n'ai pas bien compris.

— Je vous ai demandé ce que vous faisiez dans la chambre des Fume pendant la réception.

— Qu'est-ce qui vous permet de croire que j'y étais ?

— Je ne le crois pas, j'en suis sûr. Votre parfum se reconnaît entre mille, Adrianne. Je l'ai senti dès que j'ai ouvert la porte.

Elle rajusta la zibeline sur ses épaules pour se donner le temps de trouver une réponse.

— Vraiment ? On pourrait aussi se demander pourquoi vous fouiniez dans la maison.

— On le pourrait, en effet.

Elle décida qu'il valait mieux ne pas laisser le mystère s'épaissir.

— Il se trouve que j'étais montée chercher du fil et une aiguille pour recoudre un ourlet. Dois-je me sentir flattée que vous ayez reconnu mon parfum ?

— Vous devriez plutôt être flattée que je ne vous traite pas de menteuse, dit-il en souriant. Mais on pardonne volontiers les mensonges des jolies femmes.

Il posa une main sur le visage de la jeune femme, non pas comme il l'avait déjà fait avec une légèreté tendre, mais de manière presque possessive, le menton au creux de la paume, les doigts écartés sur la joue, de sorte qu'il encadrait la bouche d'Addy entre le pouce et l'index. Si douce, si désirable, pensait-il quand quelque chose l'étonna. Ce ne fut pas de la colère qu'il vit dans les yeux d'Adrianne, ni une hauteur annonçant une sèche rebuffade, mais de la peur. Une peur qui ne dura qu'une fraction de seconde, mais bien nette et bien réelle.

— Quand je mens, je ne dis pas n'importe quoi, Philip, rétorqua-t-elle avec un sourire froid. Nous sommes arrivés, je crois.

Luttant contre la panique, elle se dit qu'une simple caresse n'aurait pas dû la mettre dans cet état.

— Pourquoi avez-vous peur que je vous embrasse, Adrianne ?

Comment faisait-il pour voir ce qu'elle avait toujours réussi à cacher à tant d'autres ?

— Vous vous trompez, Philip. Je n'en ai pas peur, je ne le veux pas, tout simplement.

— Cette fois, je peux vraiment vous traiter de menteuse !

— Pensez ce que vous voudrez. Merci pour cette charmante soirée. Bonne nuit, Philip.

— Laissez-moi vous raccompagner à votre suite.

— Inutile de vous déranger.

Le chauffeur ouvrait déjà la portière. Sans un regard en arrière, elle mit pied à terre et entra dans l'hôtel en faisant voler les pans de son manteau.

Adrianne attendit les douze coups de minuit pour sortir discrètement par la porte de service. Elle était encore en noir, mais cette fois dans ce qu'elle appelait sa « tenue de travail ».

Elle héla un taxi à cinq cents mètres de l'hôtel, en changea trois fois et se fit déposer assez loin de l'appartement de Madeleine pour égarer les éventuelles recherches. Le brouillard dressait autour d'elle sa couverture protectrice. La rue était déserte, les fenêtres obscures.

Sauter le muret de la cour, escalader la façade en s'aidant du lierre, ouvrir la fenêtre de la chambre fut pour la jeune femme une simple formalité. La veilleuse restée allumée laissait entrevoir le désordre qui régnait dans la pièce. À l'évidence, Madeleine avait eu du mal à décider quelle toilette elle porterait pour aller à son rendez-vous. Pauvre Lucille ! se dit Adrianne en souriant. Elle aura fort à faire demain matin.

Comme prévu, il fallut à peine cinq minutes à la jeune femme pour ouvrir le coffre, stéthoscope à l'oreille. Elle dédaigna les papiers entassés sur l'étagère ainsi que les premiers écrins qu'elle ouvrit. Les améthystes étaient estimables, les perles d'une belle eau, mais elle n'était venue que pour les saphirs, des pierres de Thaïlande de toute première qualité. Le pendentif du collier, serti de brillants et de petits saphirs, pesait à lui seul plus de vingt carats.

Posément, elle plaça son butin dans son sac, referma le coffre, brouilla la combinaison, traversa l'appartement jusqu'à l'office, où elle remit en fonction l'alarme avant de se retirer aussi silencieusement qu'elle était entrée.

Dehors, elle respira profondément l'air frais et humide, se retenant de ne pas éclater de rire. Elle n'avait jamais pu expliquer à Celeste l'exaltation, autant sensuelle qu'intellectuelle, que provoquait en elle un travail bien exécuté. Une fois la réussite acquise, elle pouvait relâcher sa concentration, laisser ses nerfs et ses muscles se détendre, son cœur reprendre son rythme normal. Pendant ces premières secondes, une minute tout au plus, elle se sentait toute-puissante, invulnérable. Rien de ce qu'elle avait vécu n'était comparable à ces instants de triomphe.

Cette nuit-là, elle s'accorda trente secondes de récompense avant de s'enfoncer dans la brume.

Philip ignorait ce qui l'avait poussé à ressortir de chez lui. Intuition, simple caprice ? Incapable de s'endormir, il décida de retourner à l'endroit où il avait vu Adrianne pour la première fois. Pas à cause d'elle, mais à cause des Fume. L'obscurité et le brouillard avaient de quoi tenter plus d'un cambrioleur.

Non, il ne pouvait pas se mentir à lui-même. S'il était sorti, c'était bien à cause d'Adrianne. Seul chez lui, il tournait en rond et ne pouvait s'empêcher de penser à elle. Une promenade solitaire lui remettrait les idées en place – croyait-il.

Il en était « toqué », comme aurait dit sa mère. C'était compréhensible, après tout. Elle était belle, mystérieuse. Menteuse, aussi. Déplorant de ne pas avoir une seule cigarette à fumer, il se dit qu'il était difficile de résister à une femme dotée de pareilles qualités. C'est peut-être la raison pour laquelle il se retrouva sans le vouloir sur le chemin du Ritz.

Il arrivait au coin de la rue quand il la vit traverser la chaussée déserte. Elle était en noir, comme pendant leur dîner, mais en pantalon et blouson de cuir, les cheveux cachés sous une casquette. Quasi méconnaissable, mais il la reconnut à sa démarche. Personne au monde ne marchait de la même façon, à la fois souple, gracieuse et décidée. Il faillit appeler la jeune femme, mais son instinct le retint à temps. Et il la vit disparaître dans le bâtiment par la porte de service.

Philip fixa des yeux les fenêtres qui venaient de s'éclairer. C'est ridicule, se disait-il. Absurde, même. Et pourtant, il resta là un long, très long moment à tourner et retourner dans sa tête des questions auxquelles il ne savait que répondre.

Ou peut-être évitait-il de le faire.

14

Adrianne prit le temps de déguster son petit déjeuner dans sa chambre en parcourant la presse du matin. Sa double vie ne lui posait tout compte fait qu'un seul problème, celui de ne pas pouvoir en partager les meilleurs moments. Elle n'avait personne à qui parler, personne avec qui échanger des idées pour mettre au point une opération difficile, personne pour comprendre comme elle l'exaltation d'une descente en rappel le long d'une façade ou apprécier l'expérience qu'il faut acquérir pour neutraliser une alarme complexe. Personne non plus pour fêter ses réussites les plus spectaculaires. Son métier la condamnait à des repas solitaires dans des chambres d'hôtel.

Elle imaginait avec humour quelle serait la réaction de ses relations si, lors d'un déjeuner dans un restaurant à la mode, elle interrompait une conversation légère en annonçant qu'elle venait de passer à Londres un agréable week-end à voler un saphir de la taille d'un œuf de caille.

Mais l'heure tournait, il était temps de s'habiller. Elle se demanda si Madeleine était déjà levée ou si quelqu'un avait remarqué sur l'appui de la fenêtre les légères traces de l'intrusion de la voleuse.

Pour peu que Lucille ne fasse pas consciencieusement le ménage, ces traces passeraient inaperçues pendant des semaines. De toute façon, c'était sans importance. Rose Sparrow avait une mission à accomplir et la princesse un avion à prendre dans l'après-midi.

Quand Adrianne sortit de l'hôtel en perruque rousse, minijupe en cuir et collant rose, Philip y entrait. Ils se croisèrent dans le sas de la double porte, et Philip s'excusa même de l'avoir légèrement heurtée de l'épaule. S'il l'avait regardée plus attentivement, il l'aurait probablement reconnue. Mais il passa sans la voir, et, se retenant d'éclater de rire, elle lui lança un « Pas de quoi, mon prince ! » de son plus bel accent cockney.

Le portier la regarda avec une moue réprobatrice. Sans doute la prenait-il pour une professionnelle venue passer la nuit avec quelque riche homme d'affaires étranger – un Anglais n'aurait pas eu un tel mauvais goût – désireux de s'offrir des distractions. Contente d'elle-même, Adrianne s'éloigna en ondulant des hanches vers la station de métro, afin de se rendre chez un nommé Freddie, qui tenait un commerce aussi discret que lucratif.

Il était deux heures de l'après-midi quand elle regagna sa suite, lestée d'un épais matelas de billets de vingt livres. Freddie, qui devait avoir parmi ses clients un amoureux des saphirs, s'était montré généreux. La jeune femme devait encore déposer l'argent sur son compte en Suisse et charger ses hommes d'affaires de procéder à la donation anonyme habituelle au bénéfice du fonds de secours – déduction faite de sa « commission ». Elle fourra la perruque de Rose dans sa valise. Dix mille livres semblaient être une somme honnête.

Elle était en sous-vêtements, occupée à effacer les dernières traces du maquillage de Rose, quand elle entendit sonner à sa porte. Elle enfila son peignoir, en noua fermement la ceinture et alla ouvrir.

— Philip ! dit-elle, stupéfaite.

Il se dépêcha d'entrer avant qu'elle lui referme la porte au nez.

— J'espérais bien vous trouver. J'étais passé un peu plus tôt, mais vous étiez déjà sortie.

— J'avais des courses urgentes. Vous vouliez quelque chose ?

Il en resta interloqué. La question était pour le moins incongrue de la part d'une personne qui n'était vêtue que d'un fin peignoir de soie ivoire.

— Je me demandais si vous seriez libre pour le déjeuner.

— Ah ? C'est gentil, Philip, mais je pars cet après-midi.

— New York ?

— Quelques jours seulement. Je dois présider un bal de charité et j'ai des tas de détails à régler.

Il remarqua qu'elle ne portait aucun maquillage, ce qui lui donnait une allure plus jeune et la rendait encore plus attirante.

— Je vois. Et ensuite ?

— Je vais au Mexique à Noël pour un défilé de mode au bénéfice d'une œuvre caritative. Je suis désolée, Philip, mais vous arrivez au mauvais moment, il faut que je fasse mes valises.

— Ne vous dérangez pas pour moi. Je peux boire quelque chose ?

— Bien sûr, servez-vous.

Pourquoi lui ai-je parlé du Mexique ? se reprocha-t-elle en se hâtant de rentrer dans sa chambre. Elle ne faisait pourtant jamais mention de ses projets. Elle s'assura que la perruque rousse était déjà dans la valise et la liasse de billets dans son sac. Comme il n'y avait plus rien de compromettant en vue, elle se remit à préparer ses bagages.

— Dommage que vous partiez si vite, dit Philip depuis le pas de la porte. Vous allez manquer des nouvelles sensationnelles.

La dextérité avec laquelle elle pliait les vêtements dénotait une longue pratique en matière de préparation de valise.

— Ah oui ? dit-elle sans se retourner.

— Vous n'avez pas dû entendre parler du cambriolage qui a eu lieu la nuit dernière.

— Non. Où cela ?

— Chez Madeleine Moreau.

— Quoi ? Pauvre Madeleine ! Que lui a-t-on volé ?

Elle se retourna, l'air atterré. Appuyé contre le chambranle, un verre de scotch à la main, Philip examinait Adrianne avec une attention qu'elle trouva un peu trop soutenue.

— Son pendentif de saphirs. Rien d'autre.

Elle se laissa tomber sur son lit comme si ses jambes se dérobaient sous elle.

— C'est horrible ! s'exclama-t-elle. Quand je pense que nous étions ensemble chez les Fume il y a à peine deux jours ! Elle portait même son pendentif, je crois.

Une actrice de classe, approuva-t-il en buvant une gorgée de scotch. De grande classe.

— Oui, en effet.

— Elle doit être bouleversée. Devrais-je l'appeler, à votre avis ? Ou plutôt, non. Elle n'a sans doute envie de parler à personne.

— Vous paraissez sincèrement touchée.

— Nous devons rester solidaires, dans de pareilles circonstances. Elle était sûrement assurée, mais une femme est toujours très attachée à ses bijoux. Je vais me servir moi aussi quelque chose à boire et vous me raconterez ce que vous savez.

Quand Adrianne sortit de la chambre, Philip s'assit sur le lit à la place qu'elle venait de quitter et fronça le nez. La femme de chambre a un goût déplorable en matière d'eau de Cologne, se dit-il en humant une bouffée du parfum de Rose. Il remarqua aussi une minijupe en cuir prête à être mise dans la valise. Cela ne ressemble guère au style d'Adrianne, pensa-t-il en se demandant s'il n'avait pas déjà vu cet accoutrement quelque part.

— La police a-t-elle une piste, des indices ? s'enquit la jeune femme en revenant, un verre de vermouth glacé à la main.

— Je n'en sais rien. On dit que le voleur a fracturé une fenêtre du premier étage et ouvert le coffre situé dans la chambre de Madeleine pendant l'absence de celle-ci. Elle dînait à la campagne, dans la même auberge que nous. Amusante coïncidence, non ?

— Pas possible ! Il est curieux que nous ne l'ayons pas vue.

— Elle y est arrivée plus tard que nous. On lui a posé un lapin, semble-t-il. Le voleur l'a éloignée de chez elle en lui faisant croire à un rendez-vous galant avec un mystérieux admirateur.

— Non, vous plaisantez ? Quelle aventure !

— Humiliante, surtout.

— En effet. Mais, au moins, Madeleine n'était pas dans sa chambre quand le voleur s'y est introduit. Elle aurait pu se faire tuer.

Philip avala une gorgée de scotch. La boisson était aussi raffinée que le comportement de L'Ombre. Il ne pouvait s'empêcher d'admirer l'une et l'autre.

— Je ne crois pas.

Adrianne ne fit pas plus attention au ton de la réponse de Philip qu'à la manière dont il l'avait regardée en la prononçant. Elle posa son verre et se remit à faire sa valise.

— Vous avez dit qu'elle ne s'était fait voler que le pendentif. C'est bizarre. Elle devait avoir d'autres bijoux de valeur dans son coffre.

— Ils ne devaient pas intéresser le voleur.

— Un voleur excentrique ? Ma foi, cela arrive. En tout cas, je suis désolée pour cette pauvre Madeleine, mais la police finira bien par arrêter le coupable.

— Tôt ou tard, oui, répondit Philip en vidant son verre. Scotland Yard recherche un jeune homme blond et barbu qui s'était introduit le matin dans l'appartement sous prétexte d'exterminer des souris. Ils pensent qu'il était venu reconnaître les lieux et neutraliser l'alarme, pour lui-même ou pour le compte d'un complice.

— Vous en savez beaucoup, on dirait.

— J'ai des relations. Je dois dire que ce voleur m'inspire de l'admiration.

— Admirer un cambrioleur ? Pourquoi donc ?

— L'habileté. Le style. Éloigner Madeleine de Londres témoigne d'une certaine créativité. De perspicacité. Ce sont des qualités que j'admire. Avez-vous bien dormi la nuit dernière, Adrianne ?

Elle lui lança un coup d'œil par-dessus l'épaule. La question comportait un évident sous-entendu.

— Pourquoi ? Je n'avais pas de raisons de mal dormir.

— Moi, si, dit-il en prenant la minijupe pour la regarder de plus près. Sans savoir pourquoi, je suis sorti me promener et je me suis retrouvé dans ce quartier-ci. Il devait être une heure un quart, environ.

— Trop de champagne, peut-être. En ce qui me concerne le champagne me fait dormir comme une souche.

Leurs regards se croisèrent, se fixèrent un moment.

— Ce n'est pas votre style, à mon avis, dit-il en montrant la minijupe.

— Un simple caprice, fit-elle en lui reprenant la jupe. Merci de m'avoir apporté des nouvelles aussi captivantes.

— De rien. J'ai pensé qu'elles vous intéresseraient.

— Je suis désolée de vous chasser, Philip, mais il faut vraiment que je finisse mes bagages. Mon avion décolle à dix-huit heures.

— Alors, à bientôt, dit-il en se levant.

— Qui sait si nous nous reverrons un jour ?

— À bientôt, répéta-t-il.

Il savait quand il fallait agir vite. D'un geste spontané, il prit Adrianne par le cou et plaqua sa bouche sur la sienne.

Elle s'efforça de croire que, si elle en avait eu le moindre pressentiment, elle se serait ressaisie à temps. Elle n'aurait sûrement pas reçu ce baiser comme si elle l'avait espéré. Mais elle ne pouvait pas prévoir que la bouche de Philip serait aussi chaude, aussi experte. Au lieu de le repousser immédiatement, elle se serra contre lui. Une seconde, pas plus, mais c'était la première fois que cela lui arrivait.

Pour sa part, il avait agi de façon impulsive, sans aucun calcul. Il voulait simplement goûter ses lèvres et lui laisser un souvenir de lui. Une autre aurait pris ce baiser comme une aubaine ou réagi avec une indignation, feinte ou réelle. Adrianne resta plantée là, immobile, comme foudroyée par ce contact, le plus simple et le plus élémentaire entre un homme et une femme. L'indécision, le trouble que percevait Philip dans le regard de la jeune femme démentait l'élan de passion avec lequel elle avait partagé ce baiser. Le léger gémissement de plaisir qu'elle avait laissé échapper, à peine perceptible, bouleversait Chamberlain au plus profond de lui-même.

— Partez, dit-elle d'une voix redevenue ferme. Tout de suite.

Elle avait pâli, et il reconnut dans ses yeux l'éclair de peur qu'il y avait déjà surpris. Il parvint à réprimer l'envie folle de rouler avec elle sur le lit. Elle avait trop de secrets qu'il voulait plus que jamais élucider. Par acquit de conscience, il lui prit la main et la sentit trembler dans la sienne. Il comprit qu'elle ne jouait plus.

— Je m'en vais. Mais ce n'est pas fini entre nous. Non, ce n'est pas fini, nous le savons aussi bien l'un que l'autre. Je vous souhaite un plaisant voyage, Adrianne.

Elle attendit d'être seule pour se rasseoir sur son lit. Elle ne voulait à aucun prix éprouver ces sensations-là. Ce désir-là. Ni maintenant ni plus tard. Ni jamais.

— Tu ne me dis pas tout, Adrianne.
— Tout sur quoi ?

La jeune femme inspectait d'un regard circulaire la salle de bal du Plaza. L'orchestre répétait, les fleurs étaient fraîches et les serveurs alignés comme des soldats avant l'arrivée du général en chef. Dans quelques instants, les portes s'ouvriraient devant la fine fleur de la société venue danser, manger, boire et se faire photographier. Les mille dollars que chacun payait pour figurer parmi ces privilégiés financeraient une bonne partie de l'aile de pédiatrie qu'Adrianne faisait construire dans l'hôpital d'une banlieue de New York.

— Adrianne ! répéta Celeste avec impatience.
— Oui, ma chérie ?
— Vas-tu me dire enfin ce qui s'est passé à Londres ?
— Je te l'ai déjà dit.
— Non. Qu'as-tu volontairement laissé de côté ?
— Excuse-moi, Celeste, mais je n'ai plus beaucoup de temps pour tout vérifier.

N'y tenant plus, Celeste l'empoigna par le bras et la tira à l'écart.

— Tout est parfait, comme d'habitude. Il s'est passé quelque chose, je le sens.

— Rien du tout, voyons.

— Si. Depuis ton retour, tu es un paquet de nerfs.

— Parce que depuis mon retour je n'ai pas arrêté, répliqua Adrianne en donnant un petit baiser à son amie. Tu sais que j'attache beaucoup d'importance à cette soirée.

Poussant un soupir résigné, Celeste lui lâcha le bras.

— Je sais. Personne ne s'en occupe mieux que toi, personne n'y met autant de cœur. Tu sais, Addy, si tu te contentais de cette activité et y consacrais autant d'énergie et de talent qu'à... l'autre, tu n'aurais pas besoin de continuer.

Le meilleur moyen de mettre fin à la conversation, décida Adrianne, consistait à donner le signal de l'ouverture des portes.

— Peut-être, mais pas ce soir. Le rideau se lève.

— Addy ! Si tu avais des problèmes, tu me le dirais, j'espère ?

— Tu serais la première à le savoir.

Avec un sourire épanoui, elle s'éloigna pour accueillir les premiers invités qui entraient dans la salle.

Plaire à cette élégante assemblée n'avait rien de compliqué. Il suffisait que la cuisine soit de première classe, la musique assourdissante, et que le vin coule à flots. La soirée se déroulait avec le succès escompté, et Adrianne allait de groupe en groupe et de table en table, de soie en taffetas et de grand couturier en grand couturier.

Elle ne restait jamais assez longtemps pour s'asseoir dîner, mais elle dansait quand on l'invitait, flirtait avec ses cavaliers et les flattait avec grâce. C'est ainsi qu'elle remarqua la nouvelle parure de diamants et de rubis qu'arborait Lauren St John, seconde épouse du puissant patron d'une chaîne hôtelière. Adrianne engagea la conversation avec cette femme et apprit que le gala du défilé de mode que la princesse présiderait au Mexique aurait lieu dans le nouvel hôtel du groupe à Cozumel, station balnéaire rivalisant avec Cancún. Quelle divine surprise ! pensa Addy en se frottant mentalement les mains. Le gala ne manquerait pas d'attirer une foule de stars fabuleuses, qui viendraient parées de leurs plus beaux atours...

— Ce sourire est pour moi ?

Lorsqu'elle se retrouva dans les bras de Philip, le sourire d'Adrianne s'évanouit. Sans laisser à sa partenaire le temps de réagir, Chamberlain l'embrassa un peu trop fort et un peu trop longtemps pour un simple baiser amical. Et quand il s'écarta d'elle, il garda les mains d'Adrianne fermement dans les siennes.

— Je vous ai manqué ? demanda-t-il avec suavité.
— Non !
— Dieu merci, vous mentez à merveille. Vous êtes éblouissante, dit-il en caressant du regard ses épaules nues.

Elle devait reprendre la situation en main au plus vite. Il était déjà pénible de constater la curiosité amusée qu'ils suscitaient, et cent fois pire de sentir son propre cœur battre la chamade.

— Désolée, Philip, mais cette soirée est exclusivement sur invitation, et je sais que vous n'avez pas acheté de droit d'entrée.

— Vous auriez tort de me prendre pour un pique-assiette sans scrupule, Adrianne. Voici ma modeste contribution à votre bonne œuvre, dit-il en sortant un chèque de sa poche intérieure.

Le montant était le double du tarif normal. Même si Addy avait de bonnes raisons de détester cette conduite plus que cavalière, elle ne pouvait qu'apprécier la générosité de Philip.

— Merci, fit-elle en glissant le chèque dans son sac.

— Voulez-vous danser ?

— Non.

— Auriez-vous peur que je pose encore les mains sur vous ?

Les yeux d'Adrianne lancèrent des éclairs de fureur. Il riait ! Il se moquait d'elle ! Jamais elle n'avait accepté cela de quiconque.

— Que voulez-vous dire par *encore* ? demanda-t-elle d'un ton qui n'était pas aussi glacial qu'elle l'aurait voulu.

Il rit de plus belle.

— Adrianne, vous êtes merveilleuse ! J'ai été incapable de vous chasser de mes pensées, vous savez.

— Vous n'avez sans doute rien de mieux à faire pour vous occuper. Moi, si. Maintenant, si vous voulez bien m'excuser.

Avec l'instinct infaillible d'une femme ayant vécu de nombreuses expériences, dans la vie comme sur la scène, Celeste arriva à point nommé.

— Tu ne m'as pas encore présenté ton ami, Addy.

— Philip Chamberlain, Celeste Michaels, dit la jeune femme, les dents serrées.

— J'ai eu le plaisir de vous applaudir des dizaines de fois, chère madame, affirma Philip en baisant la main de Celeste. Vous m'avez brisé le cœur pendant des années.

Celeste avait déjà jaugé Philip et évalué la situation. S'il y avait sur terre un homme capable de troubler Adrianne, c'était bien lui.

— Dommage que je ne l'aie pas su plus tôt. Avez-vous fait la connaissance d'Adrianne à Londres ?

Avec désinvolture, il posa une main sur la nuque d'Adrianne.

— Oui, et je regrette qu'elle ne soit pas restée plus longtemps. Je déplore aussi qu'elle ne veuille pas danser avec moi ce soir. Peut-être accepteriez-vous une danse pour me consoler ?

Celeste le prit par le bras et l'entraîna vers la piste en lançant par-dessus l'épaule un sourire complice à Adrianne.

— Avec plaisir. Vous l'avez mise de mauvaise humeur. Elle ne se démonte pourtant pas facilement.

— Je m'en suis déjà rendu compte. Vous l'aimez beaucoup, n'est-ce pas ?

— Je l'aime plus que n'importe qui au monde. C'est pourquoi j'ai l'intention de vous surveiller de très près, monsieur Chamberlain.

Celui-ci prit Celeste dans ses bras et commença à danser tout en observant Adrianne, qui parlait à une dame couperosée.

— Appelez-moi Philip, de grâce. Elle est à la fois plus et moins que ce qu'elle paraît être. C'est une femme absolument fascinante.

Celeste entendit tinter des sonneries d'alarme.

— Vous êtes sagace, Philip. Adrianne est surtout une femme très sensible et très vulnérable. Si je devais apprendre que quelqu'un lui fait du mal, j'en serais très fâchée. Et moi, je ne suis ni sensible ni vulnérable. Je suis méchante et même féroce quand il le faut.

— Avez-vous jamais envisagé une liaison torride avec un homme un peu plus jeune que vous ? demanda-t-il avec son sourire irrésistible.

Celeste accepta le compliment en pouffant de rire.

— Vous êtes un dragueur impénitent, et je m'y connais. Mais puisque vous m'amusez, je vais vous donner un bon conseil : avec Adrianne, le charme ne marche pas. La patience, peut-être.

— Je vous en remercie sincèrement.

Il fixait toujours Adrianne des yeux quand elle porta une main à son cou et découvrit qu'il était nu. Philip ne manqua pas l'expression de stupéfaction qui se peignit sur le visage de la jeune femme, aussitôt suivie d'une rage froide quand elle vit le sourire entendu qu'il lui adressait : son collier de faux diamants et de faux saphirs, qui lui attirait les compliments de tous depuis le début de la soirée, reposait dans la poche de Philip.

Le salaud ! fulmina-t-elle. L'infâme, le répugnant salaud ! Il m'a volé mon collier sans que je sente rien d'autre que les battements de mon cœur. Et en plus il me nargue ! Il me le paiera, se jura-t-elle. Et pas plus tard que cette nuit.

Il était absurde d'agir sans avoir eu le temps de formuler un plan, Adrianne en était consciente. Mais Philip l'avait volée et s'était moqué d'elle, cela méritait vengeance. Elle avait appris par Celeste que Chamberlain était descendu au Carlyle. L'information lui suffisait. Elle connaissait bien l'hôtel, elle saurait découvrir le numéro de la chambre. Ensuite, elle se fierait à son intuition et à son expérience.

Une heure après être rentrée chez elle pour échanger sa tenue de soirée contre sa tenue de « travail », Adrianne pénétra dans le hall du Carlyle, où, par chance, un seul réceptionniste était de service. Avec un accent à couper au couteau, elle joua la touriste française terrorisée ayant échappé de justesse à deux voleurs à l'arraché. Elle demanda qu'on lui appelle un taxi.

— Voulez-vous aussi que j'appelle la police ? s'enquit le jeune homme d'un air compatissant

— Ce serait inutile, ils ne m'ont rien pris. D'ailleurs, je les ai à peine vus, je ne pourrais pas les décrire. Mais soyez gentil, dit-elle en s'affalant sur une chaise, donnez-moi un verre d'eau, ou plutôt du cognac. J'en ai grand besoin.

— Tout de suite, madame.

Pendant que le réceptionniste s'éloignait, Adrianne bondit derrière le comptoir, chercha sur l'ordinateur le numéro de la suite de Philip. Au retour du jeune homme, elle avala le cognac avec un soupir de soulagement et se confondit en remerciements avant de monter dans le taxi qui l'attendait le long du trottoir. Elle se fit déposer une centaine de mètres plus loin et calma la curiosité du chauffeur grâce à un pourboire royal.

Dix minutes plus tard, elle était devant la chambre de Philip. S'introduire dans l'hôtel par la porte de service et prendre le monte-charge n'avaient été pour L'Ombre qu'une simple formalité. Forcer la serrure et faire sauter la chaîne de sûreté fut cependant moins simple, et elle maudit son impatience, qui la retardait.

Le silence régnait à l'intérieur de la pièce. Les rideaux du salon n'étaient pas fermés, et il entrait assez de lumière pour qu'Adrianne puisse inspecter rapidement la pièce et constater que Philip n'y avait rien laissé de valeur. La chambre était obscure, et la jeune femme se guida à l'aide de sa lampe stylo, dont elle tint le faisceau à l'écart du lit. Elle aurait pris plaisir à faire peur à Chamberlain en le réveillant brutalement, mais elle préféra se contenter de récupérer son bien – sans oublier les boutons de manchettes en diamant qu'il portait pendant la soirée.

Elle entreprit de fouiller la chambre en faisant le moins de bruit possible. Il aurait été dommage qu'il ait mis ses objets précieux dans le coffre de l'hôtel, mais elle se dit que c'était peu probable. Il était rentré vers trois heures du matin et souffrait probablement du décalage horaire. Il avait donc dû tout laisser en vrac dans un tiroir avant de se coucher.

Le raisonnement d'Adrianne s'avéra. Sous une pile de chemises, elle découvrit le collier de faux saphirs à côté d'un écrin en crocodile qu'elle s'empressa d'ouvrir. Outre les boutons de manchettes en diamant, le coffret contenait un assortiment de boutons en or massif, une épingle de cravate ornée d'une fort belle topaze et autres babioles de la vanité masculine, le tout d'un goût parfait, et visiblement hors de prix.

Ravie, Adrianne fourra son butin dans son sac, et se dit qu'elle aimerait voir la tête que ferait Philip le lendemain matin. Elle se releva, se retourna... et se trouva nez à nez avec lui. Avant qu'elle ait pu esquisser un geste, il la souleva, la mit sur son épaule comme un sac de pommes de terre et la jeta sans ménagement sur le lit. Écrasée sous lui, les bras immobilisés, elle n'eut d'autre défense que de lâcher une bordée de jurons à faire rougir le plus mal embouché des dockers.

— Bonjour, ma chérie, dit-il avant de poser la bouche sur ses lèvres.

Il la sentait se débattre de tout son corps alors même qu'elle réagissait au baiser avec une voracité égale à la sienne. Émoustillé par ce contraste, il prolongea le baiser. Puis, lui tenant les poignets d'une seule main, il se redressa pour allumer la lumière. Le tableau d'Adrianne dans son lit avait tout pour lui plaire.

Tiraillée entre la colère et l'amertume, Adrianne s'en voulait de son impulsion et de sa légèreté. Depuis près de dix ans, elle volait les plus beaux bijoux grâce à son sang-froid et à sa logique. Et là, pour un collier sans valeur et une ridicule blessure d'amour-propre, elle se faisait bêtement coincer. Elle n'avait d'autre solution que de prendre Philip de haut – en espérant que cela marcherait.

— Lâchez-moi !

— Pas question. Avouez plutôt que c'était une manière astucieuse de vous mettre dans mon lit.

— Je suis venue reprendre mon collier, pas coucher avec vous.

— Rien ne vous empêche de faire les deux...

La violence de la réaction d'Adrianne le prit par surprise. Trente longues secondes, ils luttèrent en silence. Elle se révélait agile et d'une force physique très supérieure à ce qu'il aurait cru, comme elle lui en donna la preuve en lui assenant dans l'estomac un coup de poing qui lui coupa le souffle. Il finit cependant par l'emporter et lui coinça les mains entre leurs corps.

— Nous en reparlerons plus tard, dit-il quand il eut repris haleine.

Ce n'était pas la princesse Adrianne qu'il tenait à sa merci, mais la femme passionnée et imprévisible qu'il avait décelée d'emblée sous une surface raffinée.

— Vous m'avez piégée, salaud !

— J'avoue. Je m'étonne toutefois que vous ayez pris tant de risques pour récupérer ce collier qui ne vaut pas plus de quelques centaines de livres. Il a une valeur sentimentale pour vous, Addy ?

— Pourquoi me l'avoir volé ?

— Par curiosité. Pourquoi la princesse Adrianne porte-t-elle de la verroterie ?

— Je préfère dépenser mon argent pour des choses plus importantes que des bijoux. Rendez-le-moi et restons-en là. Je ne porterai pas plainte contre vous.

— Vous avez mieux à faire, en effet.

— Que voulez-vous dire ? Je n'ai aucune intention de m'excuser de m'être introduite chez vous pour reprendre mon bien.

— Et mon écrin ?

— C'est une vengeance. Je crois aux vertus de la vengeance.

— Je vous comprends. Voulez-vous boire quelque chose ?

— Oui.

Il lui décocha un nouveau sourire.

— Alors, donnez-moi votre parole que vous ne bougerez pas d'ici. Vous pourriez vous échapper, Adrianne, je ne suis pas dans une tenue qui me permettrait de vous poursuivre. Mais je vous rattraperais demain.

— Vous avez ma parole. J'ai vraiment besoin de boire quelque chose.

Il la lâcha, elle se releva et s'affala dans un fauteuil. Il était torse nu, son pantalon de pyjama glissait dangereusement sur ses hanches. Adrianne lui lança un bref regard en enlevant ses gants.

— Scotch, ça vous va ?

— Oui.

Il lui tendit le verre et s'assit sur le lit en face d'elle.

— Maintenant, j'attends des explications.

— Vous serez déçu. Je ne vous en dois aucune.

— Vous piquez de plus en plus ma curiosité, Adrianne. Vous savez, ajouta-t-il en prenant un paquet de cigarettes sur la table de chevet, j'avais cessé de fumer jusqu'à ce que je vous rencontre.

— Désolée. Mais c'est une question de volonté.

— J'applique la mienne à d'autres usages. La question qui me turlupine, c'est de savoir pourquoi une femme comme vous exerce la profession de cambrioleur ?

— Reprendre ce qui vous appartient n'est pas voler.

— Le pendentif de Madeleine Moreau ne vous appartenait pas.

Si elle avait été moins maîtresse d'elle-même, elle se serait étranglée sur sa gorgée de scotch.

— Je ne vois pas le rapport.

Il lâcha une longue bouffée de fumée en l'étudiant avec attention. À l'évidence, elle était loin d'être une novice.

— Mais si, Addy, vous l'avez volé. Vous ou quelqu'un que vous connaissez bien. Le nom de Rose Sparrow vous dit quelque chose ?

Elle sentait ses mains transpirer, mais elle garda son calme.

— Pourquoi ? Suis-je censée la connaître ?

— C'est la jupe qui m'a mis sur la voie. Il m'a fallu un moment pour ajuster les morceaux du puzzle. Quand j'ai rendu visite à Freddie, notre ami commun, il m'a parlé de Rose et me l'a décrite. Je me suis alors souvenu de cette petite jupette en cuir que vous alliez mettre dans votre valise et qui ne s'accordait pas du tout à votre style.

— Si cela vous amuse de parler par énigmes, je m'en vais. Je n'ai pas encore dormi cette nuit.

— Rasseyez-vous.

La sécheresse du ton fit comprendre à Adrianne qu'il serait plus sage d'obéir.

— Vous avez dans l'idée que j'ai quelque chose à voir avec le cambriolage de Madeleine, c'est bien cela ? À mon tour de vous poser une question : pourquoi aurais-je fait une chose pareille ? Je n'ai pas besoin d'argent.

— Ce n'est pas une question de besoin, mais de motivation.

— Qui êtes-vous ? Vous travaillez pour Scotland Yard ?

— Pas vraiment, répondit-il en riant. Connaissez-vous le proverbe selon lequel il faut un voleur pour attraper un autre voleur ?

Il fallut à Adrianne une fraction de seconde pour faire le lien. Elle avait entendu parler du légendaire cambrioleur connu sous les initiales P.C. Il avait la réputation d'être séduisant, sans scrupule et spécialisé dans le vol de bijoux, un maître dans la profession. On lui attribuait le vol du diamant Wellingford, une pierre unique de soixante-quinze carats. Il avait pris sa retraite, disait-on. Adrianne se l'était toujours représenté sous les traits d'un homme vieilli, que l'âge avait poussé à l'inactivité. P.C. était donc Philip Chamberlain. L'ironie du sort voulait qu'elle se trouve enfin avec un collègue de sa classe, le meilleur de tous, et qu'elle ne puisse même pas parler boutique…

— Vous êtes en train de me dire que vous êtes un voleur ?

— Que j'étais.

— Passionnant. J'ai donc tout lieu de supposer que c'est vous qui avez volé les saphirs de Madeleine.

— Il y a quelques années, je l'aurais sans doute fait. Mais actuellement, c'est vous, Addy, et je veux savoir pourquoi.

Elle fit tourner un moment le scotch dans le fond de son verre.

— Si pour quelque raison absurde j'avais joué un rôle quelconque dans cette affaire, Philip, cela ne vous regarderait pas.

— Ici, entre nous, votre titre ne compte pas plus que les formes de la courtoisie mondaine. Ou bien vous répondez à ma question, ou bien vous en parlerez à mes supérieurs.

— Vos supérieurs ? Qui sont-ils ?

— Je travaille pour Interpol. Depuis une dizaine d'années, ils ont attribué un certain nombre de cambriolages à un seul homme. Les saphirs Moreau ne sont que les derniers d'une très longue liste.

— Intéressant. Mais en quoi cela me concerne-t-il ?

— Nous pouvons organiser une rencontre discrète. Je pense être capable de les persuader de vous laisser en dehors de toute l'affaire.

— C'est très galant de votre part. Ou plutôt, fit-elle en reposant son verre, ce le serait si vous aviez raison. Imaginez le rire de mes amis et connaissances si je leur disais que je suis accusée de complicité avec un cambrioleur ! Cela me vaudrait des semaines d'invitations à dîner.

Il se leva, l'empoigna aux épaules, la secoua avec rage.

— Vous ne comprenez donc pas que j'essaie de vous aider, bon sang ? Vous n'avez pas de raison de jouer ce rôle ridicule avec moi ! Nous sommes seuls ici, vous n'avez pas de public à impressionner. Je vous ai vue rentrer à votre hôtel la nuit du cambriolage, je sais que vous vous êtes rendue chez le receleur. Vous êtes impliquée jusqu'au cou, Addy. J'ai assez longtemps exercé le métier pour savoir de quoi je parle !

— Vous n'avez rien de concret à rapporter à vos supérieurs.

— Pas encore, mais bientôt. Personne ne sait mieux que moi à quel point l'étau se resserre à mesure que le temps passe. Je n'ai aucune raison de vous compromettre publiquement. Parlez-moi, Adrianne. Je peux, je *veux* vous aider.

Il paraissait tellement sincère qu'une partie d'elle-même, bâillonnée depuis tant d'années, ne demandait qu'à le croire.

— Pourquoi ?

— Question idiote, marmonna-t-il en posant une fois encore les lèvres sur les siennes.

La résistance de la jeune femme ne dura pas. La passion qu'elle ressentait chez lui était aussi ardente, aussi exigeante que celle qu'elle ressentait en elle. Pour la première fois, elle laissa ses mains caresser, explorer un corps d'homme. Son désir s'accrut bientôt à la chaleur d'un brasier.

Philip savait que c'était folie de désirer cette femme au point d'en oublier priorités et obligations. Elle était force et douceur, frissons de crainte et attentes, et le parfum de son cou lui donnait le vertige. Quels que soient les secrets, quelle que soit la véritable personnalité d'Adrianne, il la désirait plus qu'il n'avait désiré quiconque avant elle. Il avait convoité des diamants pour leur flamme intérieure, des rubis pour leur feu éclatant, des saphirs pour leurs éclairs de chaleur intense. Il découvrait chez Adrianne tout ce qu'il n'avait jusqu'alors trouvé et admiré que dans les pierres les plus précieuses. Quand il glissa une main sous son pull-over, il sentit le cœur de celle qui le rendait fou battre la chamade.

Jamais la jeune femme n'avait rien éprouvé de semblable. Elle s'était persuadée au fil des ans qu'il n'en serait jamais ainsi. Pas elle. Pas pour elle. Pour la première fois, elle désirait un homme totalement, elle voulait être comblée comme une vraie femme. Mais, alors même que son corps réagissait, près de s'abandonner, la peur la poignarda. Elle vit le visage de sa mère ruisselant de larmes. Elle entendit les grognements de plaisir de son père.

— Non ! cria-t-elle en repoussant Philip de toutes ses forces. Non, ne me touchez pas !

Il réussit à lui happer un poignet avant qu'elle ne le frappe, lâcha un juron où la rage le disputait à la stupeur. Mais les invectives s'évanouirent sur ses lèvres lorsqu'il vit le regard terrifié d'Adrianne, et que les larmes perlaient à ses yeux.

— Du calme, du calme. Arrêtez, dit-il tandis qu'elle continuait à se débattre. Je ne vous ferai pas de mal.

— Lâchez-moi ! Ne me touchez pas !

— Je n'ai pas l'habitude de brutaliser les femmes, dit-il en luttant pour se dominer. Si je me suis mépris, pardonnez-moi, mais nous savons l'un et l'autre que ce n'était pas le cas.

— Je vous ai déjà dit que je n'étais pas venue coucher avec vous, gronda la jeune femme en finissant de se libérer. Si vous espériez que je me laisserais faire pour vous distraire, vous vous trompiez lourdement.

Il s'éloigna, se releva, reprit peu à peu la maîtrise de lui-même.

— Quelqu'un vous a blessée, n'est-ce pas ?

— Faire l'amour avec le premier venu ne m'intéresse pas, c'est simple.

— En fait, vous avez peur. De moi ou de vous-même ?

Elle prit son sac, le pendit à son épaule, d'une main encore tremblante.

— La vanité des hommes ne cessera jamais de m'étonner. Au revoir, Philip.

— Une dernière question, Adrianne.

Déjà à la porte, elle se retourna.

— Nous sommes seuls ici, reprit-il, rien ni personne n'enregistre notre conversation. Je veux savoir la vérité. Pour moi, personnellement. Ce que vous faites, le faites-vous à cause d'un homme ?

Elle aurait dû dédaigner de répondre, lui sourire avec froideur et sortir sans dire un mot. Elle se demanda ensuite des dizaines de fois pourquoi elle avait répondu. Mais l'image de son père, méprisant les pleurs de sa mère, s'imposa de nouveau avec force.

— Oui. À cause d'un homme.

Jamais Philip n'avait éprouvé de déception aussi amère.

— Il vous menace ? Il vous fait chanter ?

— Vous m'aviez dit une dernière question, cela en fait trois. Mais je vous dirai ceci, qui n'est que la stricte vérité. J'ai fait ce que j'ai fait parce que je l'ai choisi. Voulu. Tenez, conclut-elle en lui jetant son écrin à boutons de manchettes. Entre voleurs, l'honnêteté est sacrée. Du moins pour aujourd'hui.

15

— N'est-ce pas fantastique, ma chérie ? Tout se présente bien, n'est-ce pas ?

Lauren St John contourna la piscine pour venir embrasser Adrianne, prenant bien soin de présenter son meilleur profil au photographe et de placer Adrianne devant elle pour dissimuler les kilos qu'elle avait pris depuis un mois. Une centaine d'invités triés sur le volet bavardaient autour de la piscine, tandis qu'à l'intérieur une cinquantaine d'autres préféraient la fraîcheur de la climatisation à celle de la brise marine.

— À merveille, approuva Adrianne. L'hôtel est superbe, et le défilé de mode sera triomphal, j'en suis sûre.

— Il l'est déjà. Les articles des magazines people valent un million de dollars de publicité. Vous ne voulez pas plutôt du champagne ? Je ne fais servir des margaritas que pour faire couleur locale.

Sa fausse robe de paysanne mexicaine à cinq mille dollars est sans doute là pour cela aussi, se dit Adrianne tout en gardant son sérieux.

— Merci, mais une margarita me changera un peu.

Tout en parlant, Adrianne regardait la foule. Il y avait là des dizaines de personnes qu'elle connaissait bien, des dizaines d'autres qu'elle reconnaissait. Les journalistes allaient, venaient, notaient quelles personnalité se cachaient derrière quelles lunettes de soleil griffées. Les femmes arboraient leurs tenues tropicales, allant du microbikini à la jupe de soie arachnéenne. Aucune n'avait oublié ses bijoux. Sous le soleil, les diamants étincelaient, l'or luisait. Pour deux jours, le petit paradis insulaire de Cozumel serait aussi celui des voleurs. Si elle l'avait voulu, Adrianne se serait mêlée à cette foule et aurait cueilli les diamants comme on cueille des fleurs des champs. Nul ne s'en serait aperçu et, surtout, nul ne l'aurait soupçonnée, puisqu'elle appartenait au cercle restreint des people riches et célèbres. Mais Interpol avait vraisemblablement truffé de ses agents le secteur. Au moins, Dieu merci, Philip n'était pas apparu.

— Comment va Charlie ? demanda Adrianne en souriant à un photographe.

— Bien, bien, répondit distraitement Lauren tout en lorgnant un beau jeune homme en short qui devait sa réputation d'acteur à des séries télévisées dont raffolaient les ados. J'ai les nerfs en pelote ! Il faut que ce défilé soit une réussite, et il y a encore tant de choses à faire !

— Tout se déroulera à la perfection, la rassura Adrianne. Et puis, vous allez collecter des milliers de dollars pour la recherche sur la leucémie.

— Hein ? Ah ! Oui, bien sûr. Mais les gens ne sont pas ici pour penser à une affreuse maladie, c'est trop déprimant. L'essentiel, c'est qu'ils soient venus. Vous ai-je dit que la duchesse d'York m'a écrit personnellement pour s'excuser de ne pas pouvoir être là ? C'est dommage, mais grâce à vous nous avons quand même une vraie princesse... Oh ! Excusez-moi, je vois Elizabeth, il faut que j'aille la saluer. Amusez-vous bien, ma chérie.

— Beaucoup plus que vous ne le croyez, murmura Adrianne quand son insupportable hôtesse se fut éloignée.

Les gens comme elle ne changeront décidément jamais, songea Addy en allant s'asseoir derrière un buisson pour profiter du soleil et du calme relatif. Un hôtel de luxe comme El Grande donne du travail aux Mexicains, qui en ont grand besoin, et ce gala pour les snobs rapportera de l'argent à une bonne cause, mais les St John s'en moquent. Ils ne pensent qu'à leur standing, à leurs affaires et à leurs bénéfices. La couverture médiatique, ma foi, elle l'aura – et même plus qu'elle ne l'espère. Le vol de ses diamants et de ses rubis fera de la bonne copie...

— Tu joues les Greta Garbo, seule derrière tes lunettes noires, ou tu acceptes de la compagnie ?

Adrianne se retourna et se leva d'un bond, sincèrement heureuse.

— Marjorie ! Je ne savais pas que tu venais.

Marjorie était la fille de Michael Adams, acteur respecté et fidèle ami de Phoebe, qu'il avait soutenue pendant toutes les épreuves de son calamiteux retour à Hollywood. Depuis, Adrianne et Marjorie étaient restées d'excellentes amies.

— Caprice de dernière minute, répondit la jolie blonde en rendant ses baisers à Adrianne.

— Michael est-il avec toi ? Je ne l'ai pas vu depuis plus d'un an.

— Non, papa, le pauvre, est en train de finir un tournage en extérieur dans l'Ontario ! Je préfère les palmiers.

— Il ne détellera jamais, ma parole ! Embrasse-le de ma part quand tu le verras.

— Pas plus tard qu'après-demain : je passe Noël avec lui. Quel zoo ! soupira Marjorie en regardant autour d'elle.

— Ne commence pas, je t'en prie ! Dis-moi plutôt ce que tu fais ici. Tu n'as jamais été très portée sur les défilés de haute couture.

— Une envie de soleil. Et de Keith Dixon.

— Keith Dixon ? s'étonna Adrianne.

— Il est acteur, je sais. C'est pour cela que j'hésite depuis longtemps, mais...

— Ah bon ? C'est sérieux ?

— Cela en a l'air, dit-elle en exhibant une bague en diamants.

— Tu es fiancée officiellement ? Michael est au courant ?

— Oui, et il est ravi. Ils s'entendent tellement bien, ces deux-là, que je me demande parfois s'ils ont vraiment besoin de moi. Quand je pense que j'ai passé le plus clair de mon temps à chercher des amis ou des amants qui ne trouvaient jamais grâce aux yeux de mon père ! Avec Keith, tout s'est déroulé le plus facilement du monde. Mais n'en parle à personne.

— Pourquoi ? C'est un secret ?

— Pour quelques jours encore, nous voulons éviter les échos de la presse people. Nous nous marierons à Noël. J'aimerais tant que tu viennes, mais je sais que tu fuis les fêtes de fin d'année et je te comprends. Pourrais-tu au moins dîner avec nous un soir ?

— Avec joie. Il doit te rendre heureuse, Marjorie. Tu es resplendissante.

— Je vais mieux, c'est vrai. Je lui en ai fait voir, à mon pauvre père ! Je ne m'en serais jamais sortie sans lui. Sans toi non plus, tu sais. Tu m'as prodigieusement aidée en venant me voir à l'hôpital, en me parlant même quand je n'avais pas envie d'écouter, en me disant combien tu souffrais de voir ta mère dépérir. Je n'ai jamais encore eu l'occasion de te remercier de tout ce que tu as fait pour moi.

— Tu ne me dois aucun remerciement. Michael a été l'une des rares personnes à se soucier du sort de ma mère. S'il n'a rien pu faire, ce n'est pas faute d'avoir essayé.

— Je crois qu'il a toujours été un peu amoureux d'elle. De toi aussi, d'ailleurs. Je te haïssais quand nous étions ensemble à l'école. Il chantait tout le temps tes louanges, il répétait que tu étais une élève modèle, si bien élevée, si gentille et tout et tout.

— Tu as raison, c'est insoutenable, dit Adrianne en pouffant de rire.

— Je le prenais pour un ennemi, je croyais me venger en fumant, en me piquant, en sniffant toutes les cochonneries de drogues qui me tombaient sous la main. Je me donnais en spectacle, j'accumulais les scandales, je faisais tout pour lui rendre la vie impossible. Le bouquet, ç'a été l'anorexie. Quand je revois mes photos de l'époque ! Je pesais à peine trente kilos.

— Tu t'en es bien sortie. Je te félicite.

— Merci. Mais ne parlons plus de tout ça. J'ai abandonné l'alcool, les drogues, les passades. Je n'ai gardé que deux vices : le tabac et les potins. Je suis cancanière comme ce n'est pas permis ! À ce propos, j'ai entendu parler de l'ancien agent de ta mère, tu sais, Larry Curtis.

Le sourire d'Adrianne se figea.

— Eh bien, poursuivit Marjorie, les rumeurs qui couraient sur son goût pour les filles très jeunes étaient fondées. Il a été pris la semaine dernière en train de faire passer une « audition » à une future cliente qui avait tout juste quinze ans.

Une soudaine nausée tordit l'estomac d'Adrianne.

— Il a été pris... ? demanda-t-elle d'une voix si altérée qu'elle ne la reconnut pas.

— En flagrant délit par le propre père de la gamine. Cette ordure s'en est tirée avec la mâchoire fracturée. Dommage que le père ne lui ait pas en plus coupé les attributs dont il était si fier, mais au moins, maintenant, il est au chômage, et pour longtemps, c'est déjà un résultat. Hé ! Qu'est-ce qui t'arrive ? Tu n'as pas l'air bien.

Adrianne déglutit avec difficulté. Elle ne voulait à aucun prix raviver ces souvenirs.

— Trop de soleil, parvint-elle à répondre.

— Viens vite te mettre à l'ombre avant que le cirque commence. Tu peux tenir debout, au moins ?

— Mais oui, ça ira. Je ne voudrais surtout pas manquer le spectacle. Le podium sera installé sur la piscine et les mannequins portant les costumes de bain plongeront à la fin du défilé. Le comble du mauvais goût.

— Pire qu'à Las Vegas, renchérit Marjorie en riant.

Elles se séparèrent en se promettant de se revoir. Adrianne regarda ensuite le spectacle d'un œil distrait. Le lendemain, elle réaliserait sa propre production, elle serait encore plus sensationnelle, elle n'en doutait pas.

La suite qui lui était réservée à l'hôtel El Grande était pourvue d'un balcon fleuri, d'un Jacuzzi, d'un bar bien garni et même d'un coffre-fort. Elle préférait toutefois la suite qu'elle avait retenue à l'hôtel El Presidente sous le nom de Lara O'Connor.

À son grand regret, elle avait dû condamner Rose Sparrow à prendre une retraite aussi imméritée que prématurée.

C'est dans cette autre suite qu'Adrianne stockait son outillage. Moins d'une heure après la fin du spectacle, elle s'y trouvait, assise à une table près de la fenêtre afin d'étudier les plans d'El Grande en grignotant un kiwi. Deux méthodes s'offraient pour réaliser l'opération, mais elle n'avait pas encore décidé laquelle appliquer et, toujours perfectionniste, voulait mettre les deux au point avec le même soin.

Au bout d'un moment, elle dut se lever pour tenter de chasser une raideur dans le cou et les épaules. J'ai les muscles trop tendus, pensa-t-elle, agacée. Elle ne se rappelait pas avoir été aussi énervée depuis des années. L'opération du lendemain ne serait que de la routine. Une simple formalité pour L'Ombre. Et pourtant...

C'est Philip qui la déstabilisait. Elle n'arrivait pas encore à passer outre à la mauvaise surprise qu'il lui avait réservée. Et, si l'absence de Chamberlain inquiétait Adrianne, le voir à Cozumel l'aurait rendue furieuse. Il ne peut rien prouver, se dit-elle pour se rassurer en faisant glisser les portes du balcon. Rien. Et, de toute façon, tout sera bientôt fini. D'ici peu, en effet, la mission qu'elle s'était assignée serait accomplie.

Appuyée à la rambarde, Adrianne se pencha au-dehors. Le globe d'or du soleil était encore haut sur l'horizon. Dans quelques heures, le disque d'argent de la lune prendrait sa place. Le Soleil et La Lune, symboles du jour et de la nuit, du renouvellement de la vie. De l'éternité. Je le reprendrai bientôt, maman, jura-t-elle en silence à la mémoire de Phoebe. Quand je l'aurai, nous serons peut-être enfin en paix, toi et moi.

De ses doigts tièdes, la brise caressait le visage de la jeune femme. Le parfum des fleurs emplissait l'air. Le bruit du ressac se mêlait aux rires des promeneurs sur la plage. Adrianne ferma les yeux mais ne put chasser le sentiment de solitude qui l'étreignait. Fallait-il en blâmer la saison des fêtes et les souvenirs que celle-ci réveillait chaque année ? Ou encore sa rencontre avec Marjorie, qu'elle enviait d'avoir si bien su reprendre en main sa destinée après avoir été sur le point de la gâcher à jamais ? Non, il y avait bien plus. Bien d'autres causes à sa tristesse.

Elle n'était pas seulement une personne seule sur un balcon par un beau crépuscule tropical. Elle avait beau avoir des relations par centaines, des occupations prenantes et souvent passionnantes, elle était toujours seule. Partout.

Personne ne la connaissait vraiment. Celeste elle-même ne pouvait pas saisir toute la complexité des conflits, des questions qui tourbillonnaient et se heurtaient dans l'esprit d'Adrianne. Elle était princesse d'un pays qui n'était plus le sien, visiteuse d'une terre qui lui restait étrangère. Elle était une femme qui avait peur d'être femme. Une voleuse qui ne poursuivait que la justice.

En cet instant, seule avec la caresse de la brise sur le visage, les odeurs de la mer et le parfum des fleurs dans lesquels elle baignait, elle aurait voulu, elle aurait eu *besoin* de quelqu'un sur qui s'appuyer, à qui se raccrocher.

Adrianne se retourna, rentra dans la chambre, referma la baie vitrée. Si elle n'avait personne, elle avait quelque chose.

La vengeance.

16

Adrianne n'avait pas la moindre intention de « travailler » ce matin-là. Elle voulait lézarder au soleil, nager dans une eau à la pureté de diamant, dormir sous un palmier et penser le moins possible.

En cette veille de Noël, certains invités étaient déjà repartis chez eux, à Chicago, Los Angeles, Paris, Londres ou New York. Beaucoup restaient cependant à El Grande pour célébrer les fêtes en buvant des piñas coladas plutôt que des punchs chauds, sous les palmiers plutôt que près des sapins.

Adrianne ne passait jamais les fêtes de fin d'année à New York. La vue de la neige ou des vitrines de grands magasins lui était devenue insoutenable. L'ambiance magique de Noël dans cette ville l'avait pourtant enchantée lorsqu'elle était enfant. Pour des millions de gens, aucune ville au monde n'était plus merveilleuse à cette époque de l'année. Pour Adrianne, aucune n'était plus déprimante.

Au Jaquir, la célébration de Noël était interdite même aux touristes et aux Occidentaux venus travailler dans les compagnies pétrolières. La loi ne tolérait ni décorations ni manifestations publiques.

S'ils voulaient fêter leurs événements religieux, les chrétiens devaient se cacher. Adrianne avait donc découvert Noël en Amérique.

Tous ces Noëls passés lui laissaient des souvenirs, certains joyeux, certains tristes. Elle devait les affronter, elle le savait, mais ailleurs qu'à New York, où elle avait décoré son dernier arbre de Noël et désespérément tenté d'insuffler à sa mère l'esprit des fêtes. C'est à New York qu'elle avait emballé ses derniers cadeaux, que Phoebe n'avait jamais ouverts. C'est à New York qu'elle l'avait trouvée morte sur le carrelage de la salle de bains à l'aube du jour de Noël. La veille au soir, Phoebe, Celeste et elle étaient ensemble pour la dernière fois, et elles avaient bu du lait de poule au son des *carols* sur la chaîne stéréo.

Ce soir-là, Phoebe était montée se coucher de bonne heure. Où et comment sa mère s'était procuré le scotch et les pilules bleues, Adrianne n'avait jamais pu le découvrir. Tout ce que savait la jeune femme, c'est que les poisons avaient accompli leur sinistre mission.

Voilà pourquoi, bien que consciente de sa lâcheté, Addy fuyait New York à Noël. Monte Carlo, les Caraïbes, Hawaii ; elle allait n'importe où, pourvu que le soleil y brille. Parfois elle y « travaillait », parfois elle s'y reposait. Cette fois-ci, elle faisait les deux, et, le lendemain matin, quand sonneraient les carillons de Noël, elle aurait honoré son contrat.

Ce n'est ni par nervosité ni par précaution qu'elle avait décidé de ne pas passer la journée à l'hôtel des St John, mais par simple désir d'être seule et anonyme. Au bout de deux jours, les cocktails et les bavardages oiseux au bord de la piscine l'avaient plus que lassée. Elle choisit donc de rester sur la plage devant El Presidente en n'étant ni Lara O'Connor ni la princesse Adrianne, mais Adrianne Spring.

Lorsqu'elle eut plongé près d'une heure autour des récifs, elle commença à sentir la fatigue. Elle regagnait la plage pour ranger son masque et ses palmes dans sa cabine de bain quand elle s'entendit héler.

— Adrianne !

Sans cesser de se sécher les cheveux avec une serviette, elle se tourna vers une personne qui s'approchait sur le sable. Un string et un soutien-gorge symboliques, à côté desquels le bikini d'Adrianne avait l'air d'une armure, ne laissaient rien ignorer de la silhouette voluptueuse de cette femme. Ses cheveux bruns coupés court formaient des pointes coquines le long de son menton. Adrianne s'apprêtait à maudire l'importune quand, soudain, elle la reconnut.

— Duja ? C'est bien toi ?

Elle avait appris que sa cousine avait épousé un pétrolier texan et milliardaire et qu'elle vivait désormais en Amérique, mais elle n'avait jamais cherché à la revoir.

Adrianne lâcha sa serviette et les deux jeunes femmes tombèrent dans les bras l'une de l'autre pour s'embrasser. Les premières effusions passées, elles se regardèrent avec affection.

— Quelle merveilleuse surprise ! s'exclama Duja. Depuis combien de temps nous ne nous étions pas revues ?

La voix chaude et mélodieuse de sa cousine réveilla chez Adrianne des souvenirs à la fois doux et amers : les longs après-midi dans la chaleur étouffante du harem, les histoires que leur racontait une vieille nourrice dans la fraîcheur du jardin, au coucher du soleil.

— Une éternité. Que fais-tu ici ?

— Nous étions à Cancún quand J.T. a décidé tout d'un coup de venir ici en bateau sous prétexte que la plongée y est plus belle. Je n'arrive pas à croire que c'est bien toi ! Dire que j'ai failli rester bouder à la piscine de l'hôtel ! Tu es seule ?

— Oui.

— Alors viens, dit-elle en entraînant Adrianne vers le bar de la piscine. Buvons un verre et rattrapons le temps perdu. Tu sais, j'ai souvent de tes nouvelles par la presse. La princesse Adrianne assiste à la première d'un ballet, la princesse Adrianne préside un gala de charité, la princesse Adrianne par-ci, la princesse Adrianne par-là. Je suppose que tu étais trop débordée pour venir nous voir à Houston ?

— Je ne pouvais pas. Tant que maman vivait, il m'était difficile de voyager. Après... Je crois que je n'aurais pu supporter de te revoir, ni personne d'autre du Jaquir, à vrai dire.

— J'ai eu beaucoup de peine pour toi quand j'ai appris sa mort. Ta mère a toujours été très gentille avec moi, j'en garde un souvenir attendri. *Dos margaritas, por favor*, dit Duja au barman. Ça te va ?

— Oui, merci. Tout ce temps passé... J'ai peine à le croire.

— Nous sommes loin du harem, n'est-ce pas ?

Pas encore assez loin, s'abstint de commenter Adrianne, au lieu de quoi elle demanda :

— Tu es heureuse, j'espère ?

Duja croisa ses longues jambes basanées et rendit automatiquement son sourire à un inconnu qui la lorgnait de l'autre côté du bar circulaire. À trente ans, elle était sûre d'elle-même, de sa beauté et de son pouvoir sur les hommes.

— Oui, très. Je suis une femme libérée, dit-elle en levant son verre et en riant. J.T. est un mari parfait, très gentil, très riche, très américain. J'ai même mes propres cartes de crédit !

— C'est tout ce qu'il te faut ? s'étonna Adrianne.

— Cela aide, en tout cas. Mais surtout il m'aime et je l'aime. J'ai eu très peur quand mon père m'a donnée à lui, avec tout ce qu'on nous racontait sur les Américains et les horreurs de la vie en Occident. Quand je pense qu'en ce moment je pourrais être cloîtrée au harem, enceinte pour la sixième ou la septième fois, à me demander quelle sera la réaction de mon mari… Oui, je suis heureuse. Ce monde est radicalement différent. En Amérique, les hommes n'exigent pas de leurs femmes qu'elles restent dans leur coin sans rien dire et leur fassent des enfants. J'adore mon fils, mais je suis très contente de n'avoir eu que lui.

— Où est-il ?

— Avec son père. Johnny est aussi fanatique de plongée que J.T. Il est américain jusqu'au bout des ongles, base-ball, pizzas, jeux vidéo. Parfois, quand je regarde en arrière, je pense à ce qu'aurait été ma vie si le pétrole n'avait pas amené J.T. au Jaquir. Mais je ne regarde pas souvent en arrière.

— Ton bonheur me rend sincèrement heureuse. Quand nous étions enfants, je t'admirais, tu sais. Tu étais si bien élevée, si belle. Je te trouvais mieux que moi parce que tu avais quelques années de plus, et j'espérais te ressembler en grandissant.

— Ta vie était moins simple que la mienne. Tu voulais plaire à ton père, mais tu étais beaucoup plus attachée à ta mère. Comme elle a dû souffrir quand le roi a pris une deuxième épouse !

— Pour elle, ç'a été le commencement de la fin, répondit Adrianne avec amertume. Retournes-tu quelquefois là-bas ?

— Une fois par an, pour voir ma mère. Je lui apporte secrètement des cassettes de films et des sous-vêtements en soie rouge. Tu vois, rien n'a changé. Quand je suis là-bas, je redeviens une bonne fille bien docile, je cache mes cheveux, je me voile la face, j'enfile une *abaya* et je passe mon temps assise au harem à boire du thé à la menthe. Le plus curieux, c'est que là-bas cela ne me choque pas.

— Comment cela ?

— C'est difficile à expliquer. Quand je suis au Jaquir et quand je mets le voile, je recommence à penser comme une femme du Jaquir, à sentir comme une femme du Jaquir. Ce qui paraît normal et naturel en Amérique devient totalement anormal là-bas. Et, quand je m'en vais, quand j'ôte mon voile, j'oublie ces sentiments et je ne pense plus du tout à tous les interdits que nous devions respecter.

— Je ne comprends pas. C'est comme si tu avais une double personnalité.

— N'est-ce pas notre cas à toutes ? Il n'y a aucune commune mesure entre la manière dont nous avons été élevées et celle dont nous vivons ici. Et toi, y es-tu retournée ?

— Non, mais j'irai peut-être un jour.

— Nous n'irons sans doute pas cette année. J.T. s'inquiète des troubles du golfe Persique. Le Jaquir a réussi jusqu'à présent à rester à l'écart, mais cela ne durera pas.

— Abdul sait choisir ses combats et ses amis.

Duja leva un sourcil. Même après tout ce temps, elle n'aurait jamais osé appeler le roi par son prénom.

— J.T. disait la même chose il y a quelques jours. Tu sais, enchaîna-t-elle pour changer de sujet, il a répudié sa troisième femme, qui était stérile. Il en a épousé une autre il y a quelques mois.

Adrianne avala une grande gorgée de margarita pour chasser de sa bouche le goût amer lié à ces souvenirs.

— Il ne perd pas de temps. La précédente lui avait pourtant donné sept beaux enfants...

— Dont cinq filles. Les deux aînées sont déjà mariées.

— Oui, je sais. Je reçois des nouvelles, de temps en temps.

— Le roi sait aussi répartir ses alliances. Il en a marié une en Iran et l'autre en Irak. La prochaine n'a encore que quatorze ans. Il la mariera probablement en Égypte ou en Arabie Saoudite.

— Il a décidément plus d'affection pour ses chevaux que pour ses filles.

— Au Jaquir, ma chérie, les chevaux sont plus utiles que les filles.

Sur quoi, Duja fit signe au barman de les resservir.

De la fenêtre de sa chambre, cinq étages plus haut, Philip jouissait d'une vue panoramique sur la piscine, les jardins et la mer. Il surveillait Adrianne depuis qu'elle était sortie de l'eau. Grâce à ses jumelles, il distinguait même les gouttes sur sa peau.

La femme avec qui elle parlait intriguait l'espion. Ce n'était pas un contact « professionnel », il en était certain. La surprise et le plaisir apparus sur le visage d'Adrianne au moment de leur rencontre étaient trop spontanés. Une vieille amie, peut-être, ou une parente. Adrianne n'était pas non plus venue à la plage pour la rejoindre. Sauf erreur, elle cherchait à être seule, comme il l'avait déjà constaté une ou deux fois en la suivant entre l'hôtel El Grande et l'hôtel El Presidente. Il regrettait un peu de n'avoir pas profité des festivités depuis deux jours, mais il avait jugé plus sage de garder un profil bas.

Il souffla une bouffée de fumée en attendant que Spencer se décide à venir en ligne. Celui-ci s'annonça d'un ton rogue.

— Spencer. Vous me dérangez, Chamberlain.

— Bonjour, capitaine, répondit Philip avec suavité.

— Allez-vous enfin me dire ce qui se passe ?

— Avez-vous reçu le rapport que j'ai remis à votre homme de New York ?

— Oui, il ne m'apprend rien du tout.

— Il faut du temps pour ce genre de choses, répondit placidement Philip, tout en regardant de quelle manière les cheveux mouillés d'Adrianne retombaient sur ses épaules. Parfois plus que nous ne le voudrions.

— Je n'ai pas besoin de votre fichue philosophie. Je veux des faits, des renseignements. Concrets.

— Je vous comprends fort bien.

Il braqua ses jumelles sur le visage d'Adrianne. Elle riait. Ses lèvres ne trahissaient aucune froideur, aucune réserve. Il ne l'avait encore jamais vue rire d'aussi bon cœur. Il tourna ensuite les jumelles vers sa compagne. Une parente, sans doute. Un peu plus âgée, très américanisée. Mariée, ajouta-t-il en voyant à son annulaire l'éclair d'une alliance de diamant.

— Eh bien ? fulmina Spencer. J'attends !

Pour le plaisir, Philip braqua de nouveau les jumelles sur Adrianne. Elle avait la peau la plus extraordinaire qu'il eût jamais vue, d'une teinte d'or qu'on ne voit que dans les portraits du XVIIe siècle. C'était peut-être absurde, mais il allait faire l'impossible pour la sauver d'Interpol – et d'elle-même.

— Je n'ai pas grand-chose à ajouter à mon dernier rapport. La seule piste que j'ai réussi à trouver pointe sur Paris. Vous devriez prévenir vos gens, là-bas.

Désolé mon vieux, songea-t-il, mais il me faut encore un peu de temps.

— Paris ? Pourquoi Paris ?

— La comtesse Tegari y passe les fêtes avec sa fille. La chère vieille dame a raflé quelques morceaux de choix à la vente de la collection de la duchesse de Windsor. Si j'étais encore dans le métier, je me laisserais volontiers tenter.

— Vous n'avez rien de mieux à dire ?

— Pour le moment, non.

— Où diable êtes-vous et quand allez-vous rentrer ?

— Je m'offre des vacances, Stuart. Vous me reverrez après le nouvel an. Meilleurs souvenirs à votre famille. Et joyeux Noël !

Oui, se dit-il en raccrochant, elle a vraiment une peau extraordinaire. Un homme a bien de la chance s'il peut la voir de près.

Faute d'une excuse plausible pour refuser l'invitation de sa cousine à venir dîner à bord du yacht, Adrianne modifia ses plans. En fin d'après-midi, les St John devaient recevoir les journalistes au cocktail de presse avant de présider le dîner de gala. Il y aurait donc au moins une heure de battement avant que Lauren regagne sa suite pour se changer, largement le temps pour Adrianne d'opérer avant de se rendre à l'invitation de sa cousine. Elle se réjouissait d'ailleurs de cette soirée imprévue, qui lui permettrait d'observer si le mélange des cultures et des traditions fonctionnait avec succès – et lui offrirait un alibi en béton si jamais elle en avait besoin. Mais elle ne devait pas perdre une minute.

La patience figurait en bonne place parmi les qualités dont la nature avait doté Philip. Il avait suivi Adrianne d'El Presidente à El Grande, surveillant l'entrée de l'hôtel depuis le parking public. Il faisait chaud, la sueur lui coulait dans le dos et détrempait sa chemise. Il décapsula une canette de Pepsi et se jura de ne pas allumer de cigarette jusqu'à ce qu'il voie Adrianne sortir. Il reprendrait ensuite sa filature avec la même discrétion. Elle finirait tôt ou tard par le mener à l'homme mystérieux qui se faisait appeler L'Ombre, que Philip admirait pour son habileté et enviait d'avoir su obtenir et conserver la fidélité d'Adrianne.

Ce doit être un professionnel hors pair, pensait-il, pour avoir l'audace d'opérer en plein jour dans un hôtel bondé. Mais Philip savait déjà que L'Ombre était au moins son égal. Le cambriolage Moreau, par exemple, n'était que le dernier en date d'une longue liste d'exploits réalisés à la perfection. Il n'avait pourtant pas encore déterminé le rôle exact que jouait Adrianne. Faisait-elle diversion? Était-elle une intermédiaire, une informatrice? Elle était idéalement placée dans la société pour fournir les renseignements les plus pointus. Mais pourquoi?

Quand il la vit sortir de l'hôtel moins d'une heure plus tard, elle riait comme si elle se racontait une bonne plaisanterie. Il en saurait la raison, se promit-il, comme il apprendrait tout ce qu'il voulait savoir sur le compte de la jeune femme. Pour le moment, il se contenterait de la suivre.

De retour à El Presidente, il s'attendit à la voir en ressortir bientôt. Si elle voulait arriver à temps au dîner de gala des St John, elle devait se dépêcher. Elle ne tarda pas, en effet. Mais, au lieu d'aller reprendre sa voiture au parking, elle traversa le hall en direction de la plage. Dissimulé dans l'ombre, il la vit s'engager sur une jetée où était amarré un luxueux yacht blanc baptisé *The Alamo*. La jeune femme avec laquelle elle avait bu un verre dans l'après-midi l'accueillit en compagnie d'un homme plus âgé au crâne dégarni et d'un jeune garçon d'une quinzaine d'années que Philip vit Adrianne prendre dans ses bras en riant, sous les rayons du soleil couchant qui lançait des flèches d'or dans ses cheveux. Si c'est une réunion d'affaires, se dit-il, je ne sais plus faire la différence entre un zircon et un diamant. Il décida alors de profiter de l'absence d'Addy pour visiter sa chambre.

Il n'avait pas crocheté de serrure depuis plusieurs années. Mais, comme monter à bicyclette ou faire l'amour, cela ne s'oublie pas et, une fois l'habitude retrouvée, cela procure de grandes satisfactions.

Sa première réflexion, quand il entra, fut qu'Adrianne était ordonnée. Il se demanda si elle vivait ainsi même quand elle était seule chez elle. Pas un vêtement jeté sur un siège, pas une paire de chaussures au milieu du tapis. Sur la coiffeuse, flacons et tubes tous refermés étaient alignés dans un ordre parfait, de même que les robes et les tailleurs dans la penderie. Son parfum léger, mais inoubliable, imprégnait l'atmosphère. Se surprenant à rêver, Philip se ressaisit avec effort et commença à fouiller.

Pourquoi prendre une suite dans un autre hôtel ? Pourquoi sous un faux nom ? Il ne partirait pas sans avoir au moins un début de réponse à ces questions.

Il s'intéressa à la mallette de maquillage, car il n'avait jamais vu Adrianne arborer plus qu'une touche imperceptible de fard aux yeux et de rouge à lèvres. Depuis trois jours qu'elle était au Mexique, elle n'en mettait que pour les soirées. Pourquoi une femme assez sûre de sa beauté pour ne pas se donner la peine de la rehausser par des artifices s'encombre-t-elle d'une mallette aussi volumineuse ? se demanda-t-il en l'ouvrant.

L'intérieur contenait un assortiment de fonds de teint et de crayons gras en quantités suffisantes pour maquiller une troupe de Broadway. Intrigué, Philip souleva le premier plateau, sous lequel il découvrit des pots de mastic, des faux cils et des rubans adhésifs. Adrianne aimerait-elle se déguiser ? C'est sous le second plateau, dans un casier vide, que reposaient les bijoux de Lauren St John.

L'Ombre, un grand professionnel ? Non, un vrai génie ! En à peine plus de temps qu'il n'en fallait pour le raconter, L'Ombre s'était introduit dans la suite privée des St John, avait raflé les pierres et les avait passées à Adrianne sans même montrer le bout de son nez ! Fort. Très fort.

En les tenant au creux de sa main, Philip reconnut le chant de sirène des pierres précieuses, cette vieille tentation à laquelle il lui était encore trop facile de céder. Il pouvait glisser les pierres dans sa poche et s'en aller libre comme l'air. Il avait maintenu les contacts nécessaires pour les négocier et s'enrichir un peu plus sans le moindre risque. C'était cependant moins l'argent qui le tentait que les pierres elles-mêmes, à la fois glacées et brûlantes au creux de sa paume, qui l'attiraient, le fascinaient autant sinon plus qu'une femme.

Avec un léger soupir de regret, il les remit en place. S'il avait acquis une certaine loyauté envers Spencer, c'était surtout Adrianne qui dictait sa décision. Il voulait voir ce qu'elle allait faire de ces pierres et avec qui.

Il referma la mallette, la remit sur l'étagère de la penderie. Puis, renonçant à dîner, il prit un coussin sur le canapé du salon, le disposa dans le placard inutilisé du petit vestibule et s'y installa pour attendre le plus commodément possible.

Il s'assoupit un moment, mais il avait le sommeil léger et le bruit de la clef dans la serrure le réveilla aussitôt. Se relevant en silence, il colla un œil à la mince fente entre les vantaux de la porte.

Il avait appris à jauger les humeurs d'Adrianne. Ce soir, elle lui parut détendue, presque heureuse. La lumière qu'elle venait d'allumer l'éclaira de dos pendant qu'elle traversait le salon pour aller dans la chambre. Il entendit le glissement métallique des cintres sur la tringle de la penderie, le froissement de la robe qu'elle enlevait, et il n'eut guère de mal à imaginer la suite. Quand elle franchit de nouveau la porte de communication, il eut le temps de l'entrevoir vêtue d'un court peignoir dont elle n'avait pas noué la ceinture, ce qui lui offrit un trop bref aperçu du corps nu de la jeune femme. Elle se déplaçait vite, pas à l'allure nonchalante de quelqu'un qui se prépare à se coucher.

En entendant tinter des flacons sur la coiffeuse, Philip maudit le mur qui l'empêchait de voir ce qu'elle faisait. Il y eut de longs silences, entrecoupés de bruits de couvercles dévissés et revissés, d'un robinet coulant dans le lavabo. Il perçut enfin le bruit de la porte qu'elle ouvrait avec précaution avant de sortir et de la refermer.

Philip compta dix secondes avant de s'extraire du placard. Dans le hall, il dut se retenir de ne pas lui courir après, mais en arrivant à la porte il crut l'avoir perdue. La seule femme en vue avait les hanches larges, les épaules carrées et des cheveux blonds frisés. Il fallut une seconde à Chamberlain pour reconnaître la démarche d'Adrianne, qu'elle n'avait pas réussi à transformer assez radicalement. C'est bien elle, se dit-il en souriant. Et elle ne va sûrement pas à un bal masqué.

Il la suivit à une distance respectable sur la route côtière en direction du centre historique. Sauf quelques taxis reconduisant les touristes au quartier des hôtels, la circulation était clairsemée. À gauche, les lumières d'un bateau de croisière se reflétaient sur la mer calme et noire. Il n'était pas loin de minuit, les enfants étaient couchés, les boutiques closes, mais des bouffées de musique s'échappaient encore des bars et des restaurants.

Adrianne gara sa voiture près de la place principale. Elle avait hâte de conclure sa transaction. Quelques heures plus tôt, en compagnie de sa cousine, de qui elle observait la vie de famille et avec qui elle partageait des souvenirs d'enfance, elle avait décidé d'arrêter. Une fois l'argent transféré sur son compte, elle retournerait au Jaquir – et au collier du Soleil et de La Lune, le seul butin qu'elle désirait, parce qu'il lui appartenait.

La fête qui s'était déroulée sur la place pendant la journée avait laissé des serpentins et des papiers gras qui ne seraient balayés qu'au matin. La lune brillait, les étoiles scintillaient, les palmiers bruissaient dans la brise marine. Adrianne s'engagea dans une ruelle silencieuse, tourna dans une autre où s'alignaient les stands des petits commerces plus ou moins licites qui vivaient du tourisme. On y trouvait de tout, des ceintures et des sandales de cuir, des bibelots prétendument folkloriques, des bijoux en argent, des robes de coton brodées. Ceux qui savaient marchander pouvaient y dénicher de bonnes affaires, les autres payaient trop cher. Cette nuit, tout était calme et obscur.

Au bout de quelques dizaines de mètres, Adrianne s'arrêta.

— Vous êtes à l'heure, *señorita*.

L'homme sortit de l'ombre où il s'était fondu. Petit, trapu, il avait le visage grêlé de petite vérole. Quand il alluma une cigarette, la flamme de son briquet révéla une vieille cicatrice sur le dos de sa main droite.

— Je suis toujours à l'heure dans le travail, répondit-elle avec une pointe d'accent texan. Vous avez la somme convenue ?

— Vous avez la marchandise ?

— Je veux voir l'argent d'abord.

— Comme vous voudrez.

L'homme souleva le rideau de fer d'une échoppe derrière lui. L'intérieur était bourré d'une quincaillerie de bijoux en argent pendus aux murs ou entassés dans des vitrines poussiéreuses. L'air sentait les fruits pourris et le tabac rance. L'homme prit sous un comptoir une sacoche en cuir fatiguée.

— Cent cinquante mille dollars, annonça-t-il. Mes commanditaires ne voulaient payer que cent mille, mais j'ai réussi à les convaincre.

Adrianne enfila un gant en plastique et retira un sachet de son sac.

— C'est heureux pour vous. Je vous garantis que les pierres sont vraies, mais vous voulez peut-être les examiner.

— Bien entendu. Vous voudrez aussi compter l'argent pour vérifier si la somme est exacte, mais je peux vous garantir qu'elle l'est.

— Bien entendu.

L'un et l'autre aux aguets, les yeux dans les yeux, ils procédèrent à l'échange. Adrianne compta rapidement les liasses et vérifia quelques billets au hasard à l'aide d'un petit appareil à rayons ultraviolets.

— Le compte est bon, les billets aussi, dit-elle. Traiter avec vous est un plaisir.

Il mit les bijoux et sa loupe dans sa poche. Quand sa main en sortit, elle tenait un couteau dont la lame luisait dans l'ombre.

— Tout le plaisir est pour moi, *señorita*. Redonnez-moi l'argent.

Adrianne jeta un bref coup d'œil sur le couteau avant de relever les yeux. Il était toujours plus sûr de surveiller le regard de l'adversaire.

— C'est comme cela que vos commanditaires traitent leurs affaires ?

— C'est comme cela que je les traite, moi. Ils auront les pierres, j'aurai l'argent, et vous, *señorita*, vous aurez la vie sauve.

— Et si je refuse de vous donner l'argent ?

— Alors, vous perdrez la vie et j'aurai quand même l'argent. Ce serait dommage, dit-il en faisant un pas vers elle, de mourir seule dans le noir la nuit de Noël.

Par simple réflexe ou, peut-être, à cause de ces derniers mots qui ravivèrent l'affreux souvenir de la mort de sa mère, Adrianne ignora la lame pointée sur sa poitrine et lança de toutes ses forces un coup de pied entre les jambes de l'homme. Le couteau tomba à terre une seconde avant celui qui l'avait lâché.

— Pauvre minable, grommela-t-elle, lançant un nouveau coup de pied, cette fois sur le couteau, qui glissa sur le ciment et se perdit dans l'ombre. Ton machisme n'est pas plus gros que ta cervelle, et aussi inutile.

— Bien dit, approuva Philip, qui apparut derrière elle, un P 38 à canon court dans la main droite. Et maintenant, récupérez les bijoux et filons.

L'arme constitue une précaution désormais inutile, jugea-t-il en voyant l'homme se tordre de douleur.

— Mais que faites-vous ici ? voulut savoir Adrianne.

— J'étais prêt à vous sauver la vie, mais je constate avec plaisir que vous vous en tirez fort bien toute seule. Rappelez-moi de porter un slip en béton armé quand je suis avec vous. Les pierres, Addy, vite. Je n'ai pas l'intention de passer Noël dans une prison mexicaine.

— Allez au diable !

Elle récupéra le sachet dans la poche de son agresseur et se dirigea vers la porte sans se retourner. Philip remit le cran de sûreté avant de fourrer le pistolet dans sa poche et de la suivre.

— À ce train-là, nous devrions nous y rejoindre. Personnellement, je préfère attendre encore un peu.

Sur quoi, il empoigna la jeune femme par un bras et la stoppa net.

— Êtes-vous devenue complètement folle de venir seule dans un endroit pareil et de traiter avec un type comme lui ?

— Je sais très bien ce que je fais, comment et pourquoi. Vous pouvez m'arrêter si cela vous amuse, mais préparez-vous à ce que je vous couvre de ridicule.

Malgré la pénombre, il retrouvait sous l'épais maquillage celle qu'il connaissait maintenant si bien.

— Je vous en crois capable. Prenons ma voiture.
— Non, je conduirai la mienne.
— N'insistez pas, je vous prie.
— Où allons-nous ?
— D'abord à l'hôtel, vous débarrasser de cette grotesque perruque. Elle vous donne l'air d'une pute.
— Merci beaucoup.
— Ensuite, nous irons remettre ces jolis petits cailloux à l'endroit d'où ils viennent.

Ils étaient déjà au milieu de la place quand elle se libéra d'une secousse et se tourna vers lui avec un air sincèrement stupéfait.

— C'est vous qui devenez complètement fou !

— Nous en reparlerons. Si vous n'y voyez pas d'inconvénient, j'aimerais me trouver à plusieurs kilomètres d'ici avant que votre charmant ami recouvre ses esprits.

L'horloge de la mairie sur la place sonna les douze coups de minuit quand Philip poussa Adrianne dans la voiture et démarra.

17

Le trajet de retour à El Presidente ne calma pas la jeune femme, au contraire. Elle écumait de fureur quand Philip la poussa dans la chambre. Une crise de rage constituait un luxe rare pour une femme qui, depuis des années, s'imposait de dissimuler ses sentiments et de maîtriser ses humeurs. Mais certaines circonstances – et certaines personnes – justifiaient qu'elle s'accorde ce plaisir exceptionnel.

— Depuis la première fois que j'ai posé les yeux sur vous, Philip, vous ne m'avez causé que des problèmes ! Vous n'avez pas cessé de fourrer votre nez dans mes affaires, de m'épier, de me prendre en filature ! Trop c'est trop !

Elle arracha sa perruque, qui retomba sur le tapis avec l'allure obscène d'une petite culotte d'effeuilleuse.

— C'est le seul remerciement auquel j'ai droit ?

— Si vous espériez jouer les héros au rabais, apprenez que je déteste les héros.

— J'en prends bonne note.

Il y a, pensa-t-il en refermant doucement la porte derrière lui, peu de spectacles plus fascinants que celui d'une femme en colère.

— De toute façon, enchaîna-t-elle en dégrafant ses boucles d'oreilles en toc qu'elle jeta contre le mur, je hais les hommes. Tous.

— C'est votre droit.

Elle arracha ses faux ongles, qui rejoignirent la perruque.

— Et vous en particulier.

— J'ai toujours préféré me faire remarquer par les femmes. Surtout quand elles sont belles.

— Vous ne pouvez rien trouver de plus utile à faire que de me compliquer la vie ? fulmina-t-elle.

Le grain de beauté au coin des lèvres ne lui allait pas mieux que le fard lavande dont elle avait tartiné ses paupières. Quant au parfum de Rose, devenu celui de Lara, il fallait qu'elle s'en débarrasse au plus vite. Il empestait.

— Non, pas pour le moment. Dites-moi, mon chou, quel traitement barbare avez-vous infligé à votre ravissant visage ?

Avec un soupir exaspéré, elle marcha au pas de charge vers la chambre, Philip sur ses talons.

— Fichez le camp, voulez-vous ? J'ai eu une longue journée.

— C'est ce que j'ai constaté, en effet. Au fait, c'est avec une de vos cousines que vous avez pris un verre cet après-midi ?

— Vous m'espionnez ? Je ne connais rien de plus répugnant !

— Vous devriez faire un effort d'imagination. Il y a pire.

Tout en parlant, elle effaça les dernières traces du maquillage de Lara.

— Vous me dégoûtez ! Vous étiez à votre fenêtre avec des jumelles, n'est-ce pas ? Ce genre de travail doit vous plaire, je suppose ?

— Il a ses bons moments, surtout ces derniers temps. Bravo, une vraie professionnelle, approuva-t-il en constatant la métamorphose.

— Merci quand même. Maintenant, si vous voulez bien m'excuser, je voudrais me changer.

— Bien sûr, mon chou, mais tant qu'il sera question des bijoux St John je ne vous perdrai pas des yeux une seconde, dit-il en s'asseyant sur le bras d'un fauteuil. Habillez-vous en noir. Remettre des choses à leur place exige autant de précautions que pour les en enlever, vous savez.

— Je ne les remettrai pas !

— Exact, c'est moi qui le ferai. Mais vous m'accompagnerez.

Excédée, elle se laissa tomber dans un autre fauteuil.

— Pourquoi ? voulut-elle savoir.

— Pour deux raisons. La première est que je pourrais vous compliquer très sérieusement la vie si vous refusiez de coopérer.

— Terrifiant, ricana-t-elle en se vautrant dans le fauteuil.

Il lui décocha un regard si glacial qu'elle se redressa malgré elle.

— La seconde, c'est que dans le cas d'un cambriolage de l'importance de celui-ci non seulement je ne pourrais pas vous protéger des conséquences, mais en plus vous ficheriez en l'air les indices que j'ai soigneusement préparés pour écarter de vous les recherches.

— De quoi parlez-vous ?

— Pas plus tard que cet après-midi, j'ai expédié mes supérieurs sur une fausse piste à Paris.

Cette fois, elle se redressa tout à fait.

— Pourquoi ?

Il se fatiguait d'autant plus de l'entendre poser cette question qu'il se la posait lui-même.

— Je voulais vous laisser une chance de vous expliquer. À moi.

Ils se regardèrent dans les yeux, plus longtemps qu'ils ne l'auraient voulu l'un et l'autre.

— Je ne vous comprends pas, dit-elle enfin.

Il ne se comprenait pas mieux lui-même, mais il s'abstint de le dire.

— Nous en reparlerons plus tard. Pour le moment, je vous serais reconnaissant de vous dépêcher. J'ai hâte de terminer cette corvée.

Adrianne resta cependant assise. Elle aurait préféré qu'il crie, qu'il l'injurie, qu'il profère contre elle des accusations. Mais non, il se contentait de définir clairement, logiquement, ce qui devait être fait et dans quel ordre. Le pire, c'est qu'il avait réussi à faire d'elle son obligée.

— Je ne me doutais pas que vous étiez venu.

— Vous ne me connaissez pas bien. Pas encore, du moins. Moi, je vous connais mieux que vous ne le croyez. Je sais par exemple que, quand vous venez ici, vous descendez souvent au même hôtel. Dans notre métier, Addy, nous sommes très doués pour les recherches. Compte tenu des circonstances, j'ai estimé qu'il valait mieux que je me passe des festivités des St John afin de garder, de loin, un œil sur vous. J'ai été enchanté de découvrir que vous n'aviez pas changé vos habitudes et que vous aviez aussi retenu une suite à El Presidente.

— J'ai toujours considéré les espions comme appartenant à une forme particulièrement méprisable de sous-humanité.

— Ce n'est pas gentil de me dire des choses pareilles. Surtout après ma tentative de jouer les Chevaliers blancs.

— Je ne vous avais pas demandé de me rendre service.

— C'est exact.

— Et je n'ai aucune intention de vous en remercier.

— Vous m'en voyez accablé.

— Vous n'avez pas cessé de vous mêler de ce qui ne vous regarde pas. Je m'en sors fort bien toute seule et je n'ai pas besoin de vous.

— Vous avez raison, Votre Altesse. Il faut de temps en temps remettre les roturiers à leur place.

— Les titres n'ont rien à voir là-dedans, et vous ne réussirez pas à me culpabiliser, bon sang !

Il lui adressa un sourire suave, qu'elle affecta d'ignorer.

— Je suppose, reprit-elle, que vous auriez des ennuis si ces pierres n'étaient pas remises à leur place, n'est-ce pas ?

— À votre avis ? J'ai été cambrioleur pendant quinze ans, j'envoie Interpol se casser le nez à Paris, et des dizaines de milliers de dollars s'envolent pendant que je me trouve ici…

— Bon, j'ai compris.

Adrianne se leva, prit une chemise et un pantalon noirs dans un tiroir de la commode et se tourna vers Philip avec impatience.

— Si je vous intimide, dit-il, changez-vous donc dans la penderie. Elle est assez grande.

— Gentleman jusqu'au bout des ongles, grommela-t-elle avant de refermer sur elle les portes du placard.

— Pendant que vous y êtes, vous pourriez me donner quelques renseignements utiles, dit-il en allumant une cigarette.

— Les St John ont une suite au dernier étage. Quatre chambres, deux salles de bains. Le coffre est dans un placard du dressing-room. Il s'ouvre avec une clef.

— Que vous avez ?

— Évidemment.

— C'est pratique. Comment entre-t-on dans la suite ?

Après tout, ce ne sont pas les bijoux qui m'intéressent, se dit-elle, mais l'argent. Elle l'avait déjà, elle pouvait donc coopérer sans risque.

— Je me suis servie tout à l'heure du plan B, parce que je voulais dîner avec ma cousine et sa famille. Uniforme de femme de chambre et chariot de fournitures. Les St John étaient au cocktail de presse.

Elle les a donc volés elle-même ? se demanda Philip, intrigué.

— Les femmes de chambre n'étant pas de service au milieu de la nuit, quel est votre plan A ?

— Les gaines d'aération. Elles sont étroites mais suffisantes. Il y a des grilles dans les salles de bains. Ce sera un peu serré pour vous, ajouta-t-elle en le toisant brièvement.

— J'ai l'habitude, dit-il en sortant le pistolet de sa poche.

— Qu'est-ce que vous faites ?

Il ne remarqua aucune crainte dans sa voix, aucun des gestes de recul qu'ont souvent les femmes face à une arme à feu. Il se rappela alors la précision et la force du coup de pied d'Adrianne quand le receleur avait essayé de tricher.

— Je n'aime pas me surcharger quand je travaille, dit-il en mettant l'arme dans un tiroir.

— Judicieux. Le vol à main armée entraîne une peine plus lourde.

— Plus lourde que quoi ? Je n'ai jamais eu l'intention de finir en prison. Je n'ai simplement pas envie de voir du sang sur mes pierres.

La réponse ne dénote pas d'arrogance, comprit la jeune femme, elle n'exprime que l'exacte vérité.

— Puisque vous insistez pour que nous fassions ce... retour à l'envoyeur, faisons vite. C'est contraire à mes principes et ce n'est pas de cette manière que je comptais passer la nuit.

— Considérez que nous serons le Père Noël des St John.

— Ils ne le méritent pas. Lui, c'est un imbécile, et elle une arriviste.

— Ils appartiennent à une famille nombreuse, soupira Philip en glissant la clef dans sa poche.

Ce n'était pas la même exaltation que celle éprouvée en vidant un coffre, mais presque. Pour la première fois, Adrianne avait partagé ses gestes, ses pensées, son expérience avec un compagnon.

De retour à El Presidente, elle se laissa tomber dans un fauteuil, détendue, radieuse comme Philip ne l'avait encore jamais vue.

— C'est incroyable, dit-elle en riant. Je ne suis presque plus furieuse contre vous.

— Tant mieux, bougonna-t-il, je pourrai enfin dormir tranquille.

— Vous êtes toujours sur les nerfs après une opération ?

Il avait en effet les nerfs tendus. Il avait commis l'erreur, au retour, de la laisser ramper en premier dans les gaines d'aération, et il ne parvenait pas à effacer de son esprit l'image du ravissant postérieur qui avait ondulé devant lui. Incapable de tenir en place, Philip arpentait la pièce comme un ours en cage.

— J'ai dû me priver de dîner en vous attendant, expliqua-t-il.

— Dommage, le service d'étage ne fonctionne pas à cette heure-ci. Il doit me rester en tout et pour tout une tablette de chocolat.

— Donnez-la-moi quand même.

Se sentant trop bien pour être désagréable, Adrianne pêcha le chocolat au fond de son sac et le lui tendit.

— Je dois aussi avoir un fond de bouteille de vin.

Philip avait déjà déchiqueté l'emballage et avalait la première bouchée avec voracité.

— C'est mieux que rien.

— Je n'ai sans doute plus de raison de me plaindre puisque j'ai récupéré l'argent, dit-elle en lui tendant un verre.

— L'argent a donc tant d'importance ?

— Oui, beaucoup, répondit-elle en pensant à l'association pour les victimes de violence à laquelle cet argent-ci était destiné.

Philip recommença à faire nerveusement les cent pas.

— Qu'est-ce que cela vous rapporte, Addy ? Vous fait-il cadeau de quelques milliers de dollars quand il y pense ? Lui devez-vous de l'argent ? Êtes-vous amoureuse de lui ? Ce sont les seuls mobiles auxquels je peux penser, car il vous laisse prendre tous les risques.

Adrianne but une gorgée de vin et observa un moment Philip.

— De qui parlez-vous ? demanda-t-elle enfin.

Chamberlain se retourna, comme prêt à bondir. Il ne s'était pas encore rendu compte à quel point ses nerfs étaient près de lâcher, à quel point la jalousie l'aveuglait. Et il n'était pas en état d'attendre cinq minutes de plus pour savoir de qui il était jaloux.

— C'est à vous de me le dire. Je veux savoir qui il est, comment vous êtes tombée sous sa coupe et pourquoi vous l'aidez.

— Je n'aide personne, dit-elle calmement.

— Assez joué pour ce soir, de grâce !

— Je vous ai déjà dit que je fais ce que je fais parce que j'ai décidé de le faire.

— Vous m'avez dit aussi que c'était à cause d'un homme.

— Oui, mais pas au sens où vous l'entendez. Aucun homme ne me fait chanter, ne me tient sous sa coupe, ne me paie ni ne couche avec moi. Je travaille seule et pour mon propre compte. Je n'ai pas d'associé ni de dettes envers quiconque.

Philip cessa de marcher un instant. Son impatience le lâchait comme une main importune posée sur son épaule.

— Cherchez-vous à me faire croire que vous êtes seule responsable du vol de plus de un million de livres depuis près de dix ans ?

— Je ne cherche pas à vous faire croire quoi que ce soit. Vous m'avez demandé la vérité, je vous la donne. C'est sans importance, voyez-vous, parce que vous ne disposez d'aucune preuve susceptible de m'incriminer. Vos supérieurs vous prendraient pour un fou et, de toute façon, j'avais déjà décidé que cette opération serait la dernière de ma carrière.

— C'est ridicule ! Vous étiez encore toute petite quand les premiers vols ont eu lieu.

— J'avais seize ans. Je manquais d'expérience, mais j'apprends vite.

— Pourquoi avez-vous commencé ?

— Cela ne vous regarde pas, dit-elle sèchement.

— Nous n'en sommes plus là, Adrianne.

— Il s'agit de ma vie privée.

— Mais, je fais partie de votre vie privée.

Elle se leva, le toisa avec hauteur.

— Voilà une assertion bien hasardeuse, Philip. Merci pour cette soirée distrayante, mais je dois vous dire bonsoir. Je suis fatiguée.

— Vous ferez la grasse matinée demain, nous n'avons pas terminé. Il faut d'abord que je passe un coup de fil, dit-il en consultant sa montre. J'ai un ami à Paris qui saura monter un spectacle capable d'amuser les gens d'Interpol un jour ou deux.

Il alla décrocher le téléphone de la chambre. Quand il revint, cinq minutes plus tard, Adrianne dormait. Couchée en chien de fusil sur le canapé, elle avait une joue posée sur une main, le visage voilé par ses cheveux. Quand il en écarta une mèche, sa respiration conserva le même rythme paisible. Elle n'avait plus l'air froid ou hautain, mais jeune et vulnérable. Il aurait dû la réveiller, profiter de son état de faiblesse pour l'interroger, il le savait. Pourtant, il éteignit la lumière sans hésiter et la laissa dormir.

L'aube pointait quand Philip se réveilla en sursaut. Il s'était allongé sur le lit d'Adrianne après avoir jeté sur la moquette ses chaussures et sa chemise. S'il reprit conscience immédiatement, il lui fallut quelques secondes pour comprendre que ce n'était pas la lumière passant par la fenêtre qui l'avait tiré de son sommeil, mais un bruit de sanglots.

Adrianne était toujours sur le canapé, roulée en boule comme pour se défendre contre une agression ou contractée par une douleur intense. Lorsqu'il posa la main sur la joue trempée de larmes de la jeune femme, il sut qu'elle dormait encore. Il la secoua doucement, puis plus fort quand elle tenta de repousser sa main.

— Addy. Réveillez-vous, Addy.

Elle se retourna d'un geste convulsif, les yeux écarquillés par la peur. Il continua à lui murmurer des paroles apaisantes jusqu'à ce que son regard ne reflète plus la peur mais la douleur. Il lui prit la main, la sentit trembler un instant dans la sienne.

— Un cauchemar, n'est-ce pas ? Je vais vous chercher à boire.

Il avisa une bouteille d'eau minérale sur la table. Pendant qu'il remplissait un verre, Adrianne se redressa en tremblant violemment et respira profondément pour lutter contre la nausée.

— Merci, dit-elle en prenant le verre à deux mains.

Sa douleur faisait place à l'humiliation d'être vue par Philip dans cet état. Pourtant, quand il s'assit à côté d'elle, elle faillit céder à l'envie de se tourner vers lui et de poser la tête sur l'épaule de cet homme pour se laisser consoler comme une enfant.

— Parlez-moi, Addy.

— Ce n'était qu'un rêve, comme vous l'avez dit vous-même.

— Un rêve qui vous fait souffrir. Parlez, j'écouterai.

Il lui caressa la joue avec douceur. Elle ne repoussa pas sa main et se borna à fermer les yeux.

— Je n'ai besoin de personne, protesta-t-elle faiblement.

— Je ne partirai pas avant que vous m'ayez parlé.

Elle baissa les yeux vers l'eau dans son verre. Elle était tiède, insipide, sans effet sur la nausée qui lui tordait encore l'estomac.

— Ma mère est morte à l'aube du jour de Noël. Maintenant, laissez-moi seule, je vous en prie.

Sans mot dire, il prit le verre, le posa sur la table. Puis, toujours avec douceur, il attira Adrianne contre lui sans tenir compte des efforts qu'elle faisait pour se débattre. Plutôt que de lui susurrer des mots apaisants qu'elle n'aurait pas supportés, il lui caressa les cheveux. Au bout d'un moment, avec un soupir qui ressemblait à un sanglot, elle se laissa aller contre lui.

— Pourquoi faites-vous cela pour moi ? demanda-t-elle.

— Ma bonne action du jour. Parlez-moi, Adrianne.

Elle ne s'était jamais confiée à quiconque. Mais là, les yeux clos, la tête sur une épaule amie, les mots vinrent d'eux-mêmes.

— Je l'ai trouvée à l'aube. Elle était tombée comme si elle n'avait pas eu la force de se tenir debout, comme si elle avait essayé de ramper pour chercher de l'aide. Elle m'a peut-être appelée, mais je n'ai rien entendu. La presse a parlé de suicide, mais je sais que ce n'est pas vrai. Elle était malade depuis si longtemps, elle souffrait tant qu'elle a sans doute cherché de quoi passer une nuit paisible. Elle ne s'est sûrement pas suicidée de cette manière, surtout en sachant que je la... trouverais comme cela.

Elle parlait avec effort, comme si les mots lui blessaient la bouche. Quand elle se tut, il continua de lui caresser les cheveux. Oui, il avait lu la presse. La mort de Phoebe Spring, l'hypothèse de son suicide avaient soulevé une sorte de scandale qui refaisait surface de temps à autre et devenait presque légendaire.

— C'est vous qui la connaissiez le mieux.

Elle rouvrit les yeux, le regarda, étonnée, avant de reposer la tête sur son épaule. Personne ne lui avait jamais rien dit d'aussi juste. D'aussi réconfortant.

— Oui, je la connaissais bien. Elle était douce, aimante. Et simple. Personne ne comprenait que le prestige superficiel appartenait à l'actrice, pas à la femme. Elle faisait trop confiance aux gens, à des gens auxquels elle n'aurait pas dû se fier. C'est ce qui a fini par la tuer.

— Votre père ?

Elle se releva et se mit à marcher de long en large, les bras croisés sur la poitrine. Elle parlait maintenant d'une voix forte, claire.

— Il l'a brisée. Petit à petit, jour après jour. Et il en jouissait. Il avait épousé la femme considérée comme la plus belle du monde. Une Occidentale. Une actrice vénérée à l'égal d'une déesse. Elle était amoureuse de lui, elle avait tout abandonné pour lui, sa carrière, son pays, sa culture. Alors il a entrepris de la détruire car elle incarnait à la fois tout ce qu'il désirait et tout ce qu'il méprisait.

Adrianne s'arrêta un instant devant la fenêtre. Le soleil qui montait sur l'horizon faisait scintiller les eaux limpides le long de la plage déserte.

— Elle ne pouvait pas comprendre la cruauté parce que la cruauté lui était totalement étrangère, reprit la jeune femme. J'ignorais presque tout de son calvaire mais les mots ont fini par sortir malgré elle de sa bouche quand elle a touché le fond du désespoir. Au Jaquir, elle me parlait quelquefois parce qu'elle n'avait personne d'autre à qui se confier. Mais elle me cachait ses épreuves, ses tourments.

— Pourquoi n'a-t-elle pas quitté votre père plus tôt ?

— Il aurait fallu que vous connaissiez le Jaquir – et ma mère. Elle était amoureuse de cet homme, comprenez-vous ? Elle l'aimait, même quand il a pris une deuxième femme parce qu'elle l'avait déçu en ne lui donnant qu'une fille. Il l'insultait, il l'humiliait, mais elle l'aimait. Elle passait ses journées enfermée au harem pendant que l'autre femme portait le fils, le prince héritier, mais ma mère continuait à aimer son mari. Il la battait et elle acceptait ses coups. Elle se reprochait de ne pas pouvoir lui donner d'autres enfants. Dix ans durant elle est restée, voilée, violentée, tandis qu'il détruisait systématiquement sa dignité et sa personnalité. Elle est restée. Pour moi. Elle aurait sans doute réussi à s'évader si elle n'avait pas d'abord pensé à moi. Tout ce qu'elle a fait, tout ce qu'elle n'a pas fait, c'était pour moi. Pour me protéger.

— Parce qu'elle vous aimait.

— Plus peut-être qu'elle n'aurait dû, plus en tout cas que pour son propre bien. Elle est restée tout ce temps pour ne pas m'abandonner. Il la battait, il l'humiliait, il la violait – Dieu sait combien de fois il l'a violée ! Une nuit, j'étais cachée sous le lit et je me bouchais les oreilles pour ne pas entendre. C'est là que j'ai commencé à le haïr.

La compassion que le récit de la jeune femme inspirait à Philip céda le pas à la colère. Adrianne n'était qu'une enfant quand elle avait subi ce choc ! Il s'abstint de prononcer les mots qui lui venaient aux lèvres. Aucune parole ne pouvait soulager, encore moins guérir une telle blessure.

— Je ne crois même pas qu'elle aurait eu le courage de s'enfuir, reprit Adrianne. Jusqu'au jour, j'avais huit ans, où Abdul lui a annoncé qu'il m'envoyait dans un pensionnat en Allemagne et qu'il me fiancerait au fils d'un de ses alliés.

— À huit ans ?

— Le mariage n'aurait eu lieu qu'à mes quinze ans, mais ces fiançailles représentaient une bonne décision politique. Ma mère devait encore avoir quelques talents d'actrice, car elle a fait semblant d'approuver la décision et a réussi à le convaincre de m'emmener avec eux à Paris pour me faire connaître le monde, arguant qu'une bonne épouse de chef d'État doit savoir tenir son rang, et pas seulement au Jaquir, vous comprenez ? De toute façon, il est courant au Moyen-Orient de marier les filles à quinze ans.

— Même contre leur gré ?

L'indignation toute britannique de Philip fit sourire Adrianne.

— Au Jaquir, les mariages sont toujours arrangés, aussi bien pour la fille d'un paysan que pour celle du roi. C'est ainsi qu'on renforce la tribu et qu'on légitime le sexe. L'amour ou le choix des mariés n'entrent pas en ligne de compte.

Elle fit une nouvelle halte devant la fenêtre. La lumière changeait, le soleil commençait à chauffer.

— Quand nous sommes arrivées à Paris, poursuivit-elle, ma mère s'est arrangée pour entrer en contact avec Celeste, qui a pris deux billets d'avion pour nous de Paris à New York. Abdul soignait son image de monarque éclairé quand il allait en Occident, c'est pourquoi nous avons eu le droit d'aller dans les magasins et de visiter les musées. Par la même occasion ma mère avait eu le droit d'enlever son voile. Au Louvre, nous avons réussi à semer les gardes du corps et à nous enfuir.

Adrianne s'interrompit pour frotter ses yeux gonflés par les larmes et l'insomnie. La lumière lui faisait mal.

— Par la suite, elle n'a jamais récupéré ni n'a jamais cessé de l'aimer. Ainsi, j'ai appris qu'une femme amoureuse est toujours perdante, et que, pour survivre, on ne doit compter que sur soi-même.

— Cela aurait aussi dû vous apprendre que l'amour n'obéit pas toujours à la raison.

Elle sentit un frisson lui donner la chair de poule. Philip la dévisageait d'un regard calme, posé, qui contenait quelque chose qu'elle n'avait pas envie de voir. Elle ne voulait pas non plus analyser ce qui l'avait poussée à lui en dire plus qu'elle n'en avait jamais dit à quiconque.

— J'ai besoin de prendre une douche, déclara-t-elle.

Elle passa devant lui sans se retourner. Et elle n'eut qu'une brève hésitation avant de refermer la porte de communication.

18

Adrianne s'attarda sous la douche et laissa l'eau chaude ruisseler sur sa peau et détendre ses muscles contractés. Sa migraine se muait peu à peu en un mal de tête diffus dont deux aspirines auraient facilement raison. Pour ajouter à son sentiment de bien-être, elle s'enduisit le corps d'une crème hydratante parfumée avant d'enfiler un peignoir léger et d'aller s'étendre sur la terrasse pour laisser le soleil lui sécher les cheveux.

La plage attendrait. Ce matin, elle voulait être seule, à l'écart des serveurs trop empressés et des vacanciers bruyants rôtissant au soleil à côté d'elle sur le sable. Elle restait toujours seule le matin de Noël, évitant les amis les mieux intentionnés et les obligations sociales. Si le souvenir poignant du dernier Noël de sa mère s'était adouci au fil du temps, Adrianne ne pouvait toujours pas supporter la vue des branches de houx et des décorations multicolores. Depuis leur premier Noël en Amérique, Phoebe avait pris l'habitude de couronner le sapin d'un ange blanc. Tous les ans sauf le dernier, où elle était enfoncée trop loin dans son tunnel obscur.

Adrianne voyait la maladie de sa mère comme un tunnel, ou plutôt comme un labyrinthe de ténèbres où l'on pouvait se perdre dans des centaines de recoins et d'impasses. La jeune femme préférait cette vision concrète à la froideur des termes cliniques lus dans les traités sur les troubles mentaux ou aux pronostics et diagnostics souvent contradictoires dont les spécialistes l'avaient abreuvée. Phoebe était parvenue quelquefois à trouver seule la sortie de ce labyrinthe, mais, un jour, trop lasse pour lutter, elle s'était laissé happer par l'obscurité.

Le temps guérissait peut-être, mais il ne faisait pas oublier.

Formuler ses sentiments confus grâce à des paroles précises avait fait du bien à Adrianne, mais elle regrettait d'en avoir trop dit à Philip. Elle se dit cependant que cela était sans importance, car leurs chemins se sépareraient bientôt. Ce qu'elle lui avait dit, ce qu'elle avait partagé avec lui ne signifierait plus grand-chose avec le temps. Que cet homme se soit montré réconfortant quand elle avait eu besoin de consolation ne tirait pas non plus à conséquence. Elle dominerait sans mal les bouffées de désir qu'elle avait ressenties. Elle avait trop longtemps compté uniquement sur elle-même et trop sévèrement maîtrisé ses sentiments pour que Philip puisse altérer ce qui était devenu pour elle une nature profonde. Désormais, chaque pensée, chaque sentiment devait se concentrer sur un seul objectif, le Jaquir – et la vengeance.

Quand elle ouvrit la porte, elle découvrit avec agacement que Philip était toujours là. Il s'adressait dans un espagnol irréprochable à un serveur et lui donnait un pourboire royal qui ferait sans doute oublier au jeune homme ses regrets de travailler un jour férié.

— *Buenos días, señora*, la salua celui-ci. Joyeux Noël.

Elle ne jugea pas utile de corriger ce qu'il devait supposer, de façon erronée, sur ses rapports avec Philip ni le fait qu'elle n'avait pas vécu de Noël joyeux depuis de longues années.

— *Buenos días. Feliz Navidad*, répondit-elle avec un sourire qui parut contenter le serveur presque autant que les pesos qu'il venait d'empocher.

Adrianne attendit que le serveur soit parti et la porte refermée pour se tourner vers Philip.

— Pourquoi êtes-vous encore ici ?

— Parce que j'ai faim.

D'un pas désinvolte, il sortit sur la terrasse, s'assit devant la table roulante apportée par le serveur et versa du café dans les tasses. Il connaissait plusieurs manières de gagner la confiance d'autrui. Avec un oiseau blessé, il faut user de patience et de douceur. Avec un cheval ombrageux énervé par un coup de cravache, il faut agir vite et prendre le risque de recevoir un coup de pied. Avec une femme, il faut une dose de charme. Il s'apprêtait à appliquer les trois méthodes.

— J'aurais pu ne pas vouloir de petit déjeuner, dit-elle sèchement.

— Dans ce cas, je mangerai aussi le vôtre.

— Ni subir votre compagnie.

— Allez donc sur la plage, il n'y a encore personne. Du lait ?

Elle aurait pu résister à l'arôme du café chaud ou à la lumière dorée du soleil matinal. Elle aurait sûrement pu résister à Philip. Mais elle était hors d'état de résister à la faim.

—Oui, merci, dit-elle en s'asseyant avec la dignité d'une reine accordant une audience privée.

—Du sucre, Votre Altesse ? demanda-t-il avec un sourire amusé.

Il vit les yeux de la jeune femme lancer des éclairs, puis un sourire dissipa l'orage qui menaçait.

—Je ne me sers de mon titre que dans les grandes occasions, ou avec des imbéciles.

—Vous me flattez.

—Non. Je me demande encore si vous en êtes un ou pas.

Il donna un coup de fourchette dans ses œufs brouillés, d'où émanèrent des odeurs appétissantes. Il connaissait assez Adrianne pour savoir qu'elle pouvait faire montre d'une élégante froideur tout en brûlant et en cachant bien des surprises derrière cette façade.

—Je vous laisse la journée pour choisir la réponse à cette grave question. Ayant été trop absorbé par votre surveillance, je n'ai pas encore eu le loisir de profiter du soleil et de la mer.

—Quel dommage !

—En effet. Vous ne pouvez donc pas faire moins qu'en profiter avec moi, dit-il en tartinant de la confiture de fraises sur un toast qu'il lui tendit. À moins que vous n'ayez peur de ma compagnie ?

—Pourquoi en aurais-je peur ?

— Parce que vous savez que je brûle d'envie de faire l'amour avec vous et que vous craignez d'y prendre plaisir.

Elle mordit dans le toast et s'efforça de garder son calme.

— Je vous ai déjà dit que je n'avais nullement l'intention de coucher avec vous.

— Dans ce cas, quelques heures ensemble au soleil ne tireront pas à conséquence, déclara-t-il comme si la cause était entendue. Vous pensiez réellement ce que vous me disiez la nuit dernière ?

— À quel sujet ?

— Que cette opération serait la dernière.

Alors qu'elle n'avait jamais eu de mal à mentir, elle découvrit que c'était plus difficile avec lui qu'elle ne l'aurait voulu.

— J'ai dit que c'était la dernière à ce stade de ma carrière.

— Ce qui veut dire ?

— Ce que je viens de dire, tout simplement.

— Adrianne, j'ai des obligations envers mes supérieurs. J'ai également besoin de m'organiser pour vous aider. Si vous êtes honnête avec moi, dit-il en posant une main sur la sienne, je peux concilier les deux. Dans le cas contraire, j'aurai des problèmes aussi graves que les vôtres.

— Vous n'en aurez aucun si vous ne vous mêlez plus de rien, Philip. Il s'agit d'une affaire purement personnelle qui ne concerne que moi, pas vous ni Interpol.

— Elle me concerne, au contraire.

— Pourquoi ?

— Parce que je m'intéresse à vous. Beaucoup, ajouta-t-il en lui serrant la main plus fort.

Une réponse plus conventionnelle ne l'aurait pas touchée. Celle-ci était trop simple, trop directe. Trop sincère.

— Vous ne devriez pas.

— C'est exact, mais nous sommes maintenant dans le même bateau, dit-il en lui lâchant la main. Je vais donc essayer de vous faciliter les choses. Commencez par me dire pourquoi vous êtes devenue une star du cambriolage.

— Vous ne me laisserez pas en paix tant que je n'aurai pas répondu, n'est-ce pas ?

— Non. Encore un peu de café ?

Elle acquiesça d'un signe. Quelle importance, après tout ? D'ailleurs, ils avaient en commun les mêmes émotions, les mêmes sensations, la même exaltation de la réussite.

— Je vous ai dit que ma mère était restée longtemps malade. Il fallait payer ses médecins, ses médicaments, ses traitements, et ses hospitalisations, nombreuses et parfois longues.

Il le savait, bien sûr. Il suffisait d'avoir lu les magazines depuis dix ans pour ne rien ignorer du drame de Phoebe Spring. Mais il voulait l'entendre de la bouche même d'Adrianne, à travers ses sentiments.

— Elle souffrait d'une psychose maniaco-dépressive, reprit-elle avec effort. Par moments, elle parlait sans arrêt, échafaudait des projets plus chimériques les uns que les autres. Elle ne tenait pas en place, elle était incapable de dormir ou de manger parce qu'elle débordait d'une énergie factice qui la brûlait de l'intérieur comme un poison. Et puis elle retombait si bas qu'elle ne pouvait plus articuler un mot. Elle ne reconnaissait plus personne, pas même moi.

Adrianne s'éclaircit la voix, but une gorgée de café. Le souvenir des heures où elle demeurait assise à tenir la main de sa mère, à lui parler, à la supplier de réagir pour n'obtenir en guise de réponse qu'un regard mort lui était encore trop douloureux.

— Ce devait être un enfer pour vous.

Plutôt que de soutenir le regard de Philip, elle se tourna vers la mer, si bleue qu'elle semblait n'être qu'un reflet du ciel.

— L'enfer, c'est elle qui le vivait. Depuis des années, elle avait un grave problème de dépendance à l'alcool et aux drogues, et cette dépendance avait commencé au Jaquir – Dieu sait comment elle se procurait ces produits là-bas. Ce problème a pris des proportions catastrophiques quand elle a tenté de relancer sa carrière à Hollywood. J'ignore si c'est sa maladie mentale qui aggravait son alcoolisme ou le contraire, je sais seulement qu'elle a lutté contre les deux autant qu'elle en a été capable. Quand nous sommes arrivées en Californie, les scénarios qu'elle espérait ne l'attendaient pas plus que les rôles sur lesquels elle comptait, et elle n'était pas en état de surmonter cet échec. Elle recevait de mauvais conseils, qu'elle écoutait comme paroles d'évangile. Son agent était une ordure.

Une légère altération de sa voix fit dresser l'oreille à Philip.

— Qu'est-ce qu'il a fait ? Qu'est-ce qu'il *vous* a fait ?

Elle releva brusquement les yeux. Un éclair de rage mêlé de douleur les traversa une seconde avant de s'effacer.

— J'avais quatorze ans. Non, cela ne s'est pas passé aussi mal que vous pourriez le croire. Maman est arrivée avant que... enfin, pendant que je me débattais. Elle a été incroyable, plus enragée qu'une tigresse qui défend ses petits. Mais n'en parlons plus. Ce qui compte, c'est le fait qu'il l'exploitait, qu'il l'avilissait et qu'elle était trop abattue par ses dix ans d'épreuves au Jaquir pour avoir la force de se ressaisir.

Philip n'insista pas. À l'évidence, le sujet était trop délicat.

— Vous n'êtes donc pas restées en Californie.

— Non. Nous sommes parties pour New York juste après, disons, cet... incident. Ma mère semblait aller mieux, beaucoup mieux. Elle parlait de refaire du cinéma, elle se disait submergée de propositions. En fait, elle n'en recevait aucune ou, du moins, on ne lui proposait que des rôles insignifiants, mais à l'époque je ne le savais pas, je voulais croire que tout allait mieux. Et puis, quand j'ai eu seize ans, en revenant un jour de l'école je l'ai trouvée assise seule dans le noir. Elle ne m'a pas répondu quand je lui ai parlé. J'avais beau crier, la secouer, elle ne réagissait pas. Comme si elle était morte.

Sans rien dire, Philip prit la main d'Adrianne, qui baissa les yeux sur leurs doigts entremêlés. Un geste si simple, pensa-t-elle. La forme la plus élémentaire du contact humain. Elle ne se serait jamais doutée qu'il puisse lui apporter un tel réconfort.

— J'ai dû la faire admettre d'urgence dans une clinique psychiatrique, reprit-elle. C'était la première fois. Il y en a eu de nombreuses autres. Au bout d'un mois, nous n'avions plus un sou. Quand elle en est sortie, j'ai quitté l'école et pris un job. Elle n'en a jamais rien su.

Philip avait la gorge serrée. Oui, Adrianne aurait dû être à l'école avec des amies, des garçons admiratifs de sa beauté. Elle aurait dû finir ses études, obtenir les diplômes prestigieux que son intelligence lui promettait.

— N'aviez-vous pas de famille vers laquelle vous tourner ?

— Les parents de ma mère étaient morts. Elle avait été élevée par ses grands-parents, qui sont morts quand j'étais encore un bébé. Elle avait hérité d'un petit capital provenant d'une assurance vie, je crois, mais il avait été transféré au Jaquir, et il est resté là-bas. Travailler ne me dérangeait pas, au contraire. Cela me plaisait même plus que l'école. Mais le peu que je gagnais ne suffisait pas à payer le loyer et les dépenses quotidiennes, encore moins les soins médicaux. Alors je me suis mise à voler. J'ai été très vite excellente dans ce métier.

— Votre mère ne se demandait pas d'où venait l'argent ?

— Non. Les derniers temps, elle survivait en dehors de la réalité. Elle croyait qu'elle faisait encore des films, dit Adrianne avec un petit sourire sans gaieté. J'ai fini par en parler à Celeste, qui était hors d'elle : elle voulait tout prendre à sa charge, mais je ne pouvais pas accepter. J'étais seule responsable de ma mère. De toute façon, je ne volais que les gens qui le méritaient.

— Selon quels critères ?

— J'ai toujours choisi mes cibles parmi les très riches.

— C'est judicieux, en effet, remarqua Philip avec ironie.

— Et les plus avares, enchaîna-t-elle. Lady Caroline, entre autres.

Philip se détendit, alluma une cigarette.

— Le fameux diamant, c'était donc vous ? Vingt-deux carats, une eau exceptionnelle. Je vous ai toujours envié ce coup-là.

— Une de mes plus belles réussites. Elle le conservait dans une chambre forte, sécurité maximale, détecteurs de chaleur, de mouvements, rayons infrarouges, ultraviolets. Tout, quoi. Il m'a fallu six mois pour préparer l'opération.

— Comment vous y êtes-vous prise ?

Adrianne fit un récit détaillé que Philip apprécia en connaisseur.

— Beau travail, se borna-t-il toutefois à commenter.

Sentant son appétit revenir, elle se tartina coup sur coup deux toasts de confiture.

— Bien entendu, j'ai sincèrement compati aux malheurs de cette pauvre Caroline, dit-elle en riant. Elle ne m'inspirait pourtant aucune sympathie. Elle possédait plus de quarante millions de livres en propriétés immobilières et ne donnait qu'à peine un demi pour cent de sa fortune aux œuvres caritatives.

— C'est ce qui détermine le choix de vos cibles ?

— Bien sûr. Je sais ce que c'est d'être pauvre, de détester être dans le dénuement et de n'avoir rien pour le combler, et je me suis juré de ne jamais l'oublier. J'ai donc continué après la mort de ma mère.

— Pourquoi ?

— Pour deux raisons. D'abord, afin de distribuer la richesse de ceux qui n'en font rien à ceux qui en ont besoin. Les saphirs de Madeleine Moreau, par exemple, ont alimenté les caisses d'un fonds de secours aux veuves et aux orphelins.

— Si je comprends bien, vous jouez les Robin des Bois ?

Adrianne réfléchit un instant. La comparaison ne manquait ni de charme ni de pertinence.

— En un sens, oui, mais il serait plus honnête de dire que, pour moi, il s'agit avant tout de la gestion d'une affaire. Je prélève une commission sur chaque opération afin de couvrir mes frais généraux et mes frais de représentation. Voler coûte cher, et il est indispensable de soigner les apparences. En plus, je déteste la mesquinerie.

— Elle ne m'a jamais beaucoup attiré non plus. De quel montant, vos commissions ?

— De quinze à vingt pour cent, en fonction de la mise de fonds initiale. Dans le cas des bijoux St John, par exemple, j'ai avancé le montant de mon billet d'avion, de ma note d'hôtel. Il faut aussi compter les repas, les déguisements, les perruques, sans parler des dépenses d'équipement. Mes achats personnels ou mes excursions sont bien entendu à mes frais.

— Naturellement.

Le ton ironique de Philip la piqua au vif.

— Vous n'êtes guère en position de me juger, Philip, compte tenu de votre passé.

— Je ne juge pas, je suis abasourdi. Vous commencez par me dire que vous avez réalisé seule ces cambriolages spectaculaires.

— En effet. Pas vous ?

— Si, mais… Bon, je n'insiste pas. Vous me dites ensuite que depuis des années vous distribuez tout ce que vous gagnez sauf une commission de quinze à vingt pour cent.

— En gros, oui.

— Vous donnez donc au moins quatre-vingts pour cent de vos gains, qui sont considérables, à des œuvres. C'est incroyable !

— À ma manière, fit-elle en riant, je suis une philanthrope. En plus, j'aime mon travail. Vous savez aussi bien que moi ce que l'on ressent quand on tient une fortune dans ses mains, quand on voit scintiller les diamants en sachant qu'on ne le doit qu'à son habileté.

Philip sortit une cigarette du paquet, prit son temps pour l'allumer. Oui, il le savait. Trop bien, même. C'était encore plus grisant que ce qu'elle disait. Une exaltation proche de l'orgasme.

— Je sais. Je sais aussi qu'il vient un moment où il vaut mieux laisser tomber quand on est encore au sommet.

— Comme vous ?

— Oui. Un joueur intelligent quitte la partie quand il sent la chance tourner, ou bien il change de jeu. Vous m'avez donné l'une des deux causes, Addy. Et l'autre ?

Elle se leva, s'accouda à la balustrade. Elle n'avait aucune raison logique de se fier à lui, sauf qu'ils étaient trop semblables pour ne pas se comprendre. Il avait sans doute encore le métier dans le sang, du moins assez pour apprécier ce qu'elle avait l'intention de faire, même s'il ne partageait pas le besoin impérieux qu'elle avait de l'accomplir.

— Il me faut d'abord des garanties.

— De quel genre ?

Il avait posé la question par principe, car il se rendait compte que quelque chose dans l'attitude, dans le regard, dans la manière dont la brise jouait avec les cheveux d'Adrianne le poussait à lui promettre n'importe quoi. À se mettre, en quelque sorte, à sa merci.

— Jurez-moi que ce que je vais vous dire restera strictement entre nous. Que vous n'en rapporterez pas un mot à vos supérieurs.

— Ne sommes-nous pas déjà au-delà de la méfiance ?

Elle hésita un instant, s'efforçant de le jauger. Elle pourrait lui mentir, bien sûr, mais la vérité serait peut-être moins risquée. Tant qu'il s'obstinerait à la suivre comme son ombre, elle ne pourrait pas aller reprendre son bien au Jaquir.

— Je n'en sais rien, Philip. Je sais ce que vous étiez, ce que vous faisiez, mais j'ignore encore quelles étaient vos raisons.

— Vous voulez les connaître ?

Elle se retourna, étonnée qu'il accepte aussi facilement de les lui dire.

— Un jour, peut-être. Je vous en ai dit plus ce matin qu'à n'importe qui d'autre. Celeste elle-même n'en sait que des bribes. En général, je n'aime pas qu'on se mêle de ma vie privée.

— Il est trop tard pour reprendre ce qui a été dit, et le regretter serait une perte de temps.

— En effet, acquiesça-t-elle en se tournant vers la mer. C'est ce qui me plaît chez vous, Philip. Romantique ou pas, vous avez avant tout l'esprit pratique. Les meilleurs voleurs sont à la fois des pragmatiques et des visionnaires. Jusqu'à quel point êtes-vous visionnaire ?

Il se leva à son tour et s'accouda à la balustrade, laissant entre eux la largeur de la table.

— Suffisamment pour voir nos chemins continuer à se croiser, même si cela doit parfois se révéler embarrassant pour nous deux.

— C'est possible, mais là n'est pas la question. Vous m'avez demandé pourquoi j'ai poursuivi mes activités après la mort de ma mère, et je vais vous le dire. Je l'ai fait à titre d'entraînement, si vous voulez, en vue de la plus grosse opération de ma vie.

Philip sentit son estomac se nouer de peur. De peur pour elle.

— Que voulez-vous dire ?

— Avez-vous entendu parler du Soleil et de La Lune ?

Cette fois, en proie à une véritable terreur, il sentit sa gorge se serrer.

— Grand Dieu ! Vous perdez la raison ?

— Vous en avez donc entendu parler, fit-elle en souriant.

— Personne dans le métier n'en ignore l'existence, ni ce qui est arrivé en 1935 à celui qui avait été assez fou pour vouloir le voler. Il a été égorgé, après avoir eu les deux mains tranchées...

— Et son sang a été répandu sur le collier, enchaîna-t-elle. C'est ainsi que naissent les légendes.

Il la saisit aux épaules, la secoua avec brusquerie.

— Ce n'est pas un jeu, bon sang ! Dans ce pays-là, on ne se contente pas de mettre gentiment les voleurs en prison. Vous êtes bien placée pour savoir avec quelle brutalité votre père exerce sa justice, Adrianne !

— C'est justement la justice que j'exige, fit-elle en se dégageant d'une secousse, et c'est la justice que j'obtiendrai ! Depuis mon premier vol pour épargner à ma mère de finir dans la salle commune d'un asile de fous, j'ai juré de me rendre justice. Le collier était à elle, il le lui avait donné en cadeau de mariage. C'était le prix de l'épousée. Selon les lois du Jaquir, une femme a le droit de garder ce qu'elle a reçu pour ses noces, même après sa mort ou sa répudiation. Ses autres possessions reviennent à son mari, qui en fait ce que bon lui semble, mais le prix de l'épousée lui appartient à elle seule. Le Soleil et La Lune appartenait à ma mère. Puisqu'il a refusé de lui rendre son bien, je le lui reprendrai.

— Et qu'en ferait-elle maintenant ? Quels que soient les torts qu'elle a subis, elle est morte.

— Croyez-vous que je l'aie oublié ? dit Adrienne avec passion. Un dixième de la valeur de ce collier aurait suffi à l'entretenir pendant des années, à payer les meilleurs médecins, les meilleurs traitements. Abdul savait que nous étions dans une situation désespérée. J'ai même ravalé ma fierté pour lui écrire et implorer son aide. Il m'a répondu que le mariage était rompu et qu'il n'avait plus aucune responsabilité à l'égard de ma mère. Elle était malade, et j'étais trop jeune pour aller au Jaquir et exiger au nom de la loi que le collier soit rendu à Phoebe Spring.

— Ce qu'il vous a infligé, à votre mère et à vous, est du passé, Adrianne. Il est trop tard pour que ce collier vous soit encore utile.

L'émotion de la jeune femme fit place à une colère froide.

— Oh non, Philip ! Pour la vengeance, il n'est jamais trop tard. Quand je reprendrai ce bijou, mon père en souffrira. Pas autant qu'elle, pas comme il l'a fait souffrir elle, mais il souffrira. Et quand il saura qui le lui a volé, ma vengeance sera encore plus délectable.

La haine était un sentiment que Philip n'avait jamais éprouvé. Il n'avait volé d'abord que pour survivre, ensuite pour profiter des agréments de la vie. Mais il reconnut chez Adrianne l'expression d'une haine profonde, implacable, la plus incontrôlable des passions.

— Savez-vous ce qui vous arriverait si vous vous faisiez prendre ?

— Je le sais mieux que vous. Je sais que mon titre et ma nationalité américaine ne me seront d'aucun secours. Si je perds, je paierai. Certains enjeux valent la peine de prendre d'énormes risques.

Philip la dévisagea longuement sans mot dire avant de répondre.

— Oui, admit-il. Certains.

— Je sais comment m'y prendre, Philip. J'ai eu dix ans pour me préparer. Pour mettre mon plan au point.

Et lui n'avait que quelques semaines, ou même quelques jours pour l'en dissuader.

— J'aimerais que vous m'en parliez.

— Un peu plus tard, peut-être.

Grâce à un changement d'humeur inattendu, il lui fit un sourire débordant de charme.

— Le plus tôt sera le mieux, mais assez parlé boutique. Si nous allions nager ?

Non, pensa-t-elle, je ne peux pas lui faire confiance. Le sourire était trop charmeur, trop soudain. S'il me surveille, je serai bien inspirée de le surveiller de près, lui aussi.

— Avec plaisir, répondit-elle en souriant à son tour. Je vous rejoindrai sur la plage dans un quart d'heure.

Adrianne avait vécu seule si longtemps qu'elle avait oublié ce que c'était de partager des plaisirs simples. L'eau était tellement fraîche et limpide que la jeune femme avait l'impression de nager dans du verre liquide, d'où elle pouvait observer sans obstacle la vie qui l'entourait. Des poissons de velours zigzaguaient entre des coraux aux couleurs chaudes de forêt d'automne. Équipés d'un masque et de palmes, Philip et elle plongeaient jusqu'à une profondeur où la pénombre assourdissait les couleurs éclatantes, puis remontaient vers la lumière de la surface. Ils communiquaient par signes élémentaires, par effleurements de main sur le bras. Se comprendre et savoir que l'après-midi leur appartenait leur suffisait.

Adrianne préférait ne pas se demander pourquoi elle était aussi à l'aise avec Philip, comme lors de leur soirée dans l'auberge des environs de Londres. Nombre de ses relations entraient et sortaient de sa vie sans y laisser de trace, mais elle avait peu d'amis. Son amitié, elle la donnait totalement, sans restriction, c'est pourquoi elle ne la donnait qu'avec parcimonie. Si elle n'accordait pas encore pleinement sa confiance à Philip, il lui inspirait de l'amitié et, en dépit des réserves qu'elle émettait à son sujet, elle se sentait bien avec lui. Elle n'était ni une princesse ni une voleuse admirée de ses pairs, mais une jeune femme profitant sans arrière-pensée de la magie du soleil et de la mer.

Elle émergea en riant, posa une palme sur un rocher glissant. Philip sortit de l'eau derrière elle.

— Qu'est-ce qui vous fait rire ?

— Vous avez vu ce poisson aux gros yeux globuleux ? On aurait dit lord Fume.

— Il y avait de ça, en effet, fit-il en prenant appui sur le rocher à côté d'elle. Vous vous moquez toujours de vos victimes ?

Les yeux clos, le visage tourné vers le ciel, elle évoquait la petite sirène de Copenhague.

— Oui, si c'est justifié. Ce soleil est merveilleux ! Mais attention à votre fragile peau d'Anglais !

— Vous vous inquiétez de ma santé ?

Elle rouvrit les yeux, et il y vit de l'amusement au lieu de la méfiance. Si petit soit-il, cet amusement était un progrès.

— Si vous attrapiez un coup de soleil, je serais désolée d'en être responsable.

— Pensez plutôt qu'il doit neiger à Londres en ce moment et que les familles s'asseyent autour de l'oie de Noël.

— À New York, nous mangions toujours de la dinde, maman adorait l'odeur de la dinde en train de rôtir. Regardez ! enchaîna-t-elle pour échapper aux souvenirs. Un bateau arrive.

Elle se tourna pour mieux voir, glissa et tomba dans les bras de Philip, qui la souleva par la taille, l'attira vers lui. Elle sentit sur ses lèvres l'haleine de son compagnon, et sur sa peau ses mains nues. Quand il se pencha vers elle, elle tourna la tête de sorte qu'il ne put poser sur sa joue qu'un baiser léger, presque chaste, qui la fit frémir d'un désir mêlé de crainte.

— Adrianne…

Elle s'efforça de le regarder dans les yeux. Le soleil l'éblouit, et elle n'entendit d'autre bruit que les battements de son propre cœur.

— Détendez-vous, dit-il en souriant. Je ne vais pas vous lâcher ni vous noyer.

Pourtant, lorsqu'il posa ses lèvres sur les siennes, elle se sentit entraînée dans un abîme sans fond. Le baiser était tendre, n'exigeait rien, mais une incontrôlable attirance la fit trembler.

Philip luttait pour se maîtriser. S'il parvenait encore à dominer ses pulsions, il avait la ferme intention de les libérer un jour. Mais il était encore trop tôt. Dans l'immédiat, il fallait à Adrianne autre chose que du plaisir, et il voulait lui donner bien davantage. Alors, sachant d'expérience que le contrôle de soi avait des limites, il desserra son étreinte.

— Si on allait boire un verre ?

Elle avait le regard vague, les lèvres frémissantes.

— Comment ?

— J'ai dit, allons boire un verre pour abriter du soleil ma peau fragile de sujet de Sa Gracieuse Majesté.

Elle reprit conscience comme si l'effet d'une drogue la quittait. Une drogue dont il est facile de prendre l'habitude, se dit-elle.

— Oui, oui. Bien sûr.

— Bon. Le dernier arrivé au bar paie la tournée.

Il la lâcha complètement. Surprise, elle coula et, quand elle refit surface, il était déjà à mi-chemin de la plage. Elle enleva son masque pour nager plus vite et se lança à sa poursuite en riant aux éclats.

Ils burent des margaritas glacées en écoutant des noëls chantés par un trio de mariachis. L'appétit aiguisé par l'eau et le soleil, ils dévorèrent des enchiladas épicées. Plus tard, dans le courant d'un après-midi indolent, ils se promenèrent en voiture autour de l'île, empruntant au hasard des chemins de terre cahoteux. Philip était décidé à remplir la journée d'Adrianne, à lui faire oublier la douleur du cauchemar qui l'avait accablée à l'aube. Les instincts protecteurs que lui inspirait la jeune femme lui paraissaient naturels, évidents. Un homme qui passe le plus clair de sa vie avec les femmes sait reconnaître celle qu'il attendait. Celle que le destin mettait sur sa route.

Leur errance les amena à la pointe nord de l'île, où se dressait un phare. Une industrieuse famille de paysans qui vivait à côté vendait aux touristes des boissons fraîches au triple du prix en vigueur dans le village. Adrianne et Philip leur achetèrent deux canettes, qu'ils allèrent boire assis sur une pile de varech séché. À cet endroit, face au large, la mer se brisait sur les rochers en soulevant des plumets d'écume.

— Parlez-moi de votre maison, dit-elle en enlevant ses sandales.

— Celle de Londres ?

— Non, l'autre, à la campagne.

— Vous la trouveriez « britannique en diable ». Elle est en brique, style édouardien XVIIIe siècle, deux étages sur rez-de-chaussée. Elle comporte une galerie de portraits ; mais comme je ne connais pas mes ancêtres j'en ai déniché la plupart chez des antiquaires. Certains ont une perruque, d'autres sont typiquement victoriens. Il y a aussi des oncles et des tantes d'un peu toutes les époques.

— Avoir une grande famille vous manque ?

— Peut-être. En tout cas, tous ces gens garnissent les murs. Le grand salon ouvre sur le jardin, que j'ai aménagé de façon très formelle, dans le style de la maison, avec des massifs de fleurs et des allées bordées de buis taillé. Au bout, vers l'ouest, il y a un petit bois de frênes et un ruisseau. On y trouve du thym et des violettes sauvages.

— Pourquoi avez-vous acheté cette maison ? Vous ne me paraissez pas du genre à passer de tranquilles soirées au coin du feu ou des journées à vous promener dans les bois.

— Dans la vie, il y a un temps pour tout. Je l'ai achetée pour être prêt à changer d'existence quand je déciderais de me ranger et de devenir un modèle de respectabilité.

— C'est cela, votre objectif ?

— Mon objectif a toujours été de vivre confortablement. J'ai appris très jeune que pour survivre dans les rues de Londres il fallait prendre tout ce qui vous tombait sous la main et ce plus vite que le voisin. J'étais plus rapide que d'autres.

— Vous étiez une légende, Philip. Non, ne souriez pas bêtement. Chaque cambriolage spectaculaire portait la signature du mystérieux P.C. La collection De Marco, par exemple.

— La collection De Marco, dit-il, rêveur. Les pierres les plus précieuses jamais rassemblées à Milan et même ailleurs.

— Je sais. Alors, c'était vous ?

Il marqua un temps, comme un conteur qui veut tenir en haleine son auditoire.

— Pour cette exposition, le musée avait mis en place une sécurité insensée. Les pierres elles-mêmes étaient dans des vitrines en verre armé estimées inviolables…

Philip fit de son exploit un récit circonstancié qu'Adrianne salua d'un rire admiratif.

— Magnifique ! Voler vous manque, n'est-ce pas ? Avouez.

— Parfois, mais rarement. Je suis avant tout un homme d'affaires, Addy, et j'ai compris qu'il était temps de m'en retirer. Spencer, mon supérieur, se rapprochait toujours davantage de moi.

— Ils vous connaissaient donc bien, et pourtant ils vous ont admis dans leurs rangs ?

— Mieux vaut le loup au bout d'une laisse qu'en liberté. Il suffit d'une erreur pour tomber, et on finit tôt ou tard par la commettre.

— Je n'ai plus qu'un travail à faire et je n'ai pas l'intention de commettre la moindre erreur, déclara Adrianne.

Philip garda le silence. Avec un peu de temps, un peu de prudence, il était certain de finir par la dissuader d'accomplir cette ultime mission. Et si la persuasion ne suffisait pas, il avait les moyens de dresser des obstacles.

— Que diriez-vous d'une petite sieste avant le dîner ?

— Bonne idée, dit-elle en se levant, ses sandales à la main. Mais cette fois, c'est moi qui prends le volant.

Il était peut-être absurde de se pomponner comme elle le faisait, mais elle n'avait pu résister au plaisir d'un bain parfumé suivi de nuages de poudre. Ces habitudes féminines lui venaient du harem, où les femmes consacraient des heures à leur toilette. Elle le faisait pour Philip, par plaisir, tout simplement. S'il se donnait tant de mal à se mettre à sa disposition, il s'y consacrait avec l'arrière-pensée de la surveiller, elle le savait. Elle aurait pu lui dire qu'elle avait d'autres engagements ce soir-là, mais il ne l'aurait sans doute pas crue. De toute façon, elle avait de bonnes raisons de ne pas le quitter d'une semelle non plus – du moins essayait-elle de s'en persuader tandis qu'elle enfilait une robe blanche légère et décolletée dans le dos jusqu'à la taille. Elle serait aussi prodigue de son temps avec lui qu'il l'était avec elle. Elle endormirait ainsi la méfiance de Philip, de manière à lui fausser discrètement compagnie le lendemain matin.

Ses plans exigeaient encore quelques mises au point – même si elle les avait formulés depuis dix ans. Peu après le jour de l'an, elle prendrait l'avion pour le Jaquir. Mais ce soir, elle entendait profiter pleinement du coucher de soleil tropical et du murmure apaisant de la mer.

Elle était prête quand Philip frappa à sa porte. Lui aussi était en blanc, d'un blanc que rehaussait le bleu profond de sa chemise.

— Il est décidément bien agréable de séjourner en hiver dans un pays chaud, dit-il en caressant légèrement les épaules nues de la jeune femme. Vous êtes-vous bien reposée ?

Elle s'abstint de lui dire qu'elle était allée chercher sa valise et rendre sa chambre à l'hôtel El Grande.

— Très bien. Et en bonne touriste que je suis, je ne vois pas plus loin que le prochain repas.

— Parfait. Mais, avant, j'ai un petit quelque chose pour vous, dit-il en sortant de sa poche un écrin qu'il lui mit dans la main.

Elle recula d'un pas, comme s'il l'avait pincée.

— Non, fit-elle plus sèchement qu'elle ne l'aurait voulu.

— Non seulement il est malséant de refuser un cadeau de Noël, mais cela porte la poisse.

De son côté, il s'abstint de lui dire qu'il avait dépensé une fortune en pourboires pour trouver un bijoutier acceptant d'ouvrir sa boutique un jour de fête.

— C'était inutile, Philip.

— Non, indispensable. Allons, Adrianne, une femme comme vous devrait savoir accepter un cadeau sans faire tant d'histoires.

Il avait raison, bien sûr, elle réagissait sottement. Elle ouvrit donc le couvercle pour découvrir une broche reposant sur un lit de satin blanc. Non, elle ne « repose » pas, se corrigea-t-elle. C'était une panthère à l'affût, prête à bondir, taillée dans une pierre noire et dont les yeux de rubis lançaient des éclairs.

— Elle est superbe.

— Elle m'a fait penser à vous, dit-il en épinglant la broche sur la robe d'Adrianne avec l'aisance d'un homme habitué à ce genre de gestes.

La jeune femme sourit, caressa la broche du bout des doigts.

— Un petit cadeau entre voleurs repentis ?

— Non, un souvenir d'une âme en peine à une autre.

Il remit l'écrin dans sa poche et entraîna Adrianne dehors en la tenant par la main.

Ils dégustèrent des langoustes grillées accompagnées d'un vin blanc sec et fruité tandis que des mariachis circulaient entre les tables, chantant l'amour et la mélancolie. Assis près de la fenêtre, Philip et Adrianne voyaient les promeneurs arpenter le front de mer et les gamins postés à la station de taxis ouvrir promptement les portières pour gagner quelques pesos. Pendant qu'ils dînaient, le soleil se coucha dans un jaillissement de couleurs chatoyantes et la lune se leva avec une majestueuse lenteur.

Adrianne interrogea Philip sur son enfance et s'étonna qu'il n'élude pas la question grâce à une pirouette ou une plaisanterie.

— Ma mère était caissière dans un cinéma. Pour moi, c'était une aubaine, parce que je pouvais assister sans payer à toutes les séances que je voulais. Mais, à part cela, son métier suffisait tout juste à payer le loyer d'un minable deux-pièces à Chelsea. Mon père était entré dans sa vie le temps de me concevoir, puis s'était enfui dès qu'il avait appris que j'étais en route.

Adrianne lui aurait pris la main s'il n'avait levé son verre à ce moment-là. L'instant d'émotion passa.

— Vivre seule dans ces conditions a dû être dur pour elle.

— Terriblement pénible, sans aucun doute, mais elle ne laissait jamais rien transparaître de ses difficultés. Elle est foncièrement optimiste, voyez-vous, le genre de femme qui se dit toujours satisfaite de ce qu'elle a, même si ce n'est presque rien. C'est une fan de votre mère, au fait. Quand je lui ai dit que j'avais invité à dîner la fille de Phoebe Spring, elle m'a sermonné pendant une heure en me reprochant de ne pas vous avoir amenée chez elle.

— Ma mère avait le don de se faire aimer de tout le monde.

— Avez-vous jamais songé à devenir actrice, vous aussi ?

— Pourquoi ?

— Je me demande à quel point vous jouez la comédie.

— Je la joue quand il le faut. Votre mère est-elle au courant de votre... vocation ?

— Disons que nous n'en parlons pas, mais elle n'est pas complètement aveugle. Encore un peu de vin ?

— Une goutte, merci. Dites-moi, Philip, avez-vous déjà eu l'idée d'accomplir une dernière, une extraordinaire opération ? Un coup qui vous réchaufferait la mémoire dans vos vieux jours ?

— Le Soleil et La Lune ?

— Non, il est pour moi !

— Le Soleil et La Lune, répéta-t-il, amusé par la réaction de la jeune femme. Deux joyaux de légende réunis en un seul bijou. Le Soleil, un diamant de deux cent quatre-vingts carats de l'eau la plus pure au passé mouvementé. Il a été découvert au XVIe siècle en Inde, dans la région du Deccan. La pierre brute, qui pesait plus de huit cents carats, a été trouvée par deux frères, puis l'un a tué l'autre, comme Caïn et Abel. Le survivant a ensuite mené une vie misérable. Sa femme et ses enfants ont péri noyés, ne lui laissant en guise de consolation que la pierre.

Adrianne s'abstenant de tout commentaire, Philip remplit leurs deux verres avant de poursuivre son récit.

— Selon la légende, l'homme est devenu fou et a offert la pierre au diable. Que le diable l'ait prise ou pas, il n'en demeure pas moins que l'infortuné est mort assassiné, et sa pierre maudite a commencé ses longs voyages. On a retrouvé sa piste d'Istanbul au Siam, en Crète et dans des dizaines d'autres endroits exotiques, où elle a laissé derrière elle un sillage de sang et de trahisons. Jusqu'au jour où, les dieux enfin apaisés, elle a fini par se fixer au Jaquir, en 1876.

— Mon arrière-grand-père l'avait achetée pour son épouse favorite, intervint Adrianne, à un prix équivalant aujourd'hui à un million et demi de dollars. Il l'aurait payée plus cher si cette pierre n'avait pas cette sinistre réputation. À l'époque, ajouta-t-elle, une bonne partie de la population du Jaquir mourait de faim.

— Votre arrière-grand-père n'a été ni le premier ni le dernier monarque à dédaigner ce genre de considérations, observa Philip. C'est à ce moment-là que la pierre a été taillée par un Vénitien qui, soit par maladresse, soit qu'il fût trop impressionné par la taille du diamant, en a perdu plus qu'il n'aurait dû. Il a eu les mains tranchées et pendues autour du cou avant d'être abandonné dans le désert. La pierre, elle, a survécu pour être ensuite réunie à une perle aussi ancienne pêchée dans le golfe Persique. Une sphère parfaite, d'un orient indescriptible, brillante comme trois cents carats de lune. Le diamant étincelle, l'éclat de la perle irradie et, selon la légende, la magie de la perle combat celle du diamant. Leur dualité est comme celle de la guerre et de la paix, du feu et de la neige. Ou simplement comme Le Soleil et La Lune, dit-il en levant son verre.

Adrianne but elle aussi une gorgée de vin pour adoucir sa gorge desséchée. Parler du collier l'exaltait et la bouleversait à la fois. Elle revoyait le bijou au cou de sa mère et imaginait ce qu'elle ressentirait quand elle le tiendrait au creux de ses mains. Magique ou pas, légende ou réalité, il serait à elle.

— Vous avez bien appris votre leçon.

— Je n'en ai pas eu besoin. Je sais tout ce qu'il faut savoir sur Le Soleil et La Lune, comme je n'ignore rien du Koh-i-noor ou d'autres pierres mondialement célèbres. Des pierres que je peux admirer, convoiter, mais pour lesquelles je ne risquerais pas ma vie.

— Quand on a pour seule motivation l'argent ou le désir de posséder, on peut résister à tout, même aux plus beaux diamants.

Adrianne se leva. Philip la fit rasseoir plus fermement qu'il ne l'aurait voulu. Le regard qu'il posa sur elle n'exprimait plus du tout l'amusement.

— Quand on n'obéit qu'à la vengeance, on doit y résister. La vengeance trouble l'esprit et empêche de raisonner de sang-froid. Toutes les passions, quelles qu'elles soient, poussent à l'erreur.

— Je n'en ai qu'une, répondit-elle. J'ai eu vingt ans pour la cultiver, l'assimiler, la canaliser. Les passions ne sont pas toutes dévorantes comme la flamme, Philip. Certaines sont plus froides que la glace.

Il garda le silence quand elle se leva de nouveau. Mais il se promit de lui prouver avant la fin de la soirée qu'elle avait tort.

19

Adrianne avait du mal à cerner Philip. Il pouvait se montrer sérieux un moment, et frivole celui d'après. Pendant qu'ils regagnaient l'hôtel, il plaisantait sur leurs relations communes. Rien à voir avec l'instant où, au restaurant, il lui avait pris la main en la fixant des yeux comme s'il pouvait la plier à sa volonté par la seule force de son regard. Ce badinage au clair de lune balayait jusqu'au souvenir de ce qu'ils s'étaient dit sur le collier et le sang répandu à cause de lui au cours des siècles.

Il était facile, en revanche, de voir comment Philip avait réussi à s'intégrer dans le cercle des riches et des privilégiés. Personne ne pouvait imaginer en lui le gamin des rues élevé sans père et vivant de rapines. On ne reconnaissait pas davantage le cambrioleur audacieux et calculateur. On ne voyait que le parfait homme du monde, oisif de naissance, cultivé et blasé sans affectation, alors qu'il n'était rien de tout cela.

En avoir conscience n'empêchait pas Adrianne de se sentir détendue. Une partie du magnétisme de Philip venait de ce qu'il était aussi capable de troubler une femme que de la faire rire aux éclats. Lorsque la voiture se gara dans le parking de l'hôtel, la jeune femme se surprit à regretter que la soirée s'achève déjà.

— J'étais agacée de vous trouver encore chez moi ce matin, dit-elle en arrivant devant la porte de sa chambre.

— Non, fit-il en lui prenant la clef qu'il introduisit dans la serrure. Vous étiez folle de rage.

— Si on veut, acquiesça-t-elle avec un sourire amusé. Je ne change pas souvent d'avis, mais votre compagnie aujourd'hui m'a fait plaisir.

— Je suis d'autant plus heureux de l'entendre que je vais rester avcc vous, déclara-t-il en entrant derrière elle.

Il posa la clef sur la commode, prit le sac d'Adrianne et le mit à côté.

— Si vous croyez que j'ai l'intention de m'esquiver pour aller reprendre les bijoux St John, s'exclama-t-elle, vous vous inquiétez pour rien.

— Ma présence ici n'a rien à voir avec des bijoux.

Avant qu'elle ait pu l'esquiver, il la saisit aux épaules, descendit le long de ses bras jusqu'à lui prendre les deux mains et mêler leurs doigts d'un geste naturel.

— Non.

— Non quoi ?

Quand il porta une de ses mains aux lèvres de la jeune femme, puis l'autre, elle sentit une onde de chaleur l'envahir.

— Je vous demande de partir.

Il écarta une mèche de cheveux et frôla la peau nue d'Adrianne ; il sentit alors une décharge électrique – sans discerner au juste si c'était lui ou elle qui réagissait ainsi.

— Si je vous croyais, je ne serais pas entré. Savez-vous qu'on vous qualifie d'inaccessible ?

— C'est la raison pour laquelle vous me désirez ? Je vous ai déjà dit que cela ne m'intéresse pas.

— Votre talent pour le mensonge est l'une des qualités que j'admire le plus chez vous.

Il s'approcha plus près, beaucoup trop près.

— Que dois-je faire pour que vous compreniez enfin que vous perdez votre temps ?

— Il suffirait de peu de chose si c'était vrai, Addy. Vous avez une manière de regarder les hommes qui peut leur glacer le sang. Ce n'est pas le regard que vous posez sur moi en ce moment.

Il mit une main sur la nuque d'Adrianne et la sentit se figer. Mais sa bouche frémissait, déjà offerte. À rendre fou le plus blasé des hommes. Quand Philip l'effleura de ses lèvres, la jeune femme sentit son cœur bondir dans sa poitrine et, par un réflexe d'autodéfense, leva une main pour le repousser, mais cette main resta appuyée contre le torse de Philip. En elle, le désir devenait un besoin auquel elle ne pouvait plus résister.

— Je ne peux pas vous donner ce que vous désirez, Philip, dit-elle à regret. Je ne suis pas comme les autres femmes.

— Effectivement, Dieu merci. Et je ne vous demande rien de plus que ce que vous pouvez donner.

Il posa de nouveau ses lèvres sur les siennes, le baiser se fit plus exigeant. Un instant, un court instant, elle céda au désir qui la faisait presque défaillir. Serrée contre lui, le cœur battant, elle fut prête à s'abandonner.

L'instant d'après, elle s'écarta, se détourna.

— L'idée que vous vous faites de moi n'est qu'une image fausse, Philip. Ce genre de... chose n'est pas pour moi.

— Peut-être était-ce vrai jusqu'à présent. Ça ne l'est plus.

Sa fierté avait permis à Adrianne de surmonter les situations les plus difficiles des années durant. Elle lui permit cette fois de parler sans éprouver de honte.

— Je n'ai jamais fait l'amour. Je n'ai jamais voulu.

— Je sais. Je l'ai compris ce matin quand vous me parliez de votre père, de ce dont vous aviez été témoin entre votre mère et lui. Rien de ce que je pourrais dire n'en effacera ni n'en adoucira le souvenir, sauf qu'entre un homme et une femme cela ne se passe pas toujours de cette manière. Cela ne *doit* pas se passer ainsi.

Il appliqua avec douceur sa main sur la joue de la jeune femme. Elle ferma les yeux, se laissa pénétrer par la chaleur de ces doigts sur sa peau. Elle avait toujours dominé ses sentiments, maîtrisé son destin. Ce soir, Philip lui paraissait en faire désormais partie.

— J'ai peur, murmura-t-elle.

— Moi aussi.

— Je ne vous crois pas, dit-elle en rouvrant les yeux. Pourquoi avoir peur ?

Il l'attira de nouveau contre lui, lui caressa les cheveux en s'efforçant de penser à sa fragilité plutôt qu'à la force mentale et physique qui l'avaient fasciné dès le début.

— Parce que vous comptez beaucoup pour moi. Beaucoup trop, peut-être. Nous pouvons passer la nuit à l'analyser, à en discuter. Ou vous pouvez me laisser vous aimer.

Ce n'était pas un choix qu'il lui offrait. Adrianne avait toujours cru à la destinée, qui avait été à l'origine de son départ du Jaquir, et qui déterminerait son retour. Sa destinée voulait maintenant que la jeune femme passe la nuit avec Philip, même si ce ne devait être que cette seule nuit, afin d'apprendre enfin ce qui pousse les femmes à faire don aux hommes de leur cœur – et de leur liberté.

Adrianne prévoyait un déchaînement de passion. La passion, elle la comprenait, elle la connaissait. Son éducation sexuelle avait été faite très tôt par les conversations crues du harem et les allusions grivoises autour d'une tasse de thé. Les femmes se disaient aussi affamées de plaisir que les hommes, bien que trop rarement assouvies à leur gré. Il lui en était resté l'image de corps en sueur entremêlés, d'une agitation frénétique entrecoupée de soupirs, de préférence dans le noir. Aussi, quand Philip posa de nouveau ses lèvres sur les siennes, elle était prête à se laisser emporter par un torrent de sensualité.

Elle s'attendait si peu à un baiser plus léger que l'effleurement d'un papillon qu'elle rouvrit les yeux. Philip vit dans ce regard la surprise mêlée au désir, un désir qui croissait chaque fois qu'il la provoquait en l'embrassant à nouveau, de façon à peine plus appuyée. En réfrénant son propre désir, il lui laissait le temps de se ressaisir. Pas de hâte, pas d'agressivité, surtout avec elle, surtout en ce moment. Ce soir, il voulait user de toute la patience, de toute la virtuosité que sa longue expérience des femmes lui avait permis d'acquérir.

Se laissant guider sur ces chemins inconnus qu'elle avait tant redouté de parcourir, Adrianne en découvrit peu à peu les charmes et les émerveillements. Philip prenait, bien sûr, mais il donnait davantage, et les ondes de plaisir qui la parcouraient l'amenaient à donner à son tour. Tout était nouveau pour elle et, pourtant, étrangement familier. La sensation de ce corps d'homme contre le sien n'avait rien d'effrayant, contrairement à ce qu'elle avait craint. Le mot viol ne lui vint pas même à l'esprit lorsqu'il la toucha à l'endroit qu'aucun homme n'avait jamais touché.

Outre le plaisir des sensations et celui de leur découverte, un sentiment de plénitude, si intense qu'il l'étouffait, la laissait sans recours contre sa propre volonté, dont le contrôle lui échappait. Elle s'était attendue à une douleur, au moins à une gêne, mais elle n'éprouvait rien de plus que ce sentiment confus qui la désorientait et accroissait son besoin de l'éprouver toujours plus intensément. Elle luttait et se contractait quand soudain elle se sentit se relâcher, s'abandonner avec avidité au torrent de plaisir qui la balayait, lui apportait une ivresse de liberté et la soif de s'y livrer sans retenue. Et lorsque enfin Philip se fondit en elle, le choc de la surprise fut si bref qu'elle n'éprouva plus qu'un plaisir trop intense pour ne pas vouloir le partager avec l'homme qui le lui offrait.

Celui-ci ne pouvait pas lui avouer que, en cet instant, leurs corps lovés, imbriqués l'un dans l'autre, il se sentait plus vulnérable qu'il ne l'avait jamais été dans sa vie – et prêt à prendre pour elle tous les risques.

Plus tard, étendue près de lui, Adrianne tenta de remettre de l'ordre dans le chaos de ses pensées. Ce qu'elle venait de vivre ne devait pas prendre une telle importance et ne pourrait rien changer. Il était ridicule de croire autre chose. Dans son pays natal, une femme de son âge serait déjà mariée depuis des années et, si Dieu l'avait voulu, aurait déjà porté de nombreux enfants. Ce qui s'était passé ce soir entre Philip et elle n'était qu'une fonction naturelle. Une femme n'existait, après tout, que pour donner à un homme du plaisir et des fils...

Elle réagissait en femme du Jaquir ! En prendre conscience la choqua au point de lui laisser dans la bouche un goût si amer qu'il estompa celui de l'homme couché à côté d'elle. Atterrée, elle se tournait, prête à fuir, quand elle sentit le bras de Philip se poser sur elle.

Appuyé sur un coude, il étudiait le visage de la jeune femme. Sous l'éclat de la sensualité assouvie, il discernait des secrets, des regrets peut-être, qu'il ne pouvait deviner.

— Je t'ai fait mal ?

Ce n'était pas sa première pensée, mais il n'était pas plus disposé qu'elle à livrer ses propres secrets.

— Bien sûr que non.

Il lui caressa une joue. Elle ne se déroba pas, ne l'encouragea pas non plus. Il aurait voulu qu'elle parle, qu'elle lui donne un simple signe des sentiments qu'elle éprouvait, de ce qu'elle attendait de lui. Mais elle garda le silence, un silence qui s'éternisa, de plus en plus malaisé.

— Tu ne m'oublieras pas, tu sais, dit-il à mi-voix. On n'oublie jamais son premier amant.

Il y avait juste assez de hargne dans ses paroles pour qu'elle comprenne qu'il se dominait, pas assez pour y déceler de la peine.

— Non, je ne t'oublierai pas.

Il la tourna vers lui. Leurs regards se croisèrent, exprimant chacun une sorte de défi.

— Mieux vaut s'en assurer, dit-il avant de lui donner un baiser d'une voracité presque agressive.

Le soleil était déjà haut quand Adrianne se réveilla. Une lassitude à la fois douce et douloureuse lui rappela la nuit écoulée. Elle aurait souri et gardé jalousement cette sensation pour elle comme un gros sac rempli de diamants si, au plus profond d'elle-même, ne subsistait la croyance irrationnelle que la soumission d'une femme au lit signifiait sa soumission dans tous les autres domaines.

Philip était encore endormi à côté d'elle. Elle ne s'attendait pas qu'il reste jusqu'à la fin de la nuit, encore moins qu'il la tienne serrée contre lui pendant tout ce temps. Elle ne s'attendait pas non plus à ce qu'écouter sa respiration paisible soit aussi réconfortant. Dans la lumière du matin, elle étudia son visage en éprouvant... oui, de la tendresse. Une tendresse qu'elle tenta de combattre. Ses doigts lui démangeaient, elle avait envie de lui caresser la joue, de se perdre dans ses cheveux, de le toucher maintenant comme s'il ne s'était rien passé entre eux de réel ni de sérieux pendant la nuit.

Elle tendait la main avec prudence et l'avait à peine effleuré qu'il ouvrait les yeux, lui saisissait le poignet avant qu'elle ait pu reculer, et portait à ses lèvres la main de son amante.

— Bonjour.

Elle se sentit gênée, mortifiée d'avoir été surprise. Idiote.

— Bonjour, dit-elle avec une désinvolture affectée. Nous avons dormi plus longtemps que je ne le voulais.

— Les vacances sont faites pour les grasses matinées. Pour d'autres choses, aussi.

Il la fit rouler sous lui, commença à lui mordiller le cou. Elle ferma les yeux. Il lui était beaucoup plus difficile qu'elle ne l'aurait cru de lutter contre son propre désir, son propre besoin de donner. De se donner. Elle désirait Philip plus encore qu'au sommet du plaisir qu'elle avait atteint pendant la nuit. Avoir goûté à l'amour en sublimait la saveur.

— Quoi d'autre ? Déjeuner, par exemple ? demanda-t-elle en se forçant à sourire.

— Tu as faim ?

— Je dévorerais un bœuf.

— Veux-tu que j'appelle le garçon d'étage ?

— Oui... Non. Je voudrais d'abord prendre une douche et m'habiller. Après, nous pourrions peut-être aller plonger au large de Palancar. Qu'en penses-tu ?

Pour la première fois, elle se méprisa de mentir.

— As-tu retenu un bateau ?

— Non, pas encore.

Il se redressa. Elle se déplaça à peine, juste assez pour que leurs corps ne soient plus en contact.

— Je m'en occupe. Entre-temps, je prendrai moi aussi une douche et je te retrouverai à la salle à manger dans une heure. D'accord ?

— Parfait. Je serai peut-être un peu en retard, ajouta-t-elle, il faut que je téléphone à Celeste.

— Ne tarde quand même pas trop.

Il l'embrassa. Regrettant déjà ce qu'elle s'apprêtait à faire, Adrianne lui rendit le baiser avec passion.

— On peut survivre des jours sans manger, tu sais, commenta-t-il en l'attirant tout contre lui.

— Pas moi, dit-elle en se forçant à rire.

Elle attendit qu'il ait refermé la porte pour relever les genoux et y appuyer sa tête. Elle ne devait pas souffrir. Elle était contrainte d'agir ainsi, et ce ne devait pas être une cause de souffrance. Et pourtant, elle souffrait...

Impatiente, furieuse contre elle-même, elle se leva d'un bond et entreprit de se préparer.

Assis près de la fenêtre de la salle à manger, d'où il voyait sur la plage les adorateurs du soleil s'enduire le corps contre ses méfaits, Philip accorda à Adrianne un délai d'un quart d'heure. Les femmes ne respectent guère la valeur du temps, il le savait. Au bout d'un moment, il se rappela cependant qu'Adrianne n'était pas une femme comme les autres. Un homme qui commence à compter les minutes devrait s'inquiéter de sa santé mentale, pensa-t-il en avalant sa énième tasse de café.

Sa décision était prise, peut-être la première de sa vie qui ne soit pas purement égoïste ni dictée par l'appât du lucre. Il n'allait pas se gâcher la matinée à attendre le moment de la convaincre que cette décision était la bonne. La seule.

Il écrasa sa cigarette dans le cendrier, laissa sa tasse de café et sortit de la salle à manger au pas de charge. Lorsqu'il arriva devant la porte de la chambre d'Adrianne, son impatience se mua en un sentiment de malaise. Te voilà transformé en amoureux transi, se dit-il avec dédain. Il frappa plus fort qu'il n'était nécessaire puis, faute de réponse, manœuvra la poignée de la porte. Celle-ci était fermée à clef, mais il avait sur lui une carte de crédit et de fines pièces de monnaie. Sans même jeter le moindre coup d'œil autour de lui, il se mit au travail.

Il avait à peine ouvert qu'il savait déjà, et il ne chercha pas à retenir une bordée de jurons orduriers en fonçant vers la penderie. Il y avait quelques effluves de parfum, mais elle était vide. Il n'y avait plus un flacon ni un tube sur la coiffeuse.

Philip claqua la porte de la penderie, fourra ses mains dans ses poches. Un instant il resta planté là, tremblant d'une rage impuissante. Lui qui n'avait jamais été violent se laissa aller avec délice à des envies de meurtre. Parvenant enfin à se ressaisir, il décrocha le téléphone et appela la réception.

— Depuis combien de temps Lara O'Connor a-t-elle quitté l'hôtel ? Quarante minutes ? Merci.

Elle pouvait prendre la fuite, se dit-il en reposant le combiné. Mais elle ne courrait jamais assez vite.

Pendant que Philip ruminait encore de sombres idées, Adrianne bouclait sa ceinture dans l'avion. Derrière ses lunettes noires, elle n'avait pas les yeux rouges, car elle ne s'était pas permis de pleurer, mais son regard exprimait le chagrin et les regrets. Philip serait furieux contre elle, bien sûr, mais cela ne durerait qu'un moment. Après, il reprendrait sa route, comme elle reprendrait la sienne. Comme elle devait la reprendre. Les émotions qu'il avait suscitées en elle n'avaient pas de place dans sa vie. Tant que Le Soleil et La Lune ne seraient pas entre ses mains, il n'y aurait de place pour rien d'autre que la vengeance.

20

Il avait neigé sur Londres. Les rues étaient grises de neige boueuse, mais les toits étincelaient de blancheur sous le pâle soleil de l'hiver. Un vent glacial s'évertuait à arracher les chapeaux et les manteaux des piétons qui se hâtaient, courbés, les retenant de leur mieux. Par un froid pareil, un froid qui s'insinuait jusqu'aux os, on n'aspirait qu'à la douce chaleur d'une cheminée et au réconfort d'une bonne bière. Pour Philip, qui transpirait quelques heures plus tôt sous les chauds rayons du soleil mexicain, le contraste était rude.

— Le thé est prêt, mon chéri.

Mary Chamberlain entra au salon et Philip se détourna de la fenêtre pour lui ôter des mains le plateau lourdement chargé. Toutes les friandises qu'il préférait s'y trouvaient et, malgré son humeur sombre, il ne put s'empêcher de sourire. Sa mère avait toujours voulu le gâter, même quand elle n'en avait pas les moyens.

— Il y en a pour une armée, maman.

— Il faut bien que je reçoive correctement ton invité, mon chéri. Mais, avant qu'il arrive, dit-elle en servant le thé dans un délicat service de porcelaine de Meissen, j'ai pensé que nous aurions le temps d'avoir une petite conversation en tête à tête.

Elle ajouta une larme de lait dans la tasse de Philip et se rappela qu'il ne sucrait plus son thé depuis l'âge de douze ans. Qu'il en ait maintenant plus de trente ne cessait de l'étonner. Elle-même ne se sentait guère plus âgée. Estimant comme toutes les mères que son fils était trop maigre, elle lui posa d'autorité deux gâteaux sur son assiette.

— Voilà, dit-elle avec satisfaction. Bois ton thé pendant qu'il est chaud, mon chéri. Il est dur de changer de climat aussi rapidement.

Si la mauvaise humeur de Philip n'avait pas échappé à sa mère, elle savait que tôt ou tard il se confierait à elle.

Il lui obéit machinalement, l'observant par-dessus le bord de sa tasse. Elle avait pris de l'embonpoint, ces derniers temps, mais ces quelques kilos supplémentaires lui allaient bien – il l'avait toujours trouvée trop mince quand il était enfant. Le bleu de ses yeux restait limpide et les quelques lignes qui lui griffaient le visage venaient plus du rire que de l'âge. Mary avait toujours été très gaie.

— Tu as changé de coiffure, remarqua-t-il.

— Oui, répondit-elle avec coquetterie. Elle te plaît, au moins ?

— Beaucoup. Tu es plus belle que jamais.

Elle salua le compliment d'un rire espiègle.

— Merci, mon chéri. Et maintenant parle-moi de tes vacances. Tu n'as pas bu d'eau, là-bas, j'espère, tout le monde dit qu'elle est pleine de microbes. T'es-tu bien amusé, au moins ?

Philip repensa à son expédition dans les gaines d'aération, à ses heures d'attente caché au fond d'un placard. À sa nuit d'amour avec Adrianne...

— J'ai eu de bons moments, se borna-t-il à répondre.

— Rien de mieux que les tropiques pour des vacances d'hiver. Je n'ai pas oublié celles que tu m'avais offertes en Jamaïque en plein mois de février. D'ailleurs, je me demande si je ne ferai pas une croisière cet hiver. Le charmant M. Paddington m'a invitée.

Ramené brutalement à la réalité, Philip sursauta.

— Hein ? Qu'est-ce que tu viens de dire ?

— Que M. Paddington m'a invitée. Aux Bahamas, je crois.

— Tu ne comptes pas aller en croisière avec ce vieux satyre !

— Ne dis pas de bêtises, mon petit Philip. M. Paddington est un homme tout ce qu'il y a de respectable.

— Je n'ai pas l'intention de laisser ma mère se faire séduire par cet individu au beau milieu de l'océan.

— Ce serait pourtant bien agréable ! répondit-elle en pouffant de rire. De toute façon, mon chéri, tu n'en sauras rien. Mais assez parlé de moi. Dis-moi plutôt ce qui te tracasse. Il s'agit d'une femme, j'espère.

Énervé, Philip se leva pour faire les cent pas dans la pièce.

— Non, de mes affaires, bougonna-t-il.

— Je ne t'ai jamais vu tourner comme un ours en cage à cause de tes affaires, voyons ! Serait-ce, par hasard, cette délicieuse jeune femme à qui j'ai parlé au téléphone, la fille de Phoebe Spring ? Ce serait merveilleux, mon chéri.

— Il n'y a rien de merveilleux dans tout cela. Arrête de me voir déjà la bague au doigt ! Pourquoi souris-tu ?

— Parce que je crois que tu es amoureux. Il est grand temps ! Alors, comment te sens-tu ?

— Au trente-sixième dessous.

— Bien, très bien ! C'est exactement ce qu'il faut.

Cette fois, il ne put s'empêcher de rire.

— Tu as toujours su me réconforter, maman.

— Quand pourrai-je enfin la rencontrer ?

— Je ne sais pas. Il y a des problèmes.

— Bien entendu. Le grand amour cause toujours des problèmes.

Il doutait que l'amour, de quelque nature qu'il soit, doive inclure des problèmes concernant un diamant de deux cent quatre-vingts carats et une perle d'une valeur inestimable.

— Parle-moi donc de Phoebe Spring. Que sais-tu à son sujet ?

— Elle était sublime ! Aucune actrice d'aujourd'hui ne peut égaler son glamour, sa présence, s'exclama Mary avec un soupir nostalgique. Pour la plupart, tu sais, les stars ont l'air de gens ordinaires, elles sont un peu plus jolies, peut-être, un peu plus sûres d'elles, mais n'importe qui peut arriver au même résultat en faisant un petit effort. Phoebe Spring, elle, n'a jamais été ordinaire. Attends, je vais te montrer.

Elle se leva et disparut dans une autre pièce, où Philip l'entendit fourrager dans une armoire, ouvrir et fermer des boîtes. Sa mère était collectionneuse jusqu'à l'obsession. Elle gardait tout, des vieux coupons de tissu aux salières. Il se souvenait encore de la passion avec laquelle elle découpait dans les magazines des photos et des articles mettant en lumière toutes les célébrités possibles et imaginables – membres de la famille royale, stars de cinéma, chanteurs à succès, champions sportifs – et qu'elle les collait dans des cahiers. Pour elle, qui n'avait jamais eu dans la vie qu'elle-même et son petit garçon, c'était une manière de se constituer des albums de famille.

Mary revint avec un gros cahier rouge, et souffla dessus pour ôter la poussière accumulée sur la couverture.

— Regarde, dit-elle en s'asseyant à côté de Philip. Voilà Phoebe Spring. Cette photo a été prise à la sortie de son premier film. Elle ne devait pas avoir plus de vingt ans.

Philip se pencha pour mieux voir. La femme sur la photo tenait le bras d'un homme qu'on ne remarquait même pas. On ne voyait qu'elle. Même sur un vieux cliché en noir et blanc, elle rayonnait au point d'éclipser tout son entourage.

— C'est ce film qui a fait d'elle une star, commenta Mary en tournant les pages.

Les photos se succédaient, certaines un peu artificielles dans leur mise en scène, d'autres prises sur le vif, mais la beauté de l'actrice était toujours aussi éclatante. Il irradiait d'elle une sensualité à laquelle, selon les commérages, peu d'hommes avaient su résister puisqu'on lui prêtait des aventures avec des acteurs, des producteurs, des réalisateurs.

— Voici sa photo à la cérémonie des Oscars où elle était nommée. Dommage qu'elle n'ait pas gagné. C'est Cary Grant qui l'escortait ce soir-là. Cela compte, quand même, non ?

— J'ai vu ce film, je m'en souviens. Elle était tombée amoureuse d'un salaud et avait dû lutter contre lui et sa belle-famille pour la garde de ses enfants.

— Moi, je pleurais toutes les larmes de mon corps chaque fois que je le voyais ! soupira Mary. Cette femme était si courageuse dans l'adversité !

Sur une photo, Phoebe Spring faisait une gracieuse révérence à la reine d'Angleterre. Sur une autre, elle dansait avec un bel homme très brun en smoking. Philip n'eut pas besoin d'explications pour deviner qu'il s'agissait du père d'Adrianne. Les traits, le teint, le regard, tout y était.

— Qui est-ce ? demanda-t-il par principe.

— Son mari, le roi Abdul-je-ne-sais-plus-quoi. Elle ne s'est mariée qu'une seule fois, tu sais. Toute la presse en a parlé : comment ils se sont rencontrés à Londres pendant un tournage, comment ils sont tombés amoureux dès la seconde où leurs regards se sont croisés, etc. Il lui faisait livrer deux douzaines de roses blanches tous les jours, ce qui a fini par transformer la suite de l'hôtel en boutique de fleuriste. Il avait retenu un restaurant entier pour dîner en tête à tête avec elle. Un roi, forcément, c'est très romantique.

Mary ne put retenir une larme rétrospective et dut s'interrompre pour se moucher.

— Tout le monde la comparait à Grace Kelly et à Rita Hayworth, puisqu'elle avait quitté le cinéma

pour épouser un roi et le suivre dans ce petit pays je ne sais où, au diable, en tout cas.
— Le Jaquir.

— Oui, c'est cela. Un vrai conte de fées, n'est-ce pas ? Tiens, voilà la photo de son mariage. Elle a vraiment l'air d'une reine.

Phoebe Spring portait une robe à couper le souffle, faite de kilomètres de dentelle et de soie blanches. Même sous le tulle de son voile, ses cheveux brillaient comme la lumière d'un phare. Éclatante de bonheur et de jeunesse, elle tenait à la main une gerbe de plusieurs douzaines de roses blanches. À son cou, éblouissant comme la flamme la plus ardente, un collier, Le Soleil et La Lune, le diamant et la perle disposés au-dessus l'un de l'autre et accrochés à une lourde chaîne d'or guilloché dont l'éclat ajoutait à leur splendeur.

Bien qu'il ait pris sa retraite, Philip sentit ses doigts le démanger et son pouls s'accélérer. Avoir ces joyaux dans les mains, ne serait-ce qu'une minute, devait donner l'impression de posséder le monde.

— Après son mariage, reprit Mary, il n'y a presque plus eu d'articles et de photos dans les journaux. Dans ces pays-là, il paraît qu'il y a une loi ou quelque chose comme cela qui interdit les photos. Bref, on a seulement appris qu'elle attendait un enfant, et ensuite que le bébé était une fille. C'était sans doute ton Adrianne.

— En effet.

— On a eu de moins en moins de nouvelles, jusqu'à ce qu'elle reparaisse à New York quelques années plus tard avec sa fille. Le mariage marchait mal, disait-on. Il y a eu une interview d'elle peu après son retour, où elle disait qu'elle avait eu envie de reprendre sa carrière au cinéma.

Une photo illustrait l'interview. Phoebe était encore belle, mais l'éclat de sa beauté s'était éteint pour faire place à une nervosité et un stress évidents. Adrianne se tenait à côté d'elle. Elle ne devait pas avoir plus de huit ans et semblait menue pour son âge. Elle fixait l'objectif d'un regard volontairement inexpressif et s'accrochait à la main de sa mère, ou peut-être était-ce Phoebe qui s'accrochait à celle de sa fille.

— Tout cela est bien triste, soupira Mary. Après son retour, Phoebe n'a plus fait un seul bon film. Elle se contentait de se dénuder devant les caméras.

La photo suivante montrait une Phoebe visiblement flétrie, avec des pattes-d'oie, un regard absent et un sourire crispé.

— Il paraît même qu'elle a posé nue pour un magazine masculin, reprit Mary d'un ton réprobateur. Elle a eu une liaison avec son agent, parmi d'autres... Selon certaines rumeurs, cet individu convoitait la petite. C'est répugnant pour un homme de son âge.

Mary n'avait rien d'une prude, mais il y avait des bornes à ne pas dépasser. Philip sentit son estomac se nouer.

— Comment s'appelait-il ?

— Grand Dieu, je n'en sais plus rien, ni même si je l'ai jamais su ! Son nom doit être quelque part là-dedans.

— Je peux emporter le cahier ?

— Bien sûr. Mais cela a-t-il vraiment de l'importance, Phil ? Les actes et le caractère de ses parents ne changent rien à la personnalité d'Adrianne.

— Je sais, dit-il en posant un petit baiser sur la joue de sa mère.

— Elle a de la chance de t'avoir rencontré.

— Oui, répondit-il en souriant. Je le sais aussi.

La sonnette tinta dans l'entrée. Philip consulta sa montre.

— Ce doit être Spencer, ponctuel comme d'habitude.

— Faut-il refaire du thé ?

— Pas la peine, il y en a encore, dit Philip avant d'aller ouvrir. Bonjour, Stuart.

Le nez et les joues rougis par le froid, Spencer se hâta d'entrer.

— Quel temps abominable, grommela-t-il. Bonjour, chère madame. Enchanté de vous revoir.

— Venez vite vous réchauffer, cher monsieur. Philip fera le service, je dois sortir faire quelques courses. Il y a d'autres gâteaux à l'office, fit Mary en mettant le vison que son fils lui avait offert à Noël.

— Merci, maman. Comme cela, tu as vraiment l'air d'une star.

Rien ne pouvait lui faire plus plaisir. Avec un sourire ravi, elle lui caressa la joue et se retira.

— Votre mère est une femme charmante, commenta Spencer en s'asseyant.

— En effet. Elle envisage de partir en croisière avec un marchand de légumes en gros du nom de Paddington. Je n'en reviens pas.

— Un marchand de légumes en gros ? Ma foi, elle est assez grande pour ne pas faire de folies. Je vous croyais en vacances, ajouta-t-il en se versant une tasse de thé.

— J'y suis encore.

Spencer leva un sourcil étonné, puis l'autre en voyant Philip allumer une cigarette.

— Je croyais que vous aviez arrêté.

— C'est exact.

— Bon. J'avais hâte de vous mettre au courant de ce qui s'est passé à Paris.

Bien qu'il en soit informé de première main, Philip prit place en face de son supérieur hiérarchique et s'apprêta à écouter.

— Comme vous le soupçonniez, la comtesse était la cible de notre homme. Nous avions placé un agent chez elle comme aide-cuisinier et deux autres en observation dans le quartier. L'individu a dû s'en douter, car il a agi avec trop de précipitation et a déclenché l'alarme. Pour lui, c'est une première.

— En effet.

— Nos hommes à l'extérieur ont pu l'apercevoir, ce qui est aussi une première, mais la description est trop vague pour être exploitable. Ils estiment que l'individu devait être parisien pour connaître aussi bien la ville, mais ils l'ont probablement dit parce qu'ils avaient perdu sa trace.

— Et les bijoux de la comtesse ?

— Toujours en sûreté, déclara Spencer avec un soupir satisfait. Nous lui avons gâché le travail.

— Peut-être plus que cela. J'ai entendu quelques rumeurs.

— Lesquelles ?

Philip lui passa le plat de gâteaux. Spencer hésita à peine avant d'en prendre un et de mordre dedans avec gourmandise.

— Je ne peux rien affirmer, mais il semblerait que notre homme ait un ou plutôt une complice.

Spencer délaissa son gâteau pour saisir son carnet de notes.

— Une femme ? s'étonna-t-il. Nous n'avons rien à ce sujet.

— C'est pourquoi vous avez besoin de moi, capitaine. Je ne connais pas encore son nom, mais je crois savoir qu'elle est rouquine, plutôt mauvais genre et tout juste assez intelligente pour exécuter les ordres, dit-il en souriant à l'idée de la fureur d'Adrianne si elle avait entendu sa description. Je tiens ces renseignements d'une de mes relations. Non, Stuart, ne m'en demandez pas plus. La protection de mes sources fait partie de nos accords depuis le début.

— Je le regrette bien. Quand je pense à tous les petits voyous dont je pourrais débarrasser les rues... Bon, n'en parlons plus. Qu'avez-vous appris d'autre ?

— Que L'Ombre... vous saviez, je pense, que tout le monde l'appelle L'Ombre ?

— Les malfaiteurs aiment se faire passer pour des personnages de roman, grommela Spencer.

— Bref, que L'Ombre prendrait de la bouteille et commencerait à souffrir d'arthrite. C'est la terreur de tous les grands artistes, musiciens, peintres, voleurs. La dextérité leur est indispensable.

— J'aurais beaucoup de mal à compatir.

— Goûtez donc encore un de ces gâteaux, capitaine. On dit dans les milieux bien informés que L'Ombre serait prêt à prendre sa retraite.

La main avec laquelle Spencer avait pris le gâteau s'immobilisa à mi-chemin de sa bouche. Les yeux écarquillés, le capitaine évoqua à Philip un bouledogue se rendant soudain compte que le bel os dans lequel il s'apprêtait à mordre était en plastique.

— Que voulez-vous dire par « sa retraite » ? Il ne peut pas nous faire ça ! Nous le tenions presque, à Paris, il y a deux jours !

— Ce n'est qu'une rumeur, lui rappela Philip.

Avec un juron de dépit, le capitaine reposa le gâteau dans l'assiette et se lécha les doigts.

— Il prendra peut-être simplement des vacances, suggéra Philip.

— Que proposez-vous, dans ce cas ?

— Que nous attendions qu'il se manifeste à nouveau, s'il se décide à se remettre au travail.

Spencer parut mastiquer l'information dans sa tête avant de pouvoir l'avaler.

— Il serait peut-être payant de s'intéresser à cette complice, dit-il enfin.

Philip se promit d'envoyer un généreux chèque à son vieil ami André pour le remercier de sa brillante mise en scène à Paris.

— C'est possible, répondit-il en balayant l'argument d'un geste désinvolte, si vous estimez avoir le temps de coincer toutes les rousses de mauvaise vie peuplant les deux continents. Je sais mieux que personne combien c'est frustrant, Stuart, mais sa dernière mésaventure lui a sans doute fait comprendre qu'il était temps de dételer. Au cours des semaines qui viennent, je devrai régler quelques affaires personnelles. Mais si j'entends la moindre information qui puisse vous être utile, je ne manquerai pas de vous la communiquer aussitôt.

— Je veux mettre la main sur cet homme, Philip.

— Pas plus que moi, Stuart, répondit-il avec un léger sourire. Pas plus que moi, je vous le garantis.

Il était plus de deux heures du matin quand Adrianne regagna son appartement. Le réveillon du Nouvel An d'où elle venait de filer à l'anglaise durerait probablement jusqu'à l'aube. Elle y avait laissé Celeste en compagnie d'un vieil admirateur. Son propre cavalier pour la soirée avait déjà dû se rendre compte de sa disparition, mais elle était sûre que les moyens de se distraire ne lui manqueraient pas.

Elle avait eu du mal à ne pas jeter sur les bijoux des invitées un regard professionnel. Des années durant elle avait admiré les colliers, les bracelets en calculant automatiquement, au dollar près, la somme qu'elle en tirerait. C'était une habitude dont elle devait se départir. Il ne lui restait qu'une opération à exécuter, et les joyaux qui en étaient l'objet elle les avait sous les yeux jour et nuit. Elle les contemplait sur le portrait de sa mère qu'elle avait fait peindre d'après une vieille photo. Elle les sentait déjà au creux de ses mains, à la fois brûlants et glacés.

À son retour du Jaquir, elle deviendrait réellement celle que tout le monde avait toujours cru qu'elle était. Elle partagerait son temps entre les fêtes, les galas de charité, les voyages et les villégiatures à la mode qu'une femme de son rang et de ses moyens était censée fréquenter. Elle y prendrait plaisir, en femme profitant d'une réussite due au fruit de son travail. Mais elle en profiterait seule.

Cette solitude ne lui inspirerait aucun regret. Le succès avait un prix qu'il fallait payer, si coûteux soit-il. En embarquant dans l'avion qui l'emmenait du Mexique, elle avait brûlé ses vaisseaux. Peut-être en avait-elle allumé la mèche des années auparavant.

Philip l'oublierait, si ce n'était déjà fait. Pour lui, elle n'était qu'une femme de plus à son tableau de chasse. Elle n'était pas la première et ne serait certainement pas la dernière. N'entretenant aucune illusion sur ce point, elle en acceptait la réalité.

Son manteau sur le bras, elle gravit l'escalier du duplex. Elle ne pouvait pas se permettre de penser à Philip. Et elle se dit qu'elle pouvait encore moins se permettre de regretter de l'avoir aimé ou d'avoir fermé la porte aux perspectives offertes par cet amour qui était forcément condamné à une impasse. L'amour mène toujours à une impasse. Ce qu'il lui fallait maintenant, c'était dormir. D'un long et profond sommeil réparateur. Dans les jours à venir, elle aurait besoin de toutes ses forces, de toute son expérience, de toutes ses facultés mentales. Son billet d'avion pour le Jaquir était déjà réservé.

Elle entra dans sa chambre sans allumer la lumière, jeta son manteau sur une chaise et commença à dénouer ses cheveux. Dehors, le bruit assourdi de la circulation montait par vagues, lui rappelant le ressac sur la plage. Elle sentait presque l'odeur de la mer, mêlée à celle du tabac et du savon parfumé sur la peau de Philip, quand elle se figea, les bras levés : la lampe de chevet venait de s'allumer.

Avec sa peau dorée contre le blanc de sa robe fourreau, Adrianne ressemblait à une statue taillée dans l'albâtre et l'ambre. Mais Philip, tout en portant nonchalamment un verre à ses lèvres, n'observait que les yeux de la jeune femme. Il vit s'y succéder la surprise et le plaisir avant que le retour de la maîtrise de soi ne chasse ces premières réactions.

— Bonne année, ma chérie.

Il reposa son verre, prit une bouteille de champagne et remplit un second verre, qu'il lui tendit. Vêtu de noir, sa tenue de travail semblable à celle d'Adrianne, il s'était installé comme chez lui, étendu sur le lit, adossé aux oreillers.

Éprouvant à la fois désir, irritation et remords, Adrianne baissa lentement les bras.

— Je ne m'attendais pas à te revoir, dit-elle avec froideur.

— Tu aurais dû. Alors, Addy, on ne porte pas un toast à la nouvelle année ?

Pour prouver à Philip – et se prouver à elle-même – son indifférence, elle s'avança pour saisir la flûte qu'il lui tendait.

— Tu es venu de loin pour boire un simple verre. Si tu y tiens, je te présenterai mes excuses pour mon départ un peu précipité.

— Pas la peine, fit-il en se dominant de son mieux. J'aurais dû savoir que tu étais une froussarde.

— Ce n'est pas vrai.

— Si. Une pitoyable froussarde, doublée d'une égoïste.

Avant même de prendre conscience de son geste, avant même que Philip ait pu le prévoir, elle le gifla. Le bruit parut résonner en écho dans le silence. Au prix d'un effort de volonté Philip parvint à se dominer et leva calmement son verre.

— Cela ne résout ni ne change rien.

— Tu n'as pas le droit de me juger ni de m'insulter. Je suis partie parce que je l'avais décidé. Parce que c'était la meilleure solution. Je refuse de n'être pour toi qu'un divertissement passager.

— Je puis t'assurer, Adrianne, que je ne trouve rien en toi de particulièrement divertissant. Croyais-tu vraiment que je ne m'intéressais qu'à baiser sous les tropiques ?

La grossièreté intentionnelle de sa réponse fit rougir de fureur la jeune femme.

— Disons alors que je n'ai pas le moins du monde envie d'une passade avec le premier venu.

— Emploie le terme que tu voudras, mais je te signale que c'est toi qui as ravalé ce qui s'est passé entre nous à une vulgaire passade.

Entendre ce qu'elle savait être la vérité redoubla sa fureur.

— Et après ? Une ou douze nuits, quelle différence ?

Ne pouvant retenir un juron, Philip happa les poignets d'Adrianne, la bascula sur le lit et l'immobilisa en se laissant tomber sur elle.

— C'était plus et mieux que cela, tu le sais très bien ! Il ne s'agissait ni de luxure ni de viol, et je ne suis pas ton père !

Elle pâlit, cessa de se débattre.

— Parce que c'est cela, n'est-ce pas ? reprit-il. Chaque fois qu'un homme s'approchait un peu trop près, chaque fois que tu étais tentée, tu pensais à ton père ? Pas avec moi, Adrianne. Jamais avec moi.

— Tu ne sais pas de quoi tu parles.

— Vraiment ? Hais-le tant que tu veux, tu en as le droit. Mais je n'admettrai en aucun cas que tu me compares à lui ou à n'importe qui.

Il posa sa bouche sur la sienne, non pas avec la douceur, la tendresse qu'il lui avait manifestées, mais avec une brutalité exigeante et vorace. Incapable de bouger, Adrianne ne pouvait pas lutter et, d'ailleurs, n'en avait pas la moindre envie. Elle sentait son sang commencer à bouillir.

— Ce qui s'est passé entre nous, insista Philip en s'écartant, est arrivé parce que tu le voulais autant que moi, parce que tu en avais envie autant que moi. Ouvre les yeux ! ordonna-t-il. Peux-tu le nier en me regardant en face ?

Elle aurait voulu lui mentir, mais la vérité fut plus forte.

— Non. Mais ce qui s'est passé est passé. C'est fini.

— C'est loin d'être fini, au contraire ! Crois-tu vraiment que c'est la seule colère qui fait battre ton cœur aussi vite ? Crois-tu sérieusement que deux personnes peuvent s'aimer comme nous nous sommes aimés et partir chacune de son côté sans un regard, sans une pensée ? Cette nuit-là, je t'ai montré une manière de s'aimer. Maintenant, je vais t'en montrer une autre.

Adrianne s'attendait à la honte, au dégoût de sa propre dépravation. Elle ne ressentait que la douce chaleur de la volupté. Elle n'aurait jamais soupçonné qu'un homme puisse lui apporter un plaisir aussi intense. Elle l'avait vécu avec avidité, s'y était laissé entraîner avec délectation. Elle savait déjà qu'elle voudrait de nouveau y goûter.

Les yeux clos, elle sentait qu'il la regardait. Elle ne se doute pas de la splendeur du spectacle qu'elle offre, pensait Philip. Les jambes étendues, la peau encore chaude et frémissante, les cheveux épars, elle incarnait la déesse de l'amour. Deux brillants à ses oreilles semblaient lancer des clins d'œil érotiques.

— Ils sont vrais, observa Philip en les caressant.
— Oui.
— Qui te les a donnés ?
— Celeste, pour mes dix-huit ans.
— Tant mieux. Si ç'avait été un homme, j'en aurais été jaloux et il ne me reste pas assez de forces pour que je puisse l'être en ce moment.

Elle rouvrit les yeux, sourit.
— Je ne sais pas quoi répondre à cela.
— Tu pourrais, par exemple, dire que c'était une excellente manière de commencer l'année.

Elle réfréna l'envie de lui toucher les cheveux. Ils luisaient presque comme de l'or dans la lumière tamisée de la lampe.

— Tu dois comprendre que cela, comme tu dis, ne peut rien changer, Philip. Il vaut mieux que tu repartes à Londres.
— Sais-tu que tu as un petit grain de beauté sur la hanche ? dit-il en posant le doigt dessus. Je le retrouverais même dans le noir.

— Écoute, soupira-t-elle en se rapprochant malgré elle de Philip, je dois être pragmatique et je voudrais que tu le sois aussi.

— Excellente idée. Portons un toast au pragmatisme.

— Philip, écoute-moi ! J'ai eu tort de quitter le Mexique comme je l'ai fait. C'était une solution de facilité. Je voulais éviter de te dire certaines choses.

— Ton problème, Addy, c'est que tu te forces à réfléchir au lieu d'écouter tes sentiments. Mais vas-y, dis ce que tu as à dire.

— Je ne peux pas me permettre de m'attacher à toi ni à personne d'autre. Ce que je dois faire exige toute ma concentration. Tu sais aussi bien que moi qu'il est vital de ne pas permettre aux éléments extérieurs d'interférer avec le travail.

— Ah bon ? C'est tout ce que je suis pour toi, un *élément extérieur* ?

Elle marqua une pause avant de répondre.

— Il n'y a pas de place pour toi dans mes projets au Jaquir, Philip. Et même après j'ai l'intention de rester seule. Je ne veux pas bâtir ma vie autour d'un homme, devoir prendre des décisions fondées sur les sentiments qu'il m'inspire. Si tu juges cela égoïste, je le regrette, mais je sais combien il est facile d'oublier jusqu'à sa personnalité.

— Ce que tu dis est judicieux et **très** sensé, Adrianne. Sauf que tu ne prends pas en compte un léger problème : je t'aime.

Elle ouvrit la bouche – sous l'effet de la stupeur ou de l'incrédulité ? se demanda Philip. Elle s'était presque levée quand il la rattrapa.

— Non, tu ne me tourneras pas le dos. Et tu ne te tourneras pas le dos à toi-même.

— Tu te laisses emporter par ton imagination, Philip. Tu as sublimé ce qui s'est passé entre nous pour en faire une sorte de conte merveilleux avec violons langoureux et clair de lune !

— Tu te sentirais plus en sécurité en le croyant ?

— Ce n'est pas une question de sécurité, mais simplement de bon sens. Ne compliquons pas la situation plus qu'elle ne l'est déjà.

Elle mentait, elle le savait si bien qu'elle sentait monter en elle la peur qu'il ne la prenne trop et trop vite au sérieux.

— D'accord, simplifions, proposa Philip en lui prenant le visage entre les mains, avec douceur cette fois. Je t'aime, Addy. Tu devras t'y habituer, parce que tu ne te débarrasseras pas de moi si facilement. Et maintenant, détends-toi. Je vais te montrer comment faire.

21

Réveillée tard, Adrianne cligna des yeux avant de s'habituer à la lumière agressive, s'étira... et vit le bras de Philip se lever avec un cliquetis métallique en même temps que le sien. D'abord incrédule, elle constata avec stupeur que des menottes reliaient leurs deux poignets.

— Espèce de salaud !

— Autrement dit, rien de neuf. Bonjour, ma chérie.

— Qu'est-ce que cela signifie ?

— Simple précaution, pour t'éviter la tentation de te glisser sous la porte. Je t'aime, Adrianne, mais tu ne m'inspires aucune confiance.

— Libère-moi de ces menottes immédiatement !

Il roula sur le côté, leurs jambes se mêlèrent.

— J'espérais te prouver que j'étais capable de te faire l'amour avec une main liée derrière le dos. C'est raté.

— Tu essaieras une autre fois, dit-elle en étouffant un éclat de rire.

— Comme tu voudras.

Sur quoi, il s'étendit paisiblement et referma les yeux.

— Philip ! Je t'ai demandé d'ôter ces menottes !

— Sois tranquille, je le ferai quand il sera temps de nous lever.

— Je refuse d'être enchaînée comme une esclave. Et je dois me lever tout de suite.

— À cette heure-ci ?

— Il est midi passé ! Je me levais toujours de bonne heure avant de te rencontrer.

Tout en parlant, elle étudiait le mécanisme des menottes. Il ne devait pas être très difficile de le forcer – si elle réussissait à traîner Philip jusqu'à sa trousse à outils.

— Te lever de bonne heure ? Mais pour quoi faire ?

— Où as-tu mis cette fichue clef ? demanda-t-elle avec un soupir exaspéré.

— Ça va, ça va, ne te fâche pas.

Elle posa les pieds par terre, tira, retomba à genoux, mais eut la satisfaction de voir Philip s'écraser à côté du lit.

— Bon sang ! grommela-t-il en frottant les parties endolories de son anatomie. Qu'est-ce qu'il y a de si urgent ?

— Si tu tiens à le savoir, je veux, non, j'ai *besoin* d'aller au petit coin ! Et c'est *très* urgent.

— Ah, bon ? Pourquoi ne pas l'avoir dit plus tôt ?

— Je ne prévoyais pas d'être obligée de t'annoncer ce genre de chose ! Ces menottes sont ridicules. Où est la clef ?

— Ah oui, la clef... Dans la poche de mon pantalon.

Il se releva et alla au milieu de la pièce, où il avait jeté son pantalon au hasard la veille au soir, traînant derrière lui une Adrianne furieuse qui ne mâchait pas ses mots.

— Voilà, dit-il en plongeant une main dans une poche, puis dans l'autre. Euh... Tu ne voudrais pas que je te tienne compagnie sur le trône, par hasard ?

Elle s'interdit d'éclater de rire. Au point où elle en était, rire aurait eu des conséquences embarrassantes.

— Philip, la clef !

— Je ne sais plus où je l'ai mise, avoua-t-il. Tu as une épingle à cheveux ?

Quand il descendit un peu plus tard, il ne s'attendait pas à trouver Adrianne, en tenue de jogging, en train de faire griller du bacon à la cuisine. L'odeur seule aurait suffi à le rendre amoureux d'elle.

— Qu'est-ce que tu fais ? lui demanda-t-il, stupéfait.

— Je finis de préparer le petit déjeuner. Le café est déjà prêt.

— Tu sais cuisiner ?

— Évidemment ! Nous avons vécu des années sans domestique, maman et moi. De toute façon, c'est meilleur quand je cuisine moi-même.

— Et tu prépares le petit déjeuner pour moi ?

Gênée, elle alla fourgonner dans le réfrigérateur.

— Pour moi aussi. Qu'est-ce que ça a d'extraordinaire ?

Il se pencha vers elle, lui embrassa la nuque.

— Préparer le petit déjeuner est la plus belle des preuves d'amour, Addy. Tu ne l'as pas encore compris, mais tu m'aimes.

Il n'insista pas pendant le repas et laissa à la jeune femme le temps de se détendre. Assis devant la fenêtre dominant Central Park, ils s'attardaient à boire le café quand les premiers flocons commencèrent à tomber.

— La ville est belle sous la neige. La première fois que j'ai vu de la neige, j'ai eu peur de m'enfoncer dedans jusqu'à ce que maman m'apprenne à modeler un bonhomme de neige. J'aurais bien voulu me libérer ces jours-ci pour te faire visiter New York, mais j'ai trop de choses à régler.

— Emmène-moi faire tes courses, j'adore ça.

— Écoute, si tu pouvais revenir dans une quinzaine de jours, trois semaines tout au plus, j'aurais le temps de te faire visiter des musées, des galeries, de t'emmener au théâtre.

— Je ne suis pas venu pour qu'on me distraie, Addy, mais pour être avec toi.

Elle marqua une pause avant de se jeter à l'eau :

— Je pars pour le Jaquir à la fin de la semaine.

Il alluma une cigarette, aspira une longue bouffée.

— Il faudrait d'abord que nous en discutions, déclara-t-il.

— Non. Je t'informe de mes projets, c'est tout. Si tu ne comprends pas ou si tu n'approuves pas, j'en suis désolée, mais tu ne me feras pas revenir sur ma décision.

Il continua de regarder au-dehors en silence. Un petit garçon promenait son chien dans le parc. Jolie scène, pensa Philip. Lui-même serait heureux de passer la moitié de son temps sur ce continent, dans cette ville. Dans cet appartement. Quand il reprit la parole, il n'était pas poussé par la colère et ne proférait pas de menaces. Il parla avec calme, comme s'il énonçait une évidence.

— Je peux entreprendre certaines démarches, Addy, qui te rendraient difficile, voire impossible un départ de ce pays, surtout pour te rendre dans une région aussi instable que le Moyen-Orient.

Adrianne releva un peu la tête, juste assez pour lui donner un port de reine. Un instant, Philip crut voir le roi en personne.

— Je suis princesse du Jaquir. Si je décide de me rendre dans mon pays natal, ni toi ni personne ne pourra s'y opposer.

— Ce serait fort bien si tu y allais pour ton plaisir. Mais, compte tenu des circonstances, Adrianne, je suis en mesure de t'en empêcher et je le ferai.

— Ce n'est pas à toi de décider.

— Te sauver la vie m'importe, figure-toi.

— Alors tu devrais comprendre que si je ne fais pas ce que je dois faire, autant être morte.

— Ne dramatise pas, je t'en prie, dit-il en lui prenant la main pour la forcer à le regarder en face. J'ai fait des recherches et j'en sais davantage aujourd'hui sur ta mère, ton père, ton enfance.

— Tu n'avais pas le droit de...

— Ce n'est pas une question de droit, l'interrompit-il. Je sais que ces premières années ont été affreuses, mais tu aurais dû les dépasser depuis longtemps.

— Je veux seulement reprendre ce qui m'appartient de droit, en vertu de la loi et de ma naissance. Je veux regagner la dignité dont nous avons été dépossédées, ma mère et moi.

— Tu devrais savoir aussi bien que moi que des pierres ne confèrent aucune dignité à qui que ce soit.

— Tu n'y comprends rien. D'ailleurs, tu en es incapable. Viens avec moi.

Elle l'entraîna au salon, devant le portrait de Phoebe Spring, qui trônait au-dessus de la cheminée de marbre.

Mieux que sur les vieilles photographies collectionnées par sa mère ou dans les films qu'il avait vus, Philip contempla l'actrice dans toute sa gloire. Sa chevelure rousse cascadait jusque sur ses épaules, sa peau blanche comme du lait se détachait sur une robe vert émeraude qui lui laissait les bras et les épaules nues. Son sourire accentuait la courbe voluptueuse de ses lèvres, et une véritable innocence faisait briller ses yeux d'un bleu profond, presque irréel. Aucun homme ne pouvait la voir sans se sentir attiré, bouleversé. Amoureux.

Et, surtout, à son cou, étincelait le collier Le Soleil et La Lune.

— Elle était sublime, Addy. C'est la plus belle femme qu'il m'ait jamais été donné d'admirer.

— Oui, mais elle était bien plus que cela. Elle était bonne, Philip. Foncièrement bonne. Son cœur se brisait face à la souffrance de gens qu'elle ne connaissait même pas. Elle était facilement blessée par un mot dur, un regard malveillant. Tout ce qu'elle voulait dans la vie, c'était rendre les gens heureux. Elle n'avait plus cette allure-là quand elle est morte.

— Écoute, Addy...

— Non, je veux que tu regardes. J'ai fait peindre ce portrait d'après une photo prise la veille de son mariage. Elle était jeune, plus jeune que moi maintenant. Et tellement amoureuse... Tu vois bien que c'était une femme sûre d'elle-même et heureuse de vivre.

— Oui, je le vois. Mais le temps passe, Addy. Tout change.

— Il n'a pas été question de temps, pour elle, ni d'un changement naturel. Elle m'a dit un jour l'impression qu'elle avait eue en portant ce collier pour la première fois. Elle s'était sentie vraiment reine. Elle n'attachait aucune importance au fait d'avoir délaissé tout ce qu'elle avait connu jusque-là, son pays, sa carrière, pour aller dans un autre pays, vivre sous des règles et des coutumes qui lui étaient étrangères. Tout ce qui comptait pour elle, c'était d'être amoureuse et de se sentir véritablement une reine.

Philip leva une main, caressa la joue d'Adrianne.

— C'est ce qu'elle était.

— Non, répondit Addy en lui prenant le poignet. Elle n'était qu'une femme naïve, qui avait un cœur d'or, qui avait peur des côtés sombres de la vie. Elle avait réussi à devenir célèbre, à être admirée, et elle a tout abandonné pour suivre cet homme. Ce collier était un symbole, celui de la promesse d'Abdul de s'engager envers elle comme elle s'engageait envers lui. Le lui avoir repris signifiait qu'il violait ses engagements, qu'il renonçait à elle – et à moi. Il l'a repris parce que le divorce ne lui suffisait pas, parce qu'il voulait effacer leur mariage et faire comme s'il n'avait jamais eu lieu. Il l'a dépouillée de ce qui lui restait de sa dignité – et moi de mes droits de naissance.

Philip entraîna Adrianne vers le canapé, s'assit en gardant les mains de la jeune femme dans les siennes.

— Viens t'asseoir cinq minutes, Addy. Je comprends ce que tu ressens. Longtemps, j'ai cherché mon père en regardant tous les visages inconnus. J'ai passé ma jeunesse à le haïr d'avoir abandonné ma mère et refusé de reconnaître mon existence. J'ignore ce que j'aurais fait si je l'avais retrouvé. Tout ce que je sais, c'est qu'il arrive un moment où il faut se résoudre à vivre par et pour soi-même.

— Tu as toujours ta mère, Philip. Ce qui lui est arrivé ne l'a pas détruite. Tu n'as pas été forcé de la voir décliner, de la voir mourir à petit feu. Si tu savais combien je l'aimais, et tout ce que je lui dois.

— Il n'y a pas de dettes à régler entre un parent et un enfant.

— Elle a risqué sa vie pour moi, comprends-tu ? C'est essentiellement pour moi qu'elle a quitté le Jaquir. S'il l'avait rattrapée, c'en aurait été fini d'elle. Il ne l'aurait pas tuée, il n'aurait pas osé aller jusque-là, mais elle aurait préféré mourir. Il aurait mieux valu pour elle qu'elle meure le plus vite possible.

— Je comprends, Addy. Mais même si tu l'aimais, même si tu crois lui devoir beaucoup, cela ne vaut pas la peine de risquer ta propre vie. Demande-toi si elle l'aurait souhaité.

— Sans doute pas. Mais cela ne change rien à ce que je veux, moi. Ce collier est à moi, je le reprendrai.

— Admettons que tu réussisses à quitter le Jaquir avec le collier. Tu ne pourras jamais t'en vanter, encore moins le porter.

— Je ne le reprendrai ni pour le garder ni pour le porter. Je le lui prendrai pour qu'il sache enfin à quel point je le hais.

— Crois-tu vraiment qu'il s'en souciera ?

— Non. La haine de sa fille, la personne même de sa fille n'a aucune importance pour un homme comme lui. Une fille n'a aucune valeur, c'est tout au plus une marchandise, une monnaie d'échange dans des tractations politiques. Mais Le Soleil et La Lune a pour lui une importance capitale. Rien n'a plus de valeur au Jaquir. Il ne s'agit pas d'une valeur monétaire, elle est inestimable, mais d'une valeur symbolique. Ce collier est un symbole de fierté et de force. Si la famille royale en était dépossédée, cela pourrait entraîner des révolutions, des bains de sang, peut-être même la chute du pouvoir. Les troubles qui cernent aujourd'hui le Jaquir franchiraient les frontières et balaieraient tout.

— C'est de ton père que tu veux te venger, ou du Jaquir ?

Adrianne avait proféré sa tirade comme en transe. La question de Philip la ramena à la réalité, et son regard s'éclaircit.

— Je pourrais avoir les deux, mais cela dépendra de lui. Abdul ne risquera jamais son royaume ni son orgueil. Ce sera son orgueil, en fin de compte, qui lui dictera sa conduite.

— Son orgueil peut aussi bien lui dicter de se venger de toi.

Elle se leva, lui tendit la main, le ramena en face du portrait.

— Je sais, et j'en accepte le risque. Car il y a autre chose. Une chose à laquelle j'attache une grande importance. Ce que je vais te dire, je n'en ai même pas encore parlé à Celeste. Il y a six mois, j'ai acheté une ruine dans le Lower East Side, un hôtel dont ne subsiste que la carcasse. Il me faudra un million de dollars pour restaurer le gros œuvre, un million et demi pour aménager l'intérieur. Je ne compte pas en refaire un hôtel, mais une clinique et un refuge pouvant loger plus de trente femmes et enfants n'ayant aucun autre recours. La Fondation Phoebe Spring pour les victimes de violence emploiera des médecins, des thérapeutes, les meilleurs spécialistes que je pourrai y attirer.

— C'est un projet admirable, Addy, mais...

— Non, laisse-moi finir ! Peux-tu comprendre ce que c'est de n'avoir nulle part où se réfugier ? De rester avec son bourreau parce qu'on ne sait pas quoi faire d'autre ? Parce que, avec le temps, on s'est habitué aux coups, aux humiliations au point d'en arriver à croire qu'ils sont mérités ?

— Non, admit-il, je ne le peux pas.

— J'ai vu des femmes et des enfants dans cet état-là, Philip. Meurtris à l'âme et au cœur plus encore qu'au corps. Ils ne sont pas tous dans la misère, ils ne sont pas tous illettrés, mais ils ont tous en commun le désespoir et l'impuissance, dit-elle avec passion. La Fondation pourra en héberger une trentaine et en traiter le double en consultations simples. Plus tard, j'espère, nous pourrons augmenter notre capacité. Le personnel sera composé de collaborateurs rémunérés et de bénévoles. Les patients paieront en fonction de leurs ressources, mais nous ne refuserons personne.

Philip garda le silence. Dehors, la neige tombait, de plus en plus dense, le vent sifflait rageusement.

— Reprendre ce collier, poursuivit Adrianne, est un acte que j'ai le devoir d'accomplir. Ne me prête pas de mobiles admirables, c'est de la vengeance pure et simple. Quand ce sera fait, je serai satisfaite. Je ne garderai pas le collier, je n'en ai pas besoin. Abdul pourra le récupérer s'il le veut, mais il devra en payer le prix : cinq millions de dollars. Ce n'est qu'une fraction de sa valeur, je sais, mais cela me suffira pour reconstruire le refuge, rendre à ma mère sa dignité perdue et prendre ma retraite en jouissant d'une certaine aisance. Je veux, j'ai besoin d'atteindre ces trois objectifs, Philip. J'ai passé dix ans de ma vie à m'y préparer, tu ne pourras rien faire, rien dire pour m'en empêcher.

— Qu'est-ce qui te fait croire qu'Abdul paiera ? Même si tu réussissais à prendre le collier et à quitter en vie le Jaquir, il n'aurait qu'à notifier le vol aux autorités.

— Et admettre publiquement qu'il a violé la loi en gardant ce qui appartenait à ma mère ? répondit-elle en esquissant un sourire de triomphe. Admettre publiquement qu'une femme, sa fille par-dessus le marché, a été plus habile que lui et l'a ridiculisé ? Qu'il veuille m'humilier, qu'il veuille même me tuer, sans doute, mais il fera passer avant tout le collier et son orgueil.

— Il peut avoir les moyens d'accomplir les trois.

Malgré la chaleur de l'appartement, Adrianne frissonna.

Une fois encore, Philip garda le silence. Il comprenait maintenant pourquoi elle avait voulu le mettre au courant de ses projets et il ne pouvait, en effet, que s'incliner face à une telle détermination. Mais il lui restait une solution. Jusqu'à présent, toutes ses décisions avaient été dictées par l'appât du gain personnel. Il ne l'avait jamais regretté. Il espérait ne pas avoir à regretter cette décision-ci, la seule que l'altruisme lui ait jamais dictée.

— Tu as les plans du palais ?
— Bien sûr.
— Les spécifications du système de sécurité, les horaires des rondes, les issues ?
— Je connais mon métier.
— Montre-les-moi.
— Pour quoi faire ? Je n'ai pas besoin de conseils.
— Je n'entreprends jamais une opération sans avoir d'abord étudié tout ce qu'il faut savoir. Nous étalerons les papiers sur la table de la salle à manger.
— De quoi parles-tu ?
— Ça devrait être évident. Je pars avec toi.
— Non ! J'irai seule.

Il lui prit le poignet avant qu'elle puisse s'esquiver.

— Mes honoraires seront très raisonnables, je te le garantis.
— Je ne plaisante pas, Philip ! J'ai toujours travaillé seule.

— Ton orgueil t'égare, ma chérie, dit-il en lui embrassant la main.

— Arrête, ce n'est pas drôle !

Elle se dégagea d'une secousse, courut vers l'escalier. Quand il la rejoignit, elle faisait rageusement les cent pas dans sa chambre.

— J'ai passé la moitié de ma vie à préparer ce travail. Je connais les risques, le pays, sa culture. C'est *ma* vie qui est en cause, Philip. Je ne veux pas de toi dans cette histoire. Je ne veux pas risquer d'avoir ton sang sur les mains.

Avec désinvolture, il s'allongea sur le lit.

— Ma chère petite, je crochetais des serrures quand tu jouais encore à la poupée. J'avais gagné mon premier million de livres quand tu essayais ton premier soutien-gorge. Tu es peut-être experte, Addy, et même excellente, mais tu ne seras jamais moitié aussi bonne que moi.

— Espèce de salaud égoïste et vaniteux ! Je suis aussi bonne que toi et même meilleure que tu ne l'as jamais été ! Et moi je n'ai pas passé ces cinq dernières années à me tourner les pouces et à tailler mes rosiers !

— Et moi je ne me suis jamais fait prendre, dit-il en souriant.

— Moi non plus ! Et puis ce n'est pas pareil, poursuivit-elle, hargneuse, en voyant s'élargir le sourire de Philip. Tu n'avais que de vagues soupçons jusqu'à ce que je décide de tout te dire.

— Tu as été négligente quand tu t'es introduite dans ma chambre pour reprendre ton collier. Négligente, car aveuglée par la colère. Tu as laissé tes sentiments prendre le pas sur le professionnalisme.

Si la vengeance est ton objectif, elle est aussi l'un des sentiments les plus puissants, donc les plus nuisibles. Tu n'iras pas au Jaquir sans moi.

— D'abord, tu as pris ta retraite.

— Je me remets dans le jeu, temporairement. Tu m'as demandé une fois si je n'avais pas envie de faire un dernier travail, un travail exceptionnel. Eh bien, ce sera celui-ci.

— C'est le mien ! Trouves-en un autre pour t'amuser.

— Je te laisse le choix : tu iras au Jaquir avec moi ou tu n'iras pas. Je n'ai qu'à décrocher le téléphone. Je connais à Londres un homme qui serait enchanté de faire ta connaissance.

Partagée entre la fureur et l'incrédulité, Adrianne s'assit sur le lit.

— Tu me ferais ça ? Après tout ce que je t'ai dit ?

Elle avait oublié qu'il avait de bons réflexes.

— Je ferai ce que je dois faire, dit-il en la ceinturant pour l'attirer contre lui. Je t'aime, c'est la première fois que cela m'arrive et je n'ai aucune intention de te perdre. J'ai aménagé ma maison de campagne en pensant à toi sans le savoir. Quoi que je doive faire pour t'y amener, tu y seras avec moi le printemps prochain.

— Eh bien, je t'y rejoindrai au printemps, répondit la jeune femme, désarçonnée. Je t'en donne ma parole. Mais je ne supporterais pas qu'il t'arrive quoi que ce soit par ma faute.

— Pourquoi ?

Adrianne fit un geste évasif, se leva. Philip s'interdit de bouger.

— Bien, ce n'est pas urgent. Mais écoute-moi : tu n'as qu'une seule solution, y aller avec moi. J'ai fait l'effort de comprendre pourquoi tu attaches une telle importance à ce voyage et pourquoi tu ne peux pas reculer. Je te demande seulement de faire l'effort de comprendre pourquoi c'est important pour moi également.

Elle se rassit au pied du lit. En cet instant, Philip ressemblait tellement à l'homme qu'elle avait vu la première fois, habillé de noir dans le brouillard londonien, qu'elle eut un pincement au cœur et tendit la main pour la poser sur sa joue.

— Tu es un incorrigible romantique, Philip.
— C'est bien possible.
— Bon, soupira-t-elle. Je vais chercher ces plans.

Les plans et les notes d'Adrianne étalés sur la table, Philip la questionna point par point, revenant en arrière quand il fallait préciser un détail, développer une explication. Pendant ce temps, la neige ne cessait de tomber. L'obscurité venue, ils allumèrent les lampes et refirent du café. Cette ambiance studieuse, ponctuée des cliquetis du clavier de l'ordinateur et des touches de la calculette, évoquait davantage une séance de travail que la préparation d'un cambriolage. À l'occasion d'une pause pour manger des sandwichs, Philip mit à jour ses propres notes.

— Reprenons encore une fois, veux-tu ? Comment peux-tu être sûre que le système de sécurité n'a pas été modernisé ?

— J'ai gardé des contacts à l'intérieur, des cousines, des tantes. Quand le fils d'Abdul…

— Ton frère Fahid ?

Elle ne voulut pas se laisser attendrir en pensant au petit garçon qui avait été en adoration devant elle.

— Le fils d'Abdul, répéta-t-elle. Quand il est venu faire ses études en Californie, nous nous sommes revus de temps en temps. J'ai pu lui soutirer quelques informations. Comme les autres membres de la famille royale qui voyagent à l'étranger, Fahid se considérait comme très évolué, très américanisé, du moins tant qu'il portait des jeans et conduisait une Porsche. Il voulait qu'Abdul procède à des réformes politiques et culturelles. Il se plaignait en particulier que le palais restait pratiquement inchangé depuis des siècles. Il y a toujours des gardes armés, alors qu'un bon système d'alarme électronique serait tout aussi efficace.

— Pour l'extérieur, du moins.

— Oui. Les gardes et la situation du palais suffisent à en assurer la sécurité, surtout parce que personne au Jaquir n'oserait s'y attaquer. Il y a des remparts de ce côté-ci, dit-elle en les désignant sur le plan, la mer de l'autre côté. Une approche discrète par l'extérieur est donc difficile, voire impossible. C'est la raison pour laquelle je compte faire valoir mon droit de loger à l'intérieur.

— Redonne-moi les détails sur la chambre forte.

— Elle a plus de cent ans. Elle fait environ cinq mètres sur cinq, elle est étanche et insonorisée. Au début du XXe siècle, une femme adultère y avait été enfermée pour y mourir seule au milieu d'un monceau de bijoux. Depuis, on n'appelle plus cette pièce la salle du trésor, mais la tombe de Berina. La porte a été modernisée peu après la fin de la Seconde Guerre mondiale. Elle a trois serrures : deux à combinaison et une à clef, une clef ordinaire. Le roi la porte toujours sur lui comme symbole de son pouvoir d'ouvrir ou de fermer.

— Et l'alarme ?

— Elle date des années 70, quand le pétrole a fait venir les infidèles au Jaquir et dans tout le Moyen-Orient.

— Les infidèles ? s'étonna Philip, amusé.

— Les hommes d'affaires américains, si tu préfères. Comme dans tous les pays musulmans, ils sont à la fois exploités et méprisés. Mais le Jaquir avait un pressant besoin de leur technologie pour tirer profit de son pétrole. L'argent, qui coulait à flots, a permis quelques progrès dans certains domaines : l'électricité, les routes, une amélioration de l'éducation et de la santé. Les étrangers n'ont pourtant jamais réussi à inspirer confiance. Le système d'alarme a été installé pour les empêcher de pénétrer dans le palais sans autorisation, ou pour que personne au palais ne fraternise avec des Occidentaux. Il protège donc surtout l'enceinte, mais la chambre forte a été équipée aussi. D'un système élémentaire, d'ailleurs. Les circuits peuvent être shuntés et désactivés ici et là, expliqua Adrianne en désignant les emplacements sur un autre plan. Je préfère cette solution à celle de couper les fils, car il s'écoulera sans doute un certain temps entre le vol et le moment où je pourrai quitter le pays.

— Cela règle le problème de l'ouverture de la porte, pas celui de l'intérieur de la pièce.

— J'ai préparé une télécommande pour désactiver l'alarme intérieure. Elle n'est pas beaucoup plus compliquée qu'une télécommande de téléviseur, mais il m'a fallu près d'un an pour la mettre au point.

— Et tu es certaine d'avoir réussi ?

— Je m'en suis servie chez les Barnsworth l'année dernière, dit-elle avec un sourire entendu. L'électronique est une de mes spécialités.

— Oui, je m'en suis rendu compte.

— Avec cet équipement, je peux neutraliser l'alarme jusqu'à une cinquantaine de mètres de distance. Le seul problème est d'ordre humain. Les gardes patrouillent à l'intérieur du palais aussi bien qu'à l'extérieur. Tant que je n'y serai pas, je ne connaîtrai pas leurs horaires.

— Y a-t-il des caméras de surveillance ?

— Aucune. Abdul a horreur des caméras.

— Et ça, qu'est-ce que c'est ?

— Un vieux tunnel qui relie le harem aux appartements du roi. Une femme pouvait ainsi sortir du harem sans risquer d'être vue.

— Il est encore utilisé ?

— Peut-être. Pourquoi ?

— Je pense simplement aux itinéraires de repli. À quelle hauteur se trouve cette fenêtre ?

— Une vingtaine, peut-être une trentaine de mètres. Elle donne à pic sur les rochers et sur la mer.

— Je préfère le harem.

— C'est vrai, tu ne risques que la castration si on t'y surprend, s'exclama Adrianne en tendant à Philip un petit livre. Voici un excellent guide sur les coutumes du pays. Tu ferais bien de le lire avec attention si tu ne veux pas te retrouver dans une cellule sans air et sans lumière pour avoir effleuré le bras d'une femme dans la rue ou pour avoir posé la mauvaise question à la mauvaise personne.

— Merci, tu me rassures.

— Tu ne peux pas comprendre un endroit pareil, Philip ! Tu seras seul à l'extérieur pendant que je serai à l'intérieur. Il faudra que je trouve un moyen de te faire savoir que j'aurai réussi. Il faut vraiment que tu lises ce livre, Philip, insista-t-elle. Une fois que nous serons au Jaquir, tu ne pourras plus me parler, encore moins entrer au palais avec moi. C'est la loi, là-bas. En tant que femme, je n'aurai pas le droit d'avoir le moindre contact avec un homme n'appartenant pas à ma famille. Si j'étais mariée, je ne pourrais fréquenter que les hommes de ma belle-famille.

— Il faut que nous trouvions une solution. Et tu devras te débrouiller pour me faire inviter au palais.

— Je ne suis pas particulièrement en position de demander une faveur à Abdul. Il sera forcé de me recevoir pour ne pas se couvrir de honte, mais rien ne l'obligera à accéder à mes demandes.

— Dans ce cas, il faut que tu m'épouses.

— Ne dis pas de bêtises !

Adrianne se leva pour aller remplir la cafetière à la cuisine. Philip la suivit et fouilla dans le réfrigérateur, à la recherche de quelque chose de plus alléchant qu'un sandwich.

— Nous n'avons pas besoin de hâter la cérémonie. Je voudrais d'abord te présenter à ma mère.

— Je ne me marierai jamais !

— D'accord, nous vivrons dans le péché jusqu'à l'arrivée de notre premier enfant. Mais revenons à notre affaire, dit-il en repérant un pot de crème glacée dans le congélateur et en prenant une cuillère dans un tiroir. Nous pourrions simplement être fiancés, au moins pour Abdul.

— Nous ne nous fiancerons pas ! Pas plus pour Abdul que pour n'importe qui d'autre.

— Réfléchis une minute. Ce que je dis n'est pas absurde, tu sais. Au bout de toutes ces années, tu reviens au Jaquir pour faire la paix avec ton père avant ton mariage. Mieux encore, c'est moi qui aurai insisté pour faire le voyage. Je serai ravi de jouer le macho arrogant.

— Tu n'auras aucun mal, ricana-t-elle.

Mais l'idée avait germé. Elle lui prit la glace et la goûta.

— Cela pourrait marcher, admit-elle. Et même nous donner un avantage. Abdul voudra que tu restes au palais pour t'étudier de plus près, parce qu'il sera sûr que son approbation sera déterminante. Si tu tiens vraiment à aller là-bas, autant que tu te rendes utile à quelque chose.

— Trop aimable. Alors, qu'attends-tu pour répéter ton rôle de fiancée douce et soumise pendant que je passe quelques coups de fil ?

— Je préférerais avaler une punaise. Crue.

— Cela ne te ferait quand même pas de mal de t'habituer à dire oui aimablement et à marcher deux pas derrière ton seigneur et maître…

— Je n'ai pas l'intention de m'attarder là-bas plus de quinze jours. Alors, ne prends pas de mauvaises habitudes.

— Je ferai de mon mieux.

— À qui comptes-tu téléphoner ?

— J'ai quelques petites démarches à faire pour obtenir un visa. Ensuite, je voudrais m'assurer que la nouvelle de nos fiançailles se répande le plus vite possible. Uniquement pour soigner notre couverture, Votre Altesse.

— Je ne t'épouserai pas, Philip.

— Je sais, dit-il en se dirigeant vers la porte. Ah ! Une question. Si on me surprend à faire l'amour avec toi, à quoi dois-je m'attendre ?

— Au mieux, à cent coups de fouet. Au pire, à être décapité, ce qui serait le plus probable. Moi aussi, par la même occasion.

— Hum... Il y a là matière à réflexion.

Adrianne le suivit des yeux quand il sortit. Une fois que la porte se fut refermée derrière lui, elle regarda la cafetière avec dégoût. Ce dont elle avait vraiment besoin, c'était un grand verre d'alcool. Fort.

TROISIÈME PARTIE

LE DOUX

« *Tôt ou tard, l'amour est son propre vengeur.* »
Lord B<small>YRON</small>

« *Après l'amer, le doux paraît plus doux.* »
S<small>HAKESPEARE</small>

22

Après dix-sept ans d'interrogations, de calculs et de haine, Adrianne voyait se dérouler à nouveau le tapis azur tacheté de petits nuages blancs de la Méditerranée. La masse de terre de Chypre annonçait que le Jaquir était proche. L'attente touchait à sa fin.

À côté de la jeune femme, Philip s'était assoupi dans le profond fauteuil du jet privé qu'il avait affrété. Il avait ôté sa veste, sa cravate et même ses chaussures afin de pouvoir s'étendre et se reposer pendant la dernière partie du voyage. Adrianne, en revanche, était complètement habillée, lucide et consciente du temps qui s'écoulait.

Peu après le décollage de Paris, ils avaient fait l'amour avec une sorte de rage désespérée – qu'Adrianne, en réalité, avait été seule à éprouver. Elle avait eu autant besoin de ce déchaînement de sensualité et du contact de leurs peaux nues que de l'apaisement qui les avait suivis. Maintenant que son retour, auquel elle s'était préparée depuis si longtemps, était imminent, elle avait peur. Elle ne se l'expliquait pas mieux qu'elle ne pouvait l'expliquer à Philip. Ce n'était pas l'une de ces émotions qui rendent les mains moites et la bouche amère, mais l'une de celles qui nouent l'estomac et amènent derrière les yeux une douleur diffuse, lancinante comme une migraine.

Elle gardait de son père l'image qu'elle avait eue de lui dans son enfance, mêlée au souvenir de l'amour et de la crainte qu'il lui inspirait. Elle le voyait encore tel qu'il était alors, mince et athlétique, avec un visage sérieux qui ne souriait jamais et de belles mains, fines et puissantes.

Presque vingt ans durant, Adrianne avait vécu en Amérique sous des lois, des coutumes et des croyances occidentales. Elle ne s'était jamais permis de remettre en cause le fait qu'elle était ellemême tout à fait occidentale. Pourtant, bien que longtemps occultée, la réalité était que du sang bédouin coulait dans ses veines, et que ce sang pourrait la faire réagir de manière incompréhensible pour une Occidentale.

Adrianne se demandait ce qu'elle deviendrait une fois de retour au Jaquir chez son père, une fois soumise aux lois du Coran et à des traditions imposées par les hommes. Plus aiguë que la peur d'être démasquée, emprisonnée ou même exécutée palpitait en elle la crainte de perdre sa personnalité d'Occidentale, qu'elle avait acquise au prix de tant d'efforts.

C'est cette crainte qui l'empêchait de faire des promesses à Philip, de laisser monter à ses lèvres les paroles qui venaient si facilement à celles des autres femmes. Elle aimait cet homme, certes, mais cet amour ne pouvait s'exprimer par les mots tendres dont usaient les poètes. Pour elle, l'amour restait un sentiment qui affaiblissait trop de femmes et les poussait, au détriment de leurs propres désirs et de leurs propres besoins, à se compromettre afin de satisfaire les désirs et les besoins d'un autre.

L'avion amorça sa descente, la mer parut monter vers lui. Les nerfs à vif, Adrianne posa une main sur l'épaule de Philip.

— Prépare-toi. Nous allons bientôt atterrir.

La tension nerveuse que trahissait la voix d'Adrianne le réveilla instantanément.

— Tu peux encore changer d'avis.

Elle ouvrit son sac de voyage, en sortit un voile et une *abaya*.

— Non, je ne peux pas. N'oublie pas qu'après avoir atterri nous serons conduits à l'aérogare dans deux voitures différentes. Il faudra passer le contrôle de la douane. Ce sera pénible, humiliant, mais le nom d'Abdul nous épargnera le pire. Jusqu'à ce que je sois entrée au palais, je ne te reverrai plus et j'ignore quand j'aurai le droit de te voir à nouveau. Nous ne pourrons avoir aucun contact à l'extérieur. À l'intérieur, comme je suis de sang mêlé et que je suis censée me marier à un Occidental, les règles seront peut-être un peu assouplies. Ne prends surtout pas l'initiative de venir me voir. Si et quand ce sera possible, c'est moi qui viendrai.

Pendant que Philip nouait sa cravate, il voyait Adrianne enfiler l'*abaya* noire qui la recouvrait jusqu'aux pieds. Plus encore que ses yeux ou la teinte de sa peau, ce vêtement faisait d'elle une Orientale et une fille de l'Islam.

— Je te donne quarante-huit heures. Si tu n'as pas trouvé d'ici là le moyen de me contacter, je le trouverai.

Renonçant à mettre le voile sur son visage, la jeune femme se borna à l'attacher autour de son cou. Avec son complet Savile Row, Philip lui apparut tout à coup comme un étranger. Un inconnu, ou presque.

— Fie-toi à mon jugement, Philip. Je n'ai pas l'intention de rester au Jaquir plus de quinze jours ni de partir sans le collier.

— Tu pourrais dire « nous » au lieu de « je ».

— Si tu veux. Je te demande seulement de convaincre Abdul du fait que tu seras un mari parfait. Et n'oublie pas de marchander ma dot.

Philip finit de mettre ses chaussures, s'approcha, lui prit les mains. Elles étaient froides, mais ne tremblaient pas.

— À combien t'estimes-tu ?

— Un million devrait être une bonne base de départ.

— Un million de quoi ? De chèvres ? De chameaux ?

Être capable de pouffer de rire la soulagea.

— De livres sterling, dit-elle en se rasseyant à sa place et en bouclant sa ceinture. Avec la personnalité que tu t'es inventée, demander une somme moins importante serait injurieux.

— Dans ce cas, commençons par le commencement.

Philip sortit un écrin de sa poche, l'ouvrit. Lorsqu'elle découvrit la bague qu'il contenait, Adrianne eut un mouvement de recul. Philip dut lui prendre la main pour glisser le solitaire à son annulaire. Il avait attendu la dernière minute parce que, prévoyant la réaction de la jeune femme, il ne voulait pas lui laisser la moindre chance de refuser.

— Considère cela comme une partie de notre couverture, dit-il.

Le diamant, de plus de cinq carats, était d'une eau si exceptionnelle qu'Adrianne le jugea d'origine russe.

— Une coûteuse couverture, se borna-t-elle à répondre.

— Le bijoutier m'a assuré qu'il serait très heureux de le reprendre pour le même prix.

Elle regarda Philip et vit sur son visage un sourire ironique qui disparut dans le baiser qu'il lui donna. L'avion touchait déjà la piste. L'espace d'un instant, elle voulut ne plus penser qu'à ce baiser et à la promesse dont le symbole étincelait à son doigt.

— Je débarque la première, dit-elle en se levant. Sois prudent, Philip. Je ne veux pas voir ton sang couler sur Le Soleil et La Lune.

— Dans quinze jours, nous serons revenus à Paris et nous boirons une bouteille de champagne. Millésimé.

— Plutôt un magnum, fit-elle en souriant avant de se voiler.

Le changement choqua Adrianne. Elle avait beau savoir que le pétrole enrichissait le Jaquir depuis les années 1970 et que l'Occident imprimait sa marque sur le pays, elle ne s'attendait pas à découvrir autant de buildings de verre et d'acier, de routes goudronnées envahies par la circulation. Lorsqu'elle avait quitté le Jaquir, le bâtiment le plus élevé de Karfia, la capitale, était le château d'eau. Celui-ci était désormais écrasé par les immeubles de bureaux et les hôtels. Cependant, en dépit de cet étalage de modernisme, on sentait que la ville pouvait du jour au lendemain se dissoudre dans le désert si Allah le décrétait.

Des camions sillonnaient les routes, le port était encombré de navires dont les cargaisons s'alignaient sur les quais en attendant d'être dédouanées et transportées vers leur destination. Adrianne savait aussi que, grâce à son habileté politique et à son argent, le Jaquir parvenait à rassurer ses voisins comme ses commanditaires occidentaux et à se tenir à l'écart des troubles de cette région du monde. Si la guerre faisait rage aux frontières, le royaume s'accrochait à sa neutralité, du moins en surface.

Malgré tout, l'essentiel était inchangé, et le Jaquir restait attaché aux traditions. Déjà, à l'aéroport, Adrianne avait constaté que les femmes étaient embarquées avec leurs bagages dans des autocars qui leur étaient réservés et qui les menaient à une porte de sortie distincte de celle des hommes tout en obéissant aux ordres aboyés par les policiers. Elle en était encore témoin dans les rues. Les femmes allaient de boutique en échoppe par petits groupes, parfois sous la surveillance d'un homme de leur famille. Les sourcilleux gardiens de la foi patrouillaient dans les rues, prêts à intervenir au moindre manquement à la règle. Adrianne vit d'ailleurs l'un d'eux prendre à partie une Occidentale qui avait eu le mauvais goût de retrousser ses manches et de dévoiler la peau de ses bras. Le

XXᵉ siècle approchait de son terme, mais le Jaquir était enraciné dans le Moyen Âge.

Des palmiers bordaient les larges avenues neuves où se croisaient par dizaines Mercedes, Rolls-Royce et limousines. La boutique Dior était pourvue de deux entrées, une pour les hommes et une pour les femmes. Les pierres précieuses scintillaient au soleil dans les vitrines des bijouteries. Et, pourtant, symbole de permanence, un homme, en djellaba blanche et coiffé du keffieh, menait dans la ville un âne chargé de sacs.

Après avoir dépassé le marché, la voiture gravit la colline au sommet de laquelle se dressait le palais. Dans ce quartier, le plus élégant de Karfia, certaines maisons s'étaient offert le luxe d'une pelouse. La voiture franchit les grilles du palais sous le regard sombre et inexpressif des gardes. Adrianne remarqua peu de changements, si ce n'est que ses yeux d'enfant avaient conféré aux bâtiments plus de grandeur qu'ils n'en méritaient. Le soleil, qui rendait éblouissants les murs blancs et les toits de tuiles vertes, se reflétait sur les fenêtres aux rideaux tirés contre la chaleur. Les remparts protégeaient le domaine royal du côté de la ville et la mer se brisait à son pied de l'autre. Les jardins luxuriants arrêtaient les regards indiscrets provenant de l'extérieur et, surtout, épargnaient aux femmes le risque de se montrer aux hommes.

Bien que le palais soit pourvu de portes séparées pour les hommes et les femmes, la limousine se dirigea vers l'entrée des jardins plutôt que l'entrée principale. Adrianne en déduisit qu'elle serait déposée au harem avant même de voir son père.

Tous comptes faits, songea-t-elle, cela vaut peut-être mieux.

Le chauffeur, qui était à coup sûr un parent éloigné, lui ouvrit la portière sans mot dire et en détournant soigneusement les yeux. Adrianne quitta la fraîcheur climatisée de la limousine pour plonger dans la fournaise saturée d'odeurs et traversa le jardin sans se retourner. Un jet d'eau gazouillait dans la fontaine que son père avait fait construire pour sa mère l'année de leur mariage. L'eau se déversait dans une petite pièce d'eau où évoluait une carpe grosse comme le bras. Autour du bassin, les fleurs se penchaient, comme attirées par l'eau.

La porte secrète s'ouvrit avant même qu'Adrianne l'atteigne. La princesse entra, passa devant une servante vêtue de noir qui s'inclinait et huma les senteurs de gynécée qui la ramenèrent à ses années d'enfance. La porte à peine refermée derrière elle, Adrianne fit enfin ce qu'elle mourait d'envie de faire pendant le long trajet de l'aéroport au palais : elle ôta son voile.

Une femme sortit de l'ombre, vêtue d'une robe rouge qui aurait été parfaite pour un bal du XIXe siècle.

— Sois la bienvenue, Adrianne, dit la femme en l'embrassant sur les joues. Tu n'étais qu'une enfant la dernière fois que je t'ai vue. Je suis ta tante Latifa, la femme de Fahir, le frère de ton père.

— Je vous reconnais très bien, tante Latifa, répondit la jeune femme en lui rendant ses baisers. J'ai vu Duja il y a quelques semaines. Elle va bien et elle est heureuse en Amérique. Elle vous envoie son affection et ses respects à son père.

Si elle était inférieure à Adrianne par ordre de préséance, Latifa avait eu cinq fils beaux et vigoureux et, par voie de conséquence, avait toujours été honorée et respectée au palais.

— Viens, ma chère enfant, nous avons préparé des rafraîchissements. Les autres ont hâte de t'accueillir.

Dans ce domaine-là aussi, il y avait peu de changements. Adrianne reconnut aussitôt les odeurs mêlées du café aromatisé, des parfums et de l'encens. Sur une longue table recouverte d'une nappe blanche brodée d'or s'amoncelaient des friandises et des douceurs aussi colorées que les robes des femmes. Malgré la température étouffante, le velours concurrençait la soie et le satin. Dans la lumière tamisée, perles et sequins scintillaient, l'or luisait, les bijoux lançaient des éclairs. Pendant les échanges de baisers, les bracelets cliquetaient et les dentelles bruissaient.

Adrianne effleura des lèvres les joues de la seconde femme d'Abdul, celle qui avait rendu sa mère si malheureuse des années auparavant. Adrianne ne lui vouait aucune rancœur. Ici, une femme faisait ce qu'on lui ordonnait de faire, et le ventre de celle-ci, alourdi par une nouvelle grossesse alors qu'elle avait plus de quarante ans, venait le confirmer.

La princesse embrassa des cousines plus ou moins oubliées, des nièces inconnues. Elle embrassa aussi Sara, la dernière en date des épouses d'Abdul, une fillette de seize ans à peine et déjà enceinte. Les bijoux qu'arborait celle-ci n'étaient pas moins coûteux que ceux des autres femmes, Adrianne ne manqua pas de le remarquer. Selon la coutume, un homme pouvait prendre quatre épouses, à condition de les traiter sur un pied d'égalité. Phoebe n'avait jamais été l'égale des autres, mais Adrianne n'eut pas le cœur d'en vouloir à cette toute jeune fille qui n'y était pour rien.

— Voici la princesse Yasmina, lui dit sa tante en posant une main sur l'épaule d'une fillette d'une douzaine d'années aux oreilles ornées de lourds anneaux d'or. Ta sœur.

Adrianne savait qu'elle ferait la connaissance des autres enfants d'Abdul, mais elle ne s'attendait pas à découvrir des yeux ayant la même forme et de la même couleur que les siens. Elle n'était pas non plus préparée au choc de cette ressemblance avec elle-même. Troublée, elle se pencha avec une certaine gaucherie pour embrasser sa demi-sœur.

— Bienvenue dans la maison de mon père, dit Yasmina.

— Tu parles très bien l'anglais.

La jeune princesse leva un sourcil avec une expression qui ne laissa aucun doute à Adrianne : si elle n'était pas encore assujettie au voile, Yasmina se considérait déjà comme une femme.

— Je vais à l'école afin de ne pas être ignorante quand mon père me donnera un mari.

— Tu as raison, approuva Adrianne. Tu me diras ce que tu as appris.

La corvée des embrassades paraissant terminée, la jeune femme se hâta d'enlever son *abaya*. Écartant d'un geste la servante qui accourait, elle plia elle-même le vêtement avec soin – car, dans les coutures de la robe, elle avait caché ses instruments de travail. Yasmina examina d'un regard critique la simple jupe blanche et le chemisier d'Adrianne. Au cours d'une de ses visites, Duja avait montré à la fillette des photos de presse de sa demi-sœur. La petite princesse savait que son aînée était belle, mais regrettait que, pour l'occasion, celle-ci n'ait pas jugé bon de porter quelque chose de rouge et scintillant.

— Nous en parlerons plus tard, Adrianne. À présent, je vais t'emmener voir ma grand-mère.

Derrière elles, les autres femmes s'empiffraient déjà au buffet. Les conversations tournaient autour des bébés présents et à venir et des dernières boutiques à la mode. Rien de changé là non plus.

La reine mère trônait dans un fauteuil doré aux coussins de brocart émeraude. Ses rides avaient creusé sur son visage des bajoues, mais ses cheveux étaient toujours teints au henné. Des bagues brillaient à ses doigts déformés par l'arthrite. Un garçonnet de deux ou trois ans, le dernier de ses petits-enfants, se tenait sur ses genoux.

Adrianne n'avait pas revu sa grand-mère depuis près de vingt ans, mais se souvenait très bien d'elle. Les larmes lui vinrent aux yeux si brusquement qu'elle ne put les retenir. Au lieu du salut traditionnel, la princesse s'agenouilla devant la vieille dame et posa la tête sur ses genoux. Sous l'épais satin de la robe, elle sentit des os fragiles et des articulations anguleuses. Le parfum de sa grand-mère, toujours le même, fit redoubler les larmes de la jeune femme, qui se laissa caresser les cheveux comme l'enfant qu'elle avait été. Ses plus doux, ses meilleurs souvenirs du Jaquir, elle les devait à cette personne douce et bonne qui lui racontait des histoires de fées, d'enchanteurs, de princes et de pirates. Désormais septuagénaire, la reine mère avait eu douze enfants du roi Ahmed, dont elle avait été la seule épouse.

— Je savais que je te reverrais, ma chérie. J'ai pleuré quand tu es partie. Maintenant aussi je pleure, mais de joie.

Adrianne s'essuya les yeux du revers de la main, se releva.

— Vous êtes plus belle que dans mes souvenirs, grand-mère. Vous m'avez beaucoup manqué, vous savez.

— À moi aussi, ma chérie, tu m'as manqué. Tu es partie enfant, tu reviens femme, mais tu ressembles toujours à ton père.

— Je préférerais ressembler à ma grand-mère, répondit Adrianne en réussissant à sourire.

— Peut-être, dit la reine en souriant. Des chocolats pour ma petite-fille, ajouta-t-elle en faisant signe à une servante. Tu les aimes toujours autant ?

— Bien sûr, dit Adrianne, qui s'assit sur un coussin aux pieds de sa grand-mère. J'en mangeais toujours trop, mais vous ne me grondiez jamais d'être gourmande.

La jeune femme s'aperçut alors que Yasmina était encore debout près d'elle et la regardait avec une expression de jalousie. Sans réfléchir, elle lui prit la main et la fit asseoir avec elle sur le coussin.

— Grand-mère raconte-t-elle toujours de belles histoires ? demanda-t-elle en souriant.

Yasmina parut s'amadouer un peu.

— Oui, toujours. Et toi, parle-moi de l'Amérique et de l'homme que tu vas épouser.

La tête reposant sur les genoux de sa grand-mère, une tasse de thé vert dans une main et un plateau de chocolats à portée de l'autre, Adrianne commença son récit. Elle prit conscience, longtemps plus tard, qu'elle ne s'était exprimée qu'en arabe.

En matière de palais, Philip préférait décidément le style européen en bonnes pierres épaisses, avec des petits carreaux aux fenêtres et des boiseries en chêne. Dans celui-ci, où les rideaux et les stores étaient fermés en permanence afin de limiter les ardeurs du soleil, il faisait trop sombre à son goût. Le domaine était luxueux, certes, et moderne. La salle de bains de la suite qui lui était attribuée avait des robinets en or massif, mais Philip était trop anglais pour en apprécier le faste. Les murs tapissés de soie et les vases Ming qui trônaient dans tous les coins ainsi que les tapis de prière qui jonchaient les dallages et la moustiquaire en guipure brodée ne le séduisaient pas davantage.

Il apprécia cependant que ses fenêtres dominent le jardin. Malgré la chaleur, il en ouvrit une et permit aux senteurs entêtantes du jasmin et des fleurs d'entrer dans sa chambre.

Où pouvait bien être Adrianne ?

Le frère de la jeune femme, le prince héritier Fahid, était venu le prendre en charge à l'aéroport. Âgé d'une vingtaine d'années, il portait sous sa djellaba un complet aussi impeccablement coupé que ceux de Philip. Le jeune prince, qui parlait un anglais irréprochable mais restait indéchiffrable, symbolisait pour le Britannique le rapprochement improbable de l'Orient et de l'Occident. La seule allusion que Fahid avait faite au sujet d'Adrianne avait été d'informer son futur beau-frère que la princesse avait été conduite au harem.

Il revit mentalement les plans du palais et en déduisit que sa bien-aimée devait se trouver deux étages plus bas, dans l'aile est. La salle du trésor était à l'autre bout du bâtiment. Il ferait le soir même une ronde de reconnaissance mais, dans l'immédiat, il ouvrit sa valise et décida de se mettre dans la peau de l'invité et du fiancé idéal.

Il s'était accordé le plaisir de tremper dans l'immense baignoire et avait fini de s'installer quand il entendit par la fenêtre ouverte la voix du muezzin appeler les fidèles à la prière. Philip consulta sa montre et calcula que ce devait être le troisième appel de la journée. Il y en aurait donc un autre au coucher du soleil, et le dernier aurait lieu une heure plus tard. Pour l'instant, le marché et les magasins allaient fermer leurs portes, les hommes se prosterner. Au palais, comme partout ailleurs, toutes les activités cesseraient le temps d'implorer Allah et de lui rendre grâce. Ce moment était idéal pour visiter les lieux. Sans bruit, Philip ouvrit sa porte et sortit dans le couloir.

Il commença par reconnaître son voisinage immédiat. La chambre à côté de la sienne était inoccupée, les rideaux tirés et le lit fait avec une précision militaire. Celle d'en face était dans le même état. Il ouvrit une autre porte un peu plus loin et vit un homme tourné vers La Mecque, prosterné sur un tapis de prière brodé d'or. Il referma discrètement et se dirigea vers l'étage. Le bureau d'Abdul et la salle du conseil devaient s'y trouver, il serait toujours temps de les visiter si nécessaire. Le niveau supérieur était plongé dans un profond silence. Se hâtant, Philip enfila des corridors en direction de la salle du trésor.

La porte était fermée, comme il s'y attendait, mais il lui suffisait de prendre une lime à ongles dans sa poche pour l'ouvrir. Après un rapide coup d'œil circulaire, il entra sans difficulté et referma derrière lui. Si les autres pièces étaient dans la pénombre, celle-ci était plongée dans une obscurité totale, car elle n'avait aucune fenêtre. Regrettant de ne pas s'être muni d'une lampe électrique, Philip trouva à tâtons le chemin de la chambre forte. La porte d'acier était lisse et froide au toucher. Il en estima avec une précision suffisante la largeur, la hauteur, et évalua la position des serrures.

Comme Adrianne le lui avait dit, il y en avait deux à combinaison et une à clef. Prenant soin de ne pas toucher les mollettes des deux premières, il mesura la troisième en y enfonçant sa lime à ongles. La serrure était assez ancienne pour que le matériel qu'il avait apporté soit inopérant, mais il disposait d'autres ressources. Satisfait de son examen, il reprit la direction de la sortie. Plus tard, il reviendrait avec de la lumière.

Il avait la main sur la poignée de la porte quand il entendit des bruits de pas au-dehors. Il n'eut le temps que de s'aplatir contre le mur. Dans le couloir, deux hommes parlaient arabe. Tous deux paraissaient en colère. Philip, qui souhaitait qu'ils s'en aillent le plus vite possible, distingua soudain le nom d'Adrianne, et regretta alors de ne pas parler arabe.

Les deux hommes se querellaient à son sujet, il en était maintenant certain. Le ton de l'une des voix était assez venimeux pour que Philip en serre les poings. Il l'entendit donner un ordre sec qui ne reçut pas de réponse mais fut suivi d'un bruit de pas qui s'éloignaient. L'oreille collée à la porte, Philip entendit alors l'homme resté sur place lâcher un juron en anglais. Était-ce le prince Fahid ? L'homme en colère devait donc être le roi Abdul. Pourquoi le père et le frère d'Adrianne se disputaient-ils à cause d'elle ?

Philip attendit que l'autre bruit de pas s'éloigne, sortit dans le couloir désert, referma soigneusement la porte. Puis, les mains dans les poches, il alla d'une allure désinvolte en direction des jardins. Si on l'y découvrait, il pourrait toujours invoquer l'excuse d'une passion pour les fleurs, qu'il cultivait d'ailleurs dans son manoir. En réalité, il avait hâte de se retrouver dehors et de réfléchir tranquillement.

Adrianne n'avait pas prévu certaines difficultés. Pas sur le plan technique : elle avait une entière confiance en ses capacités et celles de Philip, mais elle ne s'était pas attendue à réveiller autant de souvenirs ni à être effleurée par leurs fantômes qui lui chuchotaient à l'oreille. L'atmosphère du harem, avec ses bavardages, ses parfums et ses secrets de femmes, lui apportait un réconfort inattendu. Il ne devait pas être impossible, un temps du moins, d'oublier son confinement pour jouir de sa sécurité. Elle sentait aussi que, quelle que soit la suite des événements, elle ne pourrait plus lui tourner définitivement le dos.

Les conversations centrées sur le sexe, les achats et la fertilité se poursuivaient comme à l'accoutumée, mais il s'y ajoutait des éléments nouveaux. Une cousine était devenue médecin, une autre avait obtenu les diplômes lui ouvrant une carrière d'enseignante. Une jeune tante travaillait à l'administration d'une entreprise de travaux publics, même si ses contacts avec les hommes ne pouvaient avoir lieu que par courrier ou par téléphone. L'éducation avait ouvert aux femmes des perspectives dans lesquelles elles s'engouffraient avec empressement. Les instructeurs et les professeurs masculins devaient donner leurs cours par l'intermédiaire d'un circuit de télévision, mais ils instruisaient les femmes. Et les femmes apprenaient. S'il existait un moyen de jongler avec la tradition et le progrès, c'est elles qui le découvriraient et le mettraient en pratique.

Plongée dans ses réflexions, elle ne remarqua pas qu'une servante s'approchait de sa grand-mère pour lui parler à l'oreille. Quand la reine mère lui caressa les cheveux pour attirer son attention, Adrianne se tourna vers elle en souriant.

— Ton père veut te voir.

Adrianne sentit son plaisir se tarir comme une source sous le soleil du désert. Elle se leva, jeta son *abaya* sur ses épaules, mais refusa de se voiler. Abdul verrait le visage de sa fille et se souviendrait.

23

Comme son royaume, le roi avait changé tout en restant égal à lui-même. Il avait vieilli, Adrianne le remarqua d'emblée. Dans les souvenirs de la jeune femme, alimentés par les photos de presse conservées par sa mère, Abdul, avec son profil aquilin, ses traits durs et ses cheveux noirs, paraissait à peine plus âgé que la princesse ne l'était maintenant. Le profil d'aigle et la dureté des traits étaient toujours présents, mais plus accusés. La chevelure était toujours aussi abondante et noire, mais des fils d'argent s'y étaient glissés. Le roi avait toutefois réussi à ne pas prendre de poids et à conserver un corps athlétique. En un sens, l'âge l'avait embelli, comme il l'accorde souvent aux hommes. Le visage mûri n'en était que plus attirant pour les femmes, malgré ou peut-être grâce à l'absence de sensibilité, sinon de simple humanité qu'il exprimait.

L'estomac noué, Adrianne s'approcha avec lenteur, non par crainte, encore moins par respect, mais par désir d'enregistrer avec précision cet instant si longtemps attendu. S'ils n'avaient rien oublié ni l'un ni l'autre, elle voulait que ce moment s'imprime dans sa mémoire.

De même qu'au harem, les odeurs de cire, de fleurs, d'encens ravivaient ses souvenirs et la ramenaient vers un passé qu'elle n'avait jamais complètement pu effacer. Elle s'avançait vers ce père comme elle le faisait des années auparavant. Pour la première fois, elle prit conscience qu'il ne s'était jamais avancé vers elle.

Pour cette entrevue, il ne la recevait pas dans l'une de ses pièces privées, mais dans la vaste salle où il donnait ses audiences hebdomadaires. Les fenêtres étaient drapées de rideaux bleu roi, la couleur qu'il préférait. Les rois, ses prédécesseurs, avaient tous foulé ces tapis anciens. Les urnes de la taille d'un homme qui encadraient la porte avaient été, selon la légende, apportées de Perse deux siècles auparavant par un aïeul lui aussi appelé Abdul. Un lion d'or aux yeux de saphir montait la garde près du fauteuil tapissé de soie bleue sur lequel trônait le roi quand il accordait un peu de son temps à ses sujets. Par le choix de ce lieu, auquel les femmes n'avaient pas accès en temps normal, elle comprit qu'Abdul entendait la considérer comme un sujet et non comme sa fille.

Elle s'arrêta enfin devant lui. S'il éprouvait un sentiment quelconque, il n'en manifestait aucun signe. Il se leva pour lui donner le traditionnel baiser, se bornant à lui effleurer des lèvres une joue avec moins d'émotion que s'il se fût agi d'une étrangère. Elle ne s'était pas attendue qu'une telle froideur la blesse autant.

— Sois la bienvenue.

— Je vous suis reconnaissante de m'avoir permis de revenir.

Il se rassit, lui indiqua d'un geste un siège en face de lui.

— Es-tu une enfant d'Allah ? demanda-t-il après un silence.

Elle avait prévu cette question. Au Jaquir, la religion occupait une place primordiale.

— Je ne suis pas musulmane, mais Dieu est Un.

Cette réponse parut le satisfaire, car il fit signe à un serviteur d'apporter le thé. Indice d'une certaine courtoisie, plus que de réelle considération, deux tasses étaient préparées.

— Je suis content que tu te maries. Une femme a besoin d'être protégée et guidée par un homme.

— Je n'épouse pas Philip pour qu'il me guide ou me protège. Et lui ne m'épouse pas pour agrandir sa tribu, dit-elle froidement.

Il aurait pu la frapper pour son insolence, il en avait le droit. Visiblement, il se domina.

— Je vois que tu es devenue une femme occidentale.

— Ma vie est là-bas, comme celle de ma mère l'était.

— Ne parlons pas de ta mère.

— Elle parlait souvent de vous, elle.

Adrianne espéra que la lueur apparue dans le regard d'Abdul exprimerait le regret. Elle n'y distingua que la colère.

— Tu es ma fille, tu es la bienvenue ici avec les honneurs auxquels te donne droit ta qualité de membre de la famille royale. Tant que tu seras sous mon toit, tu te soumettras aux règles et aux traditions. Tu garderas les cheveux couverts et les yeux baissés. Tu te vêtiras et tu parleras avec modestie.

Si tu apportes la honte sur notre maison, tu seras punie comme le serait n'importe quelle autre femme.

Après tant d'années, pensa-t-elle, il ne sait encore que donner des ordres et proférer des menaces. Elle privilégia le besoin d'affirmer sa personnalité plutôt que d'offrir à son père l'image qu'il souhaitait voir.

— Je ne vous apporte pas la honte, mais je ressens de la honte. Ma mère a souffert et est morte dans la souffrance. Comment avez-vous pu ne pas lui venir en aide ?

— Elle n'était rien pour moi.

Il se leva. Elle se leva en même temps, la main tremblante, et laissa échapper la tasse de thé qui se brisa à ses pieds.

— Elle était votre épouse. Il aurait fallu si peu et vous n'avez rien donné. Vous nous avez abandonnées, elle et moi. La honte est sur vous et sur vous seul.

D'un revers de main, il la gifla si fort qu'elle trébucha et dut se retenir à son siège pour ne pas tomber. Ce n'était pas la taloche distraite qu'un parent agacé peut lancer à un enfant indiscipliné, mais le coup qu'on assène avec violence à un ennemi. Elle lutta pour ravaler les larmes qui lui montaient aux yeux et porta une main à sa joue où une bague l'avait écorchée. Leurs regards se croisèrent. L'un et l'autre savaient que ce n'était pas elle qu'il avait frappée, mais Phoebe.

— Il y a des années, parvint-elle à dire d'une voix ferme, j'aurais été heureuse que vous m'accordiez une telle marque d'attention.

Abdul fit signe à un serviteur de ramasser les débris de porcelaine. La fureur qu'Adrianne avait provoquée en lui et qui l'avait poussé à ce geste devant témoins n'était pas digne d'un roi. Il devait se ressaisir.

— Je dirai ceci et il n'en sera ensuite plus question : en quittant le Jaquir, ta mère a renoncé à ses droits et renié son honneur. De ce fait, elle a aussi renoncé aux tiens. Elle n'était pas seulement faible et idiote comme le sont toutes les femmes, elle était corrompue.

Sachant que répliquer lui vaudrait une nouvelle gifle, Adrianne ne put toutefois se retenir.

— Corrompue ? Comment pouvez-vous parler d'elle en ces termes ? Elle était la femme la meilleure et la plus innocente que j'aie jamais connue.

— C'était une actrice, dit-il avec mépris. Elle s'exhibait devant les hommes. Ma seule honte, c'est de m'être laissé aveugler par elle, de l'avoir amenée dans mon pays et d'avoir couché avec elle comme un homme du commun couche avec une putain.

— Ce n'est pas la première fois que vous l'insultez par ce mot. Comment un homme peut-il parler ainsi de la femme dont il a fait son épouse, avec qui il a eu un enfant ?

— Un homme peut épouser une femme et mettre sa semence en elle, mais il ne peut pas changer sa nature. Elle n'a pas voulu embrasser l'islam. Quand j'ai enfin ouvert les yeux, elle a refusé de rester à sa place et de remplir ses devoirs.

— Elle était malheureuse et malade.

— Elle était faible et vicieuse. Tu es le résultat de mon aveuglement. Tu n'es ici que parce que mon sang coule dans tes veines et que Fahid est intervenu en ta faveur. Mon honneur est en cause. Tu pourras rester à condition de le respecter.

Elle aurait voulu l'injurier, lui crier qu'il ignorait tout de l'honneur. En elle, l'espoir d'un mot, d'un signe d'amour se referma à jamais. Les mains jointes, elle courba la tête en signe de soumission. S'il l'avait encore frappée, elle l'aurait accepté. S'il avait continué à calomnier sa mère, à humilier sa fille, elle l'aurait aussi accepté. Son désir de vengeance était plus puissant que jamais.

— Je suis dans la maison de mon père et je respecterai ses désirs.

Il n'en attendait pas moins d'une femme de sa famille et inclina la tête en signe d'approbation. Il était revenu au Jaquir avec une Occidentale pour reine parce qu'il était ensorcelé. Il avait oublié ses racines, négligé ses devoirs, dédaigné ses lois à cause d'une femme. Allah l'avait puni et lui donnant une fille pour aînée et en rendant cette reine incapable de porter d'autres enfants. Cette fille se tenait maintenant devant lui, les yeux baissés. Puisque Allah avait permis que cette fille soit le produit de sa première semence, il lui accorderait son dû, rien de plus.

D'un geste et d'un ordre bref, il convoqua un serviteur, qui se hâta de lui apporter un écrin.

— Un cadeau pour tes fiançailles.

De nouveau maîtresse d'elle-même, Adrianne tendit la main et souleva le couvercle. La flamme violette des améthystes brillait dans une monture en or ouvragé. La pierre centrale était grosse comme le pouce. Un collier digne d'une princesse.

Le prix de ce bijou, si elle l'avait reçu des années plus tôt, aurait changé sa destinée et celle de sa mère. À présent, elle n'y voyait plus que des pierres colorées. Elle en avait volé de meilleure qualité et de plus grande valeur.

— Vous êtes très généreux. Je penserai toujours à mon père quand je le porterai, dit-elle avec une sincérité dont il ne pouvait pas comprendre le sous-entendu.

Avant de reprendre la parole, Abdul leva la main pour appeler un serviteur.

— Je vais maintenant rencontrer ton fiancé. Pendant que nous discuterons les termes de votre union, tu iras attendre chez les femmes ou tu te promèneras au jardin.

Lorsque Philip entra derrière le serviteur, il ne s'attendait pas à voir Adrianne, encore moins à la voir en *abaya* noire et la tête baissée en signe de soumission. À côté d'elle, la djellaba blanche d'Abdul formait un contraste choquant. Ils se tenaient si près l'un de l'autre que leurs vêtements se frôlaient, mais cette proximité ne trahissait aucune intimité. Abdul regardait d'ailleurs par-dessus la tête de sa fille comme si elle n'existait pas.

Adrianne murmura les formules officielles de présentation. Abdul fit un pas vers Philip, la main tendue et un rare sourire aux lèvres. Quand cela lui était utile, il savait se comporter à l'occidentale.

— Monsieur Chamberlain, soyez le bienvenu au Jaquir et sous mon toit.

— Merci de votre accueil, Sire, répondit Philip en serrant la main d'Abdul.

— Votre chambre est-elle à votre goût ?

— Mieux encore, Sire. Je vous en sais gré.
— Vous êtes mon hôte. Bien recevoir ses hôtes est la moindre des choses. Tu peux disposer, ajouta-t-il à l'adresse d'Adrianne, sans un regard.

Il l'avait dit du ton dont on congédie une servante. Après un premier réflexe de colère, Philip s'en serait amusé si Adrianne, en passant devant lui, n'avait levé la tête, révélant sa joue meurtrie. Il prit une profonde inspiration afin de se maîtriser. Il ne pouvait et ne voulait rien faire ou dire qui puisse causer du tort à la femme qu'il aimait. Peut-être aussi s'était-il mépris. Une ombre avait pu jouer sur sa joue. Abdul n'avait pas pu oser frapper sa fille, qu'il n'avait pas vue depuis près de vingt ans... La voix du roi le ramena à la réalité.

— Veuillez prendre place.
— Merci, Sire.

À peine Philip s'était-il assis qu'un serviteur apporta deux nouvelles tasses de thé.

— Ainsi, vous êtes sujet britannique.
— Oui, Sire. Je suis né au Royaume-Uni, où j'ai passé la majeure partie de mon existence, bien que je voyage fréquemment.
— Pour vos affaires, je suppose. Vous achetez et vous vendez des pierres précieuses, m'a-t-on dit.

Philip utilisait cette couverture depuis des années. Grâce à Interpol, elle était solide.

— En effet. Mon activité nécessite un œil exercé et le don de la négociation. Et puis, j'aime les pierres précieuses.
— Nous autres Arabes sommes négociateurs par nature et avons toujours apprécié la valeur des pierres.

— En effet, Sire. Ainsi, le rubis à votre majeur... Puis-je me permettre ?

Avec un léger haussement de sourcils, Abdul lui tendit une de ses mains, qui portaient une bague à chaque doigt. Philip se pencha afin de l'examiner.

— Sept à huit carats. Birman, je pense, de la variété connue sous le nom de sang de pigeon. Très belle couleur, comme il convient à une pierre de cette qualité. J'estime et je respecte les gemmes de grande valeur, Sire. C'est pourquoi je désire épouser votre fille.

— Votre franchise vous honore, mais il y a plus que de simples désirs dans un mariage de cette nature.

Le silence retomba. Abdul avait accordé quelques réflexions au mariage d'Adrianne, comme il l'aurait fait pour un problème social ou politique d'importance secondaire. Si sa fille avait été de sang pur, il n'aurait jamais consenti qu'elle épouse un Européen, encore moins un commerçant anglais mais, puisqu'elle était de sang impur, elle avait pour lui moins de valeur qu'un bon cheval. Elle ne pouvait éventuellement lui être utile que pour renforcer les liens déjà existants entre le Jaquir et l'Europe. Si, contrairement à sa mère, elle était capable de porter des enfants, des petits-fils à moitié anglais pourraient se révéler commodes à l'avenir. Mais, surtout, il ne voulait pas d'elle chez lui.

— J'ai eu peu de temps, reprit-il, pour m'informer sur votre compte, monsieur Chamberlain, mais ce que j'ai appris me satisfait. Si Adrianne avait vécu ici, j'aurais organisé un mariage mieux approprié à sa position. Toutefois, puisque ce n'est pas le cas, je suis enclin à approuver votre demande, si nous nous mettons d'accord sur les conditions, bien entendu.

— Sans être un expert de votre culture et de vos coutumes, Sire, je crois savoir qu'une sorte de compensation est d'usage.

— Oui. Le prix de la mariée est l'équivalent du cadeau de mariage, selon vos coutumes, que vous ferez à ma fille. Il restera sa propriété exclusive. Il est aussi d'usage que vous fassiez un don à la famille de la mariée pour la consoler de la perte.

À l'évidence, Abdul oubliait Le Soleil et La Lune. Pas Philip.

— Je vois. Quel don serait approprié, à vos yeux ?

Abdul aurait volontiers joué au plus fin avec Philip. Grâce aux rapports qu'il avait reçus, il savait que l'Anglais était fortuné, mais Abdul avait en tête plus important que l'argent : sa fierté.

— Six chameaux, annonça-t-il.

Philip évita de justesse d'éclater de rire. Il se contenta de pianoter d'un air songeur sur le bras du fauteuil.

— Deux, répondit-il.

Abdul constata avec plaisir que son futur gendre savait marchander. Un accord trop facile l'aurait déçu.

— Quatre.

Bien qu'il n'ait pas la moindre idée sur la manière de se procurer un seul chameau, encore moins quatre, Philip fit mine de réfléchir.

— Soit, dit-il comme s'il consentait un énorme sacrifice.

— Bien. Ce sera écrit dans le contrat. Mon secrétaire le rédigera en arabe et en anglais. Cela vous convient-il ?

— Je suis dans votre royaume, Sire. Tout se fera selon vos coutumes et vos désirs.

Il mourait d'envie d'allumer une cigarette. Le thé contenait une épice que son palais britannique jugeait infecte.

— Le père d'Adrianne, reprit-il d'un air pénétré, se soucie probablement de savoir si sa fille disposera de moyens dignes d'elle.

Abdul demeura impassible. Avait-il perçu de l'ironie dans la voix de Philip ou n'était-ce que l'affectation de son accent britannique ?

— Cela va de soi.

— Bien entendu. Je pensais à un million de livres.

Il arrivait si rarement à Abdul d'être pris par surprise que celle-ci se manifesta un bref instant sur son visage. L'Anglais devait être mentalement dérangé ou amoureux jusqu'à la stupidité ! À moins qu'Adrianne ne possède comme sa mère le don de rendre les hommes aveugles. Le sort de l'Anglais laissait toutefois Abdul aussi indifférent que celui de sa fille, dont la seule existence lui rappelait douloureusement l'erreur qu'il avait faite. Il ne ferait donc, pas plus à elle qu'à cet individu, l'honneur de marchander la somme.

— Ce sera écrit dans le contrat, se borna-t-il à répondre. Vous serez présenté à ma famille, à laquelle nous annoncerons vos fiançailles ce soir à l'occasion d'un repas.

Sur quoi, il se leva pour signifier que l'entretien était clos. Philip s'attendait à de la froideur, pas à une telle indifférence.

— Ce sera avec plaisir, Sire. Nous ferez-vous l'honneur d'assister à notre mariage au printemps ?

Un sourire apparut sur les lèvres d'Abdul.

— Au printemps ? Si vous souhaitez organiser une cérémonie dans votre pays, je n'y vois bien entendu aucun inconvénient. Mais le mariage officiel se déroulera ici la semaine prochaine, conformément aux lois et aux traditions du royaume. Vous voudrez sans doute prendre un peu de repos et vous rafraîchir avant le dîner. Un serviteur vous raccompagnera à votre appartement.

Philip demeura figé sur place tandis qu'Abdul se retirait. Il aurait pu en rire s'il n'avait eu de sérieuses raisons de penser qu'Adrianne serait furieuse lorsqu'elle apprendrait la nouvelle.

La soirée allait mêler tradition et modernité. Adrianne avait noué ses cheveux, mais omis le voile. Elle s'était vêtue avec la « modestie » qu'exigeait la tradition, mais sa robe à manches longues et col montant était griffée Saint Laurent. La nouvelle que Philip devait être officiellement présenté s'était déjà répandue chez les femmes. Adrianne en avait déduit qu'il avait réussi son examen de passage et que la première partie de leur plan était accomplie. Il était désormais trop tard pour reculer – elle ne l'avait d'ailleurs jamais envisagé.

Le diamant à son doigt lui fit un clin d'œil dans le miroir pendant qu'elle recouvrait de fard sa joue meurtrie. Deux symboles, pensait-elle, des deux hommes qui ont transformé ma vie. À contrecœur elle mit à son cou le collier d'améthystes offert par son père, car il aurait été inconvenant qu'elle ne le porte pas. Jusqu'à ce qu'elle parte, elle avait l'intention de se plier aux désirs du roi.

Philip avait eu raison lorsqu'il lui avait dit qu'elle commettait une grave erreur quand elle se laissait emporter par ses émotions. Ce qu'elle avait dit à Abdul était vrai, mais elle l'avait dit trop brutalement. Cette cicatrice lui rappellerait l'incapacité de son père à écouter une femme et à en comprendre les sentiments.

Avoir été frappée ne lui inspirait pas de colère. La douleur vite dissipée avait le mérite de lui montrer que le Jaquir aurait beau se doter de nouveaux bâtiments, de nouvelles routes, de nouvelles libertés, les hommes continueraient à le diriger à leur gré. Elle-même était moins pour Abdul une fille qu'une chose, tout juste bonne à être mariée et expédiée au loin, là où sa conduite et ses erreurs éventuelles ne pourraient pas ternir l'honneur du roi. Elle ne le regrettait pas. Ce qu'elle regrettait, c'est d'avoir trop longtemps préservé dans son cœur l'espoir qu'entre elle et lui auraient pu exister de l'amour, la joie des retrouvailles, les remords du passé. Cet espoir était mort. Il ne restait en elle que la détermination d'atteindre son objectif.

Elle se retourna lorsqu'elle entendit frapper à la porte. Dans une robe de satin à rayures multicolores, Yasmina entra et la prit par la main.

— Viens vite, viens vite ! Notre père nous demande. Pourquoi es-tu en noir ? Le rouge aurait été plus joli.

Sans lui laisser le temps de répondre, Yasmina l'entraîna avec autorité vers le salon où attendaient les autres femmes.

Les hommes y étaient déjà réunis, Abdul, trois de ses frères, ses deux fils et un échantillonnage de neveux et de cousins. Adrianne jeta un coup d'œil sur son plus jeune frère qui, à quatorze ans, avait le droit de se compter parmi les hommes. Ils s'observèrent l'un l'autre pendant quelques secondes, et Adrianne vit dans le regard qui la scrutait autant de curiosité qu'elle en éprouvait. Elle ne chercha pas, cette fois, à retenir le sourire amical qui lui vint aux lèvres et en fut récompensée par un sourire qui lui rappela celui de leur grand-mère.

Par contraste, Philip avait l'air merveilleusement européen et sûr de lui. Il est comme une oasis dans le désert, pensa-t-elle, rafraîchissante et réconfortante à la fois. Adrianne aurait voulu lui prendre la main, établir un contact avec lui ne serait-ce qu'un instant, mais elle dut garder les mains jointes devant elle.

De son côté, Philip brûlait du désir d'être seul cinq minutes avec elle. Depuis leur descente de l'avion, ils n'avaient pas eu l'occasion d'échanger un mot et il aurait voulu informer lui-même la jeune femme du rocher qu'Abdul jetait dans les rouages bien huilés de leurs projets. Cinq minutes, pas plus, se répétait-il en pestant contre les coutumes locales qui leur imposaient ces contraintes. Le volcan qui grondait en elle menaçait de faire éruption, il l'avait vu dans ses yeux quand ils s'étaient croisés dans la salle d'audience d'Abdul. Il ne prévoyait que trop bien la réaction de la princesse lorsque Abdul annoncerait leur mariage imminent.

Avec un cérémonial auprès duquel celui du palais de Buckingham passerait pour du laisser-aller, les femmes furent présentées une à une à Philip. Pendant ce temps, sur un signe de son père, Adrianne s'avançait pour saluer ses frères.

Fahid l'embrassa, lui serra le bras avec un sourire complice.

— Je suis heureux pour toi, Adrianne. Bienvenue à la maison.

Elle reconnut sa sincérité. Si elle était incapable de se sentir chez elle au Jaquir, l'accueil de son frère lui faisait du bien. Combien de fois, quand ils étaient enfants, lui avait-il dit qu'il l'aimait ? Il restait bien plus que des traces de leur affection enfantine dans le regard qu'ils échangeaient. Comment Adrianne aurait-elle pu se douter, après en avoir été privée depuis si longtemps, que le mot « famille » pourrait encore signifier quelque chose pour elle ?

— Je suis heureuse de te revoir, Fahid, lui répondit-elle avec une égale sincérité.

— Je te présente Rahman, notre frère.

Dans le baiser de bienvenue que celui-ci lui donna, elle sentit plus de timidité que de réticence.

— Je suis heureux de te rencontrer, ma sœur. Loué soit Allah qui t'a ramenée vers nous.

Rahman avait des yeux de poète et portait le nom d'un aïeul réputé pour ses vertus guerrières. Adrianne aurait voulu lui parler, nouer un lien avec ce frère inconnu, mais Abdul lui signifia d'un regard que le temps des effusions n'était pas venu.

Philip continua de l'observer pendant qu'elle était présentée au reste de la famille. Il reconnut le jeune frère comme celui qu'il avait surpris en prière dans la chambre voisine de la sienne. Que ressent-on, se demanda-t-il, quand on rencontre des inconnus auxquels on est lié par le sang ? Jusqu'à cet instant, il ne s'était jamais imaginé qu'il pourrait, lui aussi, avoir des frères et sœurs nés des œuvres de ce père qu'il n'avait pas connu. Pensant à l'abîme qui séparait Adrianne des autres enfants de son père, il se dit qu'il valait mieux, comme lui, en ignorer l'existence.

L'entendre parler arabe couramment lui rendait la scène encore plus irréelle. Il eut beau concentrer toutes ses forces mentales pour faire en sorte qu'elle se tourne vers lui ou, au moins, lui accorde un regard, elle revint à côté d'Abdul à la fin des présentations.

— Cette soirée est celle des réjouissances, annonça le roi. Je donne cette femme de ma famille à cet homme. Ils seront mariés par la volonté d'Allah, dit-il en plaçant la main d'Adrianne dans celle de Philip. Qu'elle soit pour lui une épouse honnête et féconde.

Adrianne retint un sourire amusé lorsqu'elle vit sa grand-mère essuyer une larme d'émotion.

— Les documents ont été signés, le prix déterminé, poursuivit Abdul. La cérémonie se déroulera dans une semaine, *Inch Allah*.

Philip sentit la main d'Adrianne se crisper dans la sienne. Il vit étinceler dans ses yeux les flammes du volcan dont il redoutait l'éruption. Une seconde plus tard, la tête de nouveau baissée, elle reçut les rituels vœux de bonheur et de nombreuse descendance.

Ils n'avaient toujours pas échangé un seul mot lorsque les femmes se retirèrent pour aller célébrer l'événement hors du regard des hommes.

Adrianne se débattait dans des rêves confus et troublants quand elle se réveilla en sursaut, sentant une main se poser sur sa bouche.

— Chut ! lui souffla Philip à l'oreille. Si tu cries, tes frères et tes cousins me réduiront en menus morceaux.

— Philip ! Enfin toi.

Son soulagement fut tel qu'elle serra son futur mari dans ses bras. Il se glissa près d'elle dans le lit, la fit taire par un baiser. Toute la soirée, il n'avait pensé qu'au goût des lèvres de la jeune femme, à la douceur, à la tiédeur de son corps. Il n'avait pas imaginé que le désir aurait une telle intensité, au point de lui étreindre la nuque comme un étau.

— J'ai cru devenir fou, murmura-t-il. Je me demandais quand je pourrais enfin te parler, te toucher. J'ai envie de toi, Addy. J'ai besoin de toi. Tout de suite.

Elle semblait prête à s'abandonner mais le repoussa brusquement et s'assit.

— Tu es fou ! Qu'est-ce que tu fais ici ? Te doutes-tu de ce qui arriverait si on te trouvait dans mon lit ? On procède encore à des décapitations publiques, dans ce pays.

— Je n'ai pas l'intention de perdre la tête à cause de toi. De toute façon, c'est déjà fait.

— Je ne plaisante pas ! Tu te conduis comme un imbécile.

— Oui, mais romantique en diable.

— C'est pareil, dit-elle en se levant. Tu dois partir le plus vite possible.

— Pas avant que nous ayons parlé, Adrianne. Il est trois heures du matin, tout le monde dort et en profite pour digérer les tonnes de mouton grillé et de sucreries ingurgitées ce soir.

Elle revint au lit, poussa un soupir excédé. Cinq minutes de plus ne représentent pas un risque énorme, se dit-elle. Et le sentir près d'elle était trop bon pour s'en priver.

— Comment as-tu pu arriver jusqu'ici ? demanda-t-elle.

— Par le tunnel.

— Grand Dieu, Philip, si on t'avait vu...

— On ne m'a pas vu.

— Vas-tu m'écouter, à la fin ?

— Je suis tout ouïe.

— Et surveille tes mains, le rabroua-t-elle en les faisant s'écarter d'une tape. Il est déjà dangereux de sortir de l'aile où tu es logé, mais pour venir ici... Comment as-tu trouvé ma chambre ?

— Une puce électronique dans ton sac à main.

Écœurée, elle se leva de nouveau et marcha de long en large.

— Tu es depuis trop longtemps à Interpol. Si tu t'obstines à te croire dans un vulgaire roman d'espionnage, tu finiras par te faire couper la tête.

— Il fallait que je te voie. Je voulais surtout savoir si tu allais bien.

— Ta sollicitude me touche beaucoup, mais je te rappelle que tu devais attendre que ce soit moi qui te contacte.

— Et après ? Tiens-tu à perdre notre temps à discutailler ?

— Tu as raison, admit-elle. Après la bombe qu'Abdul nous a fait éclater au nez, il vaut mieux que nous parlions.

— J'en suis désolé, mais je n'avais aucun moyen de t'avertir.

— Peu importe. Qu'allons-nous faire ?

— Que veux-tu que je fasse ? répondit-il avec une satisfaction qui n'échappa pas à Adrianne. J'ai signé les papiers de ton père. Cela m'étonnerait que nous puissions voler le collier et nous esquiver en moins de huit jours.

Elle se rassit sur le lit. Toute la soirée, elle y avait réfléchi sans trouver de solution.

— Je me demande s'il ne précipite pas les événements parce qu'il se doute de quelque chose, soupira-t-elle.

— Il soupçonnerait sa fille d'être l'une des stars du cambriolage ?

— Pourquoi « l'une des stars » ? demanda-t-elle, vexée.

— Je suis encore dans la course, ma chérie. Sérieusement, poursuivit-il, je ne vois pas comment Abdul pourrait imaginer une chose pareille alors que tu as réussi pendant dix ans à envoyer Interpol sur des fausses pistes. Je crois plutôt qu'il tient à se mêler de ce mariage.

— Par amour paternel ? Sûrement pas.

— Disons par orgueil et pour soigner son image.

— Il attache beaucoup d'importance aux deux, dit-elle avec amertume. Alors, comment allons-nous nous y prendre ?

— Dis-le-moi. Après tout, c'est ton idée.

— Mais une idée qui te met, toi, dans une position plus que délicate.

— Une position dans laquelle j'avais déjà décidé de me trouver, si tu t'en souviens. J'avais de toute façon l'intention de t'épouser. Que ce soit ici ou à Londres importe peu.

— Tu sais très bien ce que j'en pense !

— C'est exact. Et alors ?

Dans toute sa carrière, il n'était jamais arrivé à Adrianne de se sentir piégée à ce point. Elle prit le temps de réfléchir, jouant avec le diamant de sa bague de fiançailles.

— Après tout, dit-elle enfin, ce n'est qu'une cérémonie. Rien ne nous oblige à la prendre au sérieux, puisque nous ne sommes pas musulmans.

— Sacrement ou pas, un mariage reste un mariage.

— Je sais. Nous ferons donc semblant, parce qu'un mariage musulman peut être rompu selon la coutume musulmane. Une fois de retour chez nous, tu me répudieras.

— Pour quel motif ? demanda-t-il avec un sourire amusé.

— Un homme n'a pas besoin de motif. Il suffit de dire trois fois « Je te répudie », c'est tout.

— C'est commode, en effet. Cela ne me coûtera que le prix de quatre chameaux.

— Quatre chameaux ? C'est le prix qu'il t'a demandé pour... *moi* ? s'exclama-t-elle, partagée entre la fureur et l'envie de rire.

— J'ai marchandé comme tu me l'avais suggéré, mais je ne savais pas si je me faisais avoir ou non.

— Tu as fait une excellente affaire. Une troisième épouse t'aurait coûté plus cher, même boiteuse.

Elle n'avait plus du tout envie de rire.

— Adrianne, je t'en prie...

— C'est moi qu'il a insultée, pas toi. Mais peu importe, je reprendrai le collier. Quatre chameaux ou quatre cents, je ne suis de toute façon qu'une marchandise.

— Écoute, tant que nous sommes ici, nous sommes obligés de jouer son jeu. Dans une quinzaine de jours...

Il lui caressait la joue avec douceur quand il sentit la cicatrice sous ses doigts.

— Comment t'es-tu fait cela ? demanda-t-il.

— En étant trop franche.

Le sourire qu'elle amorçait se figea lorsqu'elle vit l'expression qui se peignait dans le regard de Philip.

— C'est lui qui t'a fait ça ? Il t'a frappée ?

— Ce n'est rien, Philip. Il a le droit de...

— Non ! Il n'en a pas le droit !

— Ici, si. Ici, nous devons jouer selon ses règles, tu l'as dit toi-même il y a deux minutes.

— Pas s'il te maltraite.

— Une cicatrice s'efface, Philip. Mais si tu franchis cette porte pour faire ce que je lis dans tes yeux, tout est fini pour nous deux. Il y a de meilleurs moyens de venger ton honneur et le mien. Je t'en prie.

Il s'arrêta, une main sur la poignée de la porte. Adrianne avait raison, il le savait. Jusqu'à la flambée de violence qui venait de le submerger, il s'était toujours laissé guider par la logique. Il ne se savait pas capable d'avoir une réelle envie de meurtre – et d'y prendre plaisir. Il se retourna vers elle. Dans la lumière vacillante de la bougie qu'elle avait allumée, il ne vit que son regard implorant.

— Il ne te touchera plus. Il ne te blessera plus.

Un long soupir échappa à Adrianne : Philip était redevenu lui-même.

— Il ne le peut plus. Pas où cela me ferait vraiment mal.

Philip se rapprocha d'elle, posa un baiser sur son front, sur ses lèvres.

— Jamais plus ni de quelque manière que ce soit. Je t'aime, Addy.

Elle le prit dans ses bras, se serra contre lui.

— Philip... Tu comptes plus pour moi que n'importe qui.

Il lui caressa les cheveux, s'efforçant de ne pas se laisser aller à un excès d'espoir. Pour la première fois, elle lui avait – presque – dit qu'elle l'aimait, ce qu'il avait tant besoin d'entendre. Au lieu de s'attarder sur ce moment d'émotion, il revint à leurs affaires.

— Je suis entré dans la salle du trésor... Non, ne me sermonne pas, c'est fatigant. La disposition est exactement celle que tu m'avais décrite, mais je crois que nous ferions bien d'y aller ensemble pour l'étudier de plus près. Quant à la clef...

— L'ébauche que j'ai préparée devrait convenir. Il suffira de lui donner quelques coups de lime au dernier moment.

— Je préférerais qu'elle soit prête à l'avance. Si tu veux bien me la confier, poursuivit-il, sachant qu'il s'aventurait en terrain dangereux, je pourrai y aller demain soir, par exemple, et régler les détails.

— Non. Nous irons ensemble demain soir.

— Inutile d'être deux pour faire cela.

— Tu as raison, j'irai seule.

— Tu as la tête dure, Addy.

— Oui. Je refuse d'être exclue de la moindre étape de ce travail. Il est logique d'ajuster la clef à l'avance, tu as raison. Nous le ferons donc tous les deux ou je le ferai seule.

Il effleura la cicatrice, laissa la jeune femme s'écarter un peu.

— Comme tu voudras. Mais sache qu'il viendra un temps où tu ne feras pas toujours tout ce que tu voudras comme tu le voudras.

— C'est possible. D'ici là, j'ai réfléchi à notre nuit de noces.

— Vraiment ? s'étonna-t-il avec un large sourire.

— Oui. Mais je pensais à autre chose en priorité.

— Quoi donc ?

— Ce serait l'occasion rêvée pour prendre le collier.

— L'utile avant l'agréable ? Tu me désoles, Addy.

— Écoute, tu n'imagines pas à quel point ces cérémonies peuvent être interminables et ennuyeuses. Le mariage durera des heures et, pendant ce temps, tout le monde se bourrera de nourriture à s'en faire éclater la panse. Ensuite, nous aurons enfin le droit d'être seuls et personne ne viendra nous déranger. Le lendemain ou le surlendemain, tout au plus, nous pourrons partir sans offusquer qui que ce soit.

— Je déplore que tu ne sois pas plus romantique, mais tu n'as pas tort. Et puis, il est normal, en un sens, que deux voleurs passent leur nuit de noces à voler.

— Pas seulement un bijou, Philip, mais une légende. Et maintenant, enchaîna-t-elle en allant vers la porte, va-t'en. C'est trop dangereux. Si tout va bien, je te rejoindrai la nuit prochaine dans la salle du trésor à trois heures du matin.

Avant qu'elle ait ouvert la porte pour regarder dans le couloir si la voie était libre, il la souleva dans ses bras.

— Si je risque ma tête, dit-il en la posant sur le lit, ce sera au moins pour quelque chose qui en vaut la peine.

24

— Vous serez une mariée ravissante, déclara Dagmar en épinglant une fronce à la taille d'Adrianne. Peu de femmes peuvent se permettre comme vous de porter du blanc pur.

Adrianne étudia son reflet dans le miroir. Son père réagissait vite. Faire venir de Paris la première d'une des plus grandes maisons de haute couture et son escouade d'assistantes pour exécuter en une semaine à peine une robe de mariée et celles des demoiselles d'honneur avait dû lui coûter une fortune. Encore une marque de son orgueil, pensa-t-elle. Le grand roi du Jaquir ne pouvait pas marier sa fille sans exhiber sur elle et autour d'elle ce qui se faisait de mieux.

L'essayage touchait à sa fin quand on entendit des rires féminins derrière la porte.

— Le cortège de Votre Altesse, dit Dagmar. Nous allons travailler jour et nuit cette semaine, n'ayez crainte, toutes les toilettes seront prêtes à temps.

Adrianne ne répondit pas. Jamais Dagmar n'avait vu de jeune mariée aussi indifférente.

— Dites-moi, madame, demanda la jeune femme après un silence, combien coûtera ma robe ?

— Mais, Votre Altesse…

— J'aime savoir le prix de ce qui m'appartient.

Avec réticence, Dagmar énonça un prix astronomique. Adrianne esquissa un bref sourire. Le faux cambriolage St John lui avait rapporté bien davantage.

— Vous me présenterez la facture, pas au roi.

— Mais, Votre Altesse…

— Vous me donnerez la facture, répéta Adrianne.

Elle ne porterait sûrement pas une robe payée par son père.

— Comme Votre Altesse voudra, soupira la couturière.

— Le mariage a lieu au Jaquir, mais je suis américaine. On ne perd pas facilement ses vieilles habitudes, précisa Adrianne, consciente du désarroi de la styliste devant ce manquement aux règles.

L'irruption des demoiselles d'honneur, accompagnées d'une dizaine d'autres femmes surexcitées, mit fin à la discussion. Adrianne n'eut pas de mal à prévoir que Dagmar aurait au moins six commandes supplémentaires avant qu'une heure se soit écoulée et elle observa la séance d'un regard mi-indifférent, mi-amusé.

Pourtant, quand elle vit sa jeune sœur Yasmina affublée d'une robe qui aurait convenu à une femme du double de son âge, elle intervint.

— Non, ordonna-t-elle à la couturière qui épinglait la jupe. Cette robe ne lui va pas du tout.

— Pourquoi ? protesta Yasmina. Les autres porteront la même.

— Parce que tu as l'air d'une enfant déguisée en grande personne, répliqua Adrianne en faisant signe à Dagmar de s'approcher. Je veux quelque chose de mieux pour ma sœur.

— Sa Majesté nous a dit que toutes les demoiselles du cortège devaient être habillées à l'identique.

— Et moi je vous dis que ma sœur ne portera pas cette robe. Je veux pour elle quelque chose de plus… contemporain, déclara-t-elle, se retenant de justesse de dire « plus jeune ». En rose, par exemple, elle se distinguera des autres.

— Oui, en rouge ! s'écria Yasmina, ravie.

— Non, en rose.

Dagmar, qui approuvait le choix et recevrait peut-être à l'avenir plus de commandes de la princesse que du roi, jugea plus sage de coopérer.

— Je crois que nous avons dans notre dernière collection un modèle qui vous plairait et que je peux faire venir dès demain.

— Parfait. Et vous me donnerez aussi la facture. Tu seras ravissante, ajouta Adrianne en se tournant vers Yasmina. Comme une rose toute fraîche dans un parterre de fougères.

— Mais je me trouve belle dans cette robe ! protesta Yasmina.

— Tu seras encore plus belle dans l'autre. La tradition veut que la première demoiselle d'honneur porte une robe d'une couleur et d'un style différents des autres afin que tout le monde l'admire.

Yasmina réfléchit un instant. Elle se résignerait au voile le moment venu mais, d'ici là, rien ne lui plaisait davantage que se faire remarquer et admirer.

— Elle sera en soie ? demanda-t-elle, ravie.

— Bien sûr.

— Quand je me marierai, je voudrai une robe comme la tienne.

— Tu pourras même avoir celle-ci, si tu veux.

— Une robe déjà portée ? s'exclama-t-elle, indignée.

— Porter la robe de mariée de sa mère, de sa sœur ou d'une amie intime est une autre tradition, ma chérie.

Yasmina caressa le satin de la robe d'Adrianne. Puisque c'était une tradition et que la robe était belle, cela valait la peine d'y réfléchir.

— Je ne porterai pas la robe de ma mère, déclara-t-elle, elle était beaucoup moins belle parce qu'elle n'était que la deuxième épouse. Pourquoi tu ne portes pas la robe de ta mère ?

— Je ne l'ai pas ici, mais j'ai son portrait. Je te le montrerai quand tu viendras me rendre visite en Amérique.

D'un geste impatient, qu'Adrianne jugea trop hautain, Yasmina écarta une servante qui lui apportait une tasse de thé.

— Quand ? voulut-elle savoir.

— Quand tu en auras la permission.

— Et nous pourrons aller au restaurant ?

— Bien sûr.

Un instant, Yasmina redevint une fillette à qui on promet une friandise.

— Au Jaquir, certaines femmes peuvent aller au restaurant, mais mon père ne le permet pas aux femmes de la famille.

— Eh bien, nous dînerons au restaurant tous les soirs, promit Adrianne en lui prenant la main.

Philip ne voyait pour ainsi dire plus le roi, mais il était traité avec égards. Comme un diplomate, se dit-il après avoir eu droit à une visite complète du palais – à l'exclusion des appartements des femmes, bien entendu. Le prince héritier Fahid, qui lui servait de guide, lui débita une longue et ennuyeuse histoire du royaume. Tandis qu'il écoutait d'une oreille distraite, Philip nota mentalement la position des fenêtres, des portes, des accès et des issues. Il observa avec non moins d'attention les allées et venues des serviteurs et des gardes, s'efforçant de déterminer leurs habitudes et leurs horaires.

Il ne se priva pas non plus de poser des questions. Le livre que lui avait conseillé Adrianne lui avait appris lesquelles il valait mieux ne pas soulever, car elles seraient considérées comme des critiques. Il s'abstint donc de demander pourquoi les femmes étaient toujours dissimulées derrière des murs de jardin et des fenêtres grillagées – sinon pour leur bien. Il ne chercha pas davantage à se renseigner sur les marchés d'esclaves, qui avaient toujours lieu mais secrètement, ni sur les décapitations, qui, elles, étaient publiques.

Ils déjeunèrent de caviar et d'œufs de caille dans une pièce pourvue d'une piscine, où des oiseaux multicolores gazouillaient dans des cages dorées pendues au plafond. L'art et la littérature vinrent alimenter la conversation, mais pas les châtiments au fouet qui se déroulaient dans les souks ou sur les places publiques. Rahman rejoignit un moment les deux hommes. Une fois sa timidité surmontée, il bombarda Philip de questions sur Londres. Son esprit naturellement curieux absorbait tout comme une éponge.

— Il y a une importante population musulmane, je crois.

— C'est exact, confirma Philip, qui aurait cent fois préféré un bon thé britannique au café, qu'il jugeait trop amer.

— J'ai très envie de visiter votre ville, les musées, les monuments. Il neige en hiver, n'est-ce pas ? J'aimerais bien voir de la neige.

— Eh bien, il faudra venir l'hiver prochain y passer quelques jours avec Adrianne et moi.

Rahman mourait d'envie de voir cette grande ville, de passer des heures, des journées peut-être, avec cette sœur qui avait de si beaux yeux et un si joli sourire. À Londres, il y avait tant à apprendre – et Rahman était assoiffé de nouvelles connaissances. Un regard échangé avec son frère suffit à leur rappeler ce qu'en pensait leur père.

— Vous êtes très aimable, répondit le jeune homme en étouffant un soupir de regret. Un jour, si Dieu le veut, j'irai à Londres. Si vous voulez bien m'excuser, je dois retourner à mes études.

Après le déjeuner, Fahid emmena Philip faire un tour en ville dans une limousine climatisée. Lui montrant les navires amarrés dans le port, il parla de fructueux accords commerciaux conclus entre le Jaquir et les pays occidentaux, accords auxquels Philip ne s'intéressait guère, préférant admirer le paysage harmonieux qui encadrait la ville, le cirque de collines, le miroir bleu de la mer. La circulation affolante et les touches de modernisme visibles çà et là ne pouvaient effacer l'aspect antique du lieu et sa résistance obstinée au changement.

Près d'une entrée du souk, des hommes avaient empoigné par le bras une femme seule qu'ils traînaient sans ménagement à l'extérieur du marché. Fahid n'approuvait pas ce genre de pratique, mais il n'était pas encore roi. Plus tard, peut-être, pourrait-il adoucir, sinon interdire, ces vestiges moyenâgeux.

— Nous sommes un pays de contrastes, commenta-t-il. Nous avons connu beaucoup de changements ces vingt-cinq dernières années, mais nous serons toujours en terre d'Islam.

Philip sauta sur l'occasion pour aller un peu plus loin.

— N'est-il pas parfois... gênant pour vous d'avoir reçu une éducation occidentale ?

— Il est souvent difficile de trouver un équilibre entre ce qui est bon dans votre monde et ce qui est bon dans le mien. Si le Jaquir veut survivre et se développer, il devra consentir d'autres compromis. Si les lois de l'islam ne peuvent pas changer, les traditions établies par les hommes le peuvent.

— Brutaliser les femmes serait une tradition ?

Fahid se pencha en avant pour donner un ordre au chauffeur.

— Les milices religieuses sont très sourcilleuses, et c'est la religion qui gouverne le Jaquir, répondit-il, évasif.

— Je serais le dernier à vouloir critiquer une autre religion que la mienne, mon cher Fahid, mais avouez qu'il est difficile de voir maltraiter une femme sans réagir.

Fahid comprit aisément que Philip pensait moins à la femme du souk qu'à Phoebe et Adrianne.

— Sur certains points, mon cher, je crains que nous ne puissions jamais être d'accord.

— Quels changements entreprendrez-vous quand vous monterez sur le trône ?

— Il s'agit moins de ce que je pourrai changer que de ce que le peuple me laissera changer. Comme beaucoup d'Européens, vous croyez que c'est le gouvernement qui fait du peuple ce qu'il est, qui l'opprime ou le libère. Dans bien des cas, pour ne pas dire la plupart, c'est le peuple lui-même qui s'oppose au changement, qui lutte contre le progrès alors même qu'il paraît l'approuver. Vous serez étonné d'apprendre que la plupart des femmes aiment porter le voile. Ce n'est pourtant pas une loi. Le voile a été adopté il y a des siècles par l'élite, et ce qui n'était qu'une mode au temps du Prophète est devenu une tradition.

Fahid sortit une bouteille de jus de fruits d'un compartiment réfrigéré et remplit deux gobelets en cristal. Puis, voyant Philip prendre une cigarette, le prince la lui alluma à la flamme d'un briquet en or.

— Vous ne voyez pas de femmes conduire au Jaquir, reprit-il. Ce n'est pas une loi, mais une tradition. Il n'est écrit nulle part qu'il est interdit à une femme de manœuvrer un véhicule, mais ce n'est pas... disons, encouragé, parce que, si un pneu de la voiture crevait, aucun homme ne pourrait venir en aide à la conductrice. Si celle-ci conduisait dangereusement, la police ne pourrait pas l'incarcérer. C'est ainsi que la tradition devient plus autoritaire que la loi elle-même.

— Vos femmes sont-elles satisfaites de la situation ?

— Qui peut se vanter de savoir ce que pensent les femmes ?

— Sur ce point, Fahid, l'Orient et l'Occident peuvent tomber d'accord, dit Philip en souriant.

La voiture s'arrêta devant un bâtiment moderne.

— Voilà ce que je voulais vous montrer, dit Fahid. L'université pour femmes.

Les fenêtres étaient occultées par des stores vénitiens, autant pour lutter contre la chaleur que contre les regards indiscrets. Trois femmes en *abaya* gravissaient les marches du perron. Philip remarqua que, sous la longue robe noire, elles étaient chaussées de baskets.

— Le Jaquir encourage les familles à éduquer leurs filles. Vous voyez que la tradition peut être assouplie. Le royaume a besoin de femmes médecins, d'enseignantes, de banquières. Pour le moment, cette mesure a pour but de simplifier la vie de nos femmes en leur permettant de recevoir des traitements médicaux, de s'instruire ou de gérer leur argent. Mais ce ne sera pas toujours le cas. Un jour, si Dieu le veut, nous irons plus loin.

— Vous comprenez donc l'utilité de l'éducation des femmes, observa Philip.

— Tout à fait. Je travaille en étroite relation avec notre ministre de l'Emploi. J'ai pour ambition de voir le peuple du royaume, hommes et femmes, concourir à la prospérité du Jaquir en lui apportant leurs connaissances et leurs qualifications professionnelles. L'éducation est source de savoir, mais elle véhicule aussi l'insatisfaction, le besoin de connaître plus, de voir, de posséder davantage. Le Jaquir sera forcé de s'adapter – mais pas la nature humaine. Les femmes continueront à porter le voile parce qu'elles le veulent bien. Elles continueront à vivre au harem parce que c'est un mode de vie qui les réconforte.

— Vous le croyez vraiment ?

Fahid fit signe au chauffeur de démarrer. À vingt-trois ans, le prince était un homme cultivé, maître de lui, raisonnable. Il serait roi un jour. Depuis sa plus tendre enfance, personne ne lui avait permis de l'oublier.

— Je ne le crois pas, je le sais. Voyez-vous, j'ai été instruit en Amérique, où j'ai vécu plusieurs années, j'ai été amoureux d'une Américaine, j'aime encore beaucoup de choses de ce pays. Mais j'ai du sang bédouin. Adrianne avait une mère américaine et a été élevée en Occident, mais elle aussi a du sang bédouin, qui coulera dans ses veines jusqu'à son dernier jour.

— Ce sang fait d'elle ce qu'elle est. Il ne la change pas.

Fahid en vint alors au sujet pour lequel il avait provoqué cet entretien en tête à tête avec Philip.

— Adrianne n'a pas eu une vie facile. Jusqu'à quel point hait-elle mon père ?

— Haïr est un mot fort.

— Oui, mais juste. Les passions comme l'amour et la haine ne sont jamais simples. Si vous l'aimez, emmenez-la le plus tôt possible après le mariage et tenez-la à l'écart du Jaquir tant que mon père vivra. Lui non plus ne sait ni oublier ni pardonner.

L'appel à la prière résonna à ce moment-là. Partout, les portes se fermèrent, les hommes se prosternèrent là où ils se trouvaient. Fahid descendit de voiture et se mêla aux fidèles. Ici et là, des groupes de femmes s'immobilisaient dans des coins d'ombre. Elles priaient peut-être en silence, mais elles n'avaient pas le droit de manifester leur croyance.

En observant la scène, Philip comprit mieux les propos de Fahid. Le peuple ne faisait pas qu'adhérer ou se soumettre à la tradition, il la vivait, il la perpétuait. Son mode de vie était centré sur la religion et l'honneur des hommes. Les buildings ultramodernes pouvaient pousser partout, l'éducation se répandre, rien ne changerait cette ferveur-là.

Philip se tourna vers le palais, dont les toits de tuiles vertes brillaient sous le soleil. Adrianne était là, entre ces murs. L'appel à la prière l'avait peut-être attirée vers une fenêtre. Mais serait-il capable de la reconnaître à une telle distance ?

Pour son rendez-vous nocturne avec Philip, Adrianne laissa son outillage caché dans sa chambre et ne se munit que du boîtier électronique qu'elle avait fabriqué, de l'ébauche de clef et d'une lime. Par précaution, au cas où on la surprendrait, elle avait troqué son habituelle tenue de travail contre une jupe longue.

Elle passa par le tunnel que des générations de femmes avaient emprunté entre le harem et les appartements du roi. Certaines l'avaient parcouru avec joie, d'autres avec résignation, toutes dans un but précis, qui n'était certes pas le même que le sien. Comme depuis des générations, le tunnel était éclairé par des torches plutôt qu'à l'électricité. Les flammes dansantes donnaient au lieu une allure romantique bien éloignée de la réalité.

Adrianne aurait pu y croiser un homme, prince ou serviteur, mais à cette heure-là le palais dormait. Marchant sans bruit, Adrianne ne craignait donc pas d'être vue. Sa seule inquiétude concernait Philip. Il n'était pas impossible que sa chambre soit discrètement placée sous surveillance. S'il était pris au mauvais moment au mauvais endroit, il serait expulsé avant même qu'ils aient pu échanger le moindre mot. Quant à elle, elle serait au mieux battue ou enfermée au harem, mais ce serait un faible prix à payer pour atteindre le but qu'elle s'était fixé.

En passant devant l'entrée des appartements du roi, elle sentit l'odeur de l'encens au bois de santal dont il avait toujours raffolé. Un bref instant, elle fut tentée d'entrer dans la chambre de son père, de le réveiller brutalement et de lui déverser tout ce qu'elle avait sur le cœur, mais elle y résista aisément. Le plaisir ne durerait que le temps qu'elle prononce les mots, et elle en voulait bien davantage.

Sachant que les gardes étaient relevés une heure avant l'aube, elle consulta le cadran lumineux de sa montre pour s'assurer qu'elle disposait d'assez de temps. Largement assez, put-elle constater. Le couloir était désert et silencieux. Arrivée devant la porte de la salle du trésor, elle s'accroupit pour crocheter la serrure. Ses mains étaient sûres, mais moites. Agacée, elle les essuya sur sa robe avant d'entrer et referma derrière elle.

Elle était à peine entrée qu'une main se plaqua sur sa bouche. Une fraction de seconde, son cœur cessa de battre. Quand il reprit son rythme, ce fut pour maudire Philip, sur qui elle braqua le faisceau de sa petite lampe électrique.

— Refais cela une seule fois et tu n'auras plus de main ! fulmina-t-elle à mi-voix.

— Ravi de te revoir enfin, répondit-il en lui donnant un baiser. Tu n'as pas eu de problème avec la serrure, au moins ?

— Non.

Elle commença par le repousser avant de se jeter dans ses bras.

— Oh, Philip ! Je ne savais pas que tu me manquerais à ce point.

Il l'embrassa dans le cou, les cheveux.

— Tu t'améliores, ma chérie. Que faisais-tu pendant que ton frère me faisait visiter la ville ?

— Je buvais des tasses de thé, j'écoutais des bavardages sur la fertilité et les accouchements et je subissais un nouvel essayage.

— Tu ne me donnes pas l'impression d'y avoir pris plaisir.

— Je ne savais pas qu'il serait si difficile de tromper ma grand-mère. Et je déteste me faire planter des épingles dans la peau pour fabriquer la robe d'un mariage qui ne sera qu'une comédie.

— Nous en ferons quelque chose de mieux.

Il avait eu beau le dire d'un ton léger, elle vit dans son regard qu'il parlait sérieusement.

— Tu sais ce que j'en pense, et ce n'est pas le moment d'en discuter. As-tu eu le temps d'examiner la chambre forte ?

— De haut en bas. D'après les spécifications, il y a une alarme branchée sur chaque serrure. Ce ne sera pas très compliqué. Je n'ai jamais eu de problème avec les serrures à combinaison.

— Ceci devrait te faciliter le travail.

Elle lui tendit une sorte de cadran, épais comme le pouce et du diamètre d'une pièce de monnaie.

— C'est toi qui l'as conçu ? demanda-t-il en l'examinant.

— Adapté, en réalité. Je voulais que ce soit sensible sans être trop encombrant. C'est un amplificateur. Place-le contre la porte et tu devrais entendre éternuer à l'autre bout du palais.

— Pour quelqu'un qui n'a pas fini ses études, tu te débrouilles plutôt bien en électronique.

— C'est un talent naturel. J'estime qu'il nous faudra une heure.

— Quarante minutes, cinquante tout au plus.

— Tenons-nous à soixante. Cela dit, ajouta-t-elle en lui caressant la joue, je ne cherche pas à minimiser ton talent.

— Je te parie mille livres que j'y parviendrai en quarante minutes.

— Pari conclu. Maintenant, écoute. Tu ne pourras pas travailler en sécurité avant trois heures du matin. Je neutraliserai les alarmes à partir de deux heures trente. Il vaudra mieux que tu arrives directement dans la pièce, mais ne touche à rien jusqu'à trois heures. Je te rejoindrai aussi vite que je le pourrai.

— L'idée que tu te charges seule des alarmes ne me plaît pas.

— Si j'avais pu faire ce que je voulais, je ferais tout le travail seule. Commence par la serrure du haut et débloque les autres ensuite.

— Tu te répètes, Addy. Je sais ouvrir un coffre-fort.

— Ne te laisse pas emporter par ta vanité.

— Pas de danger, j'aurai trop à faire pour me protéger de la tienne. Comment saurai-je que tu auras neutralisé les alarmes ?

— J'ai trop travaillé à préparer cette opération dans le moindre détail pour commettre une erreur. Tu me fais confiance ou tu t'en vas.

Elle sortit la clef d'une de ses poches. Philip regarda un instant Adrianne manier la lime avec délicatesse et déclara :

— Je n'ai pas l'habitude de travailler avec un associé.

— Moi non plus.

— Ce sera notre dernier coup d'éclat, heureusement. Je me sentirais mieux si tu n'étais pas aussi tendue, Addy.

— Et moi, je me sentirais mieux si tu étais à Londres. C'est vrai, insista-t-elle en levant la main pour que Philip ne fasse pas de commentaire, nous n'aurons sans doute plus d'autre occasion de faire les dernières mises au point. Si quoi que ce soit tournait mal ou paraissait seulement devoir mal tourner, tu filerais immédiatement. Promets-le-moi.

— Tu ne fuiras pas, toi ?

— Je ne peux pas. C'est là toute la différence.

— Tu n'as toujours rien compris ? l'interrogea-t-il en lui prenant le menton d'une main. Tu as beau dire que tu ne crois pas à l'amour, que tu es incapable de l'accepter et même de le ressentir, cela ne changera rien à ce que moi je ressens. Quand tout cela sera derrière nous, Addy, il ne restera que nous deux. Tu devras t'y habituer.

— Le travail n'a rien à voir avec l'amour.

— Crois-tu ? Tu veux exécuter ce travail parce que tu aimais ta mère et que tu hais ton père. Je suis ici parce que ce que tu es et ce que tu penses ont pour moi une importance capitale.

— Je ne sais jamais comment te parler, Philip, soupira-t-elle.

— Cela viendra. Vas-tu au moins m'inviter dans ta chambre ? ajouta-t-il en la serrant contre lui.

Les yeux clos, elle se laissa embrasser.

— Je voudrais bien, mais il ne vaut mieux pas. Un autre jour.

— Le plus tôt possible.

Elle se retourna pour essayer la clef dans la serrure, écouta le frottement du métal aux endroits qui avaient encore besoin d'un dernier fignolage.

— Ne tardons pas, dit-elle en remettant la clef dans sa poche. Penser que le collier est là, à quelques centimètres de nous... Je m'étonne que tu ne sentes pas sa chaleur à travers la porte.

— As-tu jamais envisagé de le garder ?

— Quand j'étais petite, j'imaginais que je le remettrais au cou de ma mère pour la voir revenir à la vie. J'imaginais que je le mettrais aussi à mon cou et que je me sentirais... comme une princesse, acheva-t-elle en souriant. Non, vois-tu, ce collier n'est pas pour moi. Trop de tragédies l'ont accompagné des siècles durant. Cette fois, au moins, il fera un peu de bien. Tu trouves peut-être que ce que je dis est idéaliste et bête.

— Oui, dit-il en portant la main aux lèvres d'Adrianne. Mais c'est justement quand j'ai découvert que tu étais une idiote idéaliste que je suis tombé amoureux de toi. Sois prudente avec ton père, Addy. Je t'en prie.

— Je commets rarement deux fois les mêmes erreurs, Philip. Ne t'inquiète pas pour moi, je joue les princesses depuis des années.

Elle écouta, ouvrit la porte. Il la rattrapa avant qu'elle sorte.

— Tu n'as pas besoin de faire semblant d'être qui tu es, Adrianne.

25

Adrianne n'était pas convaincue par les propos de Philip. Les jours suivants, elle dut faire appel à toutes ses ressources pour jouer son rôle de princesse. Elle y parvenait, bien sûr, parce qu'elle le devait en partie à son sang royal, mais elle pensait surtout qu'une modeste jeune fille du Nebraska ayant su conquérir Hollywood lui avait légué son talent d'actrice.

Elle allait de réunions en réceptions données en son honneur par des parentes plus ou moins éloignées, et la conversation tournait toujours autour des mêmes sujets. Elle y recevait les innombrables conseils et y répondait aux innombrables questions censés concerner les futures jeunes mariées. Elle aperçut Philip de temps à autre, mais jamais seule. Elle dut consacrer des heures aux essayages, d'autres à courir les magasins en compagnie de tantes et de cousines.

Les cadeaux arrivaient déjà du monde entier avec les vœux et les compliments de chefs d'État et de rois alliés de son père. C'était une conséquence de la comédie qu'elle n'avait pas prévue. Vaisselle d'or et d'argent, vases Ming et autres objets aussi coûteux qu'inutiles s'amoncelaient. Sa vengeance, purement personnelle jusqu'alors, avait des répercussions sur des princes et des présidents qui, sans le savoir, se retrouvaient mêlés à sa vindicte. Conformément aux usages, elle devait remercier elle-même les généreux donateurs et consacrer le peu de temps qui lui restait à l'accueil des invités débarqués des jets privés.

Un cadeau infiniment plus important que les autres lui était toutefois parvenu de New York. Elle avait chargé Philip d'appeler Celeste pour le lui demander, et il se trouvait maintenant au milieu des autres. Ce ravissant coffret de laque de Chine, digne d'une princesse, était en vérité une boîte à secrets pourvue de ressorts, de compartiments, de tiroirs et de portes coulissantes que les motifs complexes du décor rendaient invisibles. Dans quelques jours, Adrianne cacherait Le Soleil et La Lune dans l'un de ces tiroirs et l'expédierait à sa propre adresse avec les vases de porcelaine et les plats d'argent. Elle avait d'abord pensé payer d'audace en emportant le collier sur elle. C'était Abdul lui-même qui, par sa vanité, lui avait offert à son insu cette solution imparable.

Elle ne le revit qu'une fois avant le jour du mariage et seulement parce qu'elle avait elle-même sollicité une audience. Princesses ou pas, les femmes avaient besoin de l'autorisation écrite d'un homme de leur famille pour sortir seules.

Les yeux modestement baissés et les mains jointes sous les longues manches de son *abaya*, Adrianne attendit que le roi daigne lui adresser la parole. Elle ne portait que le diamant de Philip et les boucles d'oreilles offertes par Celeste. Les améthystes étaient déjà emballées. Leur vente paierait la plomberie de la clinique.

— Je n'ai que peu de temps à t'accorder. Tu devrais être en train de te préparer à la cérémonie de demain.

L'orgueil que la jeune femme avait hérité de lui se rebella, mais la souplesse et la diplomatie qui lui venaient de sa mère lui dictèrent la sagesse.

— Tout est prêt, répondit-elle d'une voix posée.

— Tu devrais donc occuper ton temps à réfléchir à tes devoirs d'épouse.

— Je ne pense à rien d'autre ces derniers jours. Je tenais à vous exprimer ma gratitude d'avoir aussi bien pris soin de tout.

— C'est tout ce que tu avais à me dire ?

— Je suis aussi venue vous demander la permission d'emmener quelques heures Yasmina et mes autres sœurs à la plage. Je n'ai eu que peu de temps pour apprendre à mieux les connaître.

— Tu en aurais eu le temps si tu étais restée ici au lieu d'aller vivre ailleurs.

— Ce sont quand même mes sœurs.

— Ce sont des femmes du Jaquir et des filles d'Allah, ce que tu n'es pas ni n'as jamais été.

Garder la tête basse et la voix posée fut l'une des épreuves le plus difficile qu'Adrianne ait jamais eue à surmonter.

— Ni vous ni moi ne pouvons renier notre sang, quand bien même nous le voudrions.

— Je peux, moi, épargner à mes filles ton influence corruptrice. Demain, tu seras mariée lors d'une cérémonie convenant à ton rang. Tu quitteras ensuite le royaume, et je ne serai plus obligé de penser à toi, *Inch Allah*. Pour moi, tu es morte quand tu es partie avec ta mère. C'est un fait dont nul ne peut nier la réalité.

Au risque de recevoir de nouveaux coups, elle s'avança d'un pas.

— Un jour viendra, dit-elle d'une voix douce, où vous penserez quand même à moi. Je vous le promets.

Cette nuit-là, seule dans sa chambre, elle ne rêva pas. Elle pleura.

Le muezzin la réveilla le lendemain matin, jour de son mariage. Le jour le plus long et peut-être le plus pénible de sa vie. Elle disposait d'un peu moins d'une heure de tranquillité avant l'irruption des femmes et des servantes venues lui infliger la torture de l'habiller et de la parer.

Faisant le vide dans sa tête, elle se plongea dans un bain agrémenté d'une dose généreuse d'huiles parfumées. Si ce mariage avait été réel, lui aurait-il apporté de la joie, de l'anxiété ? Elle n'éprouvait à ce moment que la peine et le regret de ce qui ne pourrait jamais plus exister. La cérémonie serait une mauvaise farce, aussi mensongère que les promesses échangées au cours d'autres cérémonies célébrées de par le monde sous d'autres rites. Qu'était le mariage pour une femme, sinon une forme d'esclavage ? Elle renonçait à son propre nom pour prendre celui d'un homme et, de ce fait, abdiquait son droit d'être autre chose qu'une épouse. Volonté, désirs, honneur, tout était désormais l'apanage du mari, plus jamais de la femme.

Au Jaquir, si les lois étaient conçues pour protéger l'honneur des hommes, les traditions qui en étaient issues les aggravaient. L'honneur perdu ne pouvait être réparé. La chasteté des femmes était gardée avec un zèle fanatique, car un homme est responsable de sa fille toute sa vie. Au lieu de liberté, les femmes avaient des servantes, étaient dispensées de labeur physique et menaient une existence vide et inutile. Cet esclavage doré durerait aussi longtemps que les femmes se laisseraient imposer des mariages arrangés, comme elle-même y consentait pour prix de sa vengeance.

Ce qu'avait dit son père était pourtant vrai. Elle n'était pas une femme du Jaquir et Philip n'avait pas de sang bédouin. Tout cela n'était que comédie et simulacre. Le roi le lui avait rappelé rudement et elle ne devait pas l'oublier. Elle avait beau avoir du sang d'Abdul, elle n'était pas ni ne serait jamais sa fille.

Quand ce serait fini, lorsque les interminables festivités seraient enfin achevées, elle ferait ce qu'elle était venue accomplir, ce qu'elle s'était juré de réaliser. Sa vengeance, toujours aussi brûlante malgré les années passées, lui serait encore plus douce. Mais, alors, les derniers liens qui la rattachaient à sa famille seraient brisés à jamais. Elle en souffrirait, elle en aurait d'amers regrets, elle le savait. Mais elle savait aussi que tout, dans la vie, avait un prix.

L'épreuve de la toilette achevée, Adrianne remercia les unes et les autres, parvint à sourire avec grâce, accepta la gerbe d'orchidées et de roses blanches. Puis, les mains fermes mais froides et le cœur battant à un rythme régulier, elle suivit son cortège dans le salon où elle allait être officiellement présentée à son mari et aux hommes de la famille.

Elle était belle et radieuse, à couper littéralement le souffle. Philip ne trouva pas d'expression plus appropriée quand la mariée apparut. Un instant auparavant, il respirait normalement et tournait dans sa tête les pensées qui viennent en principe à un homme en pareille circonstance. À l'arrivée d'Adrianne, tout en lui s'arrêta net. Ses doigts eux-mêmes furent paralysés. Des nerfs dont il ignorait l'existence s'éveillèrent, comme traversés par un courant électrique, et sa gorge se serra à l'étouffer.

Après que chaque homme eut donné à la princesse le baiser rituel, certains par devoir, d'autres avec sincérité, son père lui donna le sien de mauvaise grâce, mit la main de la jeune femme dans celle de Philip et, ensuite, ne s'occupa plus de sa fille. Un imam récita des versets du Coran auxquels Philip ne comprit pas un mot. Le marié n'était conscient que de la froideur de la main d'Adrianne qui tremblait dans la sienne.

Elle ne se doutait pas qu'il serait vêtu d'une djellaba blanche et coiffé de la calotte traditionnelle. Cet accoutrement, qui aurait dû donner à la cérémonie un aspect encore plus artificiel, eut l'effet contraire : elle aurait beau prétendre qu'il n'était qu'une comédie, ce mariage devenait réel. Plus tard, certes, il serait aisément rompu. Mais, sur le moment du moins, il était bel et bien officiel.

Une bonne heure s'écoula avant que la traditionnelle procession s'ébranle. Les tambours et la musique qui résonnaient dans le grand salon nuptial parvenaient déjà jusqu'aux oreilles des mariés.

— C'est tout ? chuchota Philip à l'oreille d'Adrianne.

Elle comprit alors qu'il était temps pour elle de voir avec humour la drôlerie que la situation revêtait et parvint à sourire.

— Cela ne fait que commencer. Il faut bien distraire les invités. Il y aura d'abord les danseuses et les musiciens. Cela ne prendra guère plus d'une vingtaine de minutes.

— Et après ?

— La fête nuptiale proprement dite suivra. Nous passerons entre les rangées de sièges pour nous asseoir sur une estrade totalement couverte de fleurs afin de recevoir les félicitations. Le tout durera environ deux heures.

— Deux heures ? Charmant ! Sans boire et sans manger ?

Rien que pour ces mots, elle l'aurait embrassé.

— Le banquet aura lieu ensuite. Pourquoi es-tu déguisé ?

Il jugea plus sage de ne pas lui dire que le roi l'avait exigé.

— Quand on est à Rome, répondit-il d'un ton insouciant, on fait comme les Romains.

Ils n'avaient déjà plus le temps de se parler.

Adrianne n'avait pas exagéré à propos de l'abondance de fleurs : les murs en étaient tapissés du sol au plafond. L'étalage de bijoux sur les femmes ayant eu le privilège d'être invitées était encore plus saisissant. Adrianne n'avait pas non plus exagéré à propos de la durée de la cérémonie. Les mariés restèrent plus de deux heures assis sous un dais où on leur distribua poignées de main et embrassades, où fusèrent vœux de bonheur et larmes de joie. L'odeur entêtante des fleurs mêlée aux parfums capiteux des femmes donnèrent bientôt la migraine à Philip.

Et ce n'était pas fini ! La foule alla ensuite dans une immense salle où étaient dressés des dizaines de tables et de buffets croulant sous les victuailles les plus variées. Au centre trônait un gâteau haut d'une vingtaine d'étages. L'un des invités avait réussi à introduire en fraude un Polaroid. Les femmes posaient fièrement devant l'objectif avant de s'esquiver en dissimulant leur image comme un objet honteux. Philip réussit à se faire photographier avec Adrianne et cacha lui aussi la photo, interdite par le Coran.

Huit longues heures après qu'Adrianne eut revêtu sa robe de mariée, Philip et elle furent enfin escortés vers l'appartement où devait se dérouler leur nuit de noces.

— Ouf ! soupira la jeune femme, une fois la porte refermée sur les derniers rires de ses suivantes. Quelle superproduction !

— Oui, mais il y manquait un numéro essentiel.

— Quoi donc ? Un combat de gladiateurs ? Une décapitation ?

Il lui prit les mains avant qu'elle ait pu défaire sa coiffe.

— Quelle cynique ! Non. Je n'ai pas encore pu embrasser la mariée.

— Maintenant, dit-elle en souriant, tu peux. Non, tu dois.

Il la prit dans ses bras. Elle se laissa aller, s'appuya contre lui. Pour une fois, la seule, elle se permit de croire au bonheur. Le baiser qu'il lui donna était ferme, tendre, rassurant. Elle en avait terriblement besoin.

— Tu es si belle, Addy. J'ai failli avaler ma langue de ravissement quand je t'ai vue entrer, tout à l'heure.

— J'étais très calme. J'ai commencé à me sentir agitée en te voyant. Tu sais, dit-elle en posant la tête sur l'épaule de Philip, je ne pourrai jamais te rendre ce que je te dois pour tout ce que tu as fait pour moi.

— Ce qu'on fait pour des motifs égoïstes ne se paie pas. D'ailleurs, nous partons demain.

— Mais...

— J'ai prévenu ton père. Je me suis même étonné qu'il accepte aussi facilement, continua-t-il en enlevant les épingles qui retenaient la coiffe de la mariée. Mais il a parfaitement compris que je veuille emmener sans tarder mon épouse en voyage de noces. Je lui ai dit que nous passerions une quinzaine de jours à Paris avant d'aller à New York.

— Tu as raison, il vaut mieux partir tout de suite. Moins je verrai mes frères et sœurs, plus vite et mieux je les oublierai.

— Tu n'auras pas forcément à les oublier...

— Abdul leur interdira tout contact avec moi après ce que nous allons faire. Je le sais et je l'accepte. Je n'avais pas prévu, en revanche, qu'il me serait difficile de renoncer à eux, alors que je viens à peine de les connaître. Allons nous reposer, Philip. La nuit sera longue, dit-elle en commençant à déboutonner sa robe.

Il repoussa les mains de la jeune femme pour continuer lui-même.

— Le repos n'est pas une priorité. Tu m'as terriblement manqué ces jours-ci, Addy. Je veux te goûter. Te savourer.

Le couturier français aurait frémi d'horreur s'il avait vu la belle robe tomber en tas sur le sol.

Philip se réveilla dans le noir et resta immobile pour mieux sentir le poids du corps d'Adrianne contre le sien. Elle dormait d'un sommeil si léger qu'elle se réveillerait instantanément s'il bougeait ou murmurait son nom. Mais le moment n'était pas encore venu.

Il n'avait pour ainsi dire jamais dormi avant l'action. Dans une profession comme la sienne – la leur – l'ennui ou la lassitude ne s'installait jamais assez pour pousser ceux qui la pratiquaient à mener l'existence ordinaire du commun des mortels.

Le Soleil et La Lune... Il fut un temps, pas si lointain, où la perspective d'avoir ce collier légendaire entre les mains aurait grisé Philip des semaines durant. Il avait maintenant hâte d'en finir au plus vite et de mettre Adrianne en sécurité dans le manoir de l'Oxfordshire, devant un bon feu de cheminée, et de voir deux chiens couchés à leurs pieds.

Je dois prendre un coup de vieux, pensa-t-il. Ou, pire, m'embourgeoiser. En réalité, il était simplement amoureux et avait encore du mal à l'assimiler.

Il caressa doucement l'anneau d'or et de diamants qu'il avait glissé au doigt d'Adrianne durant la comédie censée passer pour un mariage. Mais cet événement prenait une signification à laquelle il ne s'était pas attendu, et n'aurait même pas souhaitée. Cette femme était devenue son épouse, il brûlait d'impatience de l'emmener chez lui, de la présenter à sa mère. De préparer avec elle l'avenir.

L'avenir... Quel saut périlleux entre l'époque où il se contentait de prévoir ses distractions du lendemain soir et celle-ci, où il pensait déjà aux enfants, aux repas en famille. Il avait pourtant exécuté dans sa vie des sauts encore plus périlleux et était toujours retombé sur ses pieds. Un bon cambrioleur doit avoir de la dextérité et le sens de l'équilibre. Cette nuit, il aurait besoin des deux.

Dommage, en un sens, que ce mariage n'ait pas été une vraie fête avec de la musique, du champagne et de la folie jusqu'à l'aube. Quoique, de la folie, il en avait eu son content jusqu'à ce que tous deux s'endorment d'épuisement. Adrianne avait été un véritable volcan, et Philip en était resté pantelant comme un adolescent à la fin de sa première expérience. Le stress qu'ils avaient tous deux subi depuis leur arrivée au Jaquir était oublié. Partenaires au lit, ils étaient à présent, pour le meilleur ou pour le pire, partenaires en vengeance.

Il lui caressa la joue, chuchota son nom. Comme prévu, elle retrouva instantanément sa lucidité.

— Quelle heure est-il ?
— Une heure tout juste passée.

Elle était déjà debout et commençait à s'habiller.

Ils étaient vêtus de blanc pendant la journée, cette nuit ils seraient en noir, leur tenue de travail. Ils n'eurent pas besoin de se parler pour vérifier chacun leurs outils. Adrianne plaça les siens – pinces, lime, télécommande – dans un petit sac solidement accroché à un harnais sur sa poitrine. Ils enfilèrent tous deux des gants chirurgicaux.

— Laisse-moi une demi-heure d'avance, dit-elle en vérifiant sa montre. Ne sors pas de la chambre avant deux heures trente, sinon tu risques de croiser les gardes dans l'aile est.

— En travaillant vite, nous n'aurions pas besoin de nous séparer.

— Nous avons déjà tout vu et revu en détail, Philip. Tu sais que j'ai raison.

— Le savoir ne veut pas dire que cela me plaît.

— Concentre-toi sur les combinaisons. Bonne chance, mon chéri, conclut-elle en lui donnant un baiser.

— Bonne chance !

À l'image de l'ombre dont elle portait le nom, elle disparut.

Comme pour toute autre opération, elle devait garder la tête froide. Elle s'y était préparée dans le calme, mais, maintenant que la nuit tant attendue était arrivée, Adrianne était plus nerveuse qu'un apprenti pickpocket de grand magasin un jour de soldes. D'un pas rapide, elle s'avança en rasant les murs, l'oreille à l'affût.

Sa vision s'était vite accommodée à l'obscurité, trouée de temps en temps par les lueurs lunaires tombant d'une fenêtre dont les rideaux n'étaient pas tirés. Elle n'eut pas un regard pour les dizaines d'objets et œuvres d'art situés dans les couloirs et les petits salons qu'elle dépassait, ne s'intéressant qu'aux gardes, dont elle guettait les pas.

Un profond silence régnait à l'étage inférieur. Elle traversa les salons où flottait encore le parfum des fleurs de son mariage, dépassa les bureaux. L'accès au centre de sécurité se trouvait derrière une porte dissimulée dans une encoignure. Le cœur battant, Adrianne l'ouvrit, écouta pendant cinq secondes, puis dix. Comme rien ne troublait le silence et l'obscurité, elle se glissa à l'intérieur de la pièce, referma sans bruit la porte et s'engagea dans l'escalier qui descendait au rez-de-chaussée. Si on la surprenait en ce lieu, elle n'aurait aucun recoin où se cacher, aucun prétexte à invoquer. L'escalier était raide et dépourvu d'une rampe qui aurait guidé la jeune femme dans sa descente. Dans l'obscurité, elle ne pouvait marcher vite sans risquer une chute aux conséquences désastreuses. Pas à pas, trop lentement à son gré, elle descendit.

Lorsqu'elle arriva en bas des marches, son cœur battait si fort qu'elle se força à marquer une pause et à prendre quelques profondes inspirations. Un coup d'œil à sa montre lui confirma qu'elle disposait de vingt minutes pour désactiver les alarmes avant que Philip n'attaque la première combinaison. Elle avait donc amplement le temps. Allumant pour la première fois sa lampe électrique, elle examina la pièce.

Des caisses entassées plus qu'à hauteur d'homme couvraient un mur entier. Sur un autre, une armoire vitrée abritait un râtelier d'armes. Les boîtiers des systèmes d'alarme étaient scellés au mur d'en face. Dominant le malaise que lui causait la présence des fusils, Adrianne se dirigea vers les boîtiers.

Elle ne toucha pas aux alarmes extérieures. Il lui fallut cinq interminables minutes pour dévisser le couvercle du boîtier des alarmes intérieures et débrancher le premier fil. Il y avait en tout douze fils, quatre pour chaque serrure. Elle les débrancha un par un, se basant sur le code des couleurs. Elle avait en mémoire le schéma de câblage de façon aussi précise que si elle l'avait eu sous les yeux.

De temps à autre, elle se demandait si Philip était déjà à son poste. Deux des alarmes étaient désactivées, mais la tension nerveuse devenait insoutenable. La moindre erreur à ce stade réduirait en cendres des années de préparation.

Adrianne avait repéré le dernier fil et posait la main dessus quand elle entendit des pas. Sans hésiter une seconde, elle remit le couvercle en place, revissa avec l'ongle une des vis pour le maintenir accroché et plongea derrière les piles de caisses.

Ils étaient deux, armés d'un pistolet dans un holster sur leurs djellabas. Leurs voix, dont le niveau sonore était pourtant normal, résonnèrent aux oreilles d'Adrianne comme des rafales de mitrailleuses lourdes. Elle se roula en boule et retint sa respiration. L'un d'eux se plaignait du travail supplémentaire imposé par le mariage et la nécessité de veiller à la sécurité des invités, l'autre mit fin à ces jérémiades en se vantant de son récent voyage en Turquie, où il avait pu goûter aux prostituées importées d'Europe de l'Est.

Ils allumèrent la lumière avant de s'arrêter à quelques centimètres de la cachette d'Adrianne. Le voyageur exhiba avec un rire épais un magazine pornographique sur la couverture duquel une femme nue se masturbait, les cuisses écartées. Ils avaient beau être gardes du palais, chacun d'eux aurait eu au moins une main coupée ou un œil crevé si les gardiens de la foi les avait surpris en possession de ce magazine.

Penchés sur les photos, ils allumèrent une cigarette, dont la fumée indisposa Adrianne, forcée d'écouter en détail les prouesses sexuelles du garde. Il s'ensuivit un marchandage animé à propos de l'achat du magazine, pendant lequel Adrianne n'osa pas faire le moindre geste, même pour consulter sa montre. Philip devait déjà avoir posé les doigts sur la première serrure. L'alarme pouvait de se déclencher d'une seconde à l'autre. La catastrophe menaçait...

Des billets changèrent de mains, la cigarette fut soigneusement éteinte et le mégot caché au fond d'une poche. Des rires gras résonnèrent. Les deux hommes se retirèrent enfin, et Adrianne, au supplice, attendit avec impatience que la lumière s'éteigne.

Jamais elle n'avait dû terminer un travail avec la bouche aussi sèche et une nausée provoquée par la fumée de la cigarette. Ses doigts engourdis par son immobilité forcée faillirent lâcher le couvercle quand elle le dévissa à nouveau. Il ne lui restait que quarante-cinq secondes. Avec des gestes fermes, si fermes qu'ils lui paraissaient émaner de quelqu'un d'autre, elle désactiva le dernier fil de la troisième serrure. Il lui restait encore vingt secondes. Elle attendit une minute entière avant de se relever.

Aucune alarme ne brisa le silence. Elle ne cessa de prier que lorsqu'elle revissa le couvercle du boîtier.

Pourvu de doigts agiles et d'une oreille fine, Philip travaillait avec la délicatesse et la patience d'un maître lapidaire – ou d'un cambrioleur de grande classe. Mais, pendant ce temps, son cerveau ne cessait de se poser la même question : Que fait donc Adrianne ? Elle avait presque un quart d'heure de retard sur l'horaire optimal qu'ils s'étaient fixé.

La première serrure était déjà débloquée, elle avait donc désactivé l'alarme. Maigre consolation ! se dit-il. Les doigts sur le second cadran, l'oreille tendue, il garda les yeux tournés vers la porte. Cinq minutes, décida-t-il. Si elle n'arrive pas d'ici à cinq minutes, je pars à sa recherche et voue le collier à tous les diables.

Alors que le premier cliquetis faisait entendre son bruit sec dans l'amplificateur mis au point par Adrianne, Philip vit tourner la poignée de la porte. Il s'était aplati contre le mur, prêt à toute éventualité, quand Adrianne entra.

— Tu es en retard.

Elle pouffa d'un rire qui laissa entendre à quel point elle avait les nerfs à vif.

— Désolée, je n'ai pas trouvé de taxi.

Elle se pressa contre lui, l'étreignit, retrouva son calme.

— Un problème ? demanda-t-il, inquiet.

— Pas vraiment. Juste deux gardes avec un magazine porno et des cigarettes turques à l'odeur infecte. Ils s'amusaient comme des fous.

Il l'observa avec attention. Elle avait un regard clair et ferme, mais elle était pâle.

— Je suis obligé de te rappeler que tu es désormais une femme mariée. Tu ne participeras plus à des réjouissances masculines si je ne suis pas invité.

Elle s'écarta, étonnée que sa propre frayeur se soit si vite dissipée.

— Promis, juré. Ça marche, de ton côté ?

— Personne n'a jamais osé me poser ce genre de question. Occupe-toi tout de suite de la clef, j'ai presque fini.

— Mon héros !

— Ne l'oublie surtout pas.

Ils se mirent au travail côte à côte. Philip dut s'interrompre une ou deux fois, gêné par le bruit de la lime.

— Voilà, dit-il en reculant d'un pas. J'avais oublié la satisfaction que procure le cliquetis d'une serrure débloquée. Trente-neuf minutes quarante secondes, déclara-t-il en consultant sa montre.

— Félicitations.

— Tu me dois mille livres.

Elle essuya du revers de sa manche son front couvert de sueur.

— Mets-les sur mon compte.

— J'aurais dû me douter que tu serais mauvaise joueuse. Bientôt fini ? demanda-t-il en se penchant par-dessus l'épaule d'Adrianne.

— Je t'ai laissé le travail facile. Je dois y aller doucement. Si j'enlève trop de métal, cela ne marchera pas.

— Veux-tu que j'essaie ? Je suis assez doué, moi aussi. Cette fichue serrure peut nous faire perdre une heure.

— Pas la peine, j'y suis presque arrivée.

Elle réintroduisit la clef dans la serrure, tourna à gauche, à droite. Les yeux fermés, elle voyait presque les endroits où le métal accrochait encore. Elle retira la clef, lima quelques ultimes points, fignola à l'aide de papier de verre, mit quelques gouttes d'huile, recommença. Elle avait les doigts aussi engourdis que ceux d'un chirurgien à la fin d'une longue et délicate opération.

Au bout d'une demi-heure de ce travail lent et fastidieux, elle réintroduisit une énième fois la clef, tourna... et sentit enfin la serrure céder. Sur le moment, elle ne put que rester agenouillée dans la position où elle était. Sa vie entière avait tendu vers cet instant. Maintenant qu'elle y était parvenue, elle ne pouvait plus faire un geste.

— Addy ? demanda Philip avec inquiétude, ça va ?

— Atteindre le but qu'on s'est fixé toute sa vie, tu sais, c'est un peu comme si on mourait. Rien de ce qu'on fera ensuite n'aura la même importance. Mais ce n'est pas tout à fait fini.

Elle remit la clef dans le sac, y prit la télécommande, composa le code. Un voyant rouge clignota, s'éteignit, un vert s'alluma.

— Ce coup-là, ça y est, annonça-t-elle.

Philip recula d'un pas pour laisser Adrianne ouvrir elle-même la porte. Une bouffée d'air chaud s'échappa de la chambre forte. La jeune femme braqua à l'intérieur le faisceau de sa lampe électrique, qui alluma les scintillements de l'or, de l'argent, des pierres précieuses.

— C'est la caverne d'Ali Baba ! murmura Philip, effaré. Le rêve inaccessible de tous les voleurs. Grand Dieu... Moi qui croyais avoir tout vu !

Une pyramide de lingots d'or s'élevait jusqu'à hauteur de la taille à côté d'autant de lingots d'argent. Des coupes, des urnes, des vases, des plats en métaux précieux, certains incrustés de gemmes, s'alignaient comme à la parade ou s'entassaient en désordre. Une coiffe de femme couverte de rubis pareils à des gouttes de sang avoisinait une couronne dont la monture d'or disparaissait sous les diamants. Adrianne souleva le couvercle d'un coffre rempli de pierres brutes, certaines encore dans leurs gangues.

Il y avait aussi des tableaux de Rubens, Monet, Picasso, d'autres encore qu'Abdul n'accrocherait jamais aux murs de son palais mais dans lesquels il avait investi son argent. Ces œuvres retinrent aussitôt l'attention de Philip, qui délaissa l'or et les bijoux pour s'y intéresser de plus près. Pensivement, il les examina à l'aide de sa lampe électrique.

— Le trésor du roi, commenta Adrianne. Acquis par le pétrole, par le sang, par amour ou encore par traîtrise. Tout cela existe, et ma mère est morte sans rien, excepté ce que je volais pour l'entretenir. Et le pire, ajouta-t-elle lorsque Philip se tourna vers elle, c'est qu'elle aimait encore Abdul quand elle est morte.

Il essuya avec douceur ses joues ruisselantes de larmes.

— Ne pleure pas, ma chérie. Il n'en vaut pas la peine.

— Non, soupira-t-elle, tu as raison. Je reprendrai seulement ce qui m'appartient.

Elle braqua sa lampe sur le mur opposé, qu'elle balaya lentement. Un instant plus tard, le collier semblait exploser de sa vie propre.

— Le voilà.

Elle se dirigea vers le bijou, comme attirée par son magnétisme. Si ses mains s'étaient remises à trembler, ce n'était plus de crainte, mais sous l'effet d'une surexcitation impossible à maîtriser. Le Soleil et La Lune était dans une vitrine, et le verre poussiéreux ne parvenait pas à ternir son éclat. Un seul, un bref regard suffisait à sentir les passions et les plaisirs, l'amour et la haine, les promesses et les trahisons qui l'habitaient.

À son tour, Philip braqua sur le collier sa lampe, dont le faisceau se mêla à celui d'Adrianne.

— Il est encore plus beau, plus extraordinaire que je ne l'imaginais. Je n'ai jamais rien volé qui lui soit comparable. Il est à toi, ma chérie, dit-il en posant une main sur l'épaule de sa femme. Prends-le.

Adrianne ouvrit la vitrine, souleva le bijou. Son poids la surprit.

— Je me suis souvent demandé quel effet cela me ferait de tenir ma destinée dans mes mains.

— Je vois. Et alors ?

Elle se tourna vers lui, sourit parce qu'elle savait qu'il la comprenait mieux que personne ne l'avait jamais comprise.

— Je ne me souviens que de son rire. Mon seul regret, c'est de ne pas pouvoir lui rendre ce collier.

— Tu as déjà fait et tu feras encore mieux, Addy, répondit Philip en pensant à la ruine de Manhattan qui allait devenir un refuge pour les déshérités. Ta mère serait fière de toi, tu sais.

Adrianne acquiesça d'un signe, sortit de son sac un sachet de velours dans lequel elle plaça le collier. La passion brillait dans ses yeux dont l'éclat était plus vif que celui du diamant.

— Abdul viendra le chercher, dit-elle. Tu le comprends, je pense.

— Je sais surtout que vivre avec toi ne sera jamais ennuyeux !

Elle balaya une dernière fois la chambre d'un rayon de lumière. Une ligne gravée dans la pierre à côté de la vitrine vide retint son regard et elle s'en approcha. L'inscription, déjà ancienne, était toujours lisible. Elle avait peut-être été gravée avec une pointe de diamant.

— Qu'est-ce que cela dit ? demanda Philip.

— Te souviens-tu de l'histoire de cette reine adultère enfermée ici pour mourir ? Elle a écrit : « *Je meurs d'amour et non de honte. Allah Akhbar.* » Peut-être, dit la jeune femme en prenant la main de Philip, pourra-t-elle enfin reposer en paix, elle aussi.

26

Adrianne faisait ses valises quand Yasmina entra dans la chambre, s'arrêtant ici et là pour respirer un flacon de parfum, regarder autour d'elle, caresser les pétales d'une fleur. Le soleil qui entrait à flots par la fenêtre ouverte faisait briller l'or à ses poignets, à ses doigts et à ses oreilles. Adrianne aurait voulu que le soleil soit aussi responsable des larmes qu'elle sentait monter à ses yeux. Le chagrin qu'elle avait eu en quittant le Jaquir dix-sept ans auparavant, elle l'avait vite surmonté. Cette fois, elle partait avec le collier, mais elle laissait derrière elle bien plus qu'elle ne l'aurait cru, et sa peine était d'autant plus cruelle.

— Tu pourrais au moins rester un jour de plus, dit Yasmina en la regardant plier une robe puis la mettre dans la valise.

La fillette était ulcérée que le sort lui ait donné une sœur aussi belle et fascinante pour la lui reprendre si vite. Ses autres sœurs étaient barbantes, pour la bonne raison qu'elle les connaissait depuis toujours.

— Je suis désolée, ma chérie, mais c'est impossible. Philip doit s'occuper de ses affaires, il s'est déjà absenté trop longtemps. Mais quand tu auras la permission d'aller en Amérique tu habiteras chez moi, d'accord ?

La séparation aurait été plus simple si je n'avais pas découvert combien il est facile d'aimer, pensa Adrianne en prenant l'écrin contenant le bracelet en or guilloché que lui avait offert son frère Rahman. Il voulait devenir ingénieur, pour la plus grande gloire d'Allah. Était-ce le hasard ou la destinée qui leur faisait partager les mêmes inclinations, les mêmes ambitions ? Elle ouvrit l'écrin et mit le bracelet à son poignet.

— Tu me montreras les endroits dont tu m'as parlé ? Les grands magasins, aussi ?

— Bien sûr.

— C'est vrai qu'ils sont plus grands que les souks ?

Adrianne avait compris quels étaient les centres d'intérêt de sa jeune sœur.

— Oui, et on y trouve toutes les robes qu'on veut. Il y a aussi des comptoirs entiers pleins de parfums et de crèmes.

— Et c'est vrai qu'on peut payer avec une carte en plastique ?

— C'est vrai. Les vendeuses t'adoreront, dit-elle en souriant.

Un jour, se dit Adrianne, elle viendra. Elle se força à le croire. Il *fallait* qu'elle le croie.

— Je serai contente de penser à tout ça quand tu seras partie. Mais avant tu reviendras me voir au Jaquir, n'est-ce pas ?

Adrianne aurait pu mentir, elle en avait l'habitude. Pourtant, voyant la fillette assise sur une pile de coussins comme sur un trône, elle n'en eut pas le cœur.

— Non, Yasmina. Je ne reviendrai pas au Jaquir.

— Pourquoi ? Ton mari ne te le permettra pas ?

— Si, Philip me le permettrait si je le lui demandais.

— Alors, c'est parce que tu ne veux pas me revoir.

Avec une moue désespérée, Yasmina se leva. Adrianne lui prit la main, la fit asseoir avec elle sur le lit.

— Écoute, quand je suis revenue au Jaquir, je ne connaissais ni toi ni Rahman. Je ne pensais pas que ce voyage me toucherait tant. Maintenant j'ai le cœur brisé de vous quitter.

— Alors, pourquoi tu ne restes pas ? On dit que l'Amérique est un pays affreux, plein d'hommes qui ne croient pas en Dieu et de femmes déshonorées. Tu devrais vivre ici, mon père est sage et généreux.

— Non, Yasmina, l'Amérique n'est pas un pays plus affreux ni meilleur que beaucoup d'autres. Les gens sont comme partout, il y a des bons et des méchants. Mais c'est mon pays, comme le Jaquir est le tien. Mon cœur est là-bas, Yasmina, mais j'en laisserai un morceau ici, avec toi. Tiens, dit-elle en enlevant une de ses bagues, prends-la. Elle appartenait à la mère de ma mère. À présent, elle est à toi pour que tu te souviennes de moi.

C'était une simple turquoise sur une fine monture d'or. Yasmina la regarda dans la lumière du soleil. Si la fillette avait assez l'expérience des pierres pour voir que celle-ci n'était pas de grande qualité, elle était assez femme pour en apprécier la valeur sentimentale. D'un geste impulsif, elle ôta les lourds anneaux d'or accrochés à ses oreilles.

— Tiens, pour te souvenir de moi. Tu m'écriras ?

— Oui, ma chérie. Un jour, promit-elle en l'embrassant, je te montrerai tous les endroits dont je te parlerai dans mes lettres.

Ses courriers seraient interceptés à coup sûr par les mouchards du roi, mais Adrianne pourrait sans doute compter sur la complicité de sa grand-mère pour les faire parvenir à leur destinataire.

Yasmina était encore une enfant. Pour elle, « un jour » évoquait un avenir trop lointain pour qu'elle puisse se le représenter.

— Viens, s'exclama Adrianne, je vais dire au revoir à grand-mère.

Elle ne voulait pas pleurer, ni même éprouver un tel chagrin. Mais, lorsqu'elle s'agenouilla devant la reine mère, la jeune femme fut incapable de retenir ses larmes. Une partie de son enfance mourait avec ce départ.

— Allons, ma chérie, une jeune mariée ne doit pas pleurer, lui dit sa grand-mère en lui caressant les cheveux.

— Vous me manquerez tant, grand-mère. Mais je ne vous oublierai jamais.

La vieille reine connaissait trop bien son fils. Elle savait que le cœur d'Abdul ne s'ouvrirait jamais assez pour accepter Adrianne.

— Je t'aime comme j'aime tous mes petits-enfants. Mais je te reverrai, et si ce n'est pas dans ce monde, ce sera dans l'autre.

— Si j'ai des enfants, je leur raconterai toutes les belles histoires que vous me racontiez.

— Tu auras des enfants, *Inch Allah*. Maintenant va, ma chérie. Va rejoindre ton mari.

Il y eut d'autres adieux avant qu'Adrianne puisse franchir les grilles du jardin. Beaucoup de femmes enviaient sa liberté de partir, d'autres la plaignaient de renoncer à la sécurité du harem. Après avoir embrassé toutes celles qu'elle ne reverrait jamais, elle sortit. Le palais et les souvenirs qu'il renfermait furent bientôt derrière elle.

Ses deux frères et Philip se tenaient à côté de la voiture.

— Je te souhaite tout le bonheur du monde, lui dit Fahid en l'embrassant. Je t'ai toujours aimée, tu sais.

— Je sais, répondit-elle en lui caressant la joue. Si tu reviens en Amérique, ma maison te sera toujours ouverte. À toi aussi, Rahman, bien sûr. J'espère de tout mon cœur vous revoir bientôt, tous les deux.

Elle se hâta de monter en voiture pour ne pas fondre à nouveau en larmes. Pendant le trajet jusqu'à l'aéroport, elle garda un silence que Philip respecta. Il savait que ce n'était pas le collier, dans la soute d'un avion volant déjà vers l'ouest, qui occupait ses pensées, mais ceux qu'elle quittait sans espoir de retour.

— Tu vas bien ? lui demanda-t-il avec sollicitude alors qu'ils approchaient de l'aéroport.

— J'irai mieux dans un petit moment, répondit-elle en posant sa main sur celle de son mari.

Dans l'aérogare, Philip et le chauffeur chassèrent les porteurs trop empressés et se chargèrent eux-mêmes des bagages. Le pilote les accueillit au pied de l'échelle de coupée.

— Soyez les bienvenus à bord, s'exclama-t-il cérémonieusement.

— Bonjour, Harry. Quel temps fait-il à Londres ?

— Épouvantable, monsieur.

— Dieu soit loué !

— Votre suite est retenue à Paris. J'aimerais aussi vous présenter mes félicitations pour votre mariage.

— Merci, Harry. Emmenez-nous loin d'ici le plus vite possible.

Lorsque Philip monta à bord, Adrianne s'était déjà débarrassée de son *abaya*. Dessous, elle portait un tailleur rose qui lui donnait une allure encore plus exotique.

— Te sens-tu mieux, maintenant ?

Elle jeta un bref coup d'œil sur les symboles qu'elle venait de rejeter, l'*abaya*, le voile, le foulard.

— Un peu. Dans combien de temps allons-nous décoller ?

— Dès que la tour de contrôle nous y autorisera. Veux-tu boire quelque chose en attendant ?

Elle avait déjà vu la bouteille de champagne dans le seau à glace.

— Avec plaisir, répondit-elle en souriant. Pourquoi diable suis-je plus nerveuse qu'à notre arrivée ?

— C'est normal, Addy.

— Crois-tu ? Tu ne l'es pas, toi.

— Parce que je ne laisse rien derrière moi.

Énervée, elle arpenta de long en large la petite cabine. Elle ne savait si elle devait apprécier ou se sentir vexée qu'il lise aussi facilement dans ses sentiments et ses pensées.

— Nous avons du pain sur la planche, Philip, déclara-t-elle enfin. D'abord, qu'allons-nous faire de tous ces cadeaux ?

Si elle préfère ne pas mentionner les émotions qui l'agitent, songea-t-il en débouchant la bouteille, j'attendrai qu'elle les aborde d'elle-même le moment venu.

— Je croyais que tu les avais expédiés à New York pour camoufler le collier.

— Bien sûr, mais il n'est pas question de les garder.

— Pour une cambrioleuse émérite, tu es bien scrupuleuse, fit-il en souriant.

— Voler n'a rien à voir avec le fait de recevoir des cadeaux pour un motif fallacieux.

Il choqua le bord de son verre contre le sien et but une gorgée en observant la jeune femme avec attention.

— La cérémonie n'était pas légale ?

— Si, sans doute, mais l'intention ne l'était pas.

Il avait compris, bien évidemment, ce qu'elle avait derrière la tête.

— Chaque chose en son temps, Addy. Pensons au collier plutôt qu'à des vases et des plats à gâteau.

— Tu as raison. Pour le moment, il est en sûreté dans la boîte à secrets. Ce n'est pas aussi satisfaisant que de l'emporter à mon cou, mais c'est plus pratique. Je doute que les douaniers américains fouillent de fond en comble les cadeaux de mariage de la princesse Adrianne, dit-elle en souriant. Et, comme j'ai réactivé les alarmes, il peut s'écouler des semaines avant qu'Abdul s'en aperçoive.

— Tu le regrettes ?

— Non. J'aurais peut-être préféré m'expliquer une bonne fois pour toutes avec lui, mais ç'aurait été idiot de le provoquer sur son terrain. Je le laisserai venir, cela vaudra mieux.

— Nous avons l'autorisation de décoller, fit la voix du pilote dans les haut-parleurs. Veuillez vous asseoir et attacher vos ceintures.

L'appareil prit de la vitesse. Lorsque les roues quittèrent la terre, Adrianne se rappela un autre décollage.

— La dernière fois que je suis partie du Jaquir, commença-t-elle, c'était aussi pour aller à Paris. J'étais surexcitée, c'était le premier voyage de ma vie. Je pensais aux nouvelles robes que ma mère m'avait promises, aux restaurants où nous aurions la permission d'aller. Phoebe avait déjà décidé de s'enfuir et elle devait être terrifiée, mais elle dominait sa peur pour ne pas m'effrayer. Elle riait, me montrait des images de la tour Eiffel, de Notre-Dame. Nous ne sommes jamais montées sur la tour.

— Nous pourrons y aller, si tu veux.

— Je voudrais bien, oui. Ma mère laissait tout derrière elle, sauf moi. Ce n'est qu'une fois en sécurité à New York que j'ai pris conscience qu'elle avait risqué sa vie pour me sauver.

Philip lui prit les deux mains, les porta à ses lèvres.

— Je lui dois donc autant de gratitude que toi. C'était une femme extraordinaire, aussi extraordinaire que sa fille et que le collier que tu as repris pour elle. Je n'oublierai jamais ton expression quand tu l'as eu dans les mains. Mais je crois que tu avais tort, tu sais. Ce collier est à toi. Il est fait pour toi.

Adrianne se rappela le poids du bijou, sa splendeur, mais aussi les drames qu'il avait provoqués et qui lui resteraient obstinément attachés.

— Fais-moi l'amour, Philip.

Ils se levèrent et commencèrent à se dévêtir avec une hâte si maladroite qu'ils éclatèrent de rire.

— Comme si c'était la première fois, dit-elle en reprenant son sérieux.

— Ça l'est en un sens. La vie, Addy, est pleine d'étapes, de croisements où l'on change de direction. D'idées, parfois.

Avec lenteur, voulant faire durer le moment autant pour lui que pour elle, il lui donna de légères caresses, de petits baisers pleins de tendresse. Insensiblement, il l'amena à s'étendre sur l'étroit canapé et se coucha près d'elle.

Il y avait en lui une force qu'elle n'avait découverte que par bribes. Il était bien plus qu'un homme qui offre à une femme des roses et du champagne au clair de lune, bien plus qu'un cambrioleur surdoué. Il était aussi et surtout un homme qui tenait parole et la soutiendrait en toutes circonstances si seulement elle le lui demandait. Il était un homme qui pouvait réserver des surprises sans nombre et, curieusement, apporter aussi la stabilité.

Adrianne ne pouvait pas dire à quel moment elle avait enfreint ses propres règles de vie et était tombée amoureuse de lui. Elle ne pouvait pas non plus s'expliquer pourquoi elle s'était laissé entraîner sur cette voie en dépit de sa résolution de ne jamais s'y engager. Peut-être avait-elle sauté le pas à son insu quand elle avait croisé Philip cette nuit de brouillard à Londres ? Elle ne déterminait avec précision que l'instant où elle admettait enfin tout cela et en acceptait les conséquences : en ce moment même.

Philip prit conscience du changement survenu en elle sans pouvoir en saisir la nature. Il sentit le corps d'Adrianne se détendre, devenir plus chaud, plus doux, son cœur battre plus fort. Quand il la regarda dans les yeux, il vit qu'elle avait le regard embué.

— Non, ne dis rien. Aime-moi. J'ai besoin de toi.

Emportés par la passion, ils ne se rendirent pas compte que l'avion était rudement secoué par des turbulences. Paris était encore loin, ils étaient seuls dans le ciel. Et quand la jeune femme prononça le nom de Philip au sommet du plaisir, il comprit tout ce qu'il voulait savoir.

— Nous partons demain pour New York.

Le téléphone à la main, Philip regardait par la fenêtre les rues de Paris luisantes de pluie et le ciel couleur de plomb. Pour la énième fois, il s'en voulut d'avoir laissé Adrianne sortir seule.

— Vous êtes trop bon de donner de vos nouvelles.

Philip laissa passer le sarcasme de Stuart Spencer.

— Un homme a droit à un peu de tranquillité pendant son voyage de noces, se borna-t-il à répondre.

— Oui, bien sûr, grommela le capitaine. Félicitations.

— Merci.

— Mais vous auriez quand même pu me prévenir.

— C'était, disons, un coup de foudre. Vous ne vous en tirerez pour autant pas sans un cadeau. Quelque chose de bon goût et de terriblement onéreux, je n'en attends pas moins de vous !

— Ne pas mettre de blâme dans votre dossier est déjà un fort beau cadeau, je vous prie de me croire. Disparaître sans rien dire pour aller dans un pays perdu au beau milieu d'une enquête l'aurait pourtant amplement mérité.

— L'amour pousse les hommes à d'étranges comportements, mon cher Stuart. Quant à l'enquête, enchaîna-t-il, je ne l'ai pas négligée. Selon certains de mes anciens, euh… associés, notre homme aurait pris une retraite définitive. Pour le moment, il n'est plus en Europe, et Dieu seul sait où il coule des jours paisibles.

Le capitaine lâcha un juron étonnamment ordurier pour un homme de sa classe et de son éducation.

— Je partage entièrement votre opinion, approuva Philip. Mais je devrais pouvoir adoucir votre déception.

— Comment cela ?

— Vous souvenez-vous du Rubens volé à la collection Van Wyes il y a à peu près quatre ans ?

— Trois ans et demi, le corrigea Spencer. En plus du Rubens, il y avait deux Corot, un Andrew Wyeth et une encre de Beardsley.

— Votre mémoire est phénoménale, capitaine. Mais je ne peux vous aider que pour le Rubens.

— Comment cela ? répéta-t-il.

Pensant au faisceau de sa lampe électrique dans la salle du trésor d'Abdul, Philip ne put retenir un sourire. Il existait plusieurs manières d'assouvir un désir de vengeance.

— Il est possible que le Rubens vous mène à d'autres œuvres.

— Je veux vous voir demain à Londres, Philip. Avec un rapport complet et circonstancié.

— J'ai bien peur de ne pas pouvoir honorer votre invitation, mais je suis tout à fait disposé à vous communiquer dans quelques jours tout ce que je sais, et qui est considérable. Étant entendu que nous parvenions à un accord préalable.

— Quel foutu accord ? gronda Spencer. Si vous avez des informations sur des tableaux volés, il est de votre devoir de m'en informer. Pas question de marchandages !

Philip se retourna lorsqu'il entendit le bruit de la porte et fit un large sourire en voyant entrer Adrianne, les cheveux trempés de pluie. Le seul fait de la voir enlever ses gants lui causa un immense plaisir. Il attrapa Adrianne par la taille et l'attira vers lui.

— Je connais précisément mes devoirs, capitaine. Nous aurons une longue et amicale conversation à ce sujet. Voyez si vous pouvez pousser jusqu'à New York, j'aimerais vous présenter ma femme.

Sur quoi, il raccrocha pour embrasser Adrianne à son aise.

— Tu as froid, ma chérie.

— C'était ton capitaine Spencer, au téléphone ?

— Oui, il nous envoie ses félicitations.

— Ouais... Il est furieux, je pense ?

— Plutôt. Mais j'ai de quoi lui remonter le moral. Aurais-tu quelque chose pour moi ? ajouta-t-il en la voyant ouvrir un sac.

— Oui. Je suis allée chez Hermès acheter un carré de soie pour Celeste et j'ai trouvé ça, dit-elle en exhibant un pull en cachemire de la couleur des yeux de Philip. Tu n'avais rien de chaud dans ta valise, mais je suppose que tu as des dizaines de pulls chez toi.

Il eut beau se dire qu'il était stupide de se sentir ému, il fut ému quand même.

— Je n'en ai aucun qui me vienne de toi. C'est pour cela que tu ne voulais pas que je t'accompagne ?

— Non, répondit-elle en l'aidant à enfiler le pull, j'avais besoin d'être seule un moment, de réfléchir. J'ai appelé Celeste, tout a été livré à mon appartement. Elle a pris la boîte chinoise.

— Et le collier ?

— Toujours où je l'ai mis, et je lui ai dit de l'y laisser. Je préfère m'en occuper moi-même quand nous rentrerons.

— Tu as donc tout prévu et tout organisé, comme toujours. Alors, dit-il en lui prenant le menton, pourquoi ne pas me dire à quoi tu penses réellement ?

Elle marqua une pause, poussa un long soupir.

— J'ai écrit à mon père, Philip. Je lui ai dit que c'était moi qui avais Le Soleil et La Lune.

27

—Que tu te sois mariée sans moi me peine profondément, déclara Celeste.

—Je t'ai déjà expliqué dix fois que ce n'était qu'une ruse, protesta Adrianne.

Celeste lui lança un regard de reproche dans le miroir devant lequel elle arrangeait son carré Hermès.

—Ruse ou pas, j'aurais dû y être. Sans parler du fait, et je m'y connais un peu dans ce domaine, que tu devras courir jusqu'à l'autre bout du monde si tu veux te débarrasser d'un homme comme Philip Chamberlain. Il y a encore vingt ans, ajouta-t-elle en souriant, j'aurais fait la course avec toi – mais pour l'attraper.

—De toute façon, nous irons chacun de notre côté quand cette affaire sera conclue.

—Comme actrice, ma chérie, remarqua Celeste en délaissant le miroir pour se tourner vers Adrianne, tu n'arrives pas à la cheville de ta mère.

—Je ne comprends pas ce que tu veux dire.

—Tu es follement amoureuse de lui, c'est évident. Et moi, j'en suis ravie pour toi.

—Les sentiments ne changent rien aux faits. Philip et moi avons conclu un accord et nous tiendrons tous les deux notre parole.

— Les sentiments changent tout, au contraire. Veux-tu que nous en parlions ?

— Non, soupira Adrianne. Je ne veux même pas y penser, pas encore, du moins. J'ai vraiment autre chose en tête pour le moment.

Le sourire de Celeste disparut.

— Je suis inquiète pour toi. J'ai peur de ce que ton père va faire, maintenant qu'il sait que tu as pris le collier.

— Que peut-il faire ? Il a sans doute envie de me tuer, mais cela ne lui rendrait pas le collier, dit Adrianne en remettant son manteau. Non, crois-moi, je suis sûre qu'il veut tellement le récupérer qu'il se résoudra à un compromis pour y parvenir.

— Comment peux-tu envisager les faits aussi calmement ?

— Je suis assez bédouine pour accepter ma destinée. Le moment que j'ai attendu toute ma vie est arrivé. Ne t'inquiète pas, Celeste, il ne me tuera pas et il paiera. Une fois que ce sera fait, je pourrai peut-être enfin voir mon existence plus clairement.

La jeune femme était déjà près de la porte. Celeste la retint.

— Est-ce que tout cela en valait la peine, au moins ?

Adrianne revit les chemins détournés qu'elle avait suivis des années durant pour aboutir à un caveau sans air au fond d'un vieux palais. D'un geste involontaire, elle toucha un des anneaux d'or à ses oreilles.

— Oui. Il le faudra bien.

En sortant, elle décida de rentrer à pied plutôt que de héler un taxi. À la fin du mois de janvier, les rues étaient tranquilles et il faisait trop froid pour les promeneurs. On ne voyait que quelques joggeurs impénitents dans les allées du parc et des portiers d'immeuble grelottant sous d'épaisses houppelandes. Les mains au fond des poches de son vison, Adrianne marcha sans se presser.

Elle se savait suivie, elle avait déjà repéré la filature la veille. Un sbire de son père, à coup sûr. Elle avait préféré ne pas en parler à Philip. Le collier constituait sa meilleure assurance vie.

Philip devait être en pleine réunion avec Spencer. De quels secrets peuvent-ils bien parler ? se demanda-t-elle. Quand elle et lui étaient sortis un peu plus tôt, il avait visiblement la tête ailleurs. De fait, il paraissait préoccupé depuis que Spencer lui avait téléphoné pour l'avertir de son arrivée à New York. Mais, après tout, cela ne la regardait pas. Ne venait-elle pas de dire à Celeste que Philip et elle reprendraient le cours de leurs vies respectives ? S'il avait des secrets ou même des problèmes avec sa hiérarchie, il avait le droit de les garder pour lui. Elle aurait pourtant souhaité qu'il se confie à elle.

Elle remarqua immédiatement la longue limousine noire garée devant son immeuble. Le spectacle n'avait rien d'exceptionnel dans le quartier, mais elle sentit son cœur battre plus vite. Avant même que la portière s'ouvre, elle savait qui allait apparaître.

Abdul avait troqué sa djellaba contre un complet sombre d'homme d'affaires et ses sandales contre des mocassins italiens. Face à face, leurs regards s'affrontèrent en silence.

— Viens avec moi, lui ordonna-t-il.

Elle savait que l'homme qui se trouvait à côté de lui était armé et qu'il obéirait sans hésiter à un ordre de son roi. La fureur aurait peut-être poussé Abdul à faire abattre sa fille en pleine rue, mais il n'était pas un imbécile. Adrianne lui tourna donc le dos et se dirigea vers l'entrée de l'immeuble.

— Il vaut mieux que vous veniez chez moi. Et laissez votre homme dehors, ce que nous avons à nous dire doit rester strictement entre nous.

Il la rejoignit devant l'ascenseur. Un observateur non averti n'aurait vu qu'un homme élégant et distingué accompagné d'une belle jeune femme, visiblement sa fille, en manteau de vison, formant côte à côte un tableau digne de retenir l'attention.

En entrant dans la cabine, elle avait chaud. Cette chaleur ne devait rien au chauffage de l'immeuble ou à la fourrure. Ce n'était pas la peur, même si la jeune femme savait qu'Abdul avait assez de force dans les mains pour l'étrangler avant d'avoir atteint son étage. Ce n'était pas non plus un sentiment de triomphe, pas encore du moins, mais simplement de la nervosité en prévision de ce moment si longtemps attendu.

— Vous avez donc reçu ma lettre. Je vous en avais écrit une autre, il y a des années, poursuivit-elle faute de réponse. Cette fois-là, vous ne vous êtes pas dérangé. Si je comprends bien, le collier a pour vous plus de valeur que la vie de ma mère.

— Si je te remmenais au Jaquir, comme je peux le faire, tu pourrais remercier Allah de n'avoir que les mains tranchées.

— Vous n'avez plus aucun pouvoir sur moi, répondit-elle en sortant de la cabine. Je vous ai aimé jadis, je vous ai craint plus encore. Maintenant, même cette crainte a disparu.

En ouvrant la porte de son appartement, elle vit que les gorilles d'Abdul les avaient précédés. Coussins lacérés, tables renversées, tiroirs vidés par terre, ce n'était pas une simple fouille mais du vandalisme délibéré.

— Vous vous imaginiez peut-être que je gardais le collier ici ? explosa-t-elle avec une rage mal dominée. J'ai attendu trop longtemps pour vous simplifier le travail !

Elle vit le coup venir et s'écarta d'un pas. La main d'Abdul ne fit que lui effleurer la joue.

— Levez encore une seule fois la main sur moi et vous ne le reverrez jamais, je vous le garantis.

— Tu dois me rendre ce que tu m'as volé, gronda-t-il.

Elle enleva son manteau, le jeta négligemment sur un fauteuil encore debout. La belle boîte chinoise n'était plus qu'un petit tas d'éclats de bois à ses pieds, mais elle avait rempli son office. Le collier se trouvait une fois de plus dans une chambre forte, mais celle d'une banque à New York.

— Je n'ai rien ici qui vous appartienne. Ce que je détiens appartenait à ma mère et maintenant à moi selon les lois de l'islam et du Jaquir. Ces lois s'appliquent aussi au roi. Oseriez-vous défier les lois ?

Leurs regards et la fureur qu'ils reflétaient étaient identiques.

— C'est moi qui dicte la loi. Le Soleil et La Lune appartient au royaume et à moi, pas à la fille d'une putain.

Adrianne alla ramasser le portrait de sa mère, arraché du mur, et le redressa avec soin afin qu'il le voie et qu'il se souvienne.

— Ce collier appartenait à la femme d'un roi, épousée devant Dieu et devant les hommes. Le voleur, c'est vous, vous lui avez volé son collier, son honneur et sa vie. J'ai juré de le reprendre et je l'ai repris. J'ai juré de vous faire payer et vous paierez.

— C'est bien d'une femme de convoiter des pierres, dit-il en lui agrippant un bras. Tu n'as aucune idée de leur véritable valeur, de leur véritable signification.

Elle se dégagea d'une secousse.

— Je les connais aussi bien que vous, sans doute même mieux. Croyez-vous vraiment que ce sont le diamant et la perle qui m'intéressent ? demanda-t-elle d'un ton méprisant. Ce qui comptait pour ma mère, c'est le don que vous lui en aviez fait. Le symbole d'une promesse, qui a été reniée et trahie. Les carats n'avaient aucune importance à ses yeux. Ce qui en a eu, c'est que vous lui aviez donné ce collier par amour et l'avez repris par haine et par mépris.

La vue du portrait, du regard de Phoebe qui paraissait le juger mettait Abdul mal à l'aise.

— J'avais perdu la raison quand je le lui ai donné, je l'ai retrouvée quand je le lui ai repris. Si tu tiens à la vie, rends-le-moi.

— Vous auriez une mort de plus sur la conscience, si vous en avez une... Si vous me tuez, le collier disparaîtra avec moi. Oui, poursuivit-elle après avoir marqué une pause, je parle le plus sérieusement du monde, je suis prête à mourir, parce que si je meurs ma vengeance sera malgré tout accomplie. Je préférerais toutefois éviter d'en arriver là. Vous pourrez remporter votre précieux collier au Jaquir. Mais pas avant de m'en avoir payé le prix.

— Je le remporterai, et c'est toi qui en paieras le prix.

Elle se retourna pour lui faire face. Cet homme était son père, mais cette fois, heureusement, elle n'éprouvait rien.

— J'ai passé le plus clair de ma vie à vous haïr, dit-elle avec calme. Vous savez combien ma mère a souffert, comment elle est morte. Année après année, je la voyais s'éteindre un peu plus chaque jour. Rien de ce que vous pourriez me faire subir maintenant n'a la moindre importance.

— Pour toi, peut-être. Mais tu n'es pas seule.

Il eut le plaisir de la voir pâlir.

— Si vous touchez à Philip, je vous tuerai, et le collier finira au fond de l'océan. Ce n'est pas une promesse en l'air, croyez-moi.

— Il compte donc pour toi ? dit-il avec un ricanement méprisant.

— Plus que vous n'êtes capable de le comprendre. De toute façon, même lui ignore où est le collier. Je suis seule à le savoir. C'est avec moi que vous devez traiter, Abdul, et moi seule. Rassurez-vous, la valeur que j'attribue à votre honneur est de loin inférieure à celle de la vie de ma mère.

Il leva le poing, Adrianne se préparait à encaisser le coup quand la porte claqua derrière elle.

— Si vous levez une fois de plus la main sur elle, je vous tue de mes propres mains.

Philip avait déjà empoigné Abdul par le col de sa veste.

— Non ! s'écria Adrianne, non, Philip, laisse-le, il ne m'a pas frappée.

— Tu as du sang sur la lèvre.

— Ce n'est rien. Je...

— Non, Addy, ce n'est pas rien, dit Philip calmement. C'est une fois de trop.

Une fraction de seconde plus tard, son poing s'abattait sur la mâchoire d'Abdul, qui s'écroulait, entraînant un guéridon dans sa chute. Philip en eut les phalanges meurtries, ce qui lui procura une vive satisfaction.

Il attendit qu'Abdul se redresse et se laisse retomber sur le cuir lacéré du canapé.

— Ça, c'était pour la cicatrice que vous lui aviez faite à la joue au Jaquir. Pour tout ce que vous lui avez infligé par ailleurs, je devrais vous tuer, mais je crains qu'elle ne souhaite pas votre mort. Je me contenterai donc de vous dire qu'il y a mille et une manières, que vous connaissez mieux que moi sans doute, de torturer un homme. Pensez-y avec soin avant de lever encore la main sur elle.

Abdul essuya sa bouche ensanglantée avec sa pochette. L'humiliation le faisait plus cruellement souffrir que le coup reçu. Depuis qu'il était monté sur le trône, personne n'avait eu l'audace de le toucher, encore moins de le frapper.

— Vous êtes un homme mort, Chamberlain.

— Je ne le crois pas. Vos deux gorilles, dans la rue, sont déjà en train de répondre à quelques questions que leur pose la police sur le fait qu'ils portent une arme sans permis. Ces honnêtes policiers ont été convoqués par mon supérieur direct, le capitaine Spencer, d'Interpol. Ah! oui, j'avais négligé de vous informer que je travaille pour Interpol. Dis-moi, ma chérie, ajouta-t-il en regardant autour de lui, il faudra congédier ta femme de ménage, il y a trop de désordre, ici. Sois gentille, apporte-moi un cognac, veux-tu? J'en ai grand besoin.

Adrianne n'avait jamais vu une telle expression sur le visage de Philip ni entendu sa voix sonner avec une autorité aussi tranchante. Elle n'avait plus peur d'Abdul. De Philip, si. Elle avait aussi peur de lui que pour lui.

— Écoute, Philip, je...

— Je t'en prie, répondit-il en lui touchant la joue. Apporte le cognac.

Il attendit qu'elle ait quitté la pièce pour s'asseoir à côté d'Abdul sur l'accoudoir du canapé.

— Au Jaquir, vous ne survivriez pas jusqu'au coucher du soleil et vous remercieriez Dieu en mourant.

— Vous êtes un immonde salaud, Abdul. Le fait d'être roi n'y change rien. Puisque nous en avons terminé avec les amabilités, je veux d'abord vous dire que je me fiche éperdument de vos méthodes. Ce que je pense de vous en ce moment n'a aucune importance non plus. Il s'agit d'une affaire, point. Mais, avant que nous en discutions, laissez-moi vous expliquer les règles du jeu.

— Je n'ai aucune affaire à traiter avec vous, Chamberlain.

— Que vous soyez un salaud est une chose, mais vous êtes loin d'être un imbécile. Je n'ai pas besoin de vous détailler les raisons pour lesquelles Adrianne a voulu reprendre le collier, mais vous devez savoir qu'elle seule est à l'origine de ce projet. Je ne suis intervenu qu'à la fin pour l'épauler. Ma vanité dût-elle en souffrir, je dois admettre qu'Adrianne était parfaitement capable de l'exécuter sans aucune assistance. C'est donc elle seule qui vous l'a raflé sous le nez et c'est elle seule que vous devrez payer. Mais c'est à moi que vous devrez rendre compte s'il lui arrive le moindre problème. Je dois ajouter que, si vous acceptez de conclure le marché pour nous faire discrètement égorger ensuite, Interpol est déjà informé de toute l'affaire dans les moindres détails. Notre mort, accidentelle ou autre, déclenchera immédiatement à votre sujet et au sujet de votre royaume une enquête internationale que vous préférerez sans doute éviter. Votre fille vous a vaincu, Abdul. Si vous êtes un homme digne de ce nom, acceptez votre défaite.

— Que savez-vous des hommes dignes de ce nom, Chamberlain ? ricana Abdul. Vous n'êtes qu'un toutou juste bon à se faire cajoler par les femmes.

Le sourire que lui décocha Philip était plus inquiétant qu'une menace.

— Souhaitez-vous que nous sortions nous expliquer d'homme à homme dans un coin discret plutôt que de finir le saccage de cet appartement ? J'y suis tout disposé. Merci, ma chérie, enchaîna-t-il en voyant Adrianne revenir avec une bouteille et un verre. Nous devrions parler affaires sans plus tarder, Abdul est un homme très occupé, je crois.

Adrianne avait retrouvé toute sa maîtrise de soi. Elle s'assit délibérément entre les deux hommes.

— Comme je le disais, commença-t-elle, le collier est mon bien de plein droit. La loi serait appliquée même au Jaquir si la situation devait être rendue publique. Mieux vaut éviter la publicité, mais je n'hésiterais pas un instant à alerter la presse ici, en Europe, ainsi qu'en Orient si cela devenait nécessaire. Le scandale qui en découlerait serait sans conséquences en ce qui me concerne.

— Révéler que tu es une voleuse détruirait ta réputation à jamais, répliqua Abdul.

— Au contraire ! s'exclama-t-elle en souriant. Ma vie ne serait pas assez longue pour accepter toutes les invitations à dîner. Mais là n'est pas la question. Je veux bien vous rendre le collier et renoncer à mes droits sur lui. Je veux bien garder le silence sur les mauvais traitements que vous avez infligés à ma mère et sur votre déshonneur. Vous pourrez regagner le Jaquir avec le collier et vos misérables secrets – après m'avoir versé cinq millions de dollars.

— Tu estimes ton honneur à un bien grand prix.

Dur et ferme, le regard d'Adrianne soutint celui de son père.

— Chaque mot supplémentaire vous coûtera un million de plus. Et ce n'est pas le prix de mon honneur, mais de celui de ma mère.

Je pourrais éliminer ces deux objets de honte, bien sûr, se dit Abdul. Il soupesa la satisfaction dont il jouirait de les voir tous deux déchiquetés dans l'explosion de leur voiture piégée, abattus dans leur sommeil par un pistolet muni d'un silencieux, empoisonnés par un cocktail lors d'une de ces soirées décadentes dont raffolent les Américains. Il disposait du pouvoir de l'ordonner et des moyens de l'exécuter. Oui, la satisfaction serait grande. Mais les conséquences le seraient aussi.

Si leur mort lui était attribuée, même indirectement, le scandale serait trop énorme pour qu'il réussisse à l'étouffer. Si son peuple apprenait que Le Soleil et La Lune avait été dérobé, il pourrait au pire se révolter, au mieux couvrir de honte son roi jusqu'à le pousser à l'abdication. Oui, il voulait, il *devait* reprendre le collier et ne pouvait pas se permettre de faire justice lui-même. Pas encore, du moins. Sa vengeance devrait donc attendre.

D'ici là, il serait obligé de poursuivre ses rapports impies, mais indispensables, avec l'Occident. Des sommes d'argent considérables étaient pompées chaque jour des sables du désert. Cinq millions de dollars de plus ou de moins ne seraient qu'une goutte de pétrole dans l'océan de ses ressources. Il pouvait s'en priver sans en souffrir autrement que dans son orgueil...

— Tu auras ton argent, si c'est tout ce que tu veux.

Adrianne se leva, prit une carte de visite dans son sac et la lui tendit.

— Je n'attends rien de plus de votre part. Voici le nom de mes avocats. Notre transaction se déroulera par leur intermédiaire. Dès que j'aurai reçu l'assurance que la somme a été déposée sur mon compte en Suisse, le collier sera remis à vous-même ou à votre représentant.

— Je t'interdis de revenir au Jaquir et d'avoir le moindre contact avec les membres de ma famille.

Si c'était le prix qu'elle devait payer, il était plus lourd qu'elle ne l'aurait imaginé.

— Je ne ferai ni l'un ni l'autre aussi longtemps que vous serez en vie, se borna-t-elle à répondre.

Abdul prononça à mi-voix quelques mots en arabe et sortit de l'appartement dévasté sans se retourner. Philip vit Adrianne pâlir.

— Qu'est-ce qu'il t'a dit ?

Adrianne, qui savait qu'elle ne devait plus attacher d'importance à ses rapports avec ce père indigne, haussa les épaules avec une désinvolture affectée.

— Il m'a dit qu'il vivrait très longtemps et que, pour lui comme pour tous les membres de la famille royale, j'étais déjà morte. Il a dit aussi qu'il prierait Allah de me faire mourir dans la souffrance et le désespoir. Comme ma mère, se força-t-elle à ajouter.

Philip s'approcha, lui prit tendrement le visage.

— Tu n'espérais quand même pas qu'il te donne sa bénédiction ?

— Non, admit-elle en parvenant à sourire. Maintenant, c'est fini. Je m'attendais à ressentir une énorme vague de joie, de soulagement.

— Et que ressens-tu ?

— Rien. Après tout ce que j'ai fait, préparé, prévu, imaginé, je ne ressens rien. Rien du tout.

— Dans ce cas, nous devrions aller voir où en sont les travaux de ton dispensaire.

Cette fois, le sourire vint naturellement sur les lèvres de la jeune femme et s'acheva sur un éclat de rire.

— C'est vrai, c'est ce qu'il me faut. La preuve que j'ai eu raison. L'argent ne compte pas pour lui, dit-elle en regardant le portrait de sa mère. Je voulais seulement être sûre qu'il comprendrait et qu'il se souviendrait.

— Il a compris, Addy. Et il n'oubliera pas.

Elle lui caressa la joue, s'écarta d'un pas.

— Il faut que nous parlions, Philip.

— Aurai-je encore besoin d'un double cognac ?

— Je veux d'abord te dire combien je te suis reconnaissante de tout ce que tu as fait.

Après un tel préambule, il jugea qu'il valait mieux se rasseoir.

— Hum... Oui, bien sûr. Et après ?

— Ne le prends pas à la légère, je te le dis du fond du cœur. Tu m'as aidée à franchir le tournant le plus difficile de ma vie. J'aurais pu l'accomplir sans toi, mais avec toi il prend une autre signification.

— Oh, je doute que tu y serais arrivée sans mon coup de pouce ! Mais ne te prive pas de le croire, si cela te fait du bien.

— Je savais... Non, peu importe. Je veux seulement te remercier.

— Avant de me pousser dehors ?

— Avant que nos chemins se séparent de nouveau, rectifia-t-elle. Fais-tu exprès de m'agacer ?

— Pas du tout. J'essaie seulement d'être sûr de comprendre ce que tu veux. As-tu fini de me remercier ?

Énervée, elle lança un coup de pied à un vase brisé.

— Oui. Tout à fait fini.

— Bon. Tu aurais pu ajouter quelques effusions, mais je me contenterai de ça. Maintenant, corrige-moi si je me trompe, tu voudrais que je franchisse la porte et que je sorte de ta vie. C'est bien cela ?

— Je voudrais que tu fasses ce qui vaut mieux pour nous deux.

— Dans ce cas...

Il la prit aux épaules, mais elle le repoussa.

— Non, Philip, c'est fini. J'ai d'autres projets que je dois mettre en œuvre. Le dispensaire, ma retraite, ma... ma vie sociale.

Il jugea plus sage d'attendre un ou deux jours avant de lui dire qu'elle travaillerait désormais pour Interpol. Le moment venu, il l'informerait aussi qu'Abdul allait devoir répondre à des questions plus que gênantes concernant la possession de tableaux volés. Dans l'immédiat, ils avaient des affaires plus urgentes à régler. Des affaires strictement personnelles.

— Et dans tes projets, il n'y a pas de place pour un mari, n'est-ce pas ?

Elle préféra se détourner pour ne pas le regarder dans les yeux. Elle avait cru que ce serait facile, qu'ils en riraient ensemble avant de se séparer en se souhaitant bonne chance.

— Le mariage était une comédie, tu le sais fort bien. Ce sera peut-être un peu délicat vis-à-vis de la presse et des amis bien intentionnés, mais entre nous ce sera très simple. Il n'y a aucune raison de nous considérer l'un et l'autre liés par des...

— ... des engagements ? enchaîna-t-il. Nous en avons pourtant conclu quelques-uns, si j'ai bien compris la traduction.

— Ne complique pas tout, je t'en prie !

— D'accord, simplifions. Nous avons joué selon tes règles jusqu'à présent, finissons de même. Que faut-il que je fasse ?

La bouche sèche, Adrianne prit le verre de cognac, en avala une gorgée.

— Il te suffit de dire trois fois : « Je divorce de toi. »

— C'est tout ? Je n'ai pas besoin de le dire en me tenant sur un pied pendant la pleine lune, par exemple ?

— Ce n'est pas drôle, grommela-t-elle en reposant le verre.

Il lui agrippa le poignet, le serra pour empêcher la jeune femme de se dégager encore une fois, l'attira vers lui. Quand il posa sa bouche sur la sienne, il sentit ses lèvres trembler.

— Non, ce n'est pas drôle, c'est ridicule. « Je divorce de toi. » « Je div... »

— Non ! Arrête, ce n'est pas une plaisanterie.

Elle se lova contre lui, le serra dans ses bras. Il se sentit sur le point de défaillir de soulagement et de bonheur.

— Tu m'as interrompu, Addy. Il va falloir que je reprenne depuis le début. Dans une trentaine d'années, peut-être.

— Philip...

Il l'attira plus près de lui pour mieux la regarder dans les yeux. Elle avait pâli, et il en ressentit un vif plaisir. Il espérait bien lui avoir fait peur.

— Continuons à ma manière, cette fois. Nous sommes mariés pour le meilleur et pour le pire. S'il le faut, nous organiserons une autre cérémonie, ici ou à Londres. Une vraie, de celles qu'on ne peut dissoudre qu'avec des avocats, beaucoup d'argent et encore plus de difficultés.

— Je n'ai jamais dit que...

— Trop tard, tu as laissé passer ta chance, dit-il en lui mordillant la lèvre.

— Je ne sais pas pourquoi, dit-elle en fermant les yeux.

— Mais si, tu le sais. Dis-le à haute et intelligible voix, Addy. Ta langue ne tombera pas de ta bouche. Allons, ma chérie. Tu as toutes sortes de défauts, mais tu n'as jamais été lâche. Vas-y, jette-toi à l'eau.

Du coup, elle rouvrit les yeux. Les voir lancer des éclairs le fit sourire.

— Peut-être que je t'aime, dit-elle du bout des lèvres.

— Peut-être ?

— Bon, soupira-t-elle. Je crois que je t'aime.

— Allons, essaie encore une fois. Tu y es presque.

— Eh bien, oui, je t'aime ! Tu es content, maintenant ?

— Non, pas encore. Mais j'ai bien l'intention de l'être.

Et il tomba avec elle sur le canapé ravagé.

Achevé d'imprimer par N.I.I.A.G.
en octobre 2007
pour le compte de France Loisirs, Paris

N° d'éditeur : 50053
Dépôt légal : Février 2007

Imprimé en Italie